J.R. WARD

El legado Moorehouse

Editado por Harlequin Ibérica.
Una división de HarperCollins Ibérica, S.A.
Núñez de Balboa, 56
28001 Madrid

© 2005 Jessica Bird. Todos los derechos reservados.
UN SOPLO DE AIRE, N° 145 - 1.1.13
Título original: Beauty and the Black Sheep
Publicada originalmente por Silhouette® Books

© 2006 Jessica Bird. Todos los derechos reservados.
AMOR HECHICERO, N° 145 - 1.1.13
Título original: His Confort and Joy
Publicada originalmente por Silhouette® Books

© 2006 Jessica Bird. Todos los derechos reservados.
DESDE SIEMPRE, N° 145 - 1.1.13
Título original: From the First
Publicada originalmente por Silhouette® Books

Estos títulos fueron publicados originalmente en español en 2006. El nombre de la autora que figuró en portada fue Jessica Bird.

Todos los derechos están reservados incluidos los de reproducción, total o parcial. Esta edición ha sido publicada con permiso de Harlequin Enterprises II BV.
Todos los personajes de este libro son ficticios. Cualquier parecido con alguna persona, viva o muerta, es pura coincidencia.
™ TOP NOVEL es marca registrada por Harlequin Enterprises Ltd.
® y ™ son marcas registradas por Harlequin Enterprises Limited y sus filiales, utilizadas con licencia. Las marcas que lleven ® están registradas en la Oficina Española de Patentes y Marcas y en otros países.

I.S.B.N.: 978-84-687-0549-1
Depósito legal: M-36692-2012
Imagen de cubierta: BELLEMEDIA/DREAMSTIME.COM

EL LEGADO MOOREHOUSE

Un soplo de aire 7

Amor hechicero..147

Desde siempre..304

UN SOPLO DE AIRE

CAPÍTULO 1

El único aviso que Frankie Moorehouse tuvo de que cincuenta litros de agua le iban a caer encima fue una gota.
Una sola gota.
Cayó sobre el informe que estaba leyendo; justo en medio de la página. Aquello le hizo sospechar que el hostal White Caps estaba a punto de derrumbarse.
La mansión estaba llena de rincones y recovecos que le conferían una estructura interesante. Desgraciadamente, el techo que cubría todos esos tesoros arquitectónicos estaba lleno de ángulos con viejas goteras que creaban pequeñas bolsas de humedad y podredumbre.
Miró por la ventana con la esperanza de ver llover. Pero no había ni sola una nube en el cielo. Miró para arriba con el ceño fruncido y vio una mancha oscura en el techo. Tuvo el tiempo justo de apartarse antes de que el torrente golpeara la mesa.
—¿Qué demonios…?
El agua arrastró trozos de escayola del techo y un montón de suciedad que se había acumulado entre las vigas. El ruido fue estruendoso. Cuando la cascada cesó, se quitó las gafas salpicadas de gotas de agua sucia.
Olía fatal.
—Oye, Frankie, ¿qué ha pasado? —la voz de George tenía su característico tono de confusión. Llevaba trabajando con ella

seis semanas y, a veces, la única diferencia que encontraba entre él y un objeto inanimado era que, de vez en cuando, pestañeaba. Se suponía que iba a ayudar en la cocina, pero, con sus casi dos metros de estatura y sus ciento veinte kilos de peso, lo único que hacía era ocupar espacio. Lo habría despedido al segundo día, pero tenía un buen corazón y necesitaba trabajo y un lugar donde vivir; además, era muy amable con la abuela.

—¿Frankie, estás bien?

—Estoy bien, George —que era lo que siempre respondía a esa pregunta que tanto odiaba—. Tú encárgate de cortar el pan para las cestas, ¿de acuerdo?

—Sí, claro. De acuerdo, Frankie.

Cerró los ojos. El sonido del goteo del agua sucia le recordó que no solo tendría que buscar otro truco para conseguir que las cuentas salieran, sino que también tendría que limpiar la oficina.

Para su consternación, White Caps tenía problemas financieros que no lograba solucionar por mucho que lo intentara. En la mansión Moorehouse, a las orillas del lago Saranac, en las montañas Adirondacks, había un hostal de diez dormitorios que llevaba luchando por sobrevivir los últimos cinco años. La gente ya no viajaba como antes, así que cada vez había menos turistas y al comedor cada vez iban menos personas. Pero la culpa no solo era la escasa afluencia de visitantes en general; la casa misma era, en gran medida, el motivo de que hubiera cada vez menos reservas. Una vez había sido una casa de verano elegante; pero, en la actualidad, necesitaba una reforma completa. Las reparaciones superficiales como pintar las paredes o poner macetas con flores en las ventanas no solucionaban el problema verdadero, que era que la podredumbre se estaba comiendo la madera.

Cada año había algo nuevo: otra parte del tejado que arreglar, un calentador que reparar...

Miró las tuberías que habían quedado al descubierto encima de su cabeza. Haría falta cambiar toda la instalación.

Frankie arrugó el informe que tenía en la mano y lo tiró a

la papelera, pensando que hubiera preferido nacer en una familia que nunca hubiera tenido nada a nacer en una que, poco a poco, lo había ido perdiendo todo.

Mientras se quitaba trozos de escayola del pelo, decidió que la casa no era la única cosa que cada día estaba más vieja y menos atractiva.

Tenía treinta y un años, pero se sentía como si tuviera cincuenta y uno. Llevaba trabajando siete días a la semana más de diez años seguidos y no recordaba la última vez que había ido a la peluquería o se había comprado ropa.

—¿Frankie?

La voz de su hermana sonó a lo lejos y tuvo que hacer un esfuerzo para no gritarle que no le preguntara si estaba bien.

—¿Estás bien?

Ella apretó los ojos antes de contestar.

—Estoy bien, Joy.

Hubo un largo silencio y se imaginó a su hermana apoyada contra la puerta con una expresión de preocupación en su preciosa cara.

—Joy, ¿dónde está la abuela? —Frankie sabía que al preguntar por su abuela desviaba la atención hacia otro sitio.

—Está leyendo el listín telefónico.

Bien. Aquello solía mantenerla entretenida durante un tiempo.

Frankie se agachó a recoger los trozos de escayola del suelo y del escritorio.

—¿Frankie?

—¿Sí?

—Chuck ha llamado.

Su hermana le hablaba tan bajo que tuvo que dejar lo que estaba haciendo y enderezarse para poder oírla.

—No me digas que va a venir tarde otra vez...

Era viernes y ese fin de semana se celebraba la fiesta del Cuatro de Julio, por lo que, probablemente, irían a cenar un par de personas más. Como tenían dos habitaciones ocupadas en la casa, serían nueve o diez para la cena. No eran demasiados, pero querrían comer.

Joy murmuró algo, así que Frankie abrió la puerta del todo para poder oírla.

—¿Qué dices? —preguntó un poco desesperada.

Su hermana empezó a hablar deprisa y Frankie captó la idea. Chuck y su novia se iban a casar y se marchaban a Las Vegas. No iba a volver, ni esa noche ni nunca.

Frankie se apoyó contra el marco de la puerta sintiendo que la ropa empapada se le pegaba como una segunda piel.

—De acuerdo, primero voy a darme una ducha y después te diré lo que vamos hacer.

La vida de Lucille no acabó con un susurro, sino con un rugido en una carretera secundaria de algún lugar de las montañas Adirondacks, al norte del estado de Nueva York.

Nate Walker, su dueño, dejó escapar un improperio.

—Oh, Lucy, cariño, no seas así —acarició el volante, pero sabía muy bien que suplicando no iba a conseguir arreglar lo que había producido aquel ruido.

Abrió la puerta, salió y se estiró. Llevaba conduciendo cuatro horas desde Nueva York en dirección a Montreal y aquella no era la parada que hubiera deseado hacer.

Miró a ambos lados de una carretera que, si no hubiera sido por las rayas pintadas en el suelo, habría dicho que era un camino, y pensó que tardaría bastante en recibir ayuda.

Puso la palanca en punto muerto y empujó el coche hacia el arcén. Sacó un triángulo del maletero y lo puso a unos metros de distancia. Después, fue a abrir el capó. Conforme Lucille se había ido haciendo mayor, él había ganado en experiencia en la reparación de automóviles; con un rápido vistazo supo que no había nada que hacer. Salía humo del motor y un ruido sibilante indicaba que estaba perdiendo líquido por algún lado. Cerró el capó y se apoyó en él, mirando al cielo.

Pronto sería de noche y, como estaba muy al norte, hacía bastante frío; aunque fuera julio. No sabía cuánto tiempo tendría que caminar hasta llegar al siguiente pueblo, y pensó que más le valía prepararse para hacer autoestop.

Agarró su chaqueta de cuero y una mochila y, antes de cerrar el coche, sacó del maletero su juego de cuchillos de acero inoxidable y lo metió la mochila.

Para un cocinero, sus cuchillos eran lo más importante; aunque estuviera perdido en medio de ninguna parte. Las demás cosas no le importaban. Aunque tampoco tenía nada de mucho valor. Su ropa era bastante vieja y casi toda tenía remiendos. Tenía dos pares de botas, también viejas y con remiendos. Sus cuchillos, sin embargo, no solo eran nuevos y estaban en perfecto estado, sino que se podría decir que eran verdaderas obras de arte. Y valían bastante más que el coche y todo lo que dejaba dentro.

Le dio un golpecito al capó y comenzó a andar. Sus botas resonaban sobre el asfalto. Se colocó la mochila a la espalda.

Se imaginó que estaría llegando a alguna zona residencial pasada de moda, donde los ricos se habían refugiado del calor de Nueva York y Filadelfia en los días anteriores al aire acondicionado.

Los ricos todavía iban a las montañas Adirondacks, por supuesto, pero ahora ya solo era por la belleza del lugar.

Miró al cielo cuajado de estrellas y, antes de darse cuenta, resbaló con algo y cayó a la cuneta. Afortunadamente, el suelo estaba bastante acolchado por las hojas y el golpe no fue muy fuerte; pero un dolor intenso en la parte de abajo de la pierna le indicó que no iba a poder caminar sin cojear.

Se quedó un rato tumbado. Después, se levantó. Se sacudió algunas hojas de la chaqueta y pensó que estaba bien. Sin embargo, cuando intentó apoyarse en la pierna izquierda, el tobillo protestó.

Apretó los dientes e intentó caminar. Sabía que no iba a llegar muy lejos. Pararía en la próxima casa. Necesitaba un teléfono y quizá un lugar donde pasar la noche. Por la mañana, seguramente se sentiría mejor y podría llevar el coche a algún taller.

Frankie se dio cuenta de que olía a quemado y corrió hacia el horno. Había estado tan entretenida haciendo peras escalfadas que se había olvidado completamente del pollo. Abrió la puerta del horno y el olor se hizo más intenso. Con un paño en cada mano, agarró la bandeja y sacó la comida.

—Eso no tiene muy buen aspecto —dijo George.

Frankie dejó caer la cabeza, haciendo un esfuerzo para no soltar un improperio.

Joy entró corriendo en la cocina.

—Los Little, esa pareja a la que no se le abría el armario, quieren cenar ya. Llevan esperando cuarenta y cinco minutos y...

Frankie tomó aliento. ¿Cómo iba a salir de aquella? Si White Caps estuviera cerca de algún sitio civilizado, podría llamar para que le enviaran algo de comer; pero estaban en medio de las montañas.

—¿Qué vamos hacer? —preguntó Joy.

Frankie fue a apagar el horno y se dio cuenta de que, en lugar del horno, había encendido el grill.

Cuando se volvió, vio la cara esperanzada con la que la miraba su hermana. Dios, lo que daría ella por tener a alguien a quien mirar así.

—Déjame pensar.

Empezó a darle vueltas a la cabeza. Opciones; necesitaban opciones. ¿Qué más había en el congelador? No, no había tiempo para descongelar nada. Tendría que arreglárselas con lo que había en el frigorífico y en la alacena.

El ruido de unos golpes en la puerta de la cocina que daba al patio de atrás le hizo girar la cabeza.

Joy miró a la puerta y después a ella.

—Ve a ver quién es —dijo Frankie mientras abría la puerta del frigorífico.

—George, llévales a los Little más pan.

Estaba buscando en los estantes, sin encontrar nada que le ofreciera una solución, cuando oyó a su hermana:

—Hola.

Frankie se giró y se olvidó de lo que estaba haciendo. Un hombre del tamaño de un armario había entrado en la cocina.

¡Dios! Era tan grande como George, aunque no tenía la misma estructura. Definitivamente, era diferente. Ese tipo estaba macizo justo donde a las mujeres les gustaba: en los hombros y en los brazos, no en el estómago.

Y era demasiado guapo.

Llevaba una chaqueta de piel negra desgastada y una mochila al hombro. Parecía perdido, aunque se comportaba como si supiera exactamente dónde estaba. Tenía el pelo negro un poco largo y su cara era sorprendente. Sus facciones eran demasiado bellas para pertenecer a un hombre vestido de esa manera.

Y sus ojos... sus ojos eran lo más extraordinario de todo. Eran excepcionalmente verdes.

Y estaban totalmente centrados en su hermana.

Como era tan delgada, Joy parecía una niña al lado de aquel hombre.

Frankie sabía exactamente cómo debía de estar mirándolo. Él la miraba complacido. Cualquier tipo con testosterona se sentiría halagado con esa expresión arrebatada; sobre todo, si se tenía en cuenta que Joy era como un jardín de las delicias femeninas.

Fantástico. Justo lo que necesitaba: un turista extraviado.

—Hola, princesa —dijo el hombre con expresión desconcertada, como si nunca hubiera visto una chica como la que tenía delante.

—Me llamo Joy.

Aunque Frankie no podía verla, estaba segura de que tenía una sonrisa en los labios. Frankie decidió que había llegado el momento de tomar cartas en el asunto. Antes de que aquel extranjero se derritiera en el suelo.

—¿Podemos ayudarlo en algo? —dijo en tono cortante.

El hombre frunció el ceño y la miró; la fuerza de aquellos ojos la azotó como un golpe de viento. A ella le costó respirar. Era un hombre muy seguro de sí mismo. La miró de arriba abajo y ella sintió que se ponía colorada. Tuvo que hacer un esfuerzo para recordar que tenía que preparar la cena y que, al contrario que su hermana, no tenía tiempo para disfrutar de la cara de aquel hombre.

Aunque tenía que reconocer que era guapísimo.

—¿Y bien? —dijo ella.

—Se me ha estropeado el coche a un kilómetro de aquí —explicó él, haciendo un gesto con el hombro—. Necesito un teléfono.

—Acompáñeme a la oficina.

—Parece que el cocinero tiene un mal día —dijo el hombre, burlón, señalando el chamuscado pollo.

A Frankie le entraron ganas de estrangularlo.

En aquel momento, George entró en la cocina con la cesta del pan; estaba al borde de las lágrimas.

—Tienen mucha hambre, Frankie —le dijo, mirándose los zapatos—. Y no quieren más pan.

Ella apretó los labios.

—Intenté decirles que no tardaría mucho...

—No te preocupes, George —miró el pollo, deseando que se convirtiera en algo comestible. Agarró un cuchillo y pensó que tal vez podría salvar algo. Pero ¿y luego qué?

Oyó un golpe y se dio cuenta de que el desconocido había dejado su mochila en la isla de la cocina, al lado de ella. A continuación, se quitó la chaqueta y la lanzó sobre una silla.

Frankie se quedó mirando la camiseta negra desteñida que llevaba. Le quedaba tan apretada que dejaba poco a la imaginación. Para apartar aquella visión, levantó los ojos hacia la cara del hombre. Tenía unos ojos preciosos, pensó.

Movió la cabeza para lograr despejarse y se preguntó qué estaba haciendo allí, invadiendo su espacio.

—Perdone —le dijo, señalando con el pulgar hacia una

puerta—. El teléfono está por ahí, en la oficina. Ah, y no se preocupe por el agua.

El hombre frunció el ceño. Después, la apartó y se puso delante del pollo. Ella estaba demasiado sorprendida como para decir nada cuando lo vio sacar un fardo de la mochila. Con un movimiento ágil lo desató y lo extendió sobre la encimera, dejando al descubierto media docena de cuchillos.

Frankie se echó para atrás, pensando que quizá fuera ella la que necesitara el teléfono. Para llamar a la policía.

—¿Cuántos? —dijo el hombre con el tono de un sargento.

—¿Perdón...?

Frankie se dio cuenta de que ninguno de los otros dos se había movido. Obviamente, estaban esperando a que ella hiciera algo.

Miró el pollo y, después, al hombre que había sacado uno de los cuchillos y estaba cortando la carne.

—¿Eres cocinero? —preguntó.

—No, herrero.

Ella lo miró a la cara y vio el reto.

Tenía que elegir. Seguir intentando buscar una solución o confiar en aquel extraño y sus cuchillos.

—Unas diez personas —dijo rápidamente.

—Muy bien. Esto es lo que voy a necesitar —miró a Joy y, cuando volvió a hablar, lo hizo con amabilidad—. Princesa, por favor, pon una cacerola al fuego con dos tazas de agua.

Joy se puso manos a la obra.

—George, así es como te llamas, ¿verdad? —le preguntó el desconocido al cocinero. Este asintió—. Quiero que metas esa lechuga bajo el grifo de agua fría y que acaricies cada hoja como si fuera un gato. ¿Lo has entendido?

George dio un salto y comenzó a hacer su trabajo.

El desconocido comenzó a partir el pollo con movimientos ágiles. Trabajaba a tal velocidad y confianza que Frankie lo miraba tan fascinada como perpleja.

—Ahora, princesa... —volvió a decir con suavidad— quiero

que me traigas mantequilla, leche, tres huevos y curry. ¿Y tienes algo de verdura congelada?

Frankie, que se sentía ignorada, intervino:

—Tenemos coles de Bruselas, me parece que también brócoli...

—Princesa, necesito algo más pequeño. ¿Guisantes?

—No, ¡pero tenemos maíz! —dijo Joy, entusiasmada.

Frankie dio un paso hacia atrás, sintiendo más pánico ahora que cuando todo era un caos.

Debería hacer algo, pensó.

George volvió con la lechuga y Frankie lo miró admirada. Realmente, jamás había hecho nada tan bien.

—Muy bien, George —el desconocido le pasó un cuchillo—. Ahora córtala en trozos tan anchos como tu dedo. Pero no utilices el dedo para medir, ¿de acuerdo?

Joy apareció con la bolsa de maíz. Estaba sonriendo, encantada de agradar.

—¿La pongo en agua?

—No —levantó el pie izquierdo—. Necesito que me la pongas en el tobillo. El dolor me está matando.

CAPÍTULO 2

En menos de diez minutos, Frankie llevó las ensaladas a las mesas, perfectamente aliñadas con una mezcla de aceite, especias y zumo de limón. George había cortado la lechuga a la perfección y también había triunfado con los trozos de pimiento rojo y verde.

Para entonces, los clientes del pueblo se habían marchado, porque ellos tenían sus propias cocinas en sus casas; pero los del hostal estaban hambrientos.

No tenía ni idea de cómo estaría aquel mejunje; pero se imaginó que los Little y la otra pareja estarían tan hambrientos que probablemente no les importaría si les servía comida para perros.

Cuando dejó los platos delante de los Little, la pareja la miró lanzándole puñales.

—Ya era hora de que apareciera —soltó el señor Little—. ¿Qué estaba haciendo? ¿Cultivando las lechugas?

Frankie miró al hombre y a su estirada esposa con una sonrisa forzada, alegrándose de no haber enviado a George o a Joy. Iba camino de la cocina cuando oyó al hombre decir:

—Dios mío. Esto es... comible.

Genial. El improvisado cocinero había preparado una buena ensalada. Pero ¿qué dirían del pollo?

Nada más cruzar la puerta de la cocina, se preguntó por qué

era tan crítica con un tipo que acababa de salvarle la vida. Pero no tuvo tiempo para responderse. Estaba demasiado sorprendida mirando cómo George iba colocando galletas de avena y pasas encima de una capa de queso.

El desconocido estaba hablando con voz tranquila.

—... y entonces pones la bandeja sobre el agua hirviendo. ¿De acuerdo, George? Para que se ablanden.

Frankie se quedó perpleja mirando cómo aquel hombre era capaz de sacar una cena del más absoluto desastre. Veinte minutos más tarde, estaba sirviendo un pollo a la crema con curry que olía como si procediera de otro mundo.

—Ahora te toca a ti, princesa. Ven, sígueme.

Mientras él servía la comida en cuatro platos, Joy iba detrás de él salpicándolo todo de pasas y almendras. Después, el hombre llenó unas tazas de una especie de cuscús y las volcó sobre los platos. Rocío la montaña con un poco de perejil y la llamó.

—Listo.

Frankie se puso en marcha y agarró todos los platos a la vez, igual que había hecho siempre desde que era adolescente.

—Joy, recoge las mesas, por favor —le dijo a su hermana.

Joy salió delante de ella y retiró de la mesa los platos de la ensalada antes de que ella dejara los del pollo.

Cuando la comida terminó, los clientes se marcharon contentos y satisfechos. Hasta los Little iban sonriendo. Joy y George estaban encantados con el trabajo que habían hecho dirigidos por el desconocido.

Frankie era la única que no estaba contenta.

Debería estar de rodillas, agradeciéndole al hombre de los cuchillos lo que había hecho por ellos. Debería sentirse aliviada; pero, en lugar de eso, estaba furiosa. Estaba acostumbrada a ser la salvadora y era difícil aceptar que un desconocido la hubiera destronado. Un hombre que había salido de la nada.

Y que todavía tenía una bolsa de maíz congelado atada al tobillo.

El hombre acabó de limpiar sus cuchillos y los acercó a la

luz para examinar las hojas con cuidado. Aparentemente satisfecho con lo que vio, los metió dentro de los bolsillos y lio el fardo con un cordón. Después, lo volvió a meter en su mochila y Frankie se dio cuenta de que no había llamado por teléfono.

—¿Por qué no usa el teléfono? —dijo con tono gruñón en lugar de darle las gracias. Pero estaba acostumbrada a dar órdenes; no a alabar la iniciativa. Y aquel nuevo rol la hacía sentirse algo incómoda.

Y quizá, debía admitir, también sentía un poco de envidia ante la facilidad con la que él lo había arreglado todo.

Lo cual era bastante ridículo.

Cuando él la miró, entrecerró los ojos.

Considerando lo relajado que se mostraba con Joy y George, Frankie pensó que ella debía de caerle mal. Aquella idea le molestó bastante, aunque se dijo que no había motivos para que su opinión le importara. Al fin y al cabo, nunca iba a volver a verlo. Y, de hecho, ni siquiera sabía su nombre.

En lugar de responderle, el hombre miró a Joy, que tenía un pie en las escaleras que conducían a las habitaciones de los sirvientes.

—Buenas noches, princesa. Esta noche has hecho un buen trabajo.

Frankie se preguntó cómo había sabido que Joy iba a marcharse a la cama.

La encantadora sonrisa de Joy iluminó la cocina.

—Gracias, Nate.

Y así fue como Frankie se enteró de su nombre.

Nate cerró la bolsa y miró a Frankie. A pesar de su evidente hostilidad, podía ver que estaba exhausta. Parecía agotada y tenía la expresión de alguien que había gritado demasiadas órdenes a demasiada gente en una empresa que no funcionaba.

Se había encontrado con muchos gerentes como ella a lo largo de los años. El fracaso se olía en cada rincón del hostal

White Caps. Desde lo que había visto fuera a lo que había visto en la cocina y en el comedor. Aquel lugar era como un traje de fiesta lleno de manchas. Una mansión preciosa que estaba convirtiéndose en un montón de escombros.

Y el negocio estaba arrastrando con él a aquella mujer. ¿Cuántos años tenía? ¿Treinta? Probablemente, aunque parecía mucho mayor.

Intentó imaginarse qué había tras aquellas gafas, las ropas amplias y el delantal blanco.

Probablemente, había comenzado aquella empresa llena de esperanza y optimismo. Aunque, probablemente, aquella actitud le había durado solo hasta que le había quedado claro que servir a los ricos era un trabajo desagradecido y poco valorado. Después, si había tenido que pagar alguna factura por algún agujero en el tejado o alguna otra reparación, le debía de haber quedado claro que aquel encantador hotel era demasiado caro de mantener.

Estaban muy cerca el uno del otro y, de repente, él sintió que era demasiado consciente de su presencia. A pesar de la ropa grande, de las gafas, del mandil blanco y de las grandes ojeras, su cuerpo empezó a calentarse. Ella lo miró con los ojos muy abiertos y Nate se preguntó si también habría sentido la corriente que parecía ir del uno al otro.

—¿Estás buscando cocinero? —preguntó él de repente.

—No lo sé —dijo ella.

—Seguro que necesitas a alguien. El barco se te habría hundido si yo no hubiera aparecido por esa puerta.

—De lo que no estoy segura es de si te necesito a ti —le contestó ella sin tapujos.

—¿Crees que no puedo hacerlo? —le preguntó con una sonrisa, y al ver que seguía en silencio, añadió—: ¿Qué te ha parecido lo que he preparado esta noche?

—Estuvo bien; pero eso no significa que vaya a contratarte.

Nate meneó la cabeza.

—¿Bien? Vaya, parece que te cuesta alabar el trabajo de la gente.

—No me gusta malgastar mis energías en inflarle el ego a nadie. Especialmente, cuando ya está bastante inflado.

—¿Prefieres estar con los deprimidos? —preguntó él con amabilidad.

—¿Qué se supone que significa eso?

Nate se encogió de hombros.

—Tus empleados están tan abatidos que es extraño que puedan mantenerse en pie. Esa pobre chica estaba dispuesta a trabajar hasta morir a cambio de una palabra amable y George agradece cualquier cumplido como si no hubiera escuchado ninguno en la vida.

—¿Qué te hace pensar que los conoces tan bien? —tenía las manos en las caderas y lo miraba directamente a la cara.

—Está claro. Si te quitaras la venda de los ojos durante un momento, quizá tú misma podrías ver lo que les estás haciendo.

—¿Lo que les estoy haciendo? —lo señaló con un dedo—. Joy tiene un techo donde vivir y George no está encerrado en un asilo. Y tú ya te puedes marchar de aquí con tus críticas.

Nate se preguntó por qué demonios estaba discutiendo con ella. Lo último que aquella mujer necesitaba era otra batalla. Además, ¿a él qué le importaba?

—Mira, no quiero discutir contigo —le dijo—. ¿Hacemos un trato?

Le ofreció la mano, consciente de que acababa de aceptar un trabajo que nadie le había ofrecido. Pero ¡qué diablos!, necesitaba pasar el verano en algún sitio y, obviamente, ella necesitaba ayuda. Y White Caps estaba tan bien como cualquier otro sitio; aunque se estuviera hundiendo. Al menos, podría divertirse y probar nuevas cosas en las que había pensado sin que los críticos culinarios estuvieran encima de él.

Ella le miró la mano y se cruzó de brazos.

—Creo que es mejor que te vayas.

—¿Siempre eres tan obstinada?

—Adiós.

Él dejó caer la mano.

—Vamos a dejar las cosas claras: no tienes cocinero y estás buscando a alguien. ¿De verdad prefieres encargarte tú de algo que no controlas solo porque no te gusto? —al ver que ella lo seguía mirando sin decir nada, añadió—: ¿Has pensado alguna vez que esto se puede estar viniendo abajo por tu culpa?

El silencio que siguió a continuación fue como la calma que precedía a la tormenta. Nate lo supo en cuanto la vio temblar.

Pero ella no se dirigió a él con palabras enfadadas, ni le lanzó un derechazo. En lugar de eso, comenzó a llorar. Detrás de las gafas, vio aparecer las lágrimas y, después, las vio caer.

—¡Oh, Dios! —Nate se pasó la mano por el pelo—. No pretendía...

—Mira, tú no me conoces de nada —gimió ella con voz ronca. A pesar de las lágrimas, lo miró directamente a la cara como si no tuviera nada que ocultar—. No tienes ni la más remota idea de lo que estamos pasando. Así que recoge tu mochila y márchate.

Nate se acercó a ella, sin estar muy seguro de lo que debía hacer. Por supuesto, no podía abrazarla. Pero tenía que hacer algo, darle unos golpecitos en el hombro o algo así.

No le sorprendió cuando ella se dio la vuelta y lo dejó solo en la oficina.

En la alacena, rodeada por latas de verduras, bolsas de galletas y tarros llenos de condimentos, Frankie respiró hondo intentando recobrar la compostura. Se limpió los ojos con las palmas de las manos, se sonó la nariz y se estiró el mandil.

No podía creerse que se hubiera venido abajo de aquella manera. ¡Delante de un extraño! Pero era mucho mejor que llorar delante de Joy.

¡Dios! Le había dado en su punto más débil. La idea de que White Caps se estuviera viniendo abajo por su culpa era su mayor temor y solo pensar en ello hacía que volviera a llorar.

¿Qué iba a decirle a Joy si tuvieran que marcharse? ¿Dónde

iban a vivir? ¿Y cómo iba a ganar dinero suficiente para cuidar de su hermana y de su abuela?

¿Qué le diría a Alex?

Cerró los ojos y se apoyó en los estantes.

Alex.

Se preguntó dónde estaría su hermano. La última vez que había tenido noticias suyas se estaba entrenando para la Copa de América en las Bahamas; pero eso había sido en febrero. Viajaba de competición en competición por todo el mundo y no siempre era fácil localizarlo.

Se habían quedado huérfanos cuando Frankie acababa de cumplir los veintidós años, por culpa de aquel accidente en el lago. Por eso, el hecho de que Alex pasara tanto tiempo en el mar hacía que ella viviera con el corazón en un puño. Sin embargo, había aprendido a vivir con el temor.

Cuando no quedaba más remedio, la gente era capaz de hacer cosas inimaginables.

Por culpa de la mala fortuna, ella se había convertido en una especie de Superwoman. Quizá un poco cansada y no muy en forma; pero al cargo de todo lo referente a la familia y al hotel.

Frankie tomó aliento y pensó que, por una vez, le gustaría compartir aquella carga. Tener a alguien que tomara las decisiones por ella, que se encargara de todo.

Joy vivía en una nube y George solo sabía cuándo necesitaba comer, la hora de ir a la cama y poco más. Y la abuela pensaba que todavía estaban en 1953.

Entonces, como si estuviera viendo una película, le pasó por la mente la imagen de Nate en la cocina, preparando la comida.

Aquel hombre tenía razón. Necesitaba un cocinero y él estaba disponible.

Además, era bueno.

Frankie giró sobre sus talones y salió de la alacena, dispuesta a correr tras él; pero enseguida se paró en seco. Él estaba allí esperando, apoyado en la nevera.

—No quería marcharme hasta saber que estabas bien —explicó él.

—¿Quieres el trabajo?

El hombre levantó la ceja, aparentemente sorprendido por su cambio de opinión.

—Sí. Me quedaré hasta septiembre.

—No puedo pagarte mucho; pero tampoco tendrás mucho que hacer.

Él se encogió de hombros.

—El dinero no me importa.

—También puedo ofrecerte alojamiento y comida. Pero quiero dejar una cosa clara...

—Déjame adivinar: tú eres la jefa.

—Bueno, sí. Pero lo que quería decir es que te mantengas alejado de mi hermana.

Él frunció el ceño.

—¿La princesa?

—Se llama Joy. Y no le interesas.

Él sonrió.

—¿No crees que eso debería decidirlo ella?

—No, no lo creo. ¿Queda claro?

Como no se le borraba la sonrisa de la cara, Frankie no pudo evitar preguntarse qué era lo que aquel hombre encontraba tan divertido.

—¿Y bien?

—Sí, queda muy claro —él alargó la mano y levantó una ceja—. ¿Esta vez vas a tocarme?

Era un reto.

Y Frankie nunca se echaba para atrás.

Agarró su mano como si fuera el tirador de una puerta, con fuerza, para que quedara claro que aquello era un negocio. Pero, al tocarlo, un escalofrío le recorrió todo el cuerpo, dejándola confundida.

Él entrecerró los ojos.

Frankie sintió que le apretaba la mano y tuvo la ridícula sensación de que la acercaba a él para darle un beso. «¡Dios!», pensó. Lo que podría hacerle si estuvieran desnudos en la cama...

Dio un paso hacia atrás, pensando que tal vez necesitaba darse una ducha.

—Recuerda lo que te he dicho —gruñó—. No te acerques a mi hermana.

Él se pasó la mano por el cuello y después metió las manos en los bolsillos.

A Frankie le dio la sensación de que era una persona a la que no le gustaban las órdenes; pero no importaba. Iba a trabajar para ella y eso significaba que ella era la que decía lo que había que hacer. Punto final.

Y lo último que necesitaba era tener que preocuparse por si le rompían el corazón a Joy. O si la dejaban embarazada y sola al final del verano.

—¿Ha quedado claro?

Él no respondió, pero Frankie supo que la había entendido por la forma en la que apretaba la mandíbula.

—Entonces te acompañaré a tu habitación —se dio la vuelta y apagó las luces, antes de dirigirse hacia las escaleras.

Cuando los Moorehouse tenían dinero, antes de que varias generaciones de despilfarradores gastaran la fortuna de la familia y vendieran todas las joyas y obras de arte, la familia había ocupado las habitaciones de la parte delantera de la casa que daban al lago. Ahora, vivían en el ala de la casa destinada al servicio, en la parte de atrás de la mansión. Aquella zona tenía los techos bajos y suelos de madera de pino, y carecía de adornos. Era calurosa en verano y en invierno todas las tuberías crujían. Desafortunadamente, eso ya pasaba en el resto de las habitaciones.

En la parte de arriba de las escaleras había un pasillo a cada lado. A Frankie no le cabía ninguna duda sobre dónde iba a dormir el cocinero. No le gustaba la idea de tenerlo cerca; pero, al menos, así podría mantenerlo vigilado. Se dirigió hacia la izquierda, al otro lado de donde estaba la habitación de Joy.

Abrió la puerta pensando que a aquel hombre no le importaría la falta de comodidades. Parecía una persona que podía dormir en el coche o en un parque si fuera necesario; así que una cama debería parecerle bien.

—Traeré las sábanas —le indicó—. Vamos a compartir el cuarto de baño. Es esa puerta de al lado.

Se marchó a buscar la ropa de cama al armario que estaba en la parte de Joy. A la vuelta, lo oyó hablar.

—En realidad, señora, soy el nuevo cocinero.

«¡Oh, no! ¡Abuela!»

Frankie corrió en dirección a las voces, dispuesta a mantener a su familia alejada de aquel extraño.

—¿Cocinero? Ya tenemos tres cocineros. ¿Por qué iba mi padre a contratar otro?

Emma era una mujer menuda y llena de adornos. Llevaba un traje de cóctel que había visto tiempos mejores. Tenía el pelo largo y blanco y le caía por la espalda.

Al lado de Nate, parecía una figurita china.

—¡Abuela!

Nate la paró con la mano. Después, se volvió hacia la mujer y le hizo una reverencia.

—Señora, es un placer estar a su servicio. Mi nombre es Nathaniel, para lo que usted mande.

La anciana se quedó mirándolo pensativa y dio media vuelta.

—Me gusta —le dijo a nadie en particular antes de marcharse.

A Frankie le habría gustado decirle que también se mantuviera alejado de su abuela, pero pensó que sonaría bastante rudo, así que mantuvo la boca cerrada.

—Tengo una pregunta —dijo él de repente—. ¿Cómo te llamas? Aparte de «jefa», claro.

—Frankie —contestó, cortante—. Buenas noches.

Caminó hacia su habitación y, cuando fue a cerrar la puerta, se dio cuenta de que él estaba apoyado en la suya, mirándola.

Era un hombre muy sexy, pensó, mirándolo a los ojos durante un segundo.

—Buenas noches, Frankie —las palabras sonaron como una caricia.

Ella no respondió y cerró la puerta rápidamente; después, se apoyó contra ella sintiendo que el corazón le latía acelerado.

Hacía tanto tiempo que un hombre no la miraba así... ¿Cuándo fue la última vez que se había sentido una mujer? Desde David, pensó, conmocionada. ¿Cómo había pasado el tiempo tan deprisa? Día a día, luchando para intentar conservar White Caps, no se había dado cuenta de que había consumido una década de su vida. Por alguna estúpida razón, sintió que le apetecía volver a llorar. Sacudió la cabeza y empezó a quitarse la ropa. Estaba cansada, pero necesitaba una ducha. Se puso un albornoz y se asomó por la puerta. El pasillo parecía libre. La puerta de Nate estaba cerrada y no se oía el agua del grifo. Corrió hacia el baño y se metió bajo la ducha. Se lavó el pelo y se enjabonó y, en menos de seis minutos, estaba lista.

Mientras volvía a su habitación, pensó que la ducha habría estado mucho mejor sin el estrés de tener que compartir el baño con el cocinero. Pero tenía que tenerlo vigilado.

CAPÍTULO 3

Nate se despertó con una quemazón en el cuello. Abrió un ojo y no le sorprendió descubrir que no conocía el cuarto en el que había dormido. Ni siquiera estaba seguro de si estaba en Nueva York o en Nuevo México.

Se sentó en la cama y estiró los brazos. No estaba mal la habitación. Un armario y una mesilla de pino y dos ventanas pequeñas. Lo mejor del lugar era que estaba limpio y era tranquilo. La cama era cómoda y había dormido como un bebé.

Nate se echó hacia delante y miró por la ventana.

Entonces recordó a la mujer de pelo castaño y las gafas de montura de pasta.

Frankie.

Rio ligeramente y se rascó el cuello.

Era una mujer frustrante, pero le gustaba. Su tenacidad le intrigaba. Toda aquella fuerza y aquel estilo desafiante hacían que deseara penetrar la capa dura del exterior. Ver detrás de las gafas. Quitarle aquellas ropas grandes y que soltara toda su rabia contra él.

Meneó la cabeza al recordar la vehemencia con la que le había advertido que se mantuviera alejado de su hermana. No tenía de qué preocuparse. Si al principio la chica le había sorprendido, había sido porque su belleza y fragilidad eran inusuales; no porque lo atrajera. De hecho, aquella chica rubia con cara de princesa hacía que le apeteciera sentarla sobre sus rodillas y darle de comer pasta hasta que pesara unos cuantos kilos más.

No; aquella princesa no era para él.

A él le gustaban las mujeres, no las niñas, y le gustaban las mujeres con carácter, como Frankie. Aunque a veces pudiera resultar irritante, era algo que él valoraba mucho.

Se preguntó cuánto le costaría ablandarla para que le diera una oportunidad. Quizá no le vinieran mal un par de besos bien dados. Dejó escapar un suspiro mientras se imaginaba las posibilidades.

Salió de la cama y se volvió a rascar el cuello. Aquel picor insistente empezaba a inquietarle.

Al levantarse, sintió que le dolía el tobillo y tuvo que ir hasta el espejo cojeando. Al ver su reflejo, soltó una maldición. Tenía al cuello plagado de pequeñas ampollas. Hiedra venenosa.

Aquellas hojas que habían amortiguado la caída le habían parecido inocuas. Debería haberlo sospechado; en las montañas Adirondacks, ese tipo de hiedra cubría los lados de las carreteras como un manto. Tenía suerte de haber estado completamente vestido y de que ninguna de las hojas le hubiera rozado la cara; sin embargo, iba a ser muy molesto.

Agarró una toalla y se fue al cuarto de baño. Recordaba que Frankie le había dicho que había dos parejas hospedadas, así que pensó que lo mejor sería bajar a prepararles el desayuno.

Diez minutos más tarde, con la misma ropa que había llevado el día anterior y con el pelo mojado, entró en la cocina. Lo primero que hizo fue abrir la cámara frigorífica para hacer un inventario. No había mucho: huevos, queso, verdura y algo de fruta.

Al menos el desayuno estaría cubierto, pensó mientras agarraba un recipiente con grosellas.

Para el resto de las comidas, tendría problemas. Si fuera a cocinar para niños de cinco años, les prepararía un sándwich. Pero los invitados que dormían en las habitaciones principales de la casa no iban a quedarse satisfechos con cualquier cosa. Tendría que encargar más cosas; nada espectacular, pero que al menos pudiera servirle para preparar algo decente.

Se dirigió hacia el congelador, imaginándose que lo encontraría vacío. Sin embargo, se encontró con que estaba repleto de todo tipo de carne: ternera, cordero, pavo... Aquello le dio esperanzas.

Nate resistió la tentación de rascarse el cuello. Todavía no eran las seis, por lo que tenía tiempo suficiente para preparar buñuelos. Media hora más tarde, acababa de sacar el primer lote del horno cuando oyó pisadas.

La hermana de Frankie apareció por las escaleras.

Él sonrió.

—Buenos días, princesa.

—Eso tiene una pinta estupenda —dijo ella, acercándose a los buñuelos. Se inclinó sobre ellos y respiró hondo.

—Prueba uno.

Ella meneó la cabeza.

—Son para los clientes.

—Esta es solo la primera tanda. No te vendría mal un buen desayuno —sus ojos se dirigieron hacia el albornoz que le cubría del cuello a los pies y que, probablemente, podría darle dos vueltas.

Ella agarró las solapas y las cerró.

—¿Puedo ayudarte en algo? —preguntó como para distraerlo.

—Puedes preparar el café. ¿Están las mesas listas?

—No. Pero también puedo hacerlo.

—Fantástico —Nate frunció el ceño e intentó calmar el picor frotándose con el cuello de la camisa.

—¿Estás bien?

—Para un tipo al que le arde el cuello, bastante bien —señaló el lado izquierdo—. Hiedra venenosa.

—¡Oh, eso es terrible! —dijo Joy mientras se acercaba para verlo mejor.

Frankie se estiró, sintiendo que había dormido muy bien y miró el reloj.

—¡Maldición!

Se había olvidado de poner la alarma y se había quedado dormida. Ya eran las siete menos cuarto. Saltó de la cama y se puso una camisa blanca limpia y unos pantalones negros. Tenía que darse prisa para organizar el desayuno y preparar las mesas. Además, estaba a punto de llegar el pedido con más verdura.

Se estaba recogiendo el pelo cuando le llegó un olor delicioso; algo que sugería magdalenas o bizcochos.

Nate debía de haberse levantado.

Frankie se dio más prisa.

Corrió escaleras abajo y, nada más entrar en la cocina, se quedó paralizada al ver a su hermana pegada al nuevo cocinero, tan cerca que podría estar besándolo. Estaba de puntillas, mirándole el cuello. ¿Qué hacía tocándolo? ¿En el cuello? ¿Con solo un albornoz?

—Disculpad que os interrumpa —dijo en voz alta—. Pero quizá deberíais estar pensando en el desayuno.

Joy se alejó del hombre totalmente ruborizada, mientras que Nate la miraba con tranquilidad.

—El desayuno ya está listo —dijo, señalando una bandeja de buñuelos—. Los clientes todavía no se han levantado.

—Joy, ¿te importaría dejarnos solos un minuto?

La muchacha desapareció.

—¿Ya se te ha olvidado lo que te dije ayer?

Él abrió el horno y echó una ojeada a lo que había dentro.

—¿Siempre estás tan contenta por las mañanas?

—Respóndeme.

—¿Quieres un café?

—¿Me vas a decir lo que estabas haciendo con mi hermana?

—No.

Cuanto más nerviosa estaba ella, más tranquilo parecía él.

—Pensé que habíamos llegado a un acuerdo. O te mantienes alejado de mi hermana o te largas de aquí.

Él se rio y meneó la cabeza mientras doblaba unos paños de cocina.

—¿Exactamente qué es lo que piensas que voy a hacerle? Tirarla al suelo, abrirle el albornoz y...

Frankie cerró los ojos y le cortó.

—No hay por qué ser tan gráfico.

—Y tú tampoco tienes por qué preocuparte.

Frankie lo miró, pensando que un hombre tan atractivo como él no era de fiar. ¡Si incluso era capaz de derretirla a ella con la mirada!

Dios, ¿por qué habría llegado a su casa? Además, se había olvidado de pedirle las referencias... ¿Y si fuera un asesino? ¿O un violador en serie?

Empezó a imaginarse todo tipo de terribles escenas con su hermana como víctima. Si le pasara algo a Joy, nunca se lo perdonaría.

—Hiedra venenosa —dijo él.

Frankie se vio obligada a dejar aquella espiral de paranoia.

—¿Qué?

—Estaba mirando la erupción que me ha dejado la hiedra venenosa. Mira —ella se acercó a mirarlo—. Puedes acercarte más, no muerdo. A menos que me lo pidan.

Frankie se acercó y se puso de puntillas. Tenía el cuello lleno de ampollas.

—Eso te debe de picar muchísimo —dijo, a modo de disculpa.

—Sí, no es divertido —se volvió hacia el horno y sacó otra bandeja con los buñuelos más esponjosos que Frankie había visto en su vida. El olor era algo sobrenatural.

—¿Quieres uno? —preguntó él—. Intenté que tu hermana tomara uno, pero no quiso.

Nate separó uno con un dedo, aunque aún estaban muy calientes. Lo untó con mantequilla, que se derritió al instante, y le ofreció la mitad. Frankie se lo tuvo que cambiar de una mano a la otra, soplando para enfriarlo. Después, se lo llevó a la boca y cerró los ojos para saborearlo.

Él rio satisfecho.

—No está mal, ¿eh?

Era un cocinero fantástico, pensó ella. Sin embargo, no iba a dejar de pedirle referencias.

—Están... deliciosos —hizo una pausa—. Necesito que me des el nombre y el número del último sitio donde estuviste trabajando. También necesito tu apellido, olvidé preguntártelo anoche.

—Walker. El apellido es Walker.

Frankie frunció el ceño, pensando que había oído aquel nombre en algún lugar.

Antes de que pudiera preguntarle, él continuó:

—Y el último sitio donde trabajé fue en Nueva York. La Nuit. Pregunta por Henry. Te dirá lo que quieras.

—Frankie abrió los ojos. De La Nuit sí que había oído hablar. Era uno de los restaurantes de cuatro tenedores que aparecían en las revistas que los clientes dejaban en las habitaciones. ¿Cómo había conseguido una persona como él trabajar en un lugar así?

—¿Cuándo llega el pedido con la comida? —preguntó Nate.

—Los miércoles y los sábados llega la verdura y la carne. Los productos frescos, los lunes, y también los viernes si hace falta.

No había hecho falta en todo el año.

—Genial. ¿Me puedes dar el número para hablar con el encargado?

—¿Quieres hablar con Stu?

Nate frunció el ceño.

—Sí. A menos que pueda leerme el pensamiento.

—Yo soy la que se encarga de los pedidos. Dime lo que quieres.

—No lo sabré hasta que sepa lo que tiene.

Ella señaló hacia la cámara.

—Puedes consultar lo que ya tenemos.

Él hizo una pausa, y después se cruzó de brazos.

—Pensé que querías que yo fuera el cocinero.

Frankie se preguntó en qué cocina creía que estaba.

—Como ya me señalaste en una ocasión, White Caps no es que vaya a las mil maravillas exactamente. Tengo que asegurarme de que nos ceñimos al presupuesto; no puedo permitirme que tires el dinero.

Nate señaló al comedor.

—¿Quieres sentar traseros en esas sillas? ¿Quieres que vuelvan los clientes? Entonces tienes que darles buena comida, y para eso tienes que gastarte dinero, preciosa.

Ella se rio y miró hacia la ropa ajada de él.

—¿Qué sabes tú del dinero? ¿O de llevar un restaurante?

Nate se acercó y dejó de sonreír.

—Quizá deberías dejar esa actitud tan desdeñosa, sobre todo teniendo en cuenta que no sabes mucho sobre mí. Aparte de que está bastante claro que me necesitas en tu cocina.

Ella abrió los ojos, claramente sorprendida. Era toda una experiencia tener a alguien enfrentándosele.

—Todo lo que necesito saber de ti es que ahora mismo estás trabajando para mí. Lo que significa que tienes que hacer lo que yo diga, ¿te queda claro?

Él la miró durante un buen rato y Frankie pensó que se iba a marchar. Sintió una congoja repentina al recordar lo que había pasado la noche anterior antes de que él llegara. Sin embargo, si ese hombre no podía acatar las órdenes, no lo quería en su casa. Su teoría sobre lo de gastar dinero quizá fuera cierta, pero no servía cuando uno tenía menos de cinco mil dólares en la cuenta corriente. Un negocio como aquel necesitaba un montón de malabarismos y para ello tenía que saber dónde ponía cada céntimo. Seguro que él era capaz de gastárselo todo en tonterías y dejar la cuenta vacía para la semana siguiente.

Frankie respiró hondo y se dio cuenta de que él se estaba rascando el cuello mientras la miraba.

—Mira, ¿por qué no haces una lista con todo lo que necesitas para ver qué puedo hacer? Y no te rasques. Cuando vaya al pueblo, te traeré algo para el picor.

Frankie se dio la vuelta, pensando que no tenía más tiempo para seguir discutiendo. Tenía que intentar encontrar unas facturas en la oficina y pensar de dónde iba a sacar el dinero para pagar al fontanero, que llegaría en una hora.

CAPÍTULO 4

Nate se apoyó en la encimera e hizo un esfuerzo para no soltar un improperio. ¿Qué era lo que pensaba que iba a pedir? ¿Trufas y caviar? Él sabía muy bien las dificultades por las que estaban pasando, pero necesitaba comida de verdad.

Se quedó pensativo y decidió que, por el momento, le haría caso. Haría una lista para que la revisara. Le demostraría que se podía confiar en él. Y cuando se diera cuenta de que no era un despilfarrador, ella podría dedicarse a llevar el hotel.

Dios, ¿cuándo había sido la última vez que le habían revisado un pedido? Miró a su alrededor, buscando papel y, al no encontrarlo, fue a la oficina. Al entrar, la encontró empujando el escritorio con toda su fuerza. A pesar de todo el esfuerzo, aquello no se movía.

—Déjame que te ayude —le dijo él.

—No hace falta —respondió ella.

Por supuesto que hacía falta. El escritorio estaba hecho de caoba y debía de pesar casi tanto como un coche. La ignoró y agarró la mesa por una esquina para alejarla del agujero del techo del que aún caía agua. La dejó al lado de una ventana con vistas al lago.

—¿Tienes papel? —preguntó cuando acabó.

Ella sacó un folio de un cajón del escritorio y se lo entregó. Nate se marchó, pensando que aquella mujer iba a tener que empezar a confiar en él.

★ ★ ★

Frankie colgó el teléfono y se quedó mirándolo. Después del informe tan brillante sobre Nate que le había dado el propietario de La Nuit, sentía como si le hubiera tocado la lotería. Tenía un título de la escuela de cocina más famosa del país y además había trabajado en París. ¿Quién lo diría? Realmente, era un regalo del cielo.

Eso la hizo pensar. Si él se quedara un tiempo, quizá pudiera ayudarlos a adquirir cierto prestigio. Al menos con la gente de por allí. Entonces, podrían...

Frankie levantó la cara y vio a Nate en la puerta.

Intentó ocultar su sorpresa y esperó a que él hablara.

—Aquí está la lista, jefa —su voz sonó relajada.

Se acercó a la mesa y dejó el papel delante de ella.

—Me imagino que no tendremos más de diez personas por noche durante los próximos días, así que no pido mucho. Y para que lo sepas, voy a preparar otro menú. El que tenéis es demasiado tradicional.

Ella asintió.

—Acabo de hablar con Henry.

Nate sonrió.

—¿Qué tal está?

—Me dijo que eras... muy bueno.

—Precisamente por eso te di su nombre. Me imaginé que, si te lo decía él, no te preocuparías tanto.

—¿Puedo preguntarte algo?

—Dispara.

—¿Por qué alguien con tu experiencia quiere trabajar aquí?

Él se encogió de hombros.

—Necesito dinero. Y solo es durante el verano.

—Pero ¿por qué no buscas algo mejor en la ciudad? Podrías ganar mucho más.

Frankie cerró la boca de golpe. ¿Es que se había vuelto loca?

Él se quedó pensando un rato.

—Un amigo mío y yo vamos a comprar un restaurante. Llevamos cuatro meses buscando en Nueva York, Boston y Montreal;

pero todavía no hemos encontrado nada que nos guste —sonrió—. O, mejor dicho, que nos guste y nos podamos permitir. Llevo un tiempo viviendo de los ahorros y ese dinero lo necesitamos para empezar. Justo cuando se me rompió el coche, había decidido ponerme a trabajar durante el verano y seguir en otoño con la búsqueda. Este sitio es como cualquier otro.

—Eso tiene sentido.

—Además, ¿cómo iba a resistirme a trabajar parar alguien como tú?

Ella lo miró.

—¿Como yo?

Él la miró a la boca y Frankie sintió que se le cortaba la respiración. La estaba mirando como si quisiera besarla, pensó.

El tiempo se detuvo un instante y Frankie tuvo que apartar la vista, incapaz de aguantar la tensión.

—Estás más guapa cuando sonríes —dijo él, y se marchó a la cocina.

Frankie dejó caer la cabeza en las manos, pensando que no era el tipo de mujer que iba por ahí enamorándose. Ella no era así. Pero, en cuestión de segundos, aquel hombre era capaz de desarmarla con sus encantos.

Aquello no era bueno.

En medio de aquel caos, la atracción que sentía por su nuevo cocinero era una complicación que no necesitaba. El teléfono sonó y Frankie lo descolgó con alivio, dispuesta a pensar en otra cosa. Desgraciadamente, era un cliente que quería cancelar una reserva que había hecho para el siguiente fin de semana.

Cuando colgó, miró por la ventana. En el césped, que pronto tendría que volver a cortar, vio un par de ardillas. Entonces, su mente voló un instante al pasado y recordó cuando sus hermanos y ella eran pequeños y correteaban por el jardín jugando.

Los animalitos treparon a un árbol y desaparecieron y Frankie volvió al presente.

Al lado de la lista de Nate había una carta del banco. En ella le recordaban que debía seis meses del crédito hipotecario. Afortunadamente, Mike Roy, el director del banco, siempre había sido muy comprensivo con ella. Especialmente, durante los meses de invierno. Después, durante el verano, Frankie conseguía ponerse al día con los pagos.

Al menos, hasta el verano anterior. Por primera vez, no había logrado pagarlo todo, lo cual significaba que ese verano tenía un agujero aún más grande que cubrir.

No quería tener que vender la casa. Rechazaba la idea, pero temía que fuera inevitable.

Sintió náuseas al imaginarse que tendría que dejar la herencia de su familia. Se imaginó dejándole la casa y la tierra a otra persona. Marchándose de allí para siempre.

No.

La protesta no salió de su cabeza, sino de su corazón. Y su fuerza la invadió, haciendo que le temblaran las manos.

Debía de haber una manera de hacer funcionar el negocio. Se negaba a vender lo único que le quedaba de sus padres. Pensó en Nate; quizá él pudiera conseguir algo. Además, según había leído en el periódico, el año se presentaba bueno en cuanto al turismo.

Volvió a mirar al césped del jardín. La última vez que le había pedido a George que lo cortara, el resultado había sido desastroso, por lo que se tendría que encargar ella misma.

Pasó por la cocina, donde Nate estaba trabajando, y se acercó a las escaleras.

—Joy, me voy al pueblo, ¿necesitas algo?

—¿Podemos ir la abuela y yo?

Estuvo tentada de decir que no porque quería volver antes de que llegara el pedido de la verdura, y si las llevaba se retrasaría.

Joy apareció en lo alto de las escaleras.

—Por favor.

—De acuerdo; pero date prisa —se preguntó qué estarían tramando, y miró a Nate—. Eso huele muy bien. ¿Qué estás haciendo?

—Un estofado —se giró hacia la tabla de cortar y comenzó a picar una cebolla. En un instante, la había reducido a un montón de cuadraditos perfectos—. Por cierto, le he dicho al de la grúa que trajera aquí mi coche, ¿te parece bien? Quiero echarle un vistazo.

«Y además arregla coches», pensó ella.

—Por mí está bien. Puedes dejarlo en el granero que hay en la parte de atrás.

—Gracias —dijo él mientras partía una zanahoria en tiras.

En aquel momento, apareció Joy con su abuela, que llevaba puesto unos de sus trajes de otra época.

—¿Necesitas algo? —le preguntó Frankie a Nate.

Él la miró y sonrió.

—Nada que puedas comprarme —le guiñó un ojo a Joy y volvió a su trabajo.

Mientras se marchaban, Frankie iba pensando que no sabía qué le molestaba más, si el coqueteo de él o su propia reacción.

Se dirigieron hacia el coche. La abuela, que estaba acostumbrada a viajar con chófer, se acomodó en la parte de atrás y Joy se sentó al lado de Frankie. Durante el viaje, la abuela les fue narrando historias del pasado, hablándoles de las casas en las que había estado, de sus fiestas. Siempre eran las mismas historias, los mismos nombres, las mismas fechas.

Cuando llegaron al pueblo, Frankie aparcó delante del banco.

—Voy a hacer unos recados. ¿Por qué no esperáis aquí?

—Sí —respondió Joy mientras giraba el cuello mirando los vehículos que estaban aparcados a los dos lados de la calle. Debido a que esa semana tenía un día festivo y el fin de semana iba a ser más largo, había más coches de lo habitual. Los Jaguar, Mercedes y Audi indicaban que los propietarios de las mansiones habían llegado para pasar el fin de semana.

Frankie salió del coche preguntándose a quién estaría buscando su hermana.

«Vendrá este fin de semana», pensó Joy. «Siempre viene para la fiesta del Cuatro de Julio».

Grayson Bennett tenía un BMW 645 TDI. O, al menos, ese era el automóvil del año pasado. Hacía dos años, había llegado en un Mercedes verde oscuro. El año anterior, había sido un Porsche. También recordaba un Alfa Romeo descapotable. Para ser una mujer a la que no le interesaban los coches, había aprendido mucho gracias a él. Había bastante gente en las calles; pero Gray era muy fácil de distinguir: era muy alto y siempre caminaba a paso ligero. También solía llevar gafas oscuras que, junto con su pelo negro, le conferirían un aspecto aún más intrigante.

Joy sabía que Gray estaba a punto de cumplir los treinta y seis años. La fiesta que solía organizar para su cumpleaños en su mansión era uno de los eventos más importantes de la zona; aunque ni a Frankie ni a ella las habían invitado nunca. Hubo un tiempo en el que los Moorehouse se habían codeado con los Bennett; pero, con el declinar de la fortuna de la familia de Joy, habían dejado de moverse en los mismos círculos.

Pero eso no significaba que ella no pudiera soñar. Uno de sus sueños favoritos era imaginarse que iba a la fiesta con un vestido precioso y que él la veía y se daba cuenta de que ya no era una niña, sino una mujer. Después, la tomaba en sus brazos y la besaba.

En la vida real, sus encuentros eran mucho menos románticos. Durante los meses de verano, si lo veía por el pueblo, se plantaba en su camino. Gray paraba y Joy contenía el aliento, deseando que él recordara su nombre. Siempre lo hacía. Le sonreía y, a veces, incluso se quitaba las gafas mientras le preguntaba por la familia.

Vio que se acercaba un BMW, pero no era el mismo. Mientras tanto, la abuela seguía hablándole de la inauguración de la biblioteca en 1936, sin percatarse de que la mente de su nieta estaba muy lejos de allí.

Joy se miró el dedo. Si no lograba un anillo pronto, acabaría siendo la tía rara que nunca se había casado y que olía a naftalina. Si se pudiera marchar de allí, a algún lugar con más gente de su edad, quizá podría quitarse a Gray Bennett de la cabeza.

—¿Sabías que mi tatarabuelo construyó el templete del pueblo? —le comentó la abuela.

—¿De verdad? Cuéntamelo todo —murmuró Joy, agarrándola de la mano.

A Joy le gustaban las historias de la abuela. Le parecían fascinantes y le encantaba escuchar, sobre todo, las de los bailes y la ropa.

Pero no en aquel momento.

Después de una década fijándose en un hombre al que no podía tener, Joy se sorprendió de lo patética que era esa atracción. Era absurdo aferrarse a unos sueños sin esperanza, y decidió que aquella fantasía, al igual que ella, se estaba haciendo vieja.

Se quedó mirando a la gente.

—¿Qué estás mirando? —le preguntó su abuela al ver que no le estaba prestando atención.

—Al hombre con el que quiero casarme —murmuró Joy, girándose hacia ella para animarla a que continuara hablando—. Por muy loco que parezca.

—¿Estás comprometida?

Joy meneó la cabeza, pensando que aquello no iba a pasar nunca.

—Por favor, continúa, abuela. ¿Qué me estabas contando del templete?

La abuela asintió y continuó con su historia.

Al rato, llegó Frankie. Dejó encima de su hermana unos papeles y una bolsa de la farmacia.

—¿Ya estamos con la historia del templete? —preguntó mientras arrancaba el coche.

Joy asintió y pensó que quizá debería pedirle consejo a su hermana. Seguro que ella podía ser más objetiva.

Frankie metió primera, giró en medio de la calle y se dirigió a casa.

—Si tú preparas las mesas para la comida, yo me ocuparé del césped y de regar las macetas de las ventanas. Tenemos una cancelación para el próximo fin de semana, lo que significa que solo habrá una pareja. Una. ¿Puedes creértelo? Dios, todavía recuerdo cuando llenábamos.

«Tal vez lo mejor sea que resuelva yo misma mis problemas», pensó Joy.

—¿A que no sabes a quién me he encontrado? —dijo Frankie de repente.

La abuela tosió en alto, molesta porque habían interrumpido su historia. Frankie ignoró la señal, por lo que Joy se giró y le dio a su abuela unos golpecitos en la mano. Lo último que necesitaban era que se pusiera nerviosa.

—Continúa, abuela—dijo Joy con amabilidad.

La abuela sonrió y siguió con su relato.

—A Gray Bennett —dijo Frankie.

Joy giró todo el cuerpo hacia ella.

—¿A quién?

—A Gray Bennett. Lo vi en el banco. Ha venido a pasar el fin de semana y me ha dicho que estaba pensando quedarse todo el verano.

El corazón de Joy comenzó a latir desbocado.

—¿De verdad? ¿Todo el verano?

La abuela volvió toser.

—Sí.

Joy miró por la ventana, intentando calmarse.

—¿Qué... qué aspecto tenía?

—Bueno, ya conoces a Gray. Siempre tiene buen aspecto.

Lo sabía muy bien. Demasiado bien. Pero quería conocer hasta el último detalle. Si tenía el pelo largo, si lleva pantalón corto, si parecía feliz...

¿Tendría un anillo en el dedo?

Joy sonrió, pensando que, si se hubiera casado, se habría enterado por alguna revista.

—Por cierto, me preguntó por ti.

Se quedó helada.

—¿En serio?

Frankie asintió y, entonces, empezó a hablar del fontanero.

Mientras Joy miraba por la ventana, las palabras de su hermana y de su abuela, que hablaban al mismo tiempo, retumbaban en la carrocería del coche, aturdiéndola. Pero, cuando comenzó a pensar en Gray, se olvidó de todo y empezó a sonreír.

CAPÍTULO **5**

Frankie se pasó un brazo por la frente, se inclinó hacia delante y empujó la cortadora de césped con más fuerza.

Si se daba prisa, podría acabar la parte delantera de la casa esa misma tarde.

—¡Frankie!

Levantó la cabeza y vio a Joy en una ventana.

—Mike Roy al teléfono.

Le dio un vuelco de corazón. ¿Por qué la llamaban del banco un fin de semana?

Dejó la cortadora de césped donde estaba y se dirigió hacia la puerta de atrás, justo cuando Stu llegaba con la camioneta llena de frutas y verduras.

—Stu, estaré contigo en un minuto —gritó.

El hombre asintió, se encendió un cigarrillo y pareció dispuesto a esperar.

Cuando Frankie atravesaba corriendo a la cocina, Nate le preguntó:

—¿Ha llegado el pedido?

Ella asintió.

—En un minuto...

—Genial —la interrumpió él, caminando hacia la puerta.

Frankie hizo una pausa, deseando hacer que volviera. Sin embargo, el director del banco tenía preferencia.

En la oficina, se pasó una mano por el pelo, diciéndose que, afortunadamente, Mike no podía darse cuenta de que estaba sudorosa. Agarró el teléfono, pensando que le iba decir que tendría que embargar la casa.

—Hola, Mike —dijo—. ¿Qué pasa?

—Me preguntaba si podía llevar a una persona a visitar White Caps. Está en el pueblo para pasar el fin de semana y se lo estoy enseñando. Y no puedo dejar fuera el lugar donde durmió Lincoln.

Frankie dejó escapar un suspiro de alivio.

—Por supuesto, tráelo cuando quieras. Tenemos la habitación ocupada, pero le preguntaré a mi cliente si no le importa que la enseñemos.

—Fantástico.

Una pausa. Tenía el estómago en un puño.

—Escucha, Mike, sobre los pagos de la deuda... me gustaría enseñarte un plan para cubrir lo que te debemos.

—Muy bien —respondió él—. Te espero la semana que viene en mi oficina. De todas formas, iré por ahí dentro de una hora o así.

Cuando colgó el teléfono, Frankie se quedó dándole vueltas a la conversación. Miró al otro lado de la habitación, donde estaba la foto de la familia. Se acercó a ella y se quedó mirándola.

Joy asomó la cabeza por la puerta.

—¿Frankie? Stu necesita un cheque.

Ella pestañeó.

—¿Estás bien? —su hermana comenzó a caminar hacia ella, pero Frankie volvió al escritorio.

—Sí, bien. Dile a Stu que ahora voy a ayudarlo a descargar.

—Ya no hace falta; Nate se encargó de eso.

Frankie agarró la chequera y la carpeta de la contabilidad y fue a la cocina.

Stu y Nate estaban apoyados en la encimera. Los dos tenían los brazos cruzados y estaban charlando.

Aquello era una sorpresa, porque Stu era una persona bastante tímida que no solía hablar con desconocidos.

—Hola, Stu —le dijo—. ¿Cuánto te debemos?

Stu se quitó el sombrero y la miró.

—Cien dólares.

Ella escribió la cifra en el cheque y se lo entregó.

Stu se despidió y se marchó.

Frankie fue a la cámara para ver qué había comprado Nate. Todas las verduras estaban colocadas más o menos donde ella las habría puesto.

—¿No te fías de mí? —le dijo él por encima del hombro mientras agarraba el apio.

Frankie se alejó. De repente, tuvo la sensación de que estaba en una sauna. Aquello significaba que o se había estropeado el motor o estaba empezando a excitarse.

Él ocultó una sonrisa.

Si la cámara frigorífica se estropeaba, podría llamar al electricista. Sin embargo, si era su libido la que le estaba dando problemas, la solución iba a ser más difícil; dudaba que hubiera un reparador de estrógenos en las páginas amarillas.

—¿Qué llevas ahí? —preguntó él, acercándose de nuevo.

Ella miró la carpeta que llevaba bajo el brazo, diciéndose que no debía volver a mirar aquellos bíceps que asomaban por la manga de la camiseta.

—Es la contabilidad.

Como Nate no se marchaba, Frankie sacó un papel y se lo enseñó.

Él lo miró, sorprendido.

—Meto todos los ingresos y todos los gastos en una página de Excel —le explicó—. Así puedo planificarme.

—¿Cuándo estudiaste Contabilidad?

—Nunca.

Él levantó la ceja.

—¿Necesitas algo más? —le preguntó Frankie.

—Por ahora no —contestó él, devolviéndole el folio—. Esto está muy bien.

Frankie volvió a mirar la carpeta, intentando convencerse de que el halago que notaba en su voz no le importaba. Empezó a hacer un inventario de la verdura que tenían.

—Oye, Frankie.

Ella lo miró.

—¿Qué hacéis por aquí por la noche?

La pregunta la pilló por sorpresa y se lo imaginó rodeado de mujeres. Probablemente, le gustarían las que llevaban faldas cortas y camisetas ajustadas. Aquello significaba que tenía todas las de perder, porque lo único ajustado que había en su armario eran un par de leotardos.

Alejó aquel pensamiento de su mente. A ella no le importaba cuál fuera su tipo de mujer. Además, la ropa holgada tampoco tenía nada de malo. De hecho, a ella no le gustaban las prendas que cortaban la circulación.

Nate la miró, esperando una respuesta.

Ella se encogió de hombros.

—En White Caps solo tenemos luciérnagas y estrellas, pero en el pueblo hay un bar. Aunque, comparándolo con Nueva York, tampoco creo que lo vayas a encontrar muy interesante.

Él sonrió.

—Entonces, me quedo con lo que tienes aquí.

Frankie lo miró con escepticismo.

—Seguro que preferirías otro tipo de diversión.

—Eso depende de con quién esté. A veces, la tranquilidad es mejor —él clavó la mirada en sus labios y su sonrisa desapareció—. A veces, dos personas solo necesitan la noche.

Al rato, se giró y se marchó.

Frankie se quedó mirando hacia la puerta con los dedos en la boca y se preguntó si se podría besar sin besar. Después de la manera en la que la había mirado, tenía que decir que sí.

Se echó hacia delante y apoyó la cabeza en un estante.

¡Por Dios! ¿Dónde se estaba metiendo? ¿Y por qué en aquel momento? Después de tantos años llevando una vida casi monacal, ¿por qué tenía que encenderse por cada palabra y cada mirada de un hombre que estaba de paso y que desaparecería al final del verano? Un hombre que, además, era su empleado.

Había estado demasiado preocupada pensando en lo que sucedería si ese hombre le ponía las manos encima a su hermana; pero quizá debería empezar a preocuparse por ella misma. Quizá debería empezar a darse sermones para no acabar con el corazón roto en septiembre. Porque así era como acabaría si algo comenzaba entre ellos. Él volvería a la ciudad y ella se quedaría allí.

Igual que había pasado con David.

El metal frío del estante, clavándosele en la frente, le recordó que estaba en la cámara. Como si los kilos de verduras que la rodeaban y el frío no fueran suficientes para darse cuenta.

Frankie se enderezó y miró la hoja contable. Aquellas filas y columnas bien ordenadas eran bastante tranquilizantes; pero, al comenzar a escribir, sintió que los dedos se le estaban congelando.

Salió frotándose las manos y pensando que, al menos, al motor no le pasaba nada malo.

CAPÍTULO 6

Nate se alegró al ver que llegaba su coche. Cuando dejó a Lucille en el granero, pensó que se sentiría como en casa. Los abrevaderos a ambos lados estaban repletos de maquinaria estropeada cubierta de polvo.

Aunque quizá podría deprimirle esa compañía.

Después de echar un vistazo al motor, se metió debajo del coche. Había perdido todo el aceite y eso le preocupaba; hacía un año que había reparado el depósito de aceite, por lo que debía de ser algo más importante.

Salió de debajo del coche y buscó algo para limpiarse las manos. No encontró nada y se limpió en la camiseta, pensando que, de todas formas, tenía que echarla a lavar.

Abrió el maletero, sacó su mochila y se la echó al hombro. En aquel momento, oyó la puerta trasera de la casa y vio salir a Frankie.

Llevaba unos pantalones cortos, por lo que podía apreciar sus fantásticas piernas: largas y fuertes y de un aspecto suave. Se preguntó por qué las esconderías con aquellos horribles pantalones negros dos tallas más grandes. Quizá era para que los tipos como él no se fijaran en ella. Eso también explicaría las gafas.

Se quedó allí escondido, mirando cómo empujaba la cortadora de césped.

Había estado a punto de besarla en aquella cámara. Lo único que lo había frenado había sido el peligro de que George o Joy hubieran aparecido. Además, una cámara no era el lugar más apropiado para hacer el amor. Por lo menos, no la primera vez.

Nate frunció el ceño al recordar a un par de supervisoras con las que había salido en el pasado. Quizá no fuera una buena idea tener algo con Frankie. Aunque solo se iba a quedar dos meses, si la cosa salía mal podía hacérsele eterno.

Frankie se inclinó sobre la cortadora de césped para ajustar la cuchilla. Nate la recorrió de arriba abajo con los ojos y pensó que lo mejor sería dejarla en paz. Aunque, por otro lado, le hacía sentir algo especial, y él no era una persona a la que le gustara dejar pasar la oportunidad de estar con una mujer como ella.

Sabía muy bien que acabaría invitándola a salir. Besándola. Con un poco de suerte, haciendo algo más. Estaba seguro de que ella lo encontraba atractivo; lo había notado en sus ojos. Y él la deseaba. Así que no había nada malo en que dos adultos se lo pasaran bien.

Nada malo. Solo una aventura de verano.

Nate pestañeó y se preguntó por qué sentiría aquel dolor en el pecho.

Lo sabía muy bien. Frankie no era como las otras mujeres con las que se había acostado. Ella no iba por ahí llamando la atención de los hombres. Tampoco parecía que ligara con sus clientes.

Nate se llevó una mano al cuello para rascarse. Solo esperaba que su conciencia no fuera a estropearle lo que podía ser una experiencia fantástica entre las sábanas.

Ella volvió a empujar la cortadora y él la miró, pensando en la cantidad de césped que le quedaba. No podía creer que fuera a hacerlo todo sola; entonces pensó que por supuesto iba a ser así. Se le ocurrió que podía ayudarla, pero estaba seguro de que ella no aceptaría su ofrecimiento.

Dios, cómo le gustaba.

Nate subió a su habitación, colocó el contenido de la mochila en el armario y bajó al jardín.

Ella ya se había encargado de todo un lado y estaba a punto de ponerse con el césped que bajaba hasta la orilla del lago.

—Hola —la saludó cuando llegó a su lado.

Ella dejó de segar y lo miró con frialdad.

—¿Necesitas ayuda? —le preguntó con una sonrisa.

Negó con la cabeza.

—Me lo imaginaba —continuó—. ¿Qué te parece si te digo que me encanta cortar el césped? Me encantaría cortar este. ¿Serías tan dura como para estropearme mi sueño?

Frankie se pasó un brazo por la frente.

—¿No deberías estar en la cocina?

—Ya está todo listo —miró al sol que había salido detrás de las nubes y, después, a la gran mancha de sudor que ella tenía en el pecho—. Además, imagino que tendrás cosas mejores que hacer —la miró con la cabeza ladeada, esperando a que lo contradijera.

Ella abrió la boca como para decir algo; pero después la cerró lentamente. Se puso las manos en las caderas y se miró las zapatillas llenas de hierba.

—No me digas que vas a aceptar sin protestar —dijo Nate, pensando que realmente le gustaba aquella chica—. Prefiero que me riñas a verte hacer un esfuerzo por portarte bien.

Ella se echó a reír.

—En realidad, estoy dispuesta a discutir contigo.

—¿Por ser un insubordinado? —preguntó él con una sonrisa.

—Peor que eso: porque quizá tengas razón —miró a su alrededor, al césped, a los arbustos, al embarcadero de la orilla del lago. Parecía una mujer solitaria y cansada.

—¿Cuánto hace que compraste la casa? —preguntó él.

—¿Comprarla? Ha estado siempre en la familia.

Entonces, Nate comprendió por qué ella estaba allí.

Frankie recorrió la casa con la mirada, con la preocupación de una madre por un hijo. Observó que los canalones del techo se habían desprendido en una esquina.

Nate siguió su mirada y pensó que seguro que había hecho una nota mental para arreglarlos.

—Así que creciste aquí.

—Nací, crecí, todo —se quedó mirando al lago.

—¿Dónde están tus padres? ¿Están retirados?

Ella apartó los ojos del agua súbitamente.

—No, murieron.

Nate notó cómo se cerraba delante de él, tan abruptamente que sintió como si le cerraran una puerta en las narices.

—Lo siento.

—Gracias, pero hace mucho tiempo.

—Yo perdí a mi padre hace cinco años —dijo él—. No nos llevábamos muy bien, pero su muerte lo cambió todo —no quiso mencionar que para mejor porque, obviamente, para ella no había sido así—. Lleva un tiempo recuperarse.

Frankie se encogió de hombros.

—¿Qué me dices del césped? —preguntó para cambiar de tema.

Ella le miró el tobillo.

—No creo que puedas ir por ahí empujando una cortadora de césped con el tobillo tal como lo tienes.

—Lo haré hasta que no pueda más.

—Es curioso; eso es lo que yo digo siempre —Frankie sonrió y volvió a mirar al lago.

Nate notó que tenía las gafas sucias y, antes de que ella tuviera tiempo de darse cuenta de lo que estaba pasando, se las quitó.

—¿Qué estás haciendo?

Él se alejó de su alcance mientras ella intentaba agarrarlas.

—Te las estoy limpiando.

—Devuélvemelas

Nate frotó un cristal con el trozo de camiseta que aún tenía limpio y después el otro, mientras daba vueltas para que no pudiera quitárselas. Levantó las gafas hacia el sol, por encima de la cabeza, para ver qué tal habían quedado.

—Ya está. Mucho mejor.

Se dio la vuelta hacia ella para ponérselas, justo cuando Frankie saltaba para agarrarlas. El choque fue inevitable. Tuvo que agarrarla por la cintura para no caer al suelo.

En cuanto la tuvo en sus brazos, sintió que perdía el control. Ella también debía de haber sentido lo mismo, porque se quedó mirándolo con la boca abierta.

«Qué ojos», pensó Nate. Nunca debería ocultar esos preciosos ojos azules. Al menos no a él.

—Suéltame —susurró ella—. Peso mucho.

Pero no era cierto. A Nate le pareció que podría tenerla así, pegada a su cuerpo, durante toda la eternidad.

Se inclinó hacia delante para susurrarle al oído.

—¿De verdad quieres que lo haga?

Ella asintió y él pensó que, aunque la dejara en el suelo, no tenía por qué soltarla. Así podría besarla mucho mejor.

Contuvo el aliento y dejó que se deslizara por su cuerpo hasta llegar al suelo. Cuando ella tocó la tierra con los pies, sus pechos quedaron a la altura de su torso y sus caderas apretadas contra lo que se estaba convirtiendo en una potente erección. Nate esperó un instante, preguntándose si ella se iba a separar; pero Frankie no movió las manos de sus hombros.

Nate le puso un dedo bajo la barbilla y le giró la cara hacia él.

—Hola —dijo como un tonto.

¿Pero qué otra cosa podía decir? ¿Que dónde había estado escondida todos aquellos años?

Vio que a ella se le teñían las mejillas de rojo y supo que había arruinado el momento al hablar.

Ella se separó de él, agarró las gafas y se las puso.

—Si me disculpas...

Se giró para marcharse y él la agarró del brazo para evitarlo.

—No te vayas —quería decirle que le gustaba, que quería conocerla mejor, que podrían ir despacio. Aunque probablemente aquello lo matara.

Frankie levantó la cara y lo miró con una sonrisa.

—No quiero entretenerte.

Nate frunció el ceño, pensando que no tenía nada mejor que hacer que mirarla a los ojos.

—El césped —le dijo Frankie sin dejar de sonreír mientras se soltaba.

Él se quedó sonriendo mientras ella desaparecía.

CAPÍTULO 7

«Espero que se lo pase bien», pensó Frankie mientras se metía en la ducha. Mientras se enjabonaba, se imaginó a Nate empujando la cortadora de césped, maldiciendo la hora en la que se ofreció para hacer el trabajo.

Se puso champú en la palma de la mano y se lo aplicó al cabello. Ese hombre era tan... inconveniente.

En realidad, se le ocurrirían muchas otras palabras, pero no quería ni pensar en ellas. No quería describirlo como «sexy» o «atractivo». O «excitante». Aunque era todas esas cosas.

Y lo peor de todo era que parecía que se sentía atraído por ella.

Se aclaró el pelo, cerró el grifo y salió de la ducha. Después de secarse, limpió el vaho del espejo y se miró de cerca.

¿Qué había visto en ella?, se preguntó, apartándose un mechón de la cara. Tenía el pelo bonito, pero el color castaño era del montón. Sus ojos eran agradables. Mostró los dientes y pensó que también estaban muy bien: los tenía bien alineados y blancos, como los de su padre.

De acuerdo, no era fea; pero tampoco se podría presentar para Miss.

Se secó el pelo y se dijo que tenía que olvidarse del encontronazo con Nate. Aunque, pensándolo mejor, no pasaba nada por pasar diez minutos fantaseando con él. ¡Ni que se estuviera echando a sus brazos! ¡Por amor de Dios!

Entonces, ¿cuál era el problema?

Bueno, por un lado, nada que fuera tan bueno y tan emocionante podía ser inofensivo. Además, ella no era ninguna soñadora, ¿por qué iba a soñar ahora?

Gracias a David, su tonto optimismo sobre el amor había desaparecido.

Se puso los pantalones y se metió la camisa por dentro. Después, se cepilló el pelo y se lo recogió. Se puso las gafas y bajó a la oficina.

Intentó trabajar con las cuentas del banco; pero no podía concentrarse.

¡Qué desesperación! Hacía veinticuatro horas no lo conocía y, ahora, no podía dejar de pensar en él. Pero así era la atracción entre los sexos. Era el imperativo biológico. David había desaparecido de su vida hacía diez años y ella era una mujer sana. Era inevitable que algún día apareciera alguien que la atrajera. Pero no por eso aquella atracción dejaba de ser sorprendente.

Había tenido clientes guapos, pero ellos nunca se habían mostrado interesados por ella, ni ella por ellos. Los hombres ricos no le gustaban porque le recordaban a David; y a ellos, normalmente, les gustaba otro tipo de mujer. Y con respecto a los hombres de por allí... los conocía demasiado bien.

Al menos, Nate no era ningún señorito rico. Era un trabajador que parecía tener claro lo que quería. Y ella no sabía nada de él, lo cual le daba un toque misterioso.

Como veía que no podía trabajar, decidió ir a ver si las mesas estaban preparadas para la cena.

Abrió la puerta del comedor y se encontró a la señora Little apoyada en una de las mesas mirando por la ventana, completamente absorta en algo.

—¿Pasa algo? —le preguntó Frankie.

La mujer se giró y la miró sorprendida.

—No... nada. Adiós.

En cuanto la mujer salió de la habitación, Frankie se dirigió a la ventana, esperando encontrarse un pájaro carpintero o algo así.

¡Dios santo!

Nate estaba empujando la cortadora de césped con la camisa metida en el bolsillo del pantalón. Ahora no le extrañaba que la hubiera levantado con tanta agilidad: era todo músculos. Su complexión era fuerte y grande.

Pensó que los cocineros siempre estaban levantando y moviendo cosas por la cocina. Sin embargo, considerando aquella musculatura, se imaginó que también tenía que haber algo de genética y algo de levantamiento de pesas. Nadie tenía los hombros así de poner cacerolas al fuego; aunque estuvieran llenas de agua.

No le extrañaba que la señora Little hubiera estado tan ensimismada. Frankie se alejó de la ventana para que él no la viera. Miró a su alrededor y pensó que no sabía por qué se había marchado de la oficina.

Esa noche, después de cerrar la cocina y de que todos se fueran a sus cuartos, Frankie consiguió hacer algo.

Había perdido todo el día.

Entre pensar en Nate y esperar a que Mike Roy llegara con su misterioso invitado, no había hecho nada. Por la tarde, Mike había llamado para decirle que no iban; por lo visto, su amigo no llegaría hasta la semana siguiente.

Frankie se quitó las gafas y se frotó los ojos. Ya era casi medianoche y, a menos que quisiera dormir en la oficina, sería mejor que se fuera a su habitación.

Mientras subía las escaleras, se preguntó qué utilizaría Nate para dormir. Aquella preocupación no la avergonzó lo más mínimo, sobre todo teniendo en cuenta las intimidades a las que había llegado mientras se imaginaba besándolo.

Aunque tampoco le extrañaría que no llevara nada.

Una cosa estaba clara: era un cocinero espectacular.

Esa noche, la cena había estado tan exquisita que el señor Little le había dicho que felicitara al chef.

Los otros clientes habían reaccionado de manera parecida. El señor y la señora Barkley habían ido a celebrar su aniversario y habían comentado que Chuck había mejorado increíblemente. Cuando Frankie les dijo que había un nuevo cocinero que venía de Nueva York, se habían mostrado gratamente impresionados. Conociendo a la señora Barkley, Frankie sabía que tendría publicidad gratuita asegurada.

Al llegar al final de las escaleras, estaba tan cansada que deseó que alguien le cepillara los dientes. En aquel momento, Nate salió del cuarto de baño y ella pensó que ese no era el alguien en quien estaba pensando.

Llevaba una camiseta limpia y una toalla alrededor del cuello.

—Pensé que nunca ibas a subir —dijo él, como si hubiera estado esperando por ella.

Frankie no supo qué decir. Desafortunadamente, eso le pasaba demasiado a menudo cuando estaba con él.

—Trabajas demasiado, Frankie. Buenas noches —dio media vuelta y se dirigió a su habitación.

Ella se sintió como si la hubieran dejado sola. Se metió en el cuarto de baño murmurando y, al rato, salió y se dirigió a su habitación.

Al pasar por la puerta de Nate, la vio abierta. Él estaba sentado en la cama con un libro en la mano.

Frankie iba a darle las buenas noches cuando vio que se llevaba una mano al cuello y no pudo evitar preguntarle:

—¿No te has puesto el calmante? —miró hacia la coqueta y vio que el bote todavía estaba dentro de la bolsa.

—Me olvidé.

Frankie fue hacia el aparador y agarró el ungüento.

—Ponte esto en el cuello y el picor no te mantendrá despierto toda la noche —le dijo, ofreciéndole el tubo.

—¿Te importaría ponérmelo tú? Tengo la sensación de que lo harías mucho mejor.

—No soy enfermera.

—Y tampoco estamos hablando de una operación de corazón, ¿verdad? —su sonrisa era cautivadora—. Por favor —insistió.

Ella desenroscó el tapón y le aplicó un poco de crema en el cuello.

—Umm —el sonido que hizo estaba a medio camino entre un gemido y un suspiro—. ¡Qué alivio!

Frankie hizo una pausa, pensando que preferiría que no dijera nada. Y que tampoco hiciera ningún ruido.

—¿Ya has terminado? —preguntó él. Su voz era un murmullo, ronco y profundo. Ella se imaginó lo que sería sentirlo al oído mientras le besaba el cuello.

—Todavía no —meneó la cabeza y se puso manos a la obra. Extendió la crema por el cuello y después se alejó.

Nate abrió los ojos.

—Gracias.

—De nada —dijo ella mientras cerraba el tubo.

Él la miró, pensativo.

—¿Te importa si te pregunto cuántos años tienes?

—Sí, me importa; pero no tengo nada que ocultar. Tengo treinta y un años.

—¿Cuánto tiempo llevas dirigiendo este lugar?

Frankie dudó un instante, no quería intimar tanto con él.

Se giró y se dirigió hacia el pasillo, pensando que la conversación no podía seguir si se marchaba.

—Buenas noches, Nate.

—Espera...

Ella se marchó. Nada más entrar en su habitación, oyó que alguien llamaba a la puerta.

Fue a abrir con esa expresión en la cara que solía poner cuando quería que la gente la dejara en paz.

—¿Sí?

Nate sonrió, sin tener en cuenta las señales de advertencia de ella.

—No pretendía ser un entrometido.

—Pues lo parecía.

Él sonrió.

—Eres muy directa. Me gusta eso en una mujer.

Frankie se apartó un mechón de la cara.

—No entiendo por qué... —dijo con suavidad—. Yo no soy...
Él le agarró la barbilla.

—¿No eres qué? —le quitó las gafas, haciendo que se sintiera desnuda, sin nada detrás de lo que ocultarse.

—No soy como Joy.

—Lo sé —le acarició la mejilla con el pulgar.

—Entonces, ¿por qué actúas como si me encontraras interesante?

Él se inclinó hacia delante y ella sintió sus labios en la mejilla mientras hablaba.

—No estoy actuando.

Frankie tuvo la tentación de rodearle el cuello con los brazos e invitarlo a entrar. Pero, entonces, se imaginó lo que ocurriría a la mañana siguiente. Se sentiría incómoda porque le gustaría que fuera el principio y solo era el final. Y él, porque habría conseguido lo que quería y tendría que mostrarse amable para no sentirse mal.

Le quitó las gafas y dio un paso hacia atrás.

—Creo que será mejor que no lleguemos más lejos.

—De acuerdo.

—Estupendo. Me alegro de que estemos de acuerdo.

—No, no lo estamos —él sonrió lentamente—. ¿Qué es la vida sin un poco de aventura? ¿De riesgo?

Para él era muy fácil decir aquello.

Frankie señaló al otro lado de la habitación, intentando ignorar su encanto igual que él ignoraba su ira.

—¿Quieres riesgos? Ahí hay un enchufe. Seguro que puedes encontrar algo metálico para meterlo dentro.

Él se estaba riendo mientras le agarraba la mano y se la llevaba al corazón.

—Y si me da una parada cardiaca, ¿me harías el boca a boca?

—Creo que llamaría a Emergencias y rezaría para que dos hombres con aliento a ajo vinieran a salvarte.

Frankie intentó alejarse, pero él la sujetó.

—Solo quiero saber una cosa más.

—Lo dudo —se soltó y se cruzó de brazos.

—¿Cuándo fue la última vez que saliste con un chico?

—¿Es que nunca te cansas? —comenzó a cerrar la puerta.

—No me has respondido —dijo él, poniendo el pie para impedírselo.

—¿Tengo que hacerlo?

—Es de buena educación.

—¿Aunque sea para satisfacer la curiosidad de un entrometido?

—No es curiosidad. Tengo mis motivos.

—Mira, aquí eres el cocinero. Eso es todo. Así que, por favor, limítate a las preguntas relacionadas con la cocina y los víveres.

Él frunció el ceño.

—Eres una mujer muy dura —estaba hablando consigo mismo.

Frankie no pudo evitar reírse.

—En este momento, estoy cansada y me duelen los pies. Si eso te parece ser dura... Solo quiero meterme en la cama.

Intentó empujarlo, pero era como querer mover un mueble.

—¿Vas a responderme o no?

—De acuerdo —levantó la barbilla, en actitud desafiante—. Mi vida social es muy entretenida. Tengo tantas citas que a los hombres les tengo que poner una etiqueta para no olvidarme de quiénes son.

—Si puedes encontrar un hueco, me gustaría salir contigo —le dijo él con una sonrisa.

Pero no logró convencerla.

—Sé cómo voy a acabar si tengo algo contigo —lo empujó de nuevo—. Buenas noches, Nate.

—No voy a darme por vencido.

—¿Siempre eres tan insistente?

Él le recorrió los labios con la mirada.

—Solo cuando encuentro algo que me gusta.

—Entonces, va ser un verano muy largo para ti.

Esa vez, él dejó que cerrara la puerta.

Frankie se apoyó contra la madera y cerró los ojos. Se imaginó que, en lugar de cerrarle la puerta, lo dejaba pasar. Él le quitaba la ropa y la tumbaba en la cama...

—Definitivamente, nos va a ir muy bien —la voz de Nate le llegó a través de la puerta—. Te lo prometo.

Frankie saltó como si hubiera sido ella la que había metido los dedos en el enchufe.

Se metió en la cama pensando si lo habría dicho en serio. Entonces, recordó la expresión oscura y hambrienta de su cara mientras la miraba. La imagen era persistente y la temperatura de su cuerpo ascendió. Apartó la manta de la cama y abrió un poco la ventana. Después, como no era suficiente, encendió el ventilador que tenía en la mesilla. Quizá habría sido mejor quedarse a dormir en la oficina.

Nate se levantó al amanecer, se puso un par de vaqueros viejos y fue a buscar una escalera al granero. Estuvo buscando unos veinte minutos entre las telas de araña hasta que la encontró. La llevó hacia la parte de la casa donde había visto a Frankie mirar las cañerías. Intentó dejarla con cuidado sobre la pared, pero rechinaba demasiado.

Frunció el ceño, molesto: quería ayudar, no despertar a los clientes.

Podría haber esperado hasta que la gente se hubiera levantado, pero Frankie habría insistido en hacerlo ella misma. Subió la escalera y, a mitad de camino, sintió un vértigo que le revolvió el estómago. Luchó contra aquel miedo irracional mirándose las manos mientras llegaba hasta el final. Cuando vio la cañería, celebró descubrir que, probablemente, se trataba de algo que él podía solucionar. Entonces, el ruido procedente de la ventana que tenía al lado atrajo su atención. Bajó unos cuantos escalones y se echó para un lado para poder ver a través de la ventana abierta. Inmediatamente, se dio cuenta de que se trataba de la habitación de Frankie. Y entonces la vio a ella.

Estaba tumbada boca arriba en la cama, con un brazo colgando por un lado y la manta y la sábana en el suelo. Estaba resplandeciente. La camiseta se le había levantado de manera que dejaba al descubierto un pecho perfecto y un estómago plano.

La recorrió de arriba abajo y se quedó un rato contemplando sus braguitas blancas de algodón. No sabía por qué, pero las encontraba mucho más excitantes que el encaje y la seda que había visto en muchas otras mujeres.

Sabía que no debería estar mirando y solo esperaba que ella no se despertara. Justo entonces, Frankie comenzó a moverse y, Nate, para que no lo pillara, intentó retroceder a toda velocidad.

Frankie se despertó con un ruido tremendo, como si un árbol hubiera chocado contra la pared. Corrió hacia la ventana y se encontró con la cara horrorizada de Nate.

—¿Qué demonios...? —tartamudeó.

—¿Estoy haciendo aquí? —Nate estaba abrazado a la escalera y, sin separarse ni un centímetro, logró meterse la mano en el bolsillo para sacar un destornillador—. Mira.

—Pero...

—Pensé que era mejor hacerlo yo a que lo hicieras tú —obviamente, Nate estaba haciendo un esfuerzo para recobrarse del miedo que sentía. Su sonrisa era igual de brillante que siempre; pero tenía la cara tan pálida como la cera. Estaba claro que le daban miedo las alturas.

—¿Por qué no te bajas de ahí?

—No, no te preocupes por mí. Estoy bien. Solo quiero terminar con esto —entonces cometió el error de mirar hacia abajo y el vértigo le hizo apretar los ojos con fuerza—. ¡Oh, Dios!

—Realmente creo que deberías bajar.

—No sé por qué —dijo él sin abrir los ojos

Frankie se sentó en el alféizar de la ventana y pensó en lo que podía hacer para ayudarlo a bajar. Tenía que distraerlo. Eso era. La solución era obvia. Peligrosa.

¿Podría hacerlo?

Se inclinó hacia él y le puso una mano en la mejilla. Él abrió los ojos de golpe. Ella no quiso pensar en lo que estaba a punto de hacer; simplemente, se inclinó hacia delante y lo besó.

De la garganta de él escapó un gemido.

—¿Eres una perturbada? —dijo él con suavidad cuando ella se separó—. ¿Por qué tienes que esperar hasta verme completamente muerto de miedo y atascado en lo alto de una escalera para besarme?

—Shh —Frankie volvió a besarlo y, aquella vez, él estaba listo. Sus labios respondieron al instante y su lengua bailó al compás que ella fue marcando.

Frankie le metió los dedos en el pelo, pensando que él besaba como un hombre de verdad, con hambre, con pasión, exigiendo.

Haciendo un esfuerzo, se separó de él.

—Hay más. Pero solo cuando puedas tomarme en tus brazos —su voz era temblorosa. Debido al miedo. Al calor que emanaba de sus cuerpos. Por el hecho de que no había hablado en serio. Solo lo había dicho porque quería que él volviera al suelo.

Nate, sin embargo, le tomó la palabra. Comenzó a bajar las escaleras como si hubiera hecho un curso de bomberos.

Entonces, ella se dio cuenta de que tenía medio cuerpo fuera de la ventana y solo llevaba una camiseta. Corrió a ponerse un par de vaqueros y bajó, deseando que no se quedara atascado a mitad de camino.

Cuando llegó al jardín, se sintió aliviada al ver que él estaba en el suelo.

Nate la vio y caminó hacia ella con decisión. Frankie levantó las manos para pararlo.

—Me alegro de que hayas podido bajar.

—Ven aquí.

—Mira, solo quería que...

—Una promesa es una promesa —la interrumpió él.

Nate le agarró la cara con las manos y la besó lentamente. Ella podía sentir el calor de su cuerpo y, mientras la empujaba contra la pared de la casa, pensó que no recordaba los motivos por los que no podía estar con él.

Algo sobre que aquello acabaría al final del verano... y ¿a quién diablos le importaba todo aquello?

Le pasó los brazos por el cuello y se pegó a su cuerpo.

—Así está mucho mejor —murmuró él.

Frankie abrió los ojos muy despacio.

—A decir verdad, no estoy muy segura de si estoy de pie.

Él sonrió satisfecho.

—¿Quieres ir arriba?

—Sí... no. No... —pensó que tenía que alejarse, pero sus pies no respondían.

Nate volvió a besarla.

—Retiro lo dicho. Podemos ir más despacio. ¿Salimos esta noche después de cerrar? Nosotros dos solos.

Fue muy extraño, pero aquella invitación la hizo volver a la realidad. Quizá porque se imaginó con él en el pueblo, rodeados de gente. Seguro que todos iban a pensar que se estaba acostando con su cocinero. Aquello no ayudaría al negocio.

Pero aquel no era el único motivo.

Frankie se apartó.

—En realidad, creo que deberíamos dejarlo.

Él dejó escapar un gemido.

—¿Por qué?

—Porque me gustas —murmuró. Antes de que él pudiera preguntarle, levantó la mano—. Mira, al final del verano te marcharás de aquí. Yo me respeto demasiado para ser la diversión temporal de ningún hombre y tampoco estoy interesada en utilizarte a ti para eso.

Nate la estaba quemando con la mirada.

—Muy bien, pero quizá no sea tan fácil.

Una vez dicho eso, se giró y caminó hacia la escalera.

—¿Qué has querido decir? —preguntó ella, caminando detrás de él.

Nate se encogió de hombros y puso el pie en el primer peldaño.

—Que quizá no tengamos elección.

Frankie vio cómo tomaba aliento y, con los ojos fijos en la cañería, comenzaba a subir al tejado de la casa.

CAPÍTULO 8

Una semana más tarde, Frankie todavía no podía sacarse de la cabeza aquel beso. Sin embargo, estaba llevando todo el asunto con bastante dignidad y, sin importar lo atractivo que lo encontrara, lograba no saltar a su cuello cada vez que lo veía.

Se sentía como si tuviera delante un bombón y estuviera a dieta.

Apoyó la cabeza en el escritorio. Era agotador intentar convencerse de que su cuerpo no quería ser invadido por el de él.

Tenía la esperanza de que él, un día, sacara a relucir lo que había pasado entre ellos o que volviera a intentarlo; pero se lo estaba tomando con mucha calma. Lo peor eran las noches. Ella hacía el esfuerzo de irse a la cama antes para que, cuando él subiera, viera la puerta cerrada. El plan era bueno, en teoría. El problema era que cuando lo oía llegar no podía evitar desear que ignorara todas sus señales. Quería que llamara a su puerta, aunque seguramente lo rechazaría.

Aquello era una locura y bastante cruel; pero, al ser ella la que marcaba los límites, podía sentir que no había perdido el control.

Por Dios, era patética.

Él teléfono sonó y Frankie dio un respingo. Se aclaró la garganta antes de contestar.

—Sí, tenemos habitaciones disponibles —dijo, sujetando el

teléfono con el hombro y mirando el ordenador—. Por supuesto que sí; nos encantan los niños —después de anotar los dígitos de la tarjeta de crédito del hombre, le dio la dirección de su página web—. ¿Puedo preguntarle dónde oyó hablar de nosotros?

Cuando colgó el teléfono, no salía de su asombro. Evidentemente, al señor Little le había impresionado la comida hasta el punto de recomendarle el hotel a un amigo. Aquello significaba que, por primera vez en la temporada, iban a estar al completo.

Joy asomó la cabeza por la puerta.

—El fontanero ha vuelto y va a necesitar entrar para trabajar.

Por suerte, el hombre había logrado reparar la gotera que había hecho que se acumulara el agua en el techo; pero había sido una solución temporal. Cuando lo vio entrar con su caja de herramientas, pensó que iría a quitar las malas hierbas. Se puso unos pantalones cortos viejos y bajó al jardín. Aún no había empezado a trabajar cuando llegó Mike Roy con un hombre alto y moreno. Los dos llevaban ropa informal.

¡Vaya momento había elegido Mike para aparecer!, pensó Frankie, mirando su atuendo. Iba a causar muy mala impresión. Había planeado pasarse el lunes por la oficina para exponerle sus planes y asegurarle que iba a pagar todas sus deudas. Ahora, con aquel aspecto, dudaba que la tomara en serio.

¿Por qué no habría llamado antes? Se habría puesto otra ropa.

Mike la saludó con una sonrisa amplia debida a algo que le había dicho el hombre que iba a su lado.

—Hola, Frankie. Acabamos de llegar al aeropuerto y pensé que tal vez estarías por aquí. Karl Graves, te presento a Frances Moorehouse.

Mientras estrechaba la mano del hombre, sintió que él la estaba estudiando. Su apretón era fuerte; su mirada, directa; y su sonrisa, un poco fría.

—Disculpe la intromisión —dijo Graves—. ¿Podría enseñarnos la casa?

—Claro —miró a Mike, pero este estaba mirando las llaves

del coche mientras giraba el llavero en un dedo—. Vamos. ¿Está pensando pasar aquí el verano?

—Quizá —a diferencia de Mike, los ojos del hombre no se apartaban de White Caps—. Vivo en Londres, pero vamos a trasladar nuestra sede a Estados Unidos.

—¿A qué se dedica?

—Tengo algunos hoteles —respondió él.

Mientras ella iba enseñándoselo todo, Mike caminaba unos pasos por detrás. Frankie comenzó por las habitaciones de la planta baja y Graves se mostró muy impresionado por el artesonado del techo y los suelos de madera de cerezo. Y también sabía mucho sobre arquitectura.

—No es fácil encontrar una casa construida por Thomas Crane tan al norte —dijo el hombre mientras subían a la primera planta. Acarició la balaustrada de caoba y, al llegar arriba, se detuvo.

—¿Aún tiene los planos originales?

—Hay dos copias. Una está aquí y la otra en el Museo Nacional —Frankie giró a la izquierda, hacia las habitaciones con vistas al lago—. La habitación Lincoln está aquí. Pasó tres noches en agosto de 1859, justo antes de anunciar su candidatura. La nota de agradecimiento que escribió está enmarcada en la pared.

Abrió la puerta y se quedó de piedra. Su abuela estaba de rodillas en el suelo, con un cuchillo de carnicero por encima de la cabeza. Llevaba un vestido de seda ajado y estaba llena de polvo y desconchones de pintura.

—¡Abuela!

Frankie corrió hacia ella y le quitó el cuchillo justo cuando lo iba a golpear contra la pared.

—Pero ¿qué..? —la mujer parecía indignada—. ¡Devuélvemelo!

—¿Qué estás haciendo?

—Eso no es asunto tuyo. Esta es mi habitación y puedo hacer lo que quiera en ella.

Evidentemente, lo que estaba haciendo era un gran agujero

en la pared y, para ser una mujer de ochenta años, no lo estaba haciendo nada mal.

—Quizá deberíamos dejaros a solas —dijo Mike.

La abuela lo miró. Con dignidad, se apartó un mechón de pelo de la cara y esperó a que alguien hiciera las presentaciones.

—Muchas gracias, Mike —dijo Frankie, caminando hacia ellos—. Podéis daros una vuelta por la casa. Estaré con vosotros en menos de diez minutos.

Volvió con su abuela.

—¿Qué estás haciendo?

La abuela miró a la pared.

—No lo encuentro.

—¿Qué estás buscando?

—Mi anillo.

—¿Cuál?

—Mi primer anillo de compromiso.

Frankie le giró las manos y le señaló el diamante que tenía en el dedo.

—Aquí está. En su sitio.

—No, este no; el primero. El que Arthur Phillip Garrison me dio.

—Abuela, nunca estuviste comprometida con alguien con ese nombre.

—Es cierto. Pero me pidió que me casara con él. En 1941. Le dije que no porque no me parecía muy de fiar; pero él estaba muy seguro de sí mismo y me dijo que me quedara con el anillo. Tuve que esconderlo de mi padre porque me habría hecho casarme con él. Pobre Arthur. Murió al poco tiempo. Me quedé con el anillo porque en el funeral se dijo que se había comprometido con otra mujer y pensé que, con todo lo que debía de estar pasando, no querría saber nada de mí.

Frankie meneó la cabeza. Si aquella historia se la hubiera contado hacía dos años, habría tenido la tentación de creerla. Pero la abuela había comenzado a mezclar su historia con otros sucesos del pasado que no le pertenecían. La semana pasada había declarado que su esposo había sido elegido por el Senado y que ella había vivido en Washington. Aquello fue después de leer una biografía de Robert F. Kennedy.

—Abuela, vamos a buscar a Joy.

—No, no; primero tengo que encontrar el anillo.

—Tranquila... —la tomó del brazo—. Vamos...

—¡No! —la anciana tiró con fuerza para soltarse. Estaba muy nerviosa y le temblaba todo el cuerpo.

Parecía a punto de tener un ataque, por lo que Frankie la acompañó a la cama para que se sentara.

—¿Te encuentras bien? —le preguntó, preocupada.

La abuela miró al suelo y una lágrima le cayó por la mejilla.

—Shh —Frankie le acarició el pelo—. Tranquilízate, por favor.

Cuando dejó de temblar, Frankie se puso de cuclillas delante de ella y le acarició la cara.

—¿Qué tal estás?

La anciana pestañeó y la miró con los ojos entrecerrados. Alargó la mano y le tocó la cara.

—Te conozco. Eres Frances. Mi nieta.

Frankie le agarró la mano y se la besó.

—Sí, sí, soy Frances.

Frankie miró al teléfono que había en la mesilla. Alargó la mano para levantar el auricular.

—Joy, ven pronto. Estoy en la habitación Lincoln.

—¿También está Joy aquí? ¡Qué bien! —la abuela miró al agujero de la pared—. ¡Qué destrozo! ¿Quién ha podido hacer algo así...? Oh, fui yo, ¿verdad? —entonces pareció recordar algo—. Estaba buscando mi anillo porque alguien se va a casar.

La demencia volvía a reemplazar a la claridad y Frankie le acarició la cara.

—Abuela. Mírame.

La abuela sonrió.

—Tu hermana y yo nos parecemos físicamente; pero tú y yo compartimos el mismo corazón. Las dos somos duras y fuertes,

¿verdad? Por eso me casé con tu abuelo, aunque mi padre se oponía. Me casé con un jardinero por amor y nunca me arrepentí.

Joy apareció por la puerta.

—¿Qué pasa?

La abuela dio dos palmadas, encantada.

—Mi nieta se va a casar y necesita mi anillo. Ahora, si me dejas que siga con lo que estaba haciendo...

Frankie meneó la cabeza mientras su hermana miraba al agujero de la pared.

—¿Cuándo es la ceremonia? —le preguntó la abuela a Joy mientras se sentaba a su lado.

—No me voy a casar —le dijo Joy con ternura mientras le acariciaba la mano—, además, ¿qué pensaría el abuelo si le dieras el anillo a otra persona? No creo que le gustara.

—No, el anillo del abuelo, no. El que Arthur Phillip Garrison me dio en 1941...

Frankie vio cómo volvía la locura.

—Tuvo un momento de lucidez —le susurró a su hermana—. No quería que te lo perdieras.

Joy asintió.

—Arthur Garrison debía de ser muy guapo. —dijo Joy a la abuela—. ¿Por qué no vamos a tu habitación para cambiarte? Hace un día precioso para dar un paseo.

Mientras su hermana salía con su abuela de la habitación, Frankie se quedó mirando por la ventana y vio a Mike Roy y a Graves que estaban señalando hacia algún lugar detrás de la casa, hacia la montaña. Antes de bajar con ellos, movió el tocador y lo puso delante del agujero. Era una magnífica forma de taparlo sin tener que llamar a alguien para que lo arreglara.

Una hora más tarde, Frankie acompañó a Mike y al inglés al coche. Le habría gustado haber podido atenderlos mejor. Cuando oyó la puerta a sus espaldas, supo de quién se trataba sin girarse.

—¿Quién era ese tipo de la barba? —preguntó Nate mientras se acercaba a ella con una bolsa en la mano. Su sonrisa era limpia y tranquila, como si todo aquel asunto del beso en la escalera nunca hubiera sucedido.

—Un amigo —dijo Frankie; porque, después de todo lo que Mike Roy había hecho por ella, le parecía más un amigo que un banquero—. ¿Adónde vas?

—A comer a la montaña. ¿Quieres venir? —le mostró la bolsa—. Hay suficiente para dos.

Ella iba a decir que no, pero se lo pensó mejor. No quería quedarse a solas con sus pensamientos; además, hacía mucho que no iba a la montaña y no le vendría nada mal un poco de ejercicio físico.

—Y no te preocupes por ese asunto de la fobia a las alturas. Solo me pasa en los aviones, en los balcones y en los puentes; bueno, y también en las escaleras, ya sabes. Por otra parte, soy un tipo duro —se dio unos golpes en el pecho—. Todo un hombre.

Ella le sonrió.

—Entonces, vámonos, Tarzán.

Frankie pensó que era muy difícil no admirarlo. A pesar de su temor a las alturas, había logrado reparar el canalón.

—¿Se puede conducir hasta arriba? —preguntó Nate cuando llegaron al camino que subía a la montaña.

—Solo una parte.

Enseguida llegaron al bosque. El aire olía a pino y Frankie pronto comenzó a relajarse.

Al cabo de un rato, pasaron al lado de un cementerio.

—¿Quién está ahí enterrado?

—Solo la familia.

La última vez que había estado en un entierro, había sido en el de su abuelo, y de eso hacía muchos años. Cuando enterraron a sus padres, se había quedado en casa. No tuvo valor para ir a sus tumbas hasta dos años después.

Sus padres habían muerto durante una tormenta en el lago

y el día que los enterraron el sol brillaba en el cielo. Frankie no podía olvidarlo. Los pájaros cantaban en los árboles y las flores brotaban por todas partes. Lo peor de todo fue ver los barcos navegando por el lago. Entonces, se preguntó por qué algunas vidas continuaban mientras otras cesaban justo a mitad de camino.

Frankie no había querido ir al funeral por miedo a ponerse a llorar como una tonta. No había llorado desde el día que se enteró de su muerte. Cuando dos policías llegaron a casa para darles la noticia. Había pensado que nunca iba a parar de llorar hasta que vio a su hermana Joy bajar las escaleras. Frankie nunca olvidaría la expresión en la cara de su hermana al darse cuenta de lo que pasaba. Se había quedado de piedra, aterrada, y cuando había preguntado si todavía tenían familia, Frankie hizo un juramento. Se secó los ojos y decidió que su hermana no iba a crecer sin una madre. No sabía muy bien lo que tenía que hacer; pero se imaginaba que lo primero era dejar de llorar. Las lágrimas significaban que tenía miedo y lo último que una adolescente necesitaba era que la persona que la cuidaba se derrumbara. Había pensado ir al funeral; pero cuando Alex apareció y supo que su hermana no iba a estar sola, decidió no ir.

Había estado muy preocupada sobre si lograría permanecer serena durante la misa; se imaginaba poniéndose a llorar desconsoladamente delante de Joy. Por Dios, incluso podría haber sido mucho peor: se podía imaginar a sí misma arrojándose sobre el ataúd de su padre, golpeándolo con los puños. ¿Y qué podía decirle? Le avergonzaba la verdad. Lo primero que saldría de sus labios no sería un «te quiero», sino una acusación: «¿En qué diablos estabas pensando cuando saliste a navegar con ese barco viejo en medio de una tormenta? ¿Es que no sabías que mamá iría detrás de ti?».

—Alguien ha estado aquí —dijo Nate.

Frankie se cruzó de brazos y miró las tumbas más nuevas; aunque ya no tenían nada de nuevas. Habían pasado diez años y estaban totalmente cubiertas de musgo por la cara norte. Sobre la piedra del suelo, había un ramo de lilas procedentes del jardín. Sin duda, Joy había estado allí hacía poco.

Frankie miró las flores. Le hubiera gustado mostrar su dolor de una manera tan digna, pero aún no podía.

Nate se colocó a su lado.

—¿Quieres marcharte? —le preguntó.

—Me gustaría tanto ser como mi hermana... —soltó—: traerles flores bonitas, hablarles a sus tumbas.

Nate la agarró de la mano. Su mirada era seria y tierna.

—Todavía debes de echarlos mucho de menos, ¿verdad?

—Odio a mi padre y me odio a mí misma. Echarlos de menos sería un gran alivio —se giró y caminó hacia la salida—. Sigamos con nuestro paseo.

CAPÍTULO 9

Desde donde se había subido, tenía una buena vista de Frankie. Ella estaba en otra roca, delante de él, mirando al lago de abajo. Tenía las manos en las caderas y el viento le alborotaba el pelo.

Nate pensó que había sido un error ir al cementerio.

—Una vista muy bonita —dijo él.

—¿Verdad que sí? —las palabras le llegaron arrastradas por el viento.

Su caminata hasta la cima de la montaña había sido accidentada, pero ella había demostrado ser una experta senderista.

—¿Quieres que comamos ya? —le preguntó mientras abría la bolsa.

Ella lo miró por encima del hombro.

—Buena idea; estoy hambrienta.

Nate se quedó quieto. Apenas podía verle la cara, tapada por el pelo; pero sentía sus ojos sobre él. La camiseta se le había salido de los pantalones y tenía los calcetines manchados de barro.

Era la mujer más preciosa que había visto jamás.

Frankie se acercó a él.

—¿Qué has traído?

Nate pestañeó y sintió que el estómago le daba un vuelco, como si tuviera náuseas. Pensó que sería por culpa de la altitud; pero aquello pasaba en el Himalaya, no en las montañas Adirondacks.

Ella se sentó y él se sentó a su lado.

—¿Estás bien? ¿Es la altitud?

No era la altitud. Estaba sorprendido; eso era todo. Siempre había pensado que a la edad de treinta y ocho años había pocas cosas que a uno le pudieran sorprender. Sobre todo, porque aquel sentimiento que le atenazaba el estómago era más propio de un quinceañero.

No era deseo; sabía que no era eso. Era algo diferente.

—¿Qué pasa?

Nate dejó la bolsa entre ellos y se frotó los ojos, obligándose a sonreír.

—No pasa nada.

Ella giró la cara hacia el sol.

—¿Qué hay en la bolsa?

Quizá hubiera una explicación más razonable, pensó él. Quizá el desayuno le había sentado mal o quizá estaba incubando algo. O tal vez, después de todo, fuera la altura.

—Estoy probando una nueva receta —sacó un trozo de pollo de la bolsa— con ajo y hierbas... muy sencilla, pero me gusta.

Ella se limpió las manos y agarró un muslo. Nate se quedó mirándola mientras le daba un bocado. Le gustaba darle de comer, saber que algo que él había preparado estaba alimentándola.

—Está bueno.

Él sonrió.

—Lo sé.

Ella meneó la cabeza, pero Nate notó una sonrisa.

—Eres un engreído, ¿lo sabes, verdad?

Él agarró un trozo de pollo.

—Sí. Pero nunca te daría algo que no me gustara.

—¿Estás intentando impresionar al jefe?

«No, a la mujer», pensó Nate.

—Quizá —respondió.

—Está buenísimo —dijo ella, buscando en la bolsa otro trozo—. ¿Vas a ponerlo en el nuevo menú?

—No creo. No hasta que tengamos más clientes; ni siquiera me voy a molestar con una lista de postres. Tendrán que conformarse con lo que tenga hecho ese día.

—Espero que esta temporada sea buena.

—Pero estás pensando vender, ¿verdad?

Ella se giró hacia él.

—Por supuesto que no. ¿Qué te ha hecho pensar eso?

—El inglés. Y cómo lo miró todo, como si tuviera una calculadora en la mente.

Frankie miró el trozo de pollo que tenía en la mano.

—Solo es un turista.

—No lo creo. Era Karl Graves, el dueño de una docena de hoteles de lujo por todo el mundo.

Ella lo miró sorprendida, pero se recobró rápidamente.

—Entonces no le puede interesar White Caps. Somos muy pequeños para él.

Nate no quiso decirle que la mansión podría ser una casa perfecta para alguien como Graves.

—¿Tienes problemas de liquidez? —hubo una pausa—. Puedes contármelo.

—Pero no tengo que hacerlo.

—No. Puedes guardártelo todo hasta que explotes. Frankie, solo estoy intentando ser tu amigo.

Lo cual era, en gran parte, cierto.

También quería ser algo más. Se la imaginó desnuda en su cama, gimiendo debajo de él, arañándole la espalda. Un montón de visiones le pasaron por la cabeza, y Nate deseó que ella no pudiera leerle el pensamiento.

Tenía que jugar su baza con cuidado. Considerando cómo se había cerrado después del primer beso, había tenido mucho cuidado, esperando que, en algún momento, fuera a él.

Después de una semana de espera, ya no aguantaba más. Por eso le había pedido que lo acompañara a la montaña. Para pasar un rato a solas. Quizá tuviera la oportunidad de volver a besarla.

El problema era que por mucho que quisiera llevar las cosas

hacia una dirección carnal, era más importante que hablaran. Sabía que le había afectado mucho la visita al cementerio y le gustaría poder ayudarla; pero aquel era un tema demasiado íntimo, por lo que decidió intentarlo con el negocio.

—Mira, te prometo que mantendré la boca cerrada —le aseguró, intentando que le hablara de sus problemas—. Y si no lo hago, puedes despedirme.

Ella le sonrió, se echó hacia delante y se rodeó las rodillas con los brazos. Nate deseo abrazarla y besarla. Pero teniendo en cuenta lo tensa que estaba, no creía que aceptara nada por el estilo.

Ella se aclaró la garganta.

—Lo lograremos, como siempre hemos hecho. Ahora, casi estamos tocando fondo; pero eso no es nada raro en el comienzo de la temporada.

—¿Debes mucho?

—Demasiado —se giró hacia él—. Los impuestos son enormes y el negocio ha ido muy mal. Además, pedimos un crédito hipotecario para pagar los derechos de sucesión. Mi padre la heredó directamente cuando cumplió veintidós años. Fue él el que decidió convertirlo en un hotel. En aquel tiempo, el negocio iba bien. No tanto como para hacernos ricos otra vez, pero daba lo suficiente para vivir cómodamente —miró al cielo—. Espero que todo mejore.

—¿La casa no era de tu abuela?

—No. Su padre no le perdonó que se casara con alguien de una clase inferior.

—¿Qué tipo de bienes os quedan?

—¿Quieres decir joyas y arte? No mucho. Vendí lo último que nos quedaba para enviar a mi hermana a la universidad.

—¿Y tú?

—Empecé Económicas, pero no acabé —dijo sin vergüenza—. Tenía muchos planes, pero no salieron. Aunque no sé cómo me habría ido en Nueva York.

—¿Te gustaría vivir allí?

Frankie permaneció un rato en silencio.

—Allí es donde pensé que viviría.

—¿Qué sucedió?

Ella se levantó de repente.

—Volvamos. Tengo que preparar el comedor.

—¿Por qué? Es martes; hoy no abrimos.

Se paró a pensar.

—El fontanero. Está en mi oficina. Tengo que pagarle.

Nate se quedó mirándola.

—Me alegro de que hayas hablado conmigo.

—No sé por qué lo he hecho —dijo ella.

Él se puso de pie, se sacudió los pantalones cortos y agarró la bolsa.

—Bueno, todos necesitamos un amigo de vez en cuando. Cuando quieras, puedes pagarme en especie.

Comenzó a descender por el sendero y le sorprendió ver que ella no lo seguía. Se giró y vio que lo estaba mirando fijamente.

—Hablaba en serio cuando dije que no podía haber nada entre nosotros.

—¿Ni siquiera... sexo?—le preguntó él, sonriendo.

—Te lo digo en serio. No quiero nada de ti.

Nate entrecerró los ojos, pensando en el beso.

—¿Estás segura?

—Completamente —se apartó un mechón de pelo de la cara—. No te quiero ni como amante ni como amigo.

—Ah, claro. Debe de ser porque tienes muchos de ambos.

—Déjame en paz.

Nate se puso a su lado en dos zancadas. Quería decirle que confiar en los otros no era un pecado capital; pero ella dio un paso hacia atrás alarmada, como si fuera a forzarla. Fue como si le hubiera dado una bofetada. ¿Qué tipo de hombre pensaba que era?

Levantó las manos.

—¿Quieres que te deje en paz? Muy bien, haremos lo que tú digas —gruñó—. Dame cinco minutos de ventaja para que no tengamos que bajar juntos.

Se giró y empezó a descender por el sendero; no le sorprendió que ella no lo siguiera.

¡Por Dios! En lugar de intentar conseguirla, debería dejarla en paz. A ella no le interesaba una relación esporádica y eso era todo lo que le podía ofrecer.

Y en cuanto a la amistad... a él tampoco le interesaba. O eran amantes o nada.

Unos días más tarde, Frankie miró el comedor desde la entrada. Era viernes y de las veinte mesas tenían quince ocupadas.

La voz de que tenían un nuevo cocinero se había corrido y cada vez venía más gente para probar la comida. Gente que nunca se habría imaginado. Mientras miraba las mesas, se recordó que no debía hacerse ilusiones: quizá solo fueran una noche y no repitieran. Aunque había muchas cosas nuevas que probar.

Nate había preparado un nuevo menú. Todo estaba escrito en francés y al lado aparecían las traducciones.

Una pareja entró por la puerta y Frankie les sonrió mientras les entregaba dos menús. Después, los acompañó a su mesa. Normalmente, Joy era la que hacía ese trabajo; pero, en ese momento, estaba con la abuela, que no se encontraba muy bien.

Las dos estudiantes que había contratado como camareras trabajaban bien, pero si el negocio seguía así, quizá necesitara más ayuda.

Aunque, la próxima vez, intentaría encontrar a un hombre. No podía soportar cómo miraban las chicas a Nate y cómo se reían nerviosas cada vez que él les decía algo.

Y no era porque estuviera celosa, ni nada parecido.

De verdad.

Estaba a punto de volver a la entrada, cuando una mujer la paró para alabar el pollo que estaba tomando. La mujer insistió en que felicitara al chef de su parte.

Ella pensó que tendría que hacerlo. Pero le dejaría una nota. Nate le había dado lo que se merecía. No la había mirado ni había hablado con ella más de tres palabras seguidas desde que dejaron la montaña. Le dejaba la lista de lo que necesitaba en el escritorio y siempre estaba ocupado en la cocina cada vez que ella pasaba por allí. El día que le entregó el cheque, intentó darle las gracias por su trabajo; pero él simplemente asintió y se marchó.

Aquello no era lo que ella quería. Necesitaban llevarse bien para trabajar a gusto juntos. No podía entender muy bien a qué venía aquella actitud tan fría y distante y pensó que quizá había dañado sus sentimientos.

Al final de la noche, volvió a la oficina y cerró las cuentas. Habían hecho dos mil quinientos dólares. Hacía mucho que no ganaban tanto dinero en una sola noche.

Y todo gracias a Nate.

Si todo continuaba así, lograría pagar lo que debía para finales de octubre.

La reunión con Mike en el banco había sido tensa y Frankie pensó que lo llamaría por la mañana para compartir con él las buenas noticias.

Joy apareció por la puerta. Parecía exhausta.

—Por fin se ha dormido. Está obsesionada con la idea de encontrar su anillo. Además, había mucho ruido abajo y eso la mantenía despierta. Parecía que había mucha gente.

—Y la había.

—Nate es fantástico, ¿verdad? Tenemos mucha suerte.

Frankie asintió y miró sus cuentas.

—Parece que no te gusta mucho —le dijo su hermana.

—Es buen cocinero —contestó, sin apartar los ojos del papel.

—¿Se lo has dicho?

—Lo he intentado una vez; pero volveré a probar.

—Bien. Me voy arriba —Joy se despidió con la mano y desapareció.

Frankie decidió que tenía que agarrar al toro por los cuernos y resolvió ir a hablar con él.

La cocina estaba vacía. Todo estaba en su sitio; el lavavajillas funcionando y las encimeras de acero relucientes.

Subió a su cuarto. La puerta estaba abierta y la luz apagada. ¿Dónde estaba?

Frankie volvió a la cocina. La casa estaba en silencio. Salió al jardín por la puerta de atrás, esperando encontrárselo en el porche; hacía una temperatura muy agradable. Pero tampoco estaba allí. Justo cuando iba a volver a la casa lo vio, de pie en el embarcadero.

Comenzó a caminar hacia él y se paró en seco cuando vio que se quitaba la camisa y la dejaba caer al suelo sin prestar atención. Después, se quitó los pantalones; debajo no llevaba nada más.

¡Dios santo! Estaba espectacular.

Se llevó una mano a la boca pensando que no debería preguntarse cómo sería por delante. Pero podía imaginárselo. Era como el protagonista de una fantasía, iluminado por la luz de la luna, con el lago brillando a su alrededor.

Nate miró por encima del hombro.

Y la pilló in fraganti. A ella se le aceleró el corazón aún más, si eso era posible, y se preguntó qué explicación le iba a dar.

«Verás, estaba dando un paseo y... oye, tienes el cuerpo de una estatua griega, ¿lo sabías?».

Pero él no mostró el más mínimo interés en ella. Simplemente, le dio la espalda y se tiró de cabeza al agua.

Frankie estuvo tentada de volver corriendo a casa; pero decidió actuar como una adulta. Se dirigió hacia el embarcadero con calma, como si el hecho de ver a un hombre desnudo fuera algo que le sucediera todas las noches. Él estuvo nadando un rato y, si le sorprendió que ella se sentara en el embarcadero, no lo demostró.

—¿Pasa algo? —preguntó por fin.

«Nada malo», pensó ella. Aparte del hecho de que tenía su trasero tatuado en la mente y cada vez que cerraba los ojos lo veía.

—En cierto modo —contestó con voz ronca.

Aquella noche iba a ser fantástica, pensó Frankie: ella, tumbada en la oscuridad, viendo su trasero en el techo.

—¿De qué se trata? —Nate fue nadando hasta el embarcadero y sacó la parte superior del cuerpo del agua.

Ella pensó que lo único que tenía que hacer era olvidarse de que no tenía bañador; aunque sus hombros también eran magníficos.

Se aclaró la garganta antes de hablar.

—Quería darte las gracias por todo lo que has trabajado. No puedo creerme lo bien que va el negocio.

—De nada.

Hubo un largo silencio. Frankie se miró las manos.

—Y también disculparme por mi actitud en la montaña. Aunque debemos tener una relación profesional, sé que estabas intentando ser agradable conmigo y yo fui muy dura.

—No importa —su tono sonaba aburrido.

—Debería haberme comportado mejor.

—Olvídalo. Yo ya lo he hecho —volvió a zambullirse en el agua y estuvo nadando un rato más.

¿Por qué le dolía aquella indiferencia?

—¿Tienes algo más que decirme? —preguntó él.

—No.

—Entonces, será mejor que te vayas a casa. Estoy a punto de salir del agua y no creo que te guste estar ahí sentada cuando lo haga.

Frankie cerró los ojos, imaginándoselo saliendo del lago. Lo veía caminando hacia ella y tumbándose encima, empapando su ropa mientras la besaba.

—Buenas noches, Frankie —murmuró él.

Ella asintió, se levantó y volvió a la casa.

Miró al cielo y pensó que la noche ya no era la misma. Se rodeó con los brazos y pensó que ya no le parecía tan cálida.

CAPÍTULO 10

Cuando Nate bajó a la cocina al día siguiente a las cinco de la mañana, estaba pensando preparar una salsa especial para la ternera.

Durante los dos últimos días, había perdido su sentido del humor y la capacidad para dormir toda la noche de un tirón; solo concentrándose en el trabajo lograba olvidarse de ella un rato.

Maldición. No podía sacársela de la cabeza. No sabía si quería gritarle, suplicarle o agradecer a Dios que hubiera decidido poner un muro entre ellos. Y su visita de la noche anterior, mientras se bañaba desnudo había sido el colmo.

Porque el agua en contacto con la piel desnuda era muy parecida a la caricia de las manos de una mujer. Especialmente, cuando la mujer a la que deseaba estaba sentada enfrente. ¡Como si necesitara un recordatorio de que estaba desesperado por ella!

Aunque estaba decidida a mantenerse alejada, él no podía acabar con aquella atracción.

En primer lugar, la veía cada día y, en segundo lugar, compartía el cuarto de baño con ella y cada vez que se daba una ducha se la imaginaba desnuda, enjabonándose con la misma pastilla que él utilizaba.

Menos mal que todo aquello acabaría pronto, pensó Nate mientras entraba y abría la puerta de la cámara. Su amigo había vuelto a Nueva York para buscar otro sitio donde abrir el negocio. Y, aunque no lo encontrara, él se marcharía de allí.

Al entrar en la cámara, vio un tomate en una esquina. Al ir a recogerlo, se le espachurró en la mano. Estaba totalmente podrido; probablemente llevaba allí varias semanas.

Aquello era totalmente inaceptable.

Debería haber limpiado aquello de arriba abajo en el momento en el que se hizo cargo de la cocina; pero había estado demasiado ocupado en otras cosas.

Como pensar en seducir a la jefa.

Le llevó más de media hora vaciar la cámara y, cuando acabó, la cocina parecía el mercado.

Limpió todos los recipientes y desinfectó el suelo y los estantes con lejía.

Estaba limpiando el último recipiente, cuando oyó la voz de Joy a sus espaldas.

—Dios mío, ¿qué ha pasado aquí?

«Tú hermana y su empeño en que la deje sola».

—Me sorprende que hayáis pasado la inspección de Sanidad. Este lugar necesita que lo limpien a fondo.

Joy se apoyó en la encimera.

—¿Puedo ayudarte?

—Sal a darle los buenos días a Stu —dijo él mirando hacia la ventana, señalando a la camioneta que acababa de aparcar—. Ha llegado muy temprano.

Stu y Joy hicieron todo lo que pudieron para poner las verduras en lo que quedaba de encimera y, después, Joy fue a la oficina para prepararle el cheque.

Stu acababa de marcharse cuando escucharon pisadas.

—Frankie debe de haberse levantado —dijo Joy, mirando al techo.

En aquel momento, un hombre en bata irrumpió en la cocina.

—Hay una anciana en nuestro dormitorio y tiene a mi mujer acorralada.

—Oh, no, la abuela —Joy se dirigió hacia las escaleras—. Lo siento. Es totalmente inofensiva.

—¡Tiene un martillo!

Nate fue detrás de ellos, pero Joy lo detuvo.

—Es mejor que yo me ocupe de esto.

Estaba tan segura de sí misma que él le hizo caso.

Nate volvió a ocuparse de la limpieza.

Acababa de meter unos recipientes en la cámara cuando oyó un ruido que le hizo girar la cabeza. Frankie estaba a los pies de la escalera, con una mirada de incredulidad en el rostro. Tenía el pelo empapado y se había quedado paralizada al ver aquel caos.

—Dime que no se ha estropeado la cámara —le dijo.

—Está bien.

—¿Ha venido Stu?

—Acaba de irse.

—Dios mío, ¿qué has hecho?

Nate frunció el ceño mientras ella caminaba hacia la pila de verduras de la encimera. El pánico dio paso a la furia.

—¿Habéis pagado a Stu?

—Por supuesto.

—¿Con qué? —preguntó ella.

Él la miró a los ojos.

—Con rublos.

—¿Crees que es divertido?

—No.

Ella lo señaló con un dedo.

—Pensé que tú y yo habíamos acordado que me dejarías a mí los pedidos.

—Es lo que he hecho siempre —replicó con los dientes apretados.

—Entonces, ¿qué es todo esto? No tienes ninguna autoridad para hacer pedidos o aceptar entregas. Te has extralimitado.

—¿Cómo dices? —Nate puso las palmas de la mano sobre la encimera.

—¿Qué demonios crees que vamos hacer con toda esta comida? La cámara ya está llena.

Intentando no explotar, Nate miró al suelo.

—¡Vete a freír espárragos! —murmuró, dirigiéndose hacia la puerta. No sabía adónde iba, pero tenía que alejarse de ella. No importaba si llegaba hasta Canadá.

—¿Adónde vas?

—Ahora mismo no puedo hablar contigo.

—Pero ¿qué pasa con todo este desorden?

Él abrió la puerta.

—Arréglalo tú o deja que se pudra. Me importa un bledo.

El corazón de Frankie iba a toda velocidad mientras Nate salía de la cocina. Miró a su alrededor pensando en la cantidad de productos que estarían empezando a estropearse, y casi se puso a llorar al imaginarse lo que habría costado todo aquello.

Eso era exactamente lo que había querido evitar. Nate era un cocinero de altos vuelos y debía de pensar que podía derrochar su dinero. Sin embargo, estaba sorprendida. Creía que él había entendido la situación en la que se encontraba; especialmente, después de lo que le había contado en la montaña.

Quizá se estaba vengando de ella. Aunque aquello no era muy propio de él. Sin embargo, ¿de qué lo conocía?

Frankie agarró un saco de patatas y tiró de él para meterlo en la cámara. Bajó el tirador y empujó la puerta con la cadera. Se quedó sin aliento.

Estaba completamente limpio y tan vacío como el día en que se lo instalaron.

Se llevó una mano a la boca, espantada.

¡Menuda metedura de pata!

En veinte minutos ya tenía todo colocado en el interior y todavía no tenía ni idea de lo que iba a decirle a Nate para disculparse.

Se dirigió hacia el granero y no le sorprendió encontrárselo allí, debajo de su coche, haciendo un montón de ruido. Probablemente estaba deseando arreglarlo para marcharse de allí cuanto antes.

—¿Nate?

Los ruidos cesaron. Como él no decía nada, ella fue la que habló:

—Lo siento mucho.

Los ruidos comenzaron de nuevo, aunque ya no eran tan fuertes.

—Nate, lo siento. Debería haber sabido que nunca harías algo tan irresponsable.

Se quedó esperando una respuesta. Como él seguía sin hablar, se aclaró la garganta.

—Quería que supieras que me siento fatal.

Llevaba dos disculpas en menos de veinticuatro horas, lo cual significaba un gran progreso; sin embargo, parecía que no le estaban sirviendo de nada. Se giró para marcharse.

—¿Sabes lo que más me molesta? —dijo él. Frankie se dio la vuelta y Nate salió de debajo del coche—. Que no me hayas dado la oportunidad de explicarme.

—Lo sé. Me quedé dormida y cuando bajé y vi toda aquella comida... me entró el pánico. Saco adelante este lugar apretándonos el cinturón y pensé que te habías olvidado de que no estabas en la ciudad.

—Te aseguro que sé dónde estoy —contestó él con un tono que sugería que preferiría estar en Nueva York.

A Frankie no le extrañaba; debía de echar de menos toda la diversión. Llevaba allí más de dos semanas y, aunque ella le había prometido que no tendría mucho que hacer, no había parado de trabajar en la cocina y en la casa.

—¿Por qué no te tomas la noche del martes libre? —le sugirió—. Puedes llevarte mi coche si quieres.

—¿Estás intentando compensarme?

—Sí —le ofreció una sonrisa—. Quiero que sepas que te agradezco todo lo que estás trabajando. La cámara está reluciente y tu comida es maravillosa. Has hecho muchísimo por nosotros.

Él se puso de pie y la miró.

—Y... espero que no te marches —añadió ella.

—El negocio va bien, ¿verdad?

Ella asintió y pensó que parecía molesto.

—¿Sabes qué? —se cruzó de brazos y la miró fijamente—. Me tomaré la noche libre si tú también lo haces. Iremos al pueblo juntos.

Ella empezó a caminar hacia atrás.

—Oh, no...

—Piensa que es un negocio. Seis semanas es mucho tiempo y nosotros tenemos que hablar sobre cómo vamos a hacer para trabajar juntos.

—¿Por qué no hablamos ahora?

—Porque todavía estoy enfadado contigo.

Se quedó pensativa.

—Puedes aceptar la oferta o no —insistió él—. Pero, si no lo haces, mañana por la mañana no estaré aquí.

—Eso es una amenaza.

—Sí, y no me gustan los juegos. ¿Qué dices?

Lo miró a los ojos.

—¿Te parece bien a las siete?

—Genial —murmuró él antes de volver al suelo y desaparecer bajo el coche.

El martes por la tarde, Nate se arregló todo lo que pudo, es decir, se puso un polo y unos pantalones de lino holgados. Intentó recordar la última vez que se había puesto un traje de chaqueta. Probablemente, hacía años. Las corbatas le irritaban y la única chaqueta que utilizaba era la de cocinero. Su madre y él siempre se habían peleado por la ropa que él se ponía. Y ella no había dejado de insistir hasta que él se marchó de casa.

Cuando llegó a la cocina, ella estaba esperándolo. Llevaba una falda larga y se había dejado el pelo suelto. La blusa no era ajustada; pero, al menos, se distinguía la curva de sus pechos.

Nate tuvo que hacer un esfuerzo para no decirle lo guapa que estaba.

—¿Estás lista? —le preguntó.

Ella asintió, se colgó el bolso del hombro y sacó las llaves del coche.

—George, nos vamos. Joy se encargará de la cena.

—¿Adónde vais?

—A ningún sitio especial, y volveremos pronto.

Nate evitó la tentación de menear la cabeza. Desde luego, menos interés no se podía mostrar.

—Vamos al Silver Dollar —le dijo ella mientras conducía en dirección al pueblo—. Es el único sitio donde podemos tomar algo y hablar.

En menos de diez minutos, aparcaron al lado de una hamburguesería decorada al estilo de los años cincuenta. Aunque probablemente no estaba decorada en ese estilo, sino que no se había renovado desde entonces.

La gente los miró al entrar y saludaron a Frankie. Ella lo fue presentando como su nuevo cocinero a todas las personas con las que se cruzaba, dejando clara la relación entre ellos.

Cuando por fin se sentaron en un apartado al final del comedor, a Nate no le sorprendió que ella se sentara de espaldas a la puerta.

Antes de que la camarera llegara, Frankie le preguntó:

—¿Qué crees que deberíamos hacer?

—Pedir la comida y comer.

Frankie aceptó el menú que le daba la camarera con una sonrisa.

—Me refería a nosotros. A cómo vamos a trabajar juntos.

«Sí; estaba claro que aquella era una cena de negocios».

—¿Qué te apetece? —preguntó él, leyendo las posibilidades.

—Aclarar este tema de una vez —dijo ella mientras cerraba su menú—. Es muy incómodo estar cerca de ti en la cocina. No sé si me ignoras porque estás trabajando o porque estás enfadado. Me digo que no debería importarme, pero me importa. Sé que tienes motivos para estar disgustado, pero no sé qué más hacer aparte de pedirte disculpas.

Desgraciadamente, a él se le ocurrían un montón de cosas, todas relacionadas con su boca y su cuerpo.

«¿Por qué no te inclinas hacia ella y le pones la mano en la rodilla?», le sugirió su libido. «Podrías levantarle esa falda hasta que...».

«Cállate». Se iba a volver loco.

En aquel momento, volvió la camarera. Gracias a Dios.

—Tráiganos una botella de vino —pidió él.

—¿Y para comer?

—¿Frankie? —le preguntó.

—Yo voy a tomar un filete con ensalada.

—Yo tomaré lo mismo.

Por el rabillo del ojo, vio entrar a un hombre alto con dos niñas rubias. Los tres se sentaron en la barra. La más pequeña, una niña de unos cuatro años, necesitó la ayuda de su padre para sentarse en el taburete.

Nate sintió un dolor agudo en el pecho.

Miró hacia otro lado con la esperanza de que el dolor desapareciera. Dios, esa pena, ese remordimiento... ¿es que nunca iba a desaparecer? Cada vez que veía a un niño sentía lo mismo. Especialmente si eran niñas.

Y los niños estaban por todas partes. Parecía que no podía alejarse de ellos, ni siquiera en White Caps. Esa semana, en dos ocasiones, habían invadido su territorio; habían entrado en la cocina buscando algo para comer y para curiosear.

—¿Nate?

—¿Qué?

—Sobre nosotros.

Ahora agradecía esa distracción.

Se recostó en la silla mientras la camarera dejaba los platos delante de ellos. Después, sirvió el vino en las copas.

—¿Quieres que te diga la verdad? —dijo él—. No se me dan muy bien los jefes y tú tienes problemas de autocontrol. Creo que acabaremos matándonos.

—Pero te he pedido disculpas.

—Y te lo agradezco. Pero eso no cambia las cosas.

Ella lo miró a los ojos.

—Entonces, ¿por qué estamos aquí?

Obviamente, porque a él le gustaba que lo torturaran.

La camarera puso un bol de ensalada entre los dos.

Frankie se sirvió un poco en el plato.

—¿Cuál es tu problema con los jefes? —le preguntó.

Él comenzó a comer.

—El mismo que el de todo el mundo: no me gustan que me digan lo que tengo que hacer.

—Henry me dijo que había estado dispuesto a darte lo que fuera para que te quedaras en su cocina. Allí habrías hecho lo que quisieras. ¿Por qué te marchaste?

—Siempre habría estado a su sombra y nunca me habría labrado un nombre.

—¿Quieres ser famoso?

—Quiero ser respetado. Y quiero algo que sea mío. Por eso tengo que comprarme un restaurante.

—¿En Nueva York?

—Sí. Esa es la primera elección.

Ella puso su plato a un lado y miró por la ventana. No había comido mucho.

Por el rabillo del ojo, Nate vio que el hombre con los dos niños se levantaba y tomaba a la niña en brazos para ayudarla a bajar del asiento. Después, se dirigió con ella de la mano hacia el baño unisex para padres con niños.

Nate se frotó el pecho. Ver aquella niña de la mano de su padre hacía que se le revolviera el estómago.

—¿Qué te pasa? —preguntó ella.

—Nada.

CAPÍTULO 11

Nate llamó a la camarera para que les llevara agua. Cuando la mujer se fue, oyó la puerta del cuarto de baño y un hombre y una niña se acercaron a su mesa.

—¿Frankie?

Ella volvió la cabeza.

—David —dijo con una sonrisa congelada en el rostro.

El hombre sonrió.

—Tienes buen aspecto.

—Tú también. Y esta debe de ser Nanette.

—No —respondió la niña—. Esa es mi hermana. Yo soy Sophie.

—Y otra está en camino —dijo el hombre encogiéndose de hombros, como si se disculpara por ello.

Nate evitó mirar a la niña y se concentró en el tipo. Era alto y estaba en forma. Llevaba un reloj y zapatos caros. Y tenía ese aire de nobleza que daban las viejas fortunas.

—¿Cómo está Madeline? —preguntó Frankie.

—Muy bien. Pero sigue trabajando, cada vez más —el hombre se aclaró la garganta—. Y qué tal tú... también debes de estar ocupada. Con White Caps.

—Sí, muy ocupada.

El hombre miró a Nate como el náufrago que mira a un bote salvavidas.

—¿Dónde están mis modales? Me llamo David Weatherby.

Nate reconoció el nombre enseguida. La familia Weatherby y los Walker se habían encontrado en alguna ocasión; pero le ofreció la mano al hombre y no le dijo nada.

—Yo soy Nate. El nuevo cocinero de White Caps.

—Papá. Quiero ir a comer —dijo la niña, tirándole a su padre del pantalón.

—Sí, cariño. Si nos disculpáis... Frankie, me alegro de haberte visto.

—Lo mismo dijo, David.

Frankie dejó escapar un suspiro mientras el hombre se alejaba.

—¿Es un viejo amigo?

—Algo así —le dio un trago a su copa y se quedó en silencio.

—¿No me vas a contar más?

—Estábamos comprometidos... —le explicó ella.

Nate pensó que aquello era más de lo que se había imaginado. Volvió a mirar al hombre con sus dos hijas, que podrían haber sido de Frankie.

—Mi vida cambió cuando mis padres murieron. David no encajaba en la nueva.

Nate dejó el tenedor y el cuchillo sobre el plato.

—¿Te abandonó?

—Le dije que se marchara porque sabía que de todas formas iba a hacerlo. Empezamos a salir durante su último año en la universidad. Él deseaba hacer periodismo, pero sus padres querían que trabajara en la asesoría financiera de la familia. Al final, él aceptó. Me trajo a casa el primer fin de semana después de que él empezara a trabajar. Yo no era adecuada para su nueva posición. A su madre yo no le gustaba mucho; pero cuanto más se quejaba ella más me decía él que me quería. Nuestra relación era para él como una especie de declaración de independencia de sus padres —volvió a dar otro trago—. Quería creerlo. Creer en nosotros. Tenía veinte años y todo me parecía maravilloso:

David, Nueva York... Pero cuando mis padres murieron todo cambió. Sé que me amaba y que se habría casado conmigo; pero yo sabía que no estaba preparado para cuidar de una anciana y educar a una adolescente. Su alivio cuando le devolví el anillo fue enorme.

Frankie dejó escapar un suspiro, sorprendida de haber hablado tanto.

—Pero al menos ya sé que los príncipes azules no existen. También he aprendido que los hombres ricos son decepcionantes; ahora prefiero quedarme con los de mi clase.

—No todos los que tienen dinero son iguales —intervino él.

—Quizá tengas razón. Pero soy demasiado mayor para andar probando.

—¿Te gustó Nueva York?

—Me encantó. Me gustan las grandes ciudades.

—¿Vas allí con frecuencia?

—No. Pero a veces me gusta soñar que me voy a vivir allí. Lo que es bastante ridículo.

—¿Por qué?

—Porque nunca va a suceder.

—¿Por qué no?

Ella frunció el ceño.

—Por White Caps. Y mi familia. Joy me necesita.

—Pero si casi tiene treinta años. Es una adulta y tú estás libre.

—Vamos a dejar el tema.

—¿Por qué?

—Porque tú eres cocinero, no mi psiquiatra.

Frankie agarró la botella de vino y se sorprendió al ver que estaba casi vacía, teniendo en cuenta que Nate casi no había bebido.

—¿No te ha gustado el vino? —le preguntó.

Él se encogió de hombros.

—No me gusta mucho el alcohol.

Ella se echó para atrás y lo miró.

—¿Por algún motivo en particular?

—Mi padre era alcohólico. Murió hace cinco años.

Frankie lo miró con lástima.

—Lo siento.

—Yo no mucho.

—¿Y tu madre?

—Últimamente, mi hermano cuida de ella.

—¿Está enferma?

—Sana como un caballo, pero siempre ha necesitado alguien que la mantenga.

Sobre todo teniendo en cuenta la cantidad de dinero que se gastaba, pensó él.

—¿Te gustaría tener tu propia familia algún día?

—No —miró de nuevo a David Weatherby y sus hijas y pensó en Celia, la mujer con la que estuvo a punto de casarse porque se había quedado embarazada. La mujer que lo había privado de su hijo al ir a una clínica y acabar con el embarazo—. ¿Quieres algo de postre? —preguntó, mirando el plato de Frankie, que estaba casi lleno.

Ella negó con la cabeza.

Nate llamó a la camarera y pagó antes de que Frankie pudiera hacerlo. Cuando se levantaron, ella miró hacia David y se despidió con la mano antes de salir.

Al lado del coche de Frankie, había un precioso Mercedes todoterreno.

—Creo que debería conducir yo —dijo Nate.

Frankie le lanzó las llaves, pensando que a David siempre le habían gustado los coches grandes. Afortunadamente para él, podía permitírselo.

Mientras iban por la carretera, se volvió hacia Nate.

—No quiero ir a casa todavía.

—¿Adónde quieres ir?

—Gira por ahí a la izquierda. Quiero enseñarte un sitio.

Condujeron en silencio mientras ella le indicaba el camino hacia lo alto de la montaña.

—Desde aquí hay unas espléndidas vistas del lago.

En el aparcamiento había unos cuantos coches, bien distanciados. No hacía falta ser un genio para imaginarse lo que estaba pasando dentro.

Nate se dirigió hacia la plaza del final y apagó el motor. Frankie se giró hacia él.

—Háblame de tu familia —le dijo.

—No hay mucho que decir.

—Lo cual significa que probablemente hay bastante.

—No. Significa exactamente lo que he dicho. No son parte de mi vida.

—¿Dónde naciste?

—En Boston.

Ella esperaba que continuara. Como no lo hizo, le preguntó:

—¿A qué se dedica tu hermano?

—A los negocios. También trabaja para el Estado.

—Eso es admirable.

—Sí —Nate se movió incómodo en el asiento y se giró hacia ella—. Frankie... con respecto a nosotros, hay algunas cosas que tienen que cambiar. Empezando por mi trabajo.

Ella echó la cabeza para atrás y cerró los ojos.

Quizá era el vino, pero no quería hablar más. Lo único que quería era que la besara en la boca.

—¿Qué quieres? —murmuró—. Quizá debas saber que estoy en un mal momento. Tengo que conseguir ciento cincuenta mil dólares para finales de octubre.

Él dejó escapar un silbido.

—¿Podrás conseguirlo?

—Si seguimos así, sí. Pero si te marchas, me va a resultar muy difícil. He puesto un anuncio para reemplazarte, pero la gente está comprometida hasta septiembre.

Frankie estiró las piernas. No le gustaba que alguien tuviera tanto poder sobre ella, pero estaba claro que lo necesitaba.

—¿Qué es lo que quieres?

—En primer lugar, que no dejes que los niños entren en mi cocina.

Ella notó cierta tensión en su voz y se preguntó si le habría pasado algo.

—¿No te gustan?

Él no respondió y a ella le quedó claro por qué ese hombre se conformaba con las relaciones esporádicas.

—En segundo lugar, si seguimos trabajando así, quiero un ayudante. George ha aprendido mucho, pero no es suficiente. No quiero que se haga daño.

Frankie asintió.

—Y aún quiero una cosa más: quiero salir de vez en cuando contigo.

Frankie comenzó a menear la cabeza.

—No entiendo... ¿por qué..?

Nate se acercó, la tomó en sus brazos y la besó, tentativamente.

¡Dios, sus labios eran tan suaves...!

Ella no luchó y él la besó con más fuerza. Cuando por fin se separó para tomar aire, su voz sonó ronca.

—Por esto.

Cuando Frankie levantó la mano, Nate se preguntó si le iba a dar una bofetada.

Pero esa no era su intención; le puso la mano en la nuca y lo atrajo hacia su boca.

«¡Por el amor que Dios!», pensó él.

Y la besó con avidez, capturándole los labios en un beso que continuó y continuó. Cuando sintió que ella lo empujaba, se separó decepcionado.

—Llévame a casa, Nate —le dijo con voz temblorosa.

«Otra vez no», pensó él. Otra vez había ido demasiado deprisa. No le sorprendía que ella lo rechazara; pero, francamente, no sabía de dónde sacaba las fuerzas para hacerlo.

Afortunadamente, el camino a White Caps se le hizo corto. Al entrar en la cocina, Frankie se dirigió hacia las escaleras y Nate pensó que sería mejor que subiera sola. No quería estar al otro lado del pasillo mientras se desvestía.

—¿Nate? ¿No vienes arriba? —le preguntó con un pie en el primer escalón.

Él negó con la cabeza.

—Creo que será mejor si me quedo aquí un rato.

Frankie se puso colorada.

—Oh, eso no es lo que yo pensaba...

Nate dejó de respirar. ¿Estaba diciéndole lo que tanto deseaba oír?

—Yo... pensé... pensé que íbamos a subir juntos —dijo ella.

Sin dudarlo un segundo, la agarró de la mano y tiró de ella escaleras arriba.

Cuando cerró la puerta de su dormitorio, le puso las manos en la cara y la besó con suavidad en los labios. Después se apartó, pensando que quería preguntarle por qué en ese momento, por qué esa noche. Pero temió las posibles respuestas; acababa de ver a un ex novio y había bebido más de lo normal. Nate se sintió mal, hubiera preferido que lo hubiera elegido por él y no para utilizarlo como un refugio o distracción.

Pero se conformaba.

Frankie pareció leer las dudas en su rostro y lo miró directamente a los ojos.

—Esto no es porque haya visto a David. Llevo deseando hacer el amor contigo desde el momento en el que entraste en esta casa. Simplemente, estoy cansada de pelear contra eso.

Nate la aplastó contra él. Se dijo que debía ir despacio, pero la necesitaba tanto que le temblaban las manos. La besó intensamente mientras la llevaba hacia la cama y casi gritó de alegría cuando ella le sacó el polo del pantalón. Estaba desesperado por sentirla desnuda junto a él. Se quitó el polo rápidamente y, antes de que este llegara al suelo, ya estaba besándola de nuevo.

Enseguida estaban en la cama.

Ella estaba muy excitada y no paraba de recorrerlo con las manos, de moverse debajo de él.

Nate le levantó la falda hasta las rodillas y después por encima de las caderas. Le besó el cuello mientras con la rodilla le separaba los muslos. Cuando ella lo rodeó con las piernas, de su garganta escapó un gemido.

Muchas veces había soñado con aquel momento, pero nunca había imaginado que fuera a ser tan excitante.

Mientras le desabrochaba los botones de la blusa, ella hacía lo mismo con su pantalón. Nate se separó un instante y tiró los pantalones al suelo mientras le quitaba la blusa a ella. Frankie fue a desabrocharse el sujetador, pensando que le encantaba que fuera capaz de hacer tantas cosas a la vez.

—Ah, no. Tú no —dijo Nate, apartándole la mano—. Eso quiero hacerlo yo.

Recorrió el encaje con la punta de los dedos. Frankie lo miró a los ojos. Se notaba que estaba excitado, pensó. La piel de la cara estaba tan tirante que parecía que estaba sufriendo.

Ningún hombre la había mirado así jamás y nunca se había imaginado que aquello le podría suceder.

El sujetador cayó al suelo y Frankie sintió la calidez de las manos de Nate sobre su piel. No le daba vergüenza porque en sus ojos veía que la consideraba preciosa. La boca sustituyó a las manos y ella se arqueó por el placer. Cuando sintió el contacto de su lengua en el pezón, no pudo evitar dejar escapar un gemido.

Nate dejó escapar un gruñido y buscó debajo de la falda. Ella se la quitó y enredó las piernas con las de él, sintiendo cómo la presionaba con una exigente erección.

Dios, le encantaba sentir el peso de su cuerpo.

La ropa interior desapareció y entonces se encontraron piel contra piel, boca contra boca, manos que buscaban y daban placer.

—Un preservativo —murmuró Nate contra su cuello—. Necesitamos un... ¡oh, Dios! Vuelve a tocarme así.

—¿Aquí?

Dejó escapar un gemido.

—Sí. Ahí.

¿Preservativos? ¿Había tenido alguna vez de eso?, se preguntó Frankie.

—No... —no pudo terminar porque él se apoderó de su boca.

—¿No tienes? —dijo Nate cuando se apartó para tomar aliento.

—Hace mucho que no hago esto... —si aún tenía alguno, lo más seguro era que estuviera caducado.

Nate se puso de pie y corrió hacia su habitación.

—Voy a ver si yo tengo.

La palabrota que Frankie escuchó al otro lado del pasillo no le gustó nada.

—¿Hay una farmacia cerca? —preguntó Nate, asomándose a la puerta.

—Pero no estará abierta.

—¡Maldición!

Él dudó un instante. Después, cerró la puerta con un pie y corrió hacia la cama.

Frankie lo recibió con los brazos abiertos.

—Me gusta el sexo seguro —dijo, impaciente—. Pero no tenemos que...

Entonces, Nate se quedó muy quieto. Ella lo miró y no le gustó su expresión. Se le veía contrariado, disgustado.

—¿Nate?

—Nunca me arriesgo en lo que se refiere al sexo.

Y, aunque volvió a besarla, pero ya no era lo mismo.

Ya no estaba allí.

—¿Qué pasa? —le preguntó.

Él se tumbó de espaldas, mirando hacia el techo.

—Lo siento mucho —dijo—. Pero tengo que irme.

Aunque llevaba sin ropa media hora, de repente se sintió desnuda y expuesta y se cubrió con la sábana.

—De acuerdo.

Él salió de la cama, recogió su ropa y se marchó.

CAPÍTULO 12

Nate dejó el polo y los pantalones en una silla y se sentó en la cama, con la cabeza entre las manos.

¿Cuántos años tendría su hijo si hubiera vivido? Tres. Habría tenido tres años si Celia no hubiera acabado con el embarazo.

Si él hubiera sido el hombre rico que ella pensaba que era...

Oyó que llamaban a la puerta.

Se puso la ropa interior.

—Pasa.

No levantó la cabeza al oír que entraba alguien; sabía quién era.

—Quería asegurarme de que estabas bien —la voz de Frankie sonó preocupada.

Era especial. Pocas mujeres se habrían tomado aquello tan bien.

—Y bien, ¿qué tal estás? —susurró ella.

No quería mentirle, así que mantuvo la boca cerrada. No estaba bien. Hacía tiempo que no estaba bien, aunque lo había ocultado.

Frankie se sentó a su lado. Se había puesto unos vaqueros y una camiseta.

—Si quieres hablar...

—No —estaba a punto de llorar y no pensaba hacerlo delante de ella.

La miró a la cara por primera vez. No se había puesto las gafas.

Dios, sus ojos eran preciosos. Tan azules…

—Lo siento, Frankie.

Ella le acarició el pelo.

—No hay nada que sentir.

—En eso estás equivocada.

—No me importa que hayamos parado. Bueno, sí. Pero no me gustaría que estuvieras conmigo si tienes dudas.

¿Dudas? ¿Sobre estar con ella? Deseaba tanto estar con ella que casi había mandado al diablo el sexo seguro. Y aquello mismo era lo que lo había estropeado todo en el pasado.

Considerando lo que había perdido, debería haber aprendido algo.

Con Celia, no había tenido cuidado. Con Frankie, había estado a punto de perder el control. Aquello no decía nada bueno de él.

—¿Me dejas que me quede contigo un rato? —preguntó ella—. Solo para abrazarte.

—Sí —le gustaba aquello.

Nate se recostó sobre la almohada y ella se tumbó a su lado. Cruzó las piernas y cerró los ojos; su presencia lo reconfortaba.

—Ahora sé lo duro que es intentar ayudar a alguien y no poder.

Él le dio un beso en la sien.

—Me estás ayudando.

Frankie se movió, su pierna rozó la piel desnuda de Nate y se despertó inmediatamente. Lo observó. La barba le había crecido durante la noche, oscureciéndole la mandíbula. Tenía el pelo alborotado y la estaba mirando.

—Buenos días —dijo él.

—Hola.

Nate seguía mostrando una actitud reservada y, aunque ella quería saber lo que había sucedido, no pensaba preguntarle.

—Me imagino que es la hora del desayuno —Frankie se incorporó y salió de la cama—. Esta semana vamos a estar muy ocupados. Hoy llega toda una familia… —continuó hablando y su voz sonaba distante. Pero ese solía ser el resultado cuando una persona estaba hablando de una cosa y pensando en otra.

—¿Frankie?

Ella se paró a mitad de la frase.

—Lo que pasó anoche no tuvo nada que ver contigo.

—No importa. De verdad. Quizá sea lo mejor —caminó hacia la puerta—. Nos vemos abajo.

Esa mañana, no pasaron mucho tiempo juntos. Él estuvo muy ocupado cocinando y ella trabajando en la oficina. Pero, al menos, las veces que había pasado por la cocina, él había levantado la cabeza y la había mirado.

Mientras estaba en el despacho, revisando las reservas que tenía para esa noche, el teléfono sonó.

—¿Puedo hablar con Nate? —era una voz masculina. Con acento extranjero.

—Sí. ¿De parte de quién, por favor? —estaba realmente interesada en la respuesta.

—De Spike —el hombre mostró impaciencia.

—Un momento.

Fue a buscarlo a la cocina y Nate la siguió al despacho. Ella intentó mantener los ojos fuera de su torso, pero no lo consiguió. Llevaba una camiseta azul marino, pero lo único que veía eran los músculos que había visto la noche anterior.

Pensó dejarlo solo para que tuviera algo de intimidad. Además, ella necesitaba aire fresco.

—Quédate —le dijo él al ver que tenía intenciones de marcharse.

Ella se sentó en una silla.

—¿Qué? —le dijo Nate al teléfono—. ¿Dónde? Sí, lo conozco. ¿Cuándo vas a verlo? ¿Cuánto piden?

Un par de afirmaciones más y colgó. Le dio las gracias a ella por avisarlo y se marchó.

Frankie se quedó mirando al lago pensando que aquello le servía para recordar que él solo estaba de paso. Septiembre llegaría pronto y se iría a montar su restaurante.

Y un día, dentro de unos años, ella abriría una revista y leería algo sobre el restaurante de moda en Nueva York. Habría una foto de Nate y se quedaría mirándola un rato, pensando en lo que habría sucedido si hubieran hecho el amor. Pero pensar en lo que habría sido era mejor que saber exactamente lo que se estaba perdiendo.

¡Qué tontería! Lo deseaba. Aunque se marchara. Aunque ella volviera a sufrir.

—¿Frankie? —Nate había vuelto, estaba en la puerta de la oficina—. ¿Tienes un segundo?

Ella asintió y le sorprendió ver que él cerraba la puerta. Sintió que se ponía en tensión, pero intentó mostrar una expresión tranquila. Se preguntó si se iba a marchar.

—Te agradezco que me hayas dado tiempo para pensar —dijo él mientras se pasaba una mano por el pelo.

Ella sonrió.

—Parece que vas a pedirme disculpas por algo.

—Sí.

—Pues no lo hagas.

Él tomó aliento.

—De acuerdo; pero quiero que sepas una cosa: me muero de ganas de estar contigo. Esta noche. Ahora mismo —sus ojos estaban llenos de fuego y ella lo creyó—. ¿Me darías otra oportunidad?

Por supuesto que sí.

Se levantó, sintiendo que no podía estar más tiempo sentada.

—Bueno, no estuvo mal —dijo, intentando no sonar desesperada.

—Para mí fue muchísimo más que eso —murmuró él.

Frankie lo miró, recordando lo que había sentido.

—Quiero más —admitió ella con suavidad.

Nate rodeó el escritorio y la tomó en brazos. Le puso las manos en las caderas y la apretó contra él; ella sintió su erección.

—Yo también —su voz era ronca.

Frankie le puso las manos en el pecho.

—Pero no espero que te quedes. Esto solo es una relación esporádica, ¿de acuerdo?

Aquello era una mentira, por supuesto. Le gustaba. Le gustaba mucho; aunque fuera arrogante y exigente y no supiera mucho sobre él.

—Lo que tú digas.

—Entonces, ¿vas tú a la farmacia o voy yo?

Esa noche, el restaurante parecía una casa de locos. Había gente esperando para conseguir una mesa y Nate estaba en su elemento. Frankie nunca había visto a nadie trabajar tan rápidamente y tan bien.

Al final de la noche, aunque estaba agotada, fue a la oficina para cerrar la caja. Cuando vio el resultado, no se lo podía creer.

¡Habían hecho casi cinco mil dólares! ¿Era posible que existieran los milagros?

Apagó el ordenador con una sonrisa.

Nate estaba en la puerta. Se había dado una ducha y se había cambiado de ropa. El pelo húmedo se le rizaba en la nuca.

—Es tarde. Deberíamos irnos a la cama.

Ella se acercó a él.

—Es curioso, yo estaba pensando lo mismo.

Frankie lo condujo a su habitación y tuvo un momento de duda mientras él la desnudaba. Pero, en cuanto la tumbó en la cama y sintió su cuerpo sobre el de ella, dejó de pensar. La sensación que despertaba en ella mientras le besaba los pechos y deslizaba la mano entre las piernas era todo lo que su mente podía abarcar.

Menudo amante. Se tomaba su tiempo, acariciándola y dándole placer una y otra vez hasta que Frankie pensó que era imposible tener un orgasmo más.

Desgraciadamente, él no le dejaba hacer lo mismo. Cada vez que intentaba acariciarlo, se alejaba. Era generoso hasta llegar a ser frustrante y Frankie tuvo la sensación de que quería resarcirla por haberla dejado sola la noche anterior.

—¿Por qué no me dejas que te toque? —gimió ella, intentando agarrar su erección.

La voz de Nate sonó ronca.

—Porque voy a llegar en el instante en que lo hagas. Dios, estoy tan excitado...

Solo hizo una pausa para ponerse un preservativo.

Ella levantó las caderas para unirse a él; pero Nate se resistía. Su respiración era agitada.

—Frankie, mírame. Quiero verte los ojos.

Y entonces se hundió en su cuerpo, llenándola.

Al principio fue despacio; pero después sus movimientos ganaron intensidad hasta que ella tuvo otro orgasmo. Y, mientras Frankie se estremecía de placer, él alcanzó el clímax, gimiendo su nombre.

Al alba, Nate estrechó a Frankie contra sí. Tenía que levantarse en cuestión de minutos para preparar el desayuno y quería saborear aquel momento.

Ella se desperezó.

—¿Ha amanecido ya? —dijo Frankie con voz somnolienta mientras se frotaba los ojos.

—Desafortunadamente —contestó él.

Habían hecho el amor dos veces más durante la noche y solo habían dormido una hora, pero Nate se sentía capaz de correr un maratón.

Él le acarició el vientre y luego descendió hasta su muslo.

Pensó que podría acostumbrarse a despertar todos los días junto a ella, pero no podía decírselo. Habían quedado en que su relación sería solo temporal.

Nate depositó un beso en sus labios y se levantó. Estaba poniéndose los pantalones cuando vio que ella sonreía.

—Tienes un cuerpo de escándalo. Lo sabes, ¿verdad? —le preguntó Frankie con cierta timidez.

Él dejó de vestirse y echó una mirada al reloj.

El desayuno podía esperar un poco, decidió.

CAPÍTULO 13

El viernes por la noche, Joy levantó la cabeza del mostrador de recepción y se quedó helada.

Tenía a Gray Bennett delante de ella, con una sonrisa que quitaba el aliento. Llevaba pantalones blancos de lino, camisa blanca y una chaqueta azul marino. Estaba moreno y llevaba el pelo un poco largo.

—Hola, Joy.

Ella se aclaró la garganta, no quería jugársela con la voz.

—Buenas noches.

—¿Cómo estás?

Ella sonrió, se sentía como en una nube.

—Muy bien —sobre todo desde que él estaba allí.

—Está lleno —dijo Gray, mirando hacia las mesas—. No sabía que había que reservar.

—Puedo hacer una excepción por ti —dijo ella inmediatamente.

«También puedo hacer el idiota», pensó. Por Dios, se le notaba que estaba más que dispuesta.

Él sonrió.

—Gracias.

—De nada —solo esperaba que no fuera con otras diez personas—. ¿Cuántos?

—Solo mi padre y yo.

Joy miró hacia la puerta y vio al señor Bennett hablando con el alcalde y su esposa. El padre de Gray había tenido una apoplejía ese invierno y todavía se estaba recuperando.

—Os pondré al lado de una ventana con vistas al lago. Ven por aquí.

Mientras iba caminando detrás de ella, algunas personas miraban hacia él y susurraban. Gray Bennett era una especie de celebridad local, considerando todo su poder político y sus conexiones. En el pueblo no estaban demasiado acostumbrados a tener a alguien que tratara con los líderes mundiales. Aunque Joy sabía que las mujeres se habrían quedado mirándolo aunque solo hubiera sido un mecánico. Su masculinidad era como un afrodisíaco.

—¿Quieres tomar algo? —le preguntó mientras él se sentaba.

—Un bourbon.

—Perdona, solo tenemos vino.

—Entonces, una copa de vino blanco. Y otra para mi padre. Suponiendo que acabe su conversación con el alcalde —le sonrió y abrió el menú.

De vuelta a la cocina, Joy miró el reloj.

Si todo iba bien, estaría en el comedor una hora. O más si pedían el postre.

Por el amor de Dios, era demasiado guapo.

Mientras servía las dos copas de vino, repasó mentalmente la lista de las especialidades. Esperaba poder mostrar tanto control como él.

Iba hacia las puertas dobles de la cocina con la bandeja cuando Frankie la llamó.

—¡Joy! Tenemos un problema.

Joy hizo una pausa, mirando por las ventanas circulares de la puerta hacia la mesa de Gray. Estaba ayudando a su padre a sentarse.

—¡Joy! —la voz de Frankie era cortante.

—¿Qué?

—La abuela está otra vez en la habitación Lincoln. ¿Puedes ir a tranquilizarla y llevarla a su cuarto, por favor?

Joy apretó los ojos. Esa noche no, por favor.

—¡Plato listo! —dijo Nate.

—¿Joy? —la llamó Frankie, dirigiéndose hacia ella con rapidez para quitarle la bandeja de las manos—. Yo llevaré estas bebidas. ¿Adónde?

—Mesa doce —respondió ella.

Frankie se dirigió hacia Nate, puso los dos platos en la bandeja, al lado de las copas, y salió al comedor.

Joy salió detrás, en dirección a la habitación Lincoln. Al pasar por la mesa de Gray, oyó a Frankie diciéndole las especialidades. Cuando iba por el pasillo, tuvo la necesidad de volverse. Gray estaba riéndose de algo que había dicho Frankie. De repente, la miró. A ella. La había visto en una sala llena de gente y la miraba directamente a los ojos. Su sonrisa disminuyó y sus sorprendentes ojos se quedaron fijos en su rostro. Joy dejó de respirar. Por lo que a ella concernía, el mundo había dejado de moverse.

Entonces, Frankie la miró con el ceño fruncido; como si se hubiera dado cuenta del cambio de Gray y tuviera curiosidad por saber la causa.

Joy se marchó.

¡Dios santo! ¿Por qué la había mirado así?

Subió las escaleras de dos en dos aunque las piernas le temblaban. Quizá Gray se había dado cuenta de que lo estaba mirando y había visto en su rostro todas sus estúpidas fantasías sobre él.

Por Dios. Solo pensar que podía enterarse de que estaba tontamente enamorada de él hacía que se pusiera enferma. Le encantaba soñar con Gray Bennett; pero sabía muy bien que la vida real era diferente. No podía creer que un hombre como él pudiera sentir por ella algo que no fuera lástima.

Cuando llegó al descansillo, vio a unos clientes en la puerta de su habitación; parecían preocupados.

—Disculpen —dijo ella, pasando al interior.

Su abuela estaba tirada en el suelo, golpeando la pared con un destornillador.

Joy corrió hacia ella.

—Abuela, ¿puedo ayudarte?

—Puedes ayudarme a sacar mi anillo de esta pared.

—De acuerdo. Pero ¿por qué no lo hacemos en otro momento? Estamos molestando a estas personas tan amables.

La abuela dudó un instante; al final, los buenos modales ganaron, miró a la pareja y aceptó la mano que Joy le estaba ofreciendo.

—Tienes razón.

Joy se guardó el destornillador y les lanzó una mirada de disculpa a los clientes mientras se llevaba a su abuela por el pasillo hacia las habitaciones del servicio.

—Tengo que encontrar mi anillo.

—Abuela, ¿no lo tienes en tu dedo?

La mujer se miró la mano.

—No, este no. El que me dio Arthur.

—Pero, abuela, nunca estuviste...

—Te demostraré que me pidió que me casara con él —le dijo, mirándola muy seria.

A la mañana siguiente, Frankie estaba sentada en su despacho, releyendo las cartas que su hermana le había dado la noche anterior. Parecía que la abuela no había perdido el juicio por completo.

En su mano tenía cuatro cartas de Arthur Garrison que iban desde el otoño de 1940 al verano de 1941. Y, en la última, le pedía una respuesta a su propuesta de matrimonio y al anillo que le había ofrecido en abril.

El teléfono sonó y ella descolgó el auricular.

—White Caps.

—¿Frankie? Soy Mike Roy.

—Mike, ¿cómo estás?

—Bien —pero no sonaba bien—. Tengo malas noticias.

Frankie soltó las cartas y apretó el teléfono.

—¿De qué se trata?

—Han comprado el banco.

—¿Tendrás que marcharte? —preguntó ella, esperando no perderlo.

—No lo sé. Espero que no. Pero tenemos que cerrar nuestras cuentas antes de que se formalice la venta. Estamos liquidando todos los negocios. Y las deudas pendientes.

—¿De cuánto tiempo dispongo?

—Hasta finales de agosto.

Frankie apoyó la cabeza en una mano.

—De acuerdo.

No estaba de acuerdo. Pero ¿qué podía decir?

—Lo siento.

—No, no es culpa tuya. Conseguiré el dinero.

—Mira, si no puedes, hay una persona que está interesada.

—¿Interesada? ¿En la casa?

—Sí. Eso sería mucho mejor que sacarla a subasta.

—El inglés —susurró—. El hombre que trajiste.

—Solo quería hacerte un favor.

Después de colgar, Frankie se quedó mirando la fotografía de su familia.

El teléfono volvió a sonar casi al instante.

Quizá fuera Mike para decirle que había cometido un error.

—White Caps.

—¿Puedo hablar con Frances Moorehouse? —la voz del hombre era rotunda, autoritaria.

—Soy yo.

El hombre se aclaró la garganta.

—Señora, soy el comandante Montgomery, de los Guardacostas de Estados Unidos.

Frankie se quedó de piedra.

—Alex...

—Siento mucho informarla de que su hermano, Alexander

Moorehouse, ha desaparecido en la costa de Massachusetts. Encontramos su barco en alta mar después de que el huracán Bethany lo arrastrara hacia el interior. Estamos realizando una búsqueda exhaustiva de su compañero, el señor Cutler, y de él. Le voy a dar un número de contacto; pero volveremos a llamarla en cuanto tengamos noticias.

Frankie apenas podía escribir el número que el hombre le estaba dictando. En cuanto colgó, salió de la oficina y corrió hasta el jardín. No paró hasta llegar al embarcadero.

Allí le gritó al agua.

Nate vio a Frankie atravesar la cocina corriendo, y dejó lo que estaba haciendo para ir tras ella. Corría como si la persiguiera el diablo y, cuando llegó al final del embarcadero, se inclinó hacia delante y dejó escapar un aullido de dolor.

Él se acercó a ella.

—¡Frankie!

Ella se giró, con una mirada aterrorizada.

—Alex ha muerto. Mi hermano.

Nate cerró los ojos con fuerza y fue a tomarla en brazos. Entonces, ella se derrumbó y lloró desconsoladamente. Los sonidos que salían de su garganta eran desgarradores.

Nate levantó la cabeza y vio que Joy caminaba lentamente hacia ellos.

—Tu hermana —le dijo a Frankie al oído.

Frankie se separó, se secó los ojos con las mangas y tomó aliento. Él le entregó el paño de cocina que llevaba en el bolsillo de atrás.

—Frankie... —la voz de Joy apenas era un susurro—. ¿Qué ha pasado?

—Alex... —la voz de Frankie se rompió—. Alex.

La cara de Joy se descompuso. Su boca, sus ojos... sin embargo, su voz sonó fuerte.

—¿Ha desaparecido o ha muerto?

—Ha desaparecido. Pero...

—Entonces hay esperanza.

—Su barco se hundió. En un huracán.

—Y si alguien puede sobrevivir a eso, ese es Alex —Joy levantó la barbilla—. No voy a llorar por él hasta que encuentren su cuerpo.

Joy se giró y se dirigió hacia la casa.

Nate miró a Frankie.

—Es fuerte.

—Más fuerte que yo en este momento —miró hacia el lago—. No puedo perderlo a él también.

Nate la abrazó. Quería decirle que todo iba a salir bien y que encontrarían a su hermano. Pero solo Dios sabía lo que iba a pasar.

—¿Quieres cerrar el restaurante esta noche?

Ella tomó aliento.

—No. Necesitamos el dinero.

Al cabo de un rato, volvieron a la casa y Frankie fue directa a la oficina y ya no salió de allí en toda la noche. Cuando acabaron las cenas, Nate fue a verla.

Estaba sentada frente a su escritorio con una mano al lado del teléfono.

—¿Qué tal ha ido la noche? —le preguntó ella.

—Bien.

—He intentado hablar con Joy, pero no quiere escuchar.

Nate rodeó la mesa para acercarse a ella.

—¿Nos vamos arriba?

Frankie meneó la cabeza y él decidió que se iba a quedar a su lado, así que fue a sentarse al sofá.

—Ven aquí conmigo.

Ella se sentó a su lado.

—Esto se parece a la noche en la que murieron mis padres. La espera. La sensación de que el tiempo pasa despacio. Al menos, esta vez no es por culpa mía.

Él frunció el ceño.

—La muerte de tus padres tampoco fue culpa tuya.

—Eso no es cierto.

Nate la miró con pena.

Frankie agradecía enormemente su presencia, porque quería hablar. Y por primera vez en una década, se abrió a alguien.

—Cuando los negocios empezaron a ir mal, mi padre se puso a reparar barcos. La tarde que mis padres... —no podía decir la palabra «murieron»—. Mi padre había terminado de reparar un velero y lo llevó al lago para probarlo. La tormenta llegó del norte. Rápidamente y con mucha fuerza; suele pasar en primavera —paró un segundo para tomar aliento—. Más tarde descubrimos que el mástil se había roto porque no estaba en buenas condiciones. Le dio en la cabeza al caer y lo arrastró al fondo del lago.

Nate dejó escapar un gemido lastimero.

—Yo soy una excelente nadadora, ¿lo sabías? Tengo varias medallas. Podía nadar durante kilómetros y kilómetros y mi padre siempre me dijo que había salido a él. Esa tarde, recuerdo que miré el lago y pensé que era muy grande, y peligroso; pero no tanto como para poder con mi padre. No a él. Recuerdo que pensé que, si el barco había volcado, él estaría nadando hacia la orilla. Hacia casa.

Se quedó un rato mirando al lago en silencio.

—Mi madre y yo esperamos más de una hora. El tiempo iba empeorando, así que ella llamó a la patrulla de policía para que fueran a buscarlo. Pero estaban ocupados rescatando a un niño que había salido en piragua. Sin pensárselo dos veces, mi madre fue a por el bote de pesca de mi padre. Me dijo que esperara allí, que cuidara de Joy.

Frankie se sintió mal al recordar la última vez que había visto la cara de su madre. Aquellos preciosos ojos llenos de miedo mientras se dirigía hacia el lago.

—No sabía nadar y yo la dejé ir. Encima, en el bote no había chaleco salvavidas... tenía que haber ido a casa a buscarle uno —dijo, pensativa—. Dios, debería haber hecho que esperara... —sintió la congoja que iba creciendo en su pecho.

—Frankie...

Por el tono de su voz, supo que iba a decirle que no era culpa suya, por lo que le interrumpió.

—No. Yo crecí aquí. Sabía lo que estaba pasando. Fui una irresponsable al dejarla salir.

—¿Se te ha ocurrido pensar que tú no eras la madre? —dijo Nate con amabilidad—. ¿Que tu madre estaba protegiéndote a ti al hacer que te quedaras?

Frankie cerró los ojos.

—Solo sé que, si hubiera sido yo la que hubiera ido, ella estaría aquí. Yo tenía más posibilidades —rompió a llorar y Nate la abrazó con más fuerza.

El despertador comenzó a sonar. Frankie se movió incómoda, le dolía el cuello y la espalda.

De repente, cerró los ojos.

Nate y ella se habían quedado dormidos en el sofá de la oficina. Y lo que sonaba no era el despertador, sino el teléfono.

Saltó hacia la mesa y agarró el aparato en la oscuridad, pensando que debían de ser las dos de la mañana.

—¿Diga? —tenía un nudo en la garganta que casi le impedía respirar.

—Soy el comandante Montgomery. Hemos encontrado a su hermano. Lo hemos llevado al hospital. Tiene varios huesos rotos, pero está vivo. Lo mandaremos a casa dentro de unas cuarenta y ocho horas.

Frankie se llevó una mano al pecho y sintió que las lágrimas comenzaban a caer por sus mejillas.

Cuando colgó, corrió a los brazos de Nate.

—Está vivo. Está vivo. Está vivo... —dijo sin parar.

Esa tarde, consiguió hablar con Alex, aunque él apenas podía decir nada porque estaba sedado. Desgraciadamente, los guardacostas todavía estaban buscando a su amigo Reese Cutler. Alex estaba destrozado, pero parecía haber aceptado el hecho de que iba a pasar en casa una temporada para recuperarse. Al despedirse de él, Frankie le dijo que tendría su vieja habitación lista. Solo pensar que iba a tenerlo allí era suficiente para hacerla sonreír.

—¿Has visto esto? —uno de los clientes estaba agitando un periódico en el aire con una gran sonrisa.

—¿De qué se trata? —preguntó ella.

—Es un artículo. En el *New York Times* —el hombre se acercó a ella y dejó el periódico encima de la mesa. Ella leyó el titular en voz alta:

—«El pequeño hotel White Caps: un placer lejos del bullicio».

Rio encantada y corrió a la cocina para darle la noticia a Nate; aquello podía salvar el negocio.

CAPÍTULO 14

Al día siguiente, Frankie fue sola a buscar a Alex al aeropuerto. Nate se había ofrecido a acompañarla, pero ella lo había rechazado diciéndole que prefería ir sola para tener un tiempo con su hermano. Él lo entendió.

Lo que no le dijo fue que, después de lo que había pasado la otra noche en la oficina, tenía miedo. Miedo de lo vulnerable que se sentía. Él se iba a marchar en poco tiempo y ella ya dependía demasiado de su presencia.

Desde la cocina, Nate vio llegar el coche de Frankie. Ella salió primero; pero, antes de que pudiera dar la vuelta al coche, la puerta de atrás se abrió. Primero, aparecieron un par de muletas y, después, su hermano. Con cuidado, se puso de pie.

Alex Moorehouse era un hombre grande y con una constitución atlética. Llevaba el pelo corto y estaba muy bronceado. Estaba muy serio y, cuando Frankie fue ayudarlo, él la rechazó.

Nate fue hacia la puerta. Por mucha curiosidad que sintiera por el hermano de Frankie, le importaba más ella. Parecía preocupada y a la vez contenta. Estaba especialmente hermosa, con el pelo suelto y aquel vestido de verano.

Cuando Nate volvió a mirar a su hermano, se encontró con sus ojos fijos en él.

—Este es nuestro nuevo cocinero, Nate —los presentó Frankie—. Nate, mi hermano Alex.

Ayudado por las dos muletas, el hombre se dirigió hacia la puerta con agilidad.

Nate le ofreció la mano y él la estrechó con fuerza. A Nate le gustó, a pesar de su mirada amenazante, que parecía decirle que no se atreviera a hacerle daño a su hermana.

Esa noche, Frankie se enteró de que Alex había recibido malas noticias de los guardacostas. La llamada llegó antes de las siete, y él salió cojeando de la oficina y se marchó arriba. No era una persona a la que le gustara mostrar sus sentimientos en público.

Reese Cutler había muerto.

Ella entendió que su hermano quisiera estar solo, aunque lo que más deseaba en el mundo era poder ayudarlo.

Joy tuvo que subir para quedarse con la abuela; parecía que la llegada de Alex la había trastocado. Frankie se quedó para atender el comedor.

—Disculpe.

Frankie miró a la mujer.

¡Y vaya mujer! Era toda una belleza. Con el pelo rubio, traje pantalón de alta costura y color blanco... estaba claro que venía de la ciudad. Iba bien vestida y era sexy. Y también olía bien.

—He venido a ver a Nate —se cambió el maletín de mano y miró la hora en su reloj con diamantes.

—Lo siento. Está ocupado.

—Dígale que Mimi está aquí. Y quiero una mesa. Allí.

Señaló hacia las ventanas que daban al lago. Por suerte, o por desgracia, había una mesa para dos libre y no había ningún motivo para que Miss Elegancia no pudiera ocuparla.

Frankie asió un menú y acompañó a la mujer al otro lado de la sala. Los demás clientes torcieron sus cabezas para seguir a la rubia.

Cuando Mimi se sentó, lo primero que hizo fue inspeccionar cuidadosamente el tenedor, como si estuviera buscando suciedad entre las puntas.

—Una copa de vino. Que no sea de la casa, que sea francés. Y una ensalada —los ojos de la mujer brillaron—. Nate sabe cómo me gusta.

Frankie apretó la mandíbula y se dirigió hacia la cocina. Nate estaba muy ocupado echando especias y sal a cuatro cacerolas diferentes.

—Tienes una visita —dijo ella—. Directamente de Nueva York. Una tal Mimi.

Nate apenas levantó la cabeza.

—De acuerdo. Gracias.

—Quiere una ensalada. Dice que sabes cómo le gusta.

—Bien.

Frankie se dirigió hacia la bodega. Se habría sentido mucho mejor si él hubiera dicho algo como: «¿Por qué está esa esnob con cara de caballo en nuestro comedor?».

Por supuesto, se habría referido a otra persona totalmente diferente, porque aquella mujer no tenía cara de caballo. En absoluto.

Cuando Frankie volvió al comedor, se sentía orgullosa de sí misma. Había evitado la tentación de echarle matarratas en la copa de vino.

—¿Dónde está Nate? —preguntó la rubia como si hubiera esperado que fuera él quien le llevara el vino—. ¿No le ha dicho que estoy esperando?

—Sí.

Mimi sonrió, aunque aquella expresión carente de júbilo no estaba dirigida a Frankie. Estaba mirando hacia las puertas de la cocina.

—Bien, pero será mejor que deponga esa actitud soberbia cuando comience la semana que viene.

—¿Cuando comience qué?

Mimi levantó la cabeza hacia Frankie, como si estuviera sorprendida de tener que darle explicaciones.

—Soy la dueña del Cosmos y él es mi jefe de cocina.

Frankie entrecerró los ojos.

—¿De verdad?

La mujer pareció impacientarse.

—¿Y mi ensalada? ¿Dónde está?

Frankie fue a paso ligero hacia la cocina. Su primer instinto fue plantarse delante de Nate y pedirle una explicación; pero se contuvo. Las dos últimas veces que había hecho algo así se había equivocado. Tenía que ofrecerle la oportunidad de que le diera una explicación. Quizá hubiera un malentendido. Después de todo, se había comprometido con ella a quedarse hasta septiembre. Y aún quedaban cuatro semanas.

La mujer no se movió de la mesa en toda la noche. Cuando se marcharon todos los clientes, Nate salió a hablar con ella.

Frankie sabía que no podría concentrarse en nada mientras ellos estuvieran hablando, así que amontonó los papeles que tenía en la mesa, guardó los lápices y los bolígrafos en el cajón y, cuando ya no quedó nada más que ordenar, abrió el periódico para leer el artículo que hablaba de White Caps.

Frankie tuvo que leerlo dos veces para poder creérselo.

Nathaniel Walker, la oveja negra de la prestigiosa familia Walker, irrumpió en el mundo de los grandes chefs hace una década. Después de pasar tres años en París trabajando en Maxim's, el heredero de la fortuna Walker volvió a la ciudad de su familia, donde empezó trabajando en La Nuit...

El artículo seguía, pero ella ya no pudo leer más.

«El heredero de los Walker».

Nathaniel Walker. El primer hombre con ese nombre había sido un héroe de guerra y había firmado la Declaración de Independencia. Los Walker eran como la realeza americana. ¿Y no había un Walker gobernador de Massachusetts? Probablemente era el hermano de Nate.

Maldición, los Walker eran más que ricos. Los Weatherby a su lado no eran nadie.

Frankie dejó el periódico encima de la mesa.

¡Dios, sabía cómo elegirlos! Era como volver a pasar por lo de David otra vez aunque, en esa ocasión, el hombre en cuestión le había ocultado su influencia y el dinero de su familia.

Nate apareció en la puerta.

—¿Te has dado cuenta de la de gente que hemos tenido hoy? Escucha, con respecto a Mimi...

—Sí, vamos hablar de ella. Gracias por avisarme con tiempo —le espetó Frankie. Lo que realmente le molestaba era que hubiera mantenido oculta su identidad, pero el asunto de Mimi era una buena diana a la que arrojar sus sentimientos de frustración.

—¿Qué?

—¿Cuándo ibas a decirme que te marchabas? ¿El día antes de irte? —Frankie puso las palmas de la mano sobre el escritorio y se levantó de la silla—. No puedo creerme que te vayas a marchar a mitad de la temporada después de haberme prometido que te ibas a quedar hasta septiembre.

Nate puso los brazos en jarras y miró hacia el suelo como si estuviera intentando controlarse.

—Escucha, Frankie...

—Dios, soy tan tonta... —su voz se rompió—. He confiado en ti. Soy una estúpida.

—Frankie, no me voy a la ciudad la semana que viene. Me voy a quedar. Tú sabes cuáles son mis planes. Y, maldición, quiero incluirte en ellos. Ven a Nueva York conmigo.

—Pues Miss Elegancia parecía muy segura de que ibas a trabajar en su restaurante.

—Ha venido a intentarlo y...

—Sería una buena socia —siguió diciendo ella, sin dejarlo hablar—. Aunque, pensándolo mejor...

Nate dio un golpe en la mesa con el puño cerrado.

—¿Y por qué te preocupa tanto con quién me asocio? Tú nunca querrás marcharte de aquí. Prefieres esconderte detrás de tu familia a vivir tu propia vida.

Frankie lo miró sorprendida, pero se recobró inmediatamente.

—Sí, vamos hablar de la familia —le lanzó el periódico—. Nathaniel Walker. ¿Cuándo ibas a decirme que tienes tanto dinero que te sale por las orejas? Probablemente, sabiendo lo que opino de los ricos, pensaste que si sabía quién eras no me iba a acostar contigo. Y decidiste mentirme.

Nate apretó la mandíbula.

—¿No se te ha ocurrido pensar que no te he mentido?

—¿Estás diciendo que se han equivocado?

Él se echó para delante, apoyándose en el escritorio.

—Tu falta de confianza en mí es increíble.

Después de soltar un improperio, Nate se giró y se dirigió hacia la puerta.

—¡No te atrevas a echarme la culpa de esto! —dijo ella, corriendo detrás de él—. Te pregunté sobre tu familia. Dos veces. Y eso fue después de dejarte muy claro lo que me pasó con David. ¿Qué demonios tenía que pensar al descubrir la verdad?

Nate se paró.

—¿Quieres saber la verdad? —caminó hacia ella con determinación, obligándola a dar unos pasos hacia atrás—. ¿Quieres saber la verdad? —repitió—. Nunca le digo a nadie nada sobre mi familia. Yo no soy el heredero de los Walker. Mi padre me desheredó cuando me matriculé en la escuela de cocina. Tengo menos de cien mil dólares en el banco y eso es porque he ahorrado hasta el último céntimo.

Ella llegó al borde del escritorio y se agarró a la madera.

La voz de Nate temblaba por la emoción.

—¿Quieres saber por qué no hablo de ello? Porque no me siento un Walker. Porque mis padres detestaban que yo no fuera quien ellos querían que fuera. Pero, sobre todo, porque la última mujer a la que le dije la verdad decidió abortar cuando se enteró de que no era el hombre que ella pensaba.

Frankie sintió que la sangre le abandonaba la cara.

—¡Oh, Nate...!

—Iba a casarme con ella cuando supe que estaba embarazada, pero se enteró de que no tenía dinero y corrió a abortar a una clínica —estaba temblando y los ojos le brillaban—. Odio mi apellido. Odio el lugar de donde vengo. Y que tú me llames mentiroso porque no presumo de mi linaje es demasiado.

Ahora todo tenía sentido. Aquella noche, cuando él se marchó porque no tenían un preservativo. La forma en la que evitaba a los niños... Su coche viejo... Su ropa...

—Lo siento —susurró ella.

Él se dejó caer en el sofá de la oficina.

—Nate, no tenía ni idea.

Nate soltó un improperio, pero extendió la mano hacia ella.

—Ya lo sé.

Frankie se sentó junto a él y lo rodeó con sus brazos. Era un hombre muy grande, pero parecía haber encogido.

—Y no voy a trabajar para Mimi —dijo después—. Ya se lo dije en primavera. Cuando vio el artículo, quiso venir a convencerme. Pero se lo dije muy claramente. Quiero montar mi propio negocio.

Frankie se aclaró la garganta.

—¿Y si no encuentras nada? —lo que de verdad quería saber era si había alguna posibilidad de que se quedara.

—Seguiré buscando. No me importa lo que tarde. Tengo que luchar por lo que quiero. Mis padres nunca me respetaron porque no seguí sus pasos. Siempre fui diferente a ellos —se pasó una mano por el pelo—. No voy a renunciar. Porque cuando tenga mi propio local, tenga éxito o fracase, será por mí mismo. Nadie me dirá lo que tengo que hacer a menos que yo les pida consejo. Y nadie me lo podrá quitar.

—Vas a conseguir todo lo que quieres —le dijo ella, consciente de que se le estaba rompiendo el corazón. Por él. Por ellos. Su ruptura era inevitable e iba a llegar muy pronto. En cuatro semanas.

Nate la miró a los ojos. Él tenía unos ojos preciosos. De color verde y trazos de oro.

—Me gustaría que vinieras conmigo. De verdad. Sería fantástico, sé que podemos trabajar juntos.

Frankie se alejó de él y fue a mirar por la ventana.

—No me he expresado bien —dijo Nate—. Lo que quería decir es que no tienes por qué quedarte aquí.

Ella se lo pensó. Pensó en irse y dejar a su hermana y a su abuela. Pero, entonces, se dio cuenta: White Caps no solo era un hogar, una reliquia de la familia; también era el sitio al que pertenecía.

Se giró hacia él.

—La verdad es que me encanta este lugar. Cuando era más joven, soñaba con irme a la ciudad. Pero ahora sé que este es mi sitio.

Era gracioso que se acabara de dar cuenta en ese instante.

—No quiero dejar de verte.

Frankie cerró los ojos. Así que para él tampoco era una relación esporádica...

Nate se levantó y caminó hacia ella.

—Nunca habría imaginado que sentiría esto por ti —dijo él con voz ronca.

A ella le encantaba ese sonido. Lo miró.

—Yo tampoco.

Pero sabía que aquella relación no se mantendría en la distancia, a pesar de los aviones y los trenes. Dos personas tan ocupadas como ellos, con sus trabajos...

—Pareces seria —le dijo él.

Ella le acarició la mejilla con la mano.

—No quiero hablar del futuro. Ahora quiero que me lleves arriba y que me hagas el amor.

CAPÍTULO 15

A la mañana siguiente, Frankie llamó con suavidad a la puerta de su hermano.

La respuesta tardó en llegar.

—¿Sí?

Se cambió la bandeja de mano.

—Te he traído el desayuno.

Notó que él dejaba escapar un gruñido y oyó los ruidos que hacía para ir a abrir la puerta.

La barba le había crecido durante la noche, oscureciéndole la mandíbula y las mejillas, y tenía el pelo alborotado. Llevaba unos pantalones cortos que le quedaban grandes y tenía el pecho desnudo, lleno de moratones.

—Gracias —Alex tomó la bandeja, pero no la invitó a entrar.

Frankie lo miró con un nudo en el estómago mientras él ponía la comida en el escritorio e iba cojeando a acostarse. La cama era demasiado pequeña para él y los pies le colgaban por fuera. Ella no había cambiado nada desde que se marchó. Tampoco había tenido mucho dinero para hacerlo, pero el motivo principal había sido que quería recordarlo.

—¿Necesitas algo? —entró en la habitación y vio la botella de whisky en el suelo, al alcance de su mano. Estaba medio vacía.

Su hermano la miró con expresión grave, como si no quisiera que ella se acercara.

—No.

La respuesta no le sorprendió.

—¿Necesitas ayuda para ir al funeral?

Él miró hacia una de las ventanas de la habitación, dándole la espalda.

—No.

—¿Cuándo es?

—No lo sé.

—¿Has hablado con la mujer de Reese?

—Viuda. Te recuerdo que Cassandra ahora es la viuda de Reese.

Frankie cerró los ojos. Reese Cutler había sido compañero de Alex durante muchos años y ella lo había visto en un par de ocasiones. Se había dedicado a la ingeniería industrial y había hecho millones construyendo fábricas. Su viuda, Cassandra, había sido su segunda esposa y, si Frankie no recordaba mal, él casi le doblaba la edad.

—Seguro que le gustaría mucho tener noticias tuyas.

—Sí, si yo fuera ella, estaría deseando hablar conmigo.

—¿No erais amigos?

—Frankie, no te lo tomes a mal, pero déjame en paz, ¿eh? —su cara mostró el dolor que le producía mover la pierna.

Ella se aclaró la garganta.

—Siento mucho que hayas venido en estas circunstancias. Pero me alegro muchísimo de verte. Te he echado de menos y Joy también. Siempre fuiste su héroe.

—Pues tendrá que buscarse otro.

—Alex, te queremos. Por favor, recuérdalo.

Sin esperar una respuesta, se dirigió hacia la puerta.

—Frankie...

Ella miró hacia atrás. Alex seguía dándole la espalda.

—Mañana tengo que ir al cirujano. Tienen que operarme la pierna y quizá tengan que sustituir el hueso por una pieza de metal.

Ella pestañeó y se preguntó cómo podría afectar aquello a su carrera.

—¿Cuándo?

—Mañana por lo tarde, en Albany. ¿Puedes llevarme?

—Por supuesto.

—Gracias.

Ella cerró la puerta.

De ninguna manera pensaba ir al funeral, pensó Alex. Quería darle el pésame a Cassandra, pero no podría mirarla la cara. En realidad, nunca había podido hacerlo.

Eso era lo que ocurría cuando uno se enamoraba de la mujer de su mejor amigo.

Dios, Cassandra. Recordaba claramente la primera vez que la vio. Reese se la presentó cuando aún no se habían casado. Alex recordaba la impresión que le había causado su pelo rojo y su cuerpo, perfectamente proporcionado. Recordaba que tuvo que mirar hacia otro lado porque sintió que una ola de deseo lo recorría de los pies a la cabeza.

Aquello lo marcó para siempre. Nunca había entendido cómo era posible obsesionarse con alguien a quien no se conocía, pero le había ocurrido a él.

A lo largo de los años, se había ido enterando de cosas sobre Cassandra por su amigo, aunque él nunca había preguntado. La culpabilidad que había sentido había sido tremenda.

Sabía que Cassandra Cutler era una fantasía; nadie era tan perfecto como la imagen que se había construido de ella. Pero no iba a descubrir quién era en realidad.

Ni cómo besaba. O cómo hacía el amor. Por lo que a él concernía, la viuda de Reese era tan intocable como lo había sido su mujer.

Especialmente, después de lo que había ocurrido en aquella tormenta.

Cerró los ojos con fuerza. El dolor le oprimía el pecho.

Apretó los dientes para no llorar, pero las lágrimas escaparon y rodaron por sus mejillas sin que pudiera evitarlo.

Nate tenía un calor terrible en la cocina. Había acabado de preparar la comida y el pan y, en media hora, tendría que empezar con las cenas.

Subió las escaleras de dos en dos, se puso el bañador y fue a buscar a Frankie. La encontró en el jardín, quitando las malas hierbas.

Se tomó unos segundos para admirar sus piernas.

—¿Quieres ir a darte un baño? —le preguntó, finalmente.

Ella lo miró y sonrió.

—Genial —dijo mientras se limpiaba las manos—. Voy a ponerme el bañador.

—Te espero en el lago.

Al mirar sus preciosos ojos azules, sintió una punzada en el corazón.

—Vete ya, tonto —dijo ella, riéndose.

—Si necesitas ayuda con el bañador…

—Quizá te deje ayudarme a quitármelo después de bañarnos.

—Eso será un placer.

Nate corrió por el césped hasta el final del embarcadero y saltó al agua, sintiendo el frescor de inmediato. Estuvo flotando un rato de espaldas, mirando el cielo azul.

—Oiga, señor.

Nate miró a la orilla y vio a un niño de unos seis años con un chaleco salvavidas en la mano.

—¿Puede ayudarme a ponérmelo?

Nate miró alrededor para ver si veía a algún adulto; parecía que el niño estaba solo.

Se acercó lentamente a él, como si perteneciera a otra especie, quizá de las que picaban. Le colocó las cintas del chaleco y se lo abrochó.

Aquello era como un examen, pensó.

Frankie vio la escena mientras se acercaba al embarcadero y sintió algo extraño inundándole el pecho. De repente, se le ocurrió que le gustaría tener un hijo con Nate. Un pensamiento que no pudo evitar, simplemente llegó. Sería maravilloso.

Lo malo era que él le había dicho que no quería casarse ni tener familia. Y, aunque quisiera, ¿cómo iban a hacerlo a miles de kilómetros de distancia?

Cuando Frankie se metió en la ducha esa noche, se dijo que tenía que pensar en otra cosa. La imagen de aquel niño nadando y jugando con ellos en el embarcadero se le había quedado grabada y desde entonces no había podido apartarla de su cabeza.

La presión del agua era tan débil que le costó quitarse el jabón del pelo y se preguntó si Alex se estaría dando una ducha. Quizá, ahora que la casa estaba en silencio, se había atrevido a salir de su habitación.

Cuando llegó a su dormitorio, Nate estaba en la cama, con un libro abierto en el regazo, la cabeza apoyada en la almohada y los ojos cerrados. Parecía que había perdido peso. Había estado trabajando muy duro en aquella cocina y por las noches... habían estado bastante ocupados... Aunque ella también estaba cansada, y eso que no tenía que cocinar unas cien comidas diarias.

Fue de puntillas hacia él, le quitó el libro de las manos y apagó la lámpara de la mesilla de noche. Cuando se tumbó a su lado, él murmuró algo ininteligible, se abrazó a ella y comenzó a roncar suavemente.

Se había acostumbrado a todos los sonidos que él hacía. A cómo el peso de su cuerpo hundía el colchón haciendo que siempre acabara pegada a él. Se había acostumbrado a su calor y a su olor.

Sintió un escalofrío al imaginarse teniendo que dormir sola otra vez.

Por la noche, debió de tener alguna pesadilla, porque se despertó temprano, empapada en sudor y con lágrimas en la cara. Nate estaba acariciándole el pelo; parecía preocupado. Ella se abrazó a él e hicieron el amor. Con mucha ternura.

Un rato después, cuando Frankie estaba tumbada sobre él, completamente satisfecha, Nate le preguntó por su sueño.

—No lo recuerdo muy bien.. —le acarició el pecho—. Creo que estaba en... una casa vieja. Iba de habitación en habitación. Corría, todo el rato. Tenía que encontrar a alguien, pero no sé a quién.

—Yo también he tenido algún sueño de ese tipo. En los que estás buscando algo. Sobre todo cuando... —dudó un instante—. Cuando Celia se marchó.

Celia. Su nombre era Celia.

Frankie tuvo la tentación de hacerle todo tipo de preguntas, pero ¿para qué? Lo que había sucedido lo había marcado y hurgar en la herida no iba a cambiar nada.

En lugar de eso, se encontró deseando decirle que lo amaba.

Aquella idea no le pareció repentina. Había ido surgiendo con el tiempo, lentamente, liberándose de su subconsciente y aflorando a la consciencia.

Lo amaba.

Estuvo a punto de decirlo en voz alta, llevada por los irrefrenables sentimientos que la invadían.

Pero, en lugar de eso, selló su boca con la de él en un largo y cálido beso.

CAPÍTULO 16

Nate acababa de bajar a la cocina para comenzar con los desayunos cuando Frankie le oyó exclamar algo. Estaba subiéndose los pantalones y se paró a escuchar. Sí, aquella era su voz soltando unos cuantos improperios. Se puso la camisa y los zapatos y corrió escaleras abajo hasta la cocina.

Al principio, no podía entender lo que estaba sucediendo. El suelo estaba cubierto de agua, que no paraba de caer procedente de un agujero en el techo.

—Oh, Dios mío —gimió, horrorizada.

—Debe de haber estallado una tubería —dijo Nate—. Y hace tiempo, teniendo en cuenta la cantidad de agua que hay aquí.

Ella pensó en la ducha que se había tomado la noche anterior y recordó la escasa presión del agua.

—Ve a mirar la cámara. Si se moja el motor, se parará.

Frankie cruzó por el lago de agua sucia que le llegaba hasta los tobillos.

El motor ya se había parado y había un ligero olor a quemado.

Aquello no podía estar sucediendo, pensó. No podía ser cierto. Dentro de unos minutos, el despertador sonaría y ella se reiría de aquel sueño tan real.

En cualquier minuto.

En aquel momento, entró George en la cocina.

—Yo cerré el grifo anoche.

Frankie volvió a la realidad y se dirigió hacia la oficina para llamar al fontanero y al electricista. Cuando volvió a la cocina, vio a Nate recogiendo el agua con cubos.

—Vamos a tener que desinfectar todo esto antes de poder servir comida. Tendremos que cerrar, al menos hasta mañana.

Frankie pensó en todo el dinero que iban a perder. Aparte de todo el dinero que tendrían que gastar para arreglar aquello.

Mirando el charco de agua sucia, pensó que todo había terminado. Definitivamente, ya no podría hacer frente al pago de la deuda. Había perdido White Caps. Debió de gemir en voz alta porque, de repente, Nate estaba apretándola contra su pecho.

Joy salió a la puerta a despedirlos. Le había costado convencer a Frankie de que podía marcharse tranquila con Alex y Nate a ver al cirujano, porque no había nada que ellos pudieran hacer. El fontanero había cortado el agua y había decidido que había que cambiar toda la red de tuberías de la parte de atrás de la casa. Afortunadamente, había podido arreglarlo para que los baños de las habitaciones de la fachada tuvieran agua.

Tuvieron que cancelar todas las reservas para el restaurante de manera indefinida. Entre sustituir el motor de la cámara, instalar las nuevas tuberías y reparar el techo, tendrían suerte si podían abrir en una semana.

Pero, al menos, Frankie estaba llevando la situación con calma.

Joy entró en la casa. Los clientes habían ido a comer al pueblo, George se había ido a echar una siesta y la abuela estaba en su habitación leyendo cartas. Para Joy, tener un rato para ella era un lujo increíble y decidió ir a darse un baño.

Después de ponerse un biquini, tomó una toalla y se dirigió hacia el embarcadero. Cuando estaba a punto de saltar, oyó que la llamaban. Esa voz... Se giró pensando que tenía que estar alucinando.

Dios santo, ¿sería de verdad Gray Bennett aquel que iba caminando hacia ella? Agarró la toalla, que había dejado en el suelo, y se la enrolló en el cuerpo.

Dios, era realmente atractivo. Iba con ropa deportiva y su pelo brillaba a la luz del sol. Estaba muy sexy. Llevaba sus habituales gafas de sol y parecía muy tranquilo; sin embargo, al verlo más de cerca, Joy se dio cuenta de que estaba un poco tenso.

—¿Dónde están todos? —le preguntó él al llegar a su lado.

Ella abrió la boca y las palabras salieron a borbotones.

—Tuvimos un problema en la cocina, así que los clientes se han marchado al pueblo a comer y Frankie ha ido con mi hermano a Albany.

—¿Está Alex aquí?

—Tuvo un accidente.

Gray se quitó las gafas. Sus ojos azules tenían un brillo de inteligencia.

—¡Cuánto lo siento! ¿Está bien?

—Pronto se recuperará. ¿Qué haces aquí? —le preguntó, y se arrepintió al momento por haber sido tan brusca—. Quiero decir...

Él sonrió.

—El cumpleaños de mi padre es a mediados de septiembre y vamos a celebrar la fiesta aquí este año. Me preguntaba si White Caps podría encargarse de las comidas.

Nunca lo habían hecho, pero Joy imaginaba que Frankie no rechazaría la oferta; especialmente en aquel momento.

—Le diré a Frankie que te llame.

—Me parece bien —se puso las gafas y ladeó la cabeza.

Por tonto que pudiera parecer, Joy tuvo la sensación de que estaba mirándola. Y de que se había cubierto los ojos porque no quería que ella lo supiera.

—¿Te puedo hacer una pregunta? —dijo él.

—Claro.

—¿Cuántos años tienes?

—Veintisiete.

—Aparentas ser mucho más joven.

Sin darse cuenta, Joy se quedó mirándole las piernas. Eran musculosas y estaban cubiertas de un fino vello oscuro. De repente, se preguntó qué se sentiría al entrelazar sus piernas con las de él. Todo su cuerpo despertó a la vida y sintió que la sangre le corría por las venas, cada vez más deprisa.

—Me alegro de haberte visto de nuevo, Joy —la voz de Gray sonaba profesional y absolutamente controlada.

—¿Puedo hacerte una pregunta? —soltó de repente ella.

Él levantó las cejas.

—Adelante.

—¿Por qué querías saber mi edad?

Gray no perdió ni un segundo.

—En realidad, sentía curiosidad por saber cuántos años tiene Frankie. Lleva este lugar muy bien, pero imaginaba que solo es unos años mayor que tú.

Joy sintió como si le echaran un jarro de agua fría encima.

—Sí. Solo tres.

—Esperaré su llamada. Y seguro que la cocina vuelve a funcionar pronto: el fontanero no para de dar golpes —la saludó con la mano y se dio media vuelta.

Joy frunció el ceño. El fontanero acababa de marcharse.

Él se alejó de allí con su característico paso elegante y poderoso. Joy tuvo la tentación de llamarlo. De pedirle que se bañara con ella o, simplemente, que se quedara a charlar un rato. De lo que fuera: de su hermana, de la fiesta de su padre o del tiempo.

Entonces, se le ocurrió una cosa. Si había querido saber la edad de Frankie, ¿por qué no se lo había preguntado directamente? ¿Y qué le había dicho del fontanero?, ¿que no paraba de dar golpes?

Corrió hacia la casa y, cuando estuvo cerca, oyó unos golpes que procedían de la parte de arriba.

Siguió el ruido y llegó hasta la habitación Lincoln.

George estaba golpeando la pared con un martillo mientras la abuela estaba a su lado con cara de satisfacción.

—¿Que estáis haciendo?

Gray Bennett se metió en su BMW y agarró al volante con tanta fuerza que los nudillos se le pusieron blancos. Se sentía como un mirón. Un ogro acechando a una jovencita. Diablos, pero si Joy Moorehouse parecía que acababa de salir del colegio. Con aquella preciosa piel y ese pelo rubio suave y brillante y esos ojos... sus ojos eran especiales. Ella emanaba pura inocencia, como si fuera un perfume.

A su lado se sentía como un anciano.

Y también muy excitado.

Dejó escapar un gruñido y se movió inquieto en el asiento de cuero. ¿Qué diablos hacía fantaseando con Joy Moorehouse? La conocía desde siempre. Por el amor de Dios, todavía recordaba cuando llevaba coletas. Siempre le había parecido un encanto; pero ese verano, algo había cambiado. La primera vez que notó la diferencia fue cuando la vio hablando con su abuela dentro de un coche. Su sonrisa era tan sincera... Tan directa. Tan sencilla... Y, justo en aquel momento, al ver aquellos enormes y preciosos ojos, había pensado en todos los contratos sucios que había firmado en su vida.

Dios, la lista de cosas malas que había hecho era interminable. Lo cual era bastante normal para un político que llevaba en Washington más de una década. Allí los buenos nunca sobrevivían. En la política había que jugar duro y, a veces, sucio; y él era realmente bueno. Por eso le pagaban tan bien y también por eso lo temían. Había hecho una fortuna, que se había sumado a la que había heredado, y durante mucho tiempo, había estado orgulloso de sí mismo.

Sin embargo, últimamente, había empezado a sentirse perdido. Al ver a Joy había deseado alargar la mano y tocar su pureza, como si eso pudiera limpiarlo.

Apretó los dientes y pensó que de tocar nada. Las chicas inocentes y dulces no estaban a salvo con los tipos como él. Ya había roto demasiados corazones para saber que sus relaciones eran intensas y de corta duración. Cuando conseguía lo que quería, se marchaba. No se enorgullecía de su comportamiento, pero le había resultado imposible cambiar. Ninguna mujer había captado su atención durante mucho tiempo y, cuando le habían preguntado qué sentía, él siempre había dicho la verdad. Lo cual había hecho que recibiera más de una bofetada.

Cerró los ojos y evocó la imagen de Joy de pie en el embarcadero, justo antes de darse cuenta de su presencia, con un biquini que apenas la cubría. Gray soltó un improperio y arrancó el coche. Lo último que necesitaba era que lo pillaran sentado a la puerta de la casa de Joy con una buena erección. Sí, eso sería fantástico.

Mientras conducía en dirección a su casa, se dijo que, en cuanto regresara con su padre a Washington, todo volvería a la normalidad. Se olvidaría de esos enormes y preciosos ojos. En unos días, se olvidaría de todo.

Mientras conducían de vuelta a casa, Frankie miró hacia atrás; Alex estaba dormido. El cirujano había decidido operarlo la semana siguiente y su recuperación iba a ser larga.

—¿Está dormido? —preguntó Nate.

Ella asintió.

—Escucha. Estaba pensando en lo de la cocina.

Y ella también. El desastre había estado en su mente toda la tarde. Y sus implicaciones.

—Voy a vender —le dijo con suavidad.

—¿Qué?

—Me has oído muy bien.

—¿Por qué?

—¿Por qué diablos crees tú? Porque no tengo dinero —soltó. Después, le puso una mano en el muslo—. Lo siento.

Nate puso la mano sobre la de ella.

—Podemos conseguirlo.

Frankie cerró los ojos. El hecho de que él hablara en plural le dolió. ¿Por qué decía «podemos» cuando estaba a punto de marcharse?

—No tengo otra salida. Aunque pudiera pagar la reparación del cambio de tuberías, hay cientos de cosas en esa casa que están a punto de explotar. White Caps necesita a alguien que invierta dinero en ella. Y estoy hablando de mucho dinero. Además, aunque consiguiera pagar al banco este año gracias a ti, ¿qué pasaría el año que viene? Nunca tendremos el mismo éxito. Tengo que hacer frente a la realidad.

Aunque aquello le estuviera rompiendo el corazón.

—Tiene que haber una solución... —dijo Nate.

—No la hay. Y tengo que aceptarlo, así que, por favor, no intentes darme esperanzas.

Nate se quedó callado.

Cuando por fin llegaron a White Caps, estaba empezando a oscurecer.

—No sé cómo voy a decírselo a todos —susurró Frankie antes de girarse hacia su hermano para despertarlo—. Alex. Alex, ya hemos llegado.

En ese momento, Joy salió de la casa corriendo hacia ellos.

—¡Frankie! ¡Frankie! No te vas a creer lo que ha pasado.

Frankie salió del coche, sin prestarle mucha atención. Estaba más preocupada por ayudar a Alex. Y, por supuesto, él estaba ocupado apartándola.

—¡Frankie! —Joy le puso algo delante de la cara—. ¡Mira esto!

Ella hizo un esfuerzo para ver lo que su hermana tenía en la mano... un diamante del tamaño de una avellana.

—¡Vaya pedrusco! —exclamó Alex mientras preparaba las muletas.

—¿Qué diablos es eso? —preguntó Frankie.

—La abuela y George lo encontraron. En la pared. Al final era cierto que Arthur Garrison se lo dio y que la abuela lo escondió allí para que su padre no la obligara a casarse con él.

—¡Dios mío!

Frankie agarró el anillo. Era pesado y brillaba como un arcoíris.

—Podremos pagar todas las reparaciones —la cara de Joy estaba iluminada—. Y más. Seguro que también da para pagar lo que le debemos al banco.

Nate apareció al lado de Frankie justo cuando ella se desmayaba.

CAPÍTULO 17

Cuando Frankie volvió en sí, estaba en los brazos de Nate en la cocina. Alex, Joy y George estaban mirándola.

—Imagino que no está acostumbrada a las buenas noticias —dijo George mientras mordía una galleta.

—Estoy bien, tranquilos —murmuró ella, incorporándose.

Todavía tenía el anillo en la mano. Incluso inconsciente lo había sujetado con fuerza para no perderlo. Mientras miraba el diamante, pensó que aquello era lo que se debía de sentir cuando a uno le tocaba la lotería.

—¿No es sorprendente? —exclamó Joy.

—Te irá mejor si lo vendes en la ciudad —dijo Nate—. Tengo algunos amigos que se pueden ocupar de eso.

Frankie asintió.

—Pero primero quiero saber lo que vale. Lo llevaré mañana a Albany. Al joyero que nos compró las otras cosas de la abuela.

Todos se quedaron mirándola. Esperando a ver qué decidía.

—¿Sabéis lo que vamos a hacer? Vamos a celebrarlo. Vamos a llevar a la abuela al Silver Dollar y a comer hasta reventar.

—¿Yo también? —preguntó George.

—Por supuesto —Frankie comenzó a reír y lanzó el anillo al aire—. ¡Nuestra salvación!

Todos rieron e incluso Alex torció un poco la boca.

Al final, su hermano decidió quedarse. Pero la abuela estaba entusiasmada con la idea de salir a cenar.

Justo cuando iban a salir, el teléfono comenzó a sonar insistentemente en la oficina y Frankie corrió a contestarlo.

Reconoció la voz al instante y un escalofrío la recorrió de arriba abajo.

—Nate —llamó en voz alta—. Es para ti. Es Spike.

Nate frunció el ceño y fue a la oficina.

—Dime, Spike.

—He encontrado el sitio perfecto. Está en el distrito de los teatros. Hace un par de meses estuvimos allí. Tamale's.

Nate se apoyó en el escritorio. Conocía el sitio. Era pequeño, íntimo. La cocina estaba abierta al comedor. Un sitio muy bueno.

—¿Y quieren venderlo?

—Bueno, no están muy seguros. La comida mexicana no está muy de moda y les cuesta cubrir los costes. Además, el chef se marchó hace dos días. Por eso me enteré; me llamaron para saber si quería hacerme cargo. Salí con ellos a cenar anoche y... tienen esa expresión de cansancio en la cara. Cuando les hablé de nuestro proyecto, se mostraron interesados. Es justo lo que hemos estado buscando.

Nate frunció el ceño.

—Solo si quieren vender.

—Tú los convencerás —Spike se echó a reír—. Tiene que ser esto. Ya estoy harto de buscar y quiero volver al trabajo.

Nate lo entendía perfectamente. Él también había sentido esa necesidad antes de empezar en White Caps.

—¿Cuándo vas a venir? —preguntó Spike.

De momento no había mucho que hacer; además, ahora que Frankie tenía el anillo, no parecía que fuera a abandonarla en un momento terrible.

—Dame dos días.

—Genial. Lo vamos a conseguir.

Nate colgó.

¿Qué demonios le ocurría? Parecía que se había quedado mudo. Debería estar dando saltos de alegría. ¿Cuál era el problema? Quizá era porque todavía no era un trato. Quizá porque ya se había hecho ilusiones demasiadas veces.

Frankie asomó la cabeza por la puerta.

—¿Todo va bien?

O quizá era algo totalmente diferente.

Se quedó mirándola y se llevó la mano al pecho.

—Sí. Todo va bien.

¿Pero era cierto? Había notado el entusiasmo en la voz de su amigo. Juntos habían hecho un pacto para hacer una fortuna juntos. Spike confiaba en él.

Dios santo, pensó Nate, pasándose una mano por el pelo. ¿Acaso estaba considerando la posibilidad de echarse atrás? ¿Dejarlo todo? De repente, sintió pánico.

No. Él era un hombre de palabra. Además, ser propietario era su sueño.

—Tu amigo ha encontrado algo, ¿verdad? —preguntó Frankie.

Él la miró a los ojos.

—Sí.

—Espero que lo consigas —le dijo con una sonrisa—. Sé que vas a tener mucho éxito.

Pero no lo miró a los ojos. Estaba mirando detrás de él y, cuando Nate se giró para ver de qué se trataba, vio la fotografía de la familia Moorehouse.

Al día siguiente, Nate recibió otra llamada de su amigo. Los dueños del Tamale's lo habían llamado para decirle que habían decidido vender.

Nate estuvo toda la mañana ocupado recibiendo faxes y revisando la oferta.

Frankie se pasó por la oficina para decirle que iba a salir. Él quiso saber adónde iba y ella le dijo que solo quería tomar un poco de aire fresco; sin embargo, tenía un destino muy definido. Y quería ir allí sola.

Salió de la casa y tomó el camino de la montaña. Al llegar a la puerta del cementerio se paró, y tuvo la tentación de darse la vuelta. Pero se obligó a entrar.

Cuando llegó a la tumba de sus padres, vio que las flores que Joy había dejado se habían marchitado.

Leyó la inscripción en la tumba de su padre. Sintió un gran alivio al darse cuenta de que no quería gritarle. Estaba muy triste y lo echaba de menos; además, estaba demasiado abatida para gritar.

Nate se iba y a ella se le estaba rompiendo el corazón. Había ido a buscar paz. Paz con su decisión de quedarse, cuando parte de ella quería irse. Paz con el sacrificio que estaba haciendo.

Miró la tumba de su madre y se inclinó para apartar algunas hojas.

Antes de darse cuenta de lo que estaba haciendo, se sentó en el césped y se apoyó en un árbol, sin apartar los ojos de la tumba de sus padres.

Tomó aliento y, a pesar del dolor que tenía en el corazón, empezó a sentir una especie de calma. No habría paz. No sin Nate en su vida. Pero, al menos, le aliviaba el hecho de que White Caps fuera a estar a salvo un par de dos años más. Alex se podría recuperar en casa, la abuela no tendría que ir a ninguna residencia y Joy no tendría que ir a buscar trabajo a una oficina; podría continuar diseñando vestidos y trabajando con las telas que tanto le gustaban.

En cuanto a ella, pensó Frankie. ¿Qué tendría ella?

A su familia.

Los quería demasiado y, por mucho que amara a Nate, no podía abandonarlos. Además, si él la quisiera, las cosas serían diferentes. Pero nunca había pronunciado esas palabras y ella no pensaba preguntarle.

Al día siguiente, Nate despertó solo. Se había quedado dormido después de pasar casi toda la noche en vela. La oferta que

Spike y él habían hecho a los dueños del Tamale's era buena, pero no estaba entusiasmado.

Sacó las piernas de la cama y miró por la ventana. El cielo estaba despejado y recordó las palabras de Frankie de que allí se había encontrado a ella misma.

La entendía muy bien.

La encontró en la oficina. Ella lo miró con una sonrisa que no se reflejaba en sus ojos. Aquello no era una sorpresa. Desde que había recibido la llamada de Spike, cada vez la sentía más lejos. La noche pasada no había dormido abrazada a él.

—Hola —la saludó, apoyándose en el marco de la puerta.

Ella recogió unos papeles.

—Buenos días. ¿Qué tal has dormido?

Su tono era distante, como si estuviera hablando con un cliente.

—Mal —entró en la habitación.

Quería hablar con ella, decidir cuándo vendría a visitarlo a la ciudad y cuándo podría volver él a White Caps a verla. Como si al hacer planes sintiera que permanecerían juntos.

—Escucha, Frankie...

El teléfono sonó y ella respondió.

—Señor Robinson, muchas gracias por ponerse en contacto conmigo tan pronto. ¿Cuánto vale el anillo?

Nate se quedó mirando su cara, esperando que fuera una cifra muy alta. Una cifra enorme. Una cifra que pudiera salvar la casa; que la hiciera feliz.

Pero Frankie abrió la boca sorprendida, con el ceño fruncido, y Nate sintió que se le hacía un nudo en el estómago.

—¿Está tomándome el pelo? —susurró ella—. No, no, confío en usted. Siempre fue justo con nosotros. Sí, pasaré a recogerlo. Aunque, ¿por qué no me lo envía por correo?

Cuando colgó el teléfono, estaba pálida como la cera.

—Bisutería —murmuró—. Es falso. No vale nada.

Hubo un largo silencio cargado de tensión y Nate pensó que iba a tener que gritar por ella.

Pero entonces, Frankie empezó a tirar todas las cosas de encima del escritorio con los brazos hasta dejarlo completamente limpio. El teléfono, los bolígrafos, los papeles... todo cayó al suelo. Comenzó a sollozar. Después, miró a su alrededor, como buscando algo más que destruir. Y entonces, se lanzó contra las estanterías. Empezó a sacar libros y a arrojarlos al suelo con furia.

Él no intentó detenerla. En lugar de eso, fue a cerrar la puerta de la oficina y se quedó apoyado contra ella para que no entrara nadie. Sabía exactamente cómo se sentía. Cuando él se había enterado de lo que Celia le había hecho a su hijo, había destrozado todo el apartamento.

Pero Frankie no llegó tan lejos.

Al rato, se dejó caer el suelo, en medio del estropicio que había ocasionado.

Entonces, Nate fue hacia ella. Se puso de rodillas a su lado y la acarició. En ese momento, al verla tan hundida, se dio cuenta de que no podía dejarla. Ni por sus sueños, ni por Spike, ni por nada.

La amaba. Dios mío, la amaba de verdad. La quería como no había querido a nadie. Y la vida sin ella, aunque fuera en el mundo más glamuroso de Nueva York, no merecía la pena.

Le apartó el pelo de la cara y se dio cuenta de que tenía el poder de hacer lo que el anillo nunca habría conseguido: salvar la casa.

La apretó contra su pecho y con la otra mano alcanzó el teléfono y marcó un número. Cuando Spike respondió, sintió un gran alivio.

—No pudo hacerlo, Spike. Lo siento mucho, pero no puedo.
Frankie se puso tensa.

—¿De qué demonios estás hablando? —preguntó su amigo.

—Lo siento, tengo... otra cosa que hacer.

Frankie se apartó, secándose los ojos con la manga.

—¿Qué estás haciendo, Nate? —preguntó con voz ronca.

Spike estaba igual de sorprendido.

—No puedes hablar en serio.

—Te llamaré dentro de un rato, Spike —Nate colgó el teléfono y agarró a Frankie por los hombros, impidiendo que se levantara.

—Yo puedo ayudarte, Frankie. Tengo el dinero...

—¡No! No quiero tu caridad —dijo ella.

Él sonrió. Era una luchadora nata.

—Entonces, ¿qué te parece si nos hacemos socios?

Ella meneó la cabeza, intentando alejarse de él.

—No. De ninguna manera. Acabarías odiando esto.

—¿Desde cuándo ves el futuro?

—Nate, no te lo voy a permitir. Solamente porque te sientas mal por mí...

—Cállate —la besó—. Te quiero. Por eso voy a hacerlo.

Ella pestañeó, como si él hubiera hablado en otro idioma.

—¿Tú... qué?

—Te... quiero —se sentía como si se hubiera quitado un gran peso de encima. Era lo mejor que había hecho en la vida—. Te quiero. Te quiero. Te quiero. ¿Sabes? Suena genial.

Frankie meneó la cabeza.

—Pero ¿qué va a pasar con tus sueños? Vas a renunciar a ellos.

—No. Solo voy a cambiar la dirección. Ya hablaré con Spike; no creo que le importe dónde nos asentemos, siempre que haya trabajo.

De repente, Nate sintió miedo. ¿Y si ella no lo quería?

Le acarició la mejilla con la mano.

—Dime algo, Frankie. Por favor... di algo.

—Yo también te quiero —soltó ella.

Nate cerró los ojos. Después, la abrazó y la besó con fuerza. La pasión se apoderó de ellos y acabaron haciendo el amor en medio del desorden.

—Frankie, ¿de verdad crees que podría renunciar a todo esto?

—Solo espero no despertar de este sueño.

—Quiero casarme contigo —le dijo.

Ella sonrió. Levantó las manos y le acarició la cara.

—¿De verdad? —preguntó a media voz, como si tuviera miedo de creérselo.

—Quiero que seas mi esposa. Cuanto antes. ¿Conoces a algún juez de paz?

Ella se echó a reír.

—Creo que el fontanero hace esas funciones en su tiempo libre.

—Entonces, ¿estamos comprometidos?

Ella lo rodeó con los brazos.

—Sí, estamos comprometidos.s

—Bien —Nate la besó con mucha ternura—. Te quiero. Dios mío, no quiero dejar de decirlo.

Frankie se separó de él.

—Nate...

—¿Sí?

—Ya sé quién quiero que sea mi dama de honor.

—A Joy le encantará.

—Sí, pero quiero otra más —se rio a carcajadas— quiero que sea Lucille. Porque, si no se hubiera estropeado, nunca habrías venido a mi casa.

Nate sonrió, sintiendo que todo en su vida acababa de encajar.

—¿Sabes una cosa? Ese coche va a estar precioso con una falda de seda.

AMOR HECHICERO

CAPÍTULO 1

El motor del barco sonaba rítmicamente mientras Gray Bennett mantenía el Hacker navegando despacio cerca de la orilla del lago. La embarcación de unos diez metros de eslora era su orgullo, una reliquia de épocas pasadas que recordaba el estilo de vida del Gran Gatsby. Fabricado en madera de caoba, el barco era, sin duda, toda una belleza. Y muy veloz. El diseño alargado y elegante del barco proporcionaba tres áreas para sentarse, y el inmenso motor, capaz de disparar la embarcación sobre la superficie del agua casi a cien kilómetros por hora, ocupaba casi dos metros de longitud en la mitad del casco. Gray pensó que lo echaría de menos en invierno, estación que aquel año estaba llegando más deprisa que de costumbre. Gray lo notaba en el aire.

Aunque era prácticamente mediodía, el mes de septiembre era frío en las montañas Adirondack, al norte del estado de Nueva York. Para protegerse del frío, llevaba un anorak forrado, y su único pasajero, aparte del golden retriever que mantenía perfectamente el equilibrio, se abrigaba con un suéter de lana gruesa.

Gray miró a la mujer que contemplaba en silencio con la mirada perdida la costa de acantilados que iban dejando atrás. La larga melena pelirroja de Cassandra Cutler iba recogida en una coleta a la espalda, y sus bellos y expresivos ojos verdes quedaban ocultos tras unas grandes gafas de sol. Las gafas también escondían las profundas ojeras por falta de descanso y agotamiento.

No había duda de que apenas veía las rocas y los pinos que salpicaban los acantilados. La vida se había vuelto un algo borroso e incomprensible para una mujer que se había quedado viuda tan solo hacía seis semanas.

—¿Cómo estamos? —preguntó Gray a su amiga, con quien le unía una amistad de toda la vida.

Ella sonrió ligeramente, aunque con evidente esfuerzo.

—Me alegro de que me hayas convencido para salir de la ciudad. El aire fresco me está haciendo mucho bien.

—Me alegro.

—Aunque no creo que mi compañía sea muy divertida —dijo Cassandra, tratando de dar un tono simpático a su voz.

—No estás aquí para entretener a nadie —le aseguró Gray.

Gray se concentró en el lago y continuó navegando, disfrutando del sol del atardecer, el denso verde de las montañas y el aire limpio y fresco que los rodeaba.

Era un día de otoño perfecto. Y él estaba a punto de arruinarlo.

Al alejarse del embarcadero de su mansión, podía haber dirigido el barco en cualquier dirección. Al sur, donde podían haber navegado alrededor de un encantador archipiélago de islotes, o hacia el oeste, a contemplar desde el agua algunas de sus propiedades.

Pero no, había elegido el norte, donde tarde o temprano aparecería la antigua mansión de los Moorehouse. White Caps era una espléndida mansión blanca rodeada de jardines y praderas que se alzaba sobre los acantilados rocosos. Y lo que hasta hacía poco había sido la residencia familiar de los Moorehouse se había reconvertido, por motivos económicos, en un acogedor hotel rural que gozaba de un excelente restaurante y hacía las delicias de los visitantes de la zona.

Pero él no iba a ver la mansión.

Cuando el peñasco sobre el que se erguía majestuosa la mansión apareció a lo lejos, Gray entrecerró los ojos. A lo lejos, distinguió las verdes y cuidadas praderas de césped que unían los porches y terrazas de White Caps con el océano, y los robles y arces centenarios que rodeaban la casa.

No vio a nadie, e incluso mientras empezaba a virar el barco, volvió a mirar. Se dijo que sería mejor que Cassandra no se acercara al lugar. El amigo de su difunto marido que había sobrevivido al accidente de yate se estaba recuperando allí con su familia. Gray no sabía si Cassandra lo sabía, o si querría ver a Alex, pero prefirió no arriesgarse. Últimamente Cassandra había tenido demasiadas sorpresas desagradables.

La voz de Cassandra interrumpió su concentración.

—Mi esposo te apreciaba, Gray.

—Y yo a él —dijo él sin dejar de mirar hacia la casa.

—Pero te consideraba un hombre peligroso.

—¿En serio?

—Decía que sabías dónde estaban enterrados todos los muertos de Washington, porque muchos los habías enterrado tú con tus propias manos.

Gray emitió un sonido sordo y continuó mirando hacia la casa, que se iba haciendo cada vez más pequeña en el horizonte.

—No es el único que lo piensa —continuó ella.

—¿Tú crees?

—Dicen que hasta el Presidente se anda con pies de plomo cuando tiene que tratar contigo.

—Habladurías —dijo él, mirando hacia la casa una vez más—. Solo habladurías.

—Teniendo en cuenta cómo estabas mirando esa casa, no estoy tan segura —dijo Cassandra, ladeando la cabeza hacia un lado y mirándolo con curiosidad—. ¿Quién vive allí? O más exactamente, ¿qué quieres de esa persona?

Gray permaneció en silencio y la suave risa de Cassandra flotó en el aire.

—Sea quien sea, me da lástima. Porque tienes cara de estar al acecho y listo para saltar.

—Estate quieta o te pincharé —dijo Joy Moorehouse a su hermana.

—Ya me estoy quieta.

—Entonces ¿por qué este dobladillo parece un blanco móvil?

Joy se echó hacia atrás y observó su obra.

El traje de novia de satén blanco colgaba elegantemente de los hombros de su hermana Frankie. Joy había tenido mucho cuidado con el diseño, evitando el exceso de adornos y buscando un estilo sencillo y elegante que hiciera juego con la personalidad de su hermana. Para Frankie, unos pantalones vaqueros podían ser una prenda elegante si se llevaban con el pelo recogido en un moño.

—¿No parece que llevo un vestido que no es mío? —preguntó Frankie.

—Estás preciosa.

Frankie rio sin amargura.

—La guapa de la familia eres tú, no yo. Yo soy la hermana práctica y fea, no lo olvides.

—Ah, pero la que se casa —le recordó Joy, sonriendo—. Me alegro mucho por ti.

Todos se alegraban por ella. Toda la pequeña ciudad de Saranac Lake estaba encantada e invitada a las celebraciones que tendrían lugar seis semanas después en White Caps.

—Cuando termine con los arreglos, te quedará perfecto. Ahora te lo puedes quitar —dijo Joy.

—¿Hemos terminado?

Joy asintió y se levantó del suelo.

—Lo coseré esta tarde y mañana haremos otra prueba.

—Pero no olvides que esta noche tienes que ayudarnos. Vamos a hacer la fiesta de cumpleaños del señor Bennett —le recordó su hermana.

Joy se afanó en recoger la caja de la costura para disimular la alegría que sentía. No quería que su hermana se diera cuenta, pero esperaba la llegada de aquel día con expectación.

—Lo sé.

—Y la fiesta puede alargarse hasta tarde.

—No importa.

Joy sabía que tampoco podría dormir cuando regresaran a casa.

—Te casas dentro de mes y medio, y tengo que terminar el vestido. A menos que prefieras acercarte al altar en ropa interior —dijo a su hermana—. Aunque supongo que Nate preferirá guardar esa imagen solo para sus ojos. Además, ya sabes que me encanta hacerlo, sobre todo si es para ti.

Joy se volvió hacia su hermana. Esta estaba mirando por la ventana, acariciando con gesto ausente el vestido.

—¿Frankie? ¿Qué ocurre?

—Anoche le pedí a Alex que me acompañara al altar.

—¿Y qué te dijo? —susurró Joy, aunque sabía que sería difícil lograr que su hermano fuera a la ceremonia.

—No quiere. Dice que no quiere llamar la atención —Frankie sacudió la cabeza—. No puedo explicarlo, pero me encantaría que fuera... ¡Oh, cómo me gustaría que estuvieran aquí papá y mama!

Joy tomó las manos de su hermana.

—A mí también —le aseguró, entendiendo su dolor.

Después, Frankie se quitó el traje de novia de satén blanco y Joy lo extendió sobre su mesa de trabajo. El dormitorio no era muy espacioso, por lo que entre la máquina de coser, el maniquí y los rollos de tela apoyados contra la pared no quedaba mucho espacio libre.

A lo largo de los años, había sido en aquel mismo lugar donde había arreglado innumerables trajes de tarde y de noche de la abuela Em. Emma Moorehouse, más conocida como la abuela Em, sufría de demencia senil y tenía una serie de irracionales obsesiones que la hacían sufrir innecesariamente. Dado que en el pasado había sido una joven de la alta sociedad, miembro de una acaudalada y respetada familia de clase alta, y gozado de una excelente educación, la mujer siempre quería estar preparada y lucir sus mejores galas para las fiestas que aseguraba iban a empezar en cualquier momento.

Aunque nunca hubo ninguna fiesta. Desde hacía décadas.

El declive económico de la familia Moorehouse significó que no había dinero para mantener el lujoso y sofisticado estilo de vida que su abuela había conocido en su juventud. Pero Joy fue capaz de mantener la ilusión de la anciana cuidando y arreglando los trajes que había lucido en sus años de juventud y madurez, algunos de los cuales tenían entre cuarenta y cincuenta años. Haciéndolo, ayudaba a la abuela a encontrar una cierta serenidad.

Y de paso descubrió una gran pasión y un notable talento para el diseño de moda.

—Este fin de semana tenemos tres habitaciones llenas —le informó Frankie con una sonrisa, poniéndose los pantalones.

La mansión de White Caps había sido construida por sus antepasados a principios del siglo diecinueve, una época en la que los Moorehouse contaban con un buen número de propiedades. Ahora, la casa de diez habitaciones era lo único que quedaba de la inmensa fortuna del pasado.

En la década de mil novecientos ochenta, sus padres habían convertido el lugar en un hotel rural y familiar. Después de la muerte de sus progenitores, acaecida hacía diez años, Frankie luchó por mantener la viabilidad de la empresa hotelera, y por fin empezaba a verse la luz al final del túnel. El hotel empezaba a ser conocido y apreciado en la zona, gracias en parte al prometido de Frankie, Nate Walker. Su excelente cocina francesa había convertido a White Caps en destino preferido de muchos visitantes y su inversión había logrado detener por fin una interminable espiral de pérdidas y deudas.

—Bien, dentro de una hora —continuó Frankie, poniéndose un par de viejas zapatillas—, Nate, Tom y yo nos vamos a la cocina de los Bennett. ¿Puedes estar allí sobre las cinco?

—Por supuesto —dijo Joy sin mirarla, tratando de ocultar el destello de antelación en sus ojos.

—Gracias a Dios, Alex está dispuesto a quedarse con la abuela. ¿Le has explicado lo que puede pasar?

Joy asintió con la cabeza, y dijo:

—No creo que tenga problemas, y además, si se pone muy nerviosa, está Spike. Él puede echarle una mano.

Joy se ocupaba normalmente de tranquilizar y satisfacer los delirios de grandeza de la abuela, pero hoy necesitaban su ayuda en la fiesta de cumpleaños de Grayson Bennett.

—Me alegro de que Gray nos haya dado esta oportunidad —dijo Frankie, echándose el pelo hacia atrás—. Es un buen hombre. Para ser un político, claro.

«No es un político», quiso aclararle Joy. Gray Bennett era un asesor político especializado en elecciones.

Pero la corrección despertaría las sospechas de su hermana, y Joy llevaba años poniendo especial cuidado en mantener en secreto la obsesión casi enfermiza que tenía con Gray.

—Estás muy callada, Joy —dijo su hermana, mirándola con preocupación—. ¿Seguro que quieres venir? No es necesario, en serio. Puedo buscar a otra camarera.

Después de años de alimentar la vana esperanza de que algún día Gray se fijara en ella, Joy había decidido que a sus veintisiete años tenía que superar la fascinación no correspondida que sentía por él.

—No, en serio, quiero ir —le aseguró a su hermana con firmeza.

Frankie sacudió la cabeza y la miró con sus claros ojos azules. Hasta hacía poco llevaba gafas, pero ahora, con las lentillas, los ojos parecían más azules que nunca.

—Ayer estuve hablando con Tom —dijo Frankie—. Me hizo un montón de preguntas sobre ti. Es un hombre muy agradable.

Tom Reynolds era el nuevo ayudante contratado para ayudar a Nate y su socio, Spike, en la cocina. Y era un hombre agradable, muy agradable. Muy correcto, muy atento y muy educado.

Pero a Joy le gustaba Gray, y lo que Gray tenía. El poder. El carisma. Y la promesa de una apasionada relación sexual que superaba todas las expectativas.

Algo que no podía confesar a su hermana. Se habría escandalizado, sin duda.

Si Frankie, la hermana mayor, era la hermana práctica, la que tenía los pies bien puestos en el suelo, todo el mundo consideraba a la menor, Joy, como la hermana puritana y buenecita que había que proteger.

Pero ahora Joy ya estaba aburrida de ser buena y portarse como todos esperaban de ella, sobre todo cuando pensaba en Gray Bennett. Prácticamente cada quince minutos.

—Deberías salir con Tom alguna vez —dijo Frankie.

Joy se encogió de hombros, sin querer comprometerse a nada.

—De acuerdo.

Cuando su hermana salió de la habitación, Joy se sentó en la cama. Sabía que su obsesión con Gray, un hombre a quien apenas veía cinco o seis veces al año, no era sana. A su edad era más bien ridícula. Aunque Gray siempre era amable con ella, e incluso recordaba su nombre, nunca le había prestado especial atención ni la había alentado.

Probablemente, comparada con las espectaculares y glamurosas mujeres de las que se rodeaba en Washington y Nueva York, la consideraba una mujer de lo más anodina, fácilmente olvidable.

Y lo más patético era que, a pesar de ser consciente de todo eso, a pesar de querer olvidarlo, Joy estaba nerviosa e impaciente por verlo aquella noche.

Gray hizo un nudo Windsor en la corbata de su padre. Desde la embolia sufrida cinco meses atrás, la parte izquierda de Walter Bennett se había resentido, y aunque la fisioterapia ayudaba, había un cierto número de cosas que ya no podía hacer.

—¿Listo para esta noche, papá?

—Sí. Lo. Estoy —respondió el hombre con palabras lentas que se entendían con dificultad.

—Y muy elegante —dijo Gray, terminando de arreglar el nudo de la corbata.

Con dedos nudosos, Walter se dio unos golpecitos en el pecho, descolocándose la corbata de seda roja.

—Contento. Muy. Contento.

—Yo también —dijo Gray, enderezándole la corbata.

—No. Mientas.

Walker se había ido encorvando con los años, pero seguía siendo un hombre alto y fuerte, cuya presencia imponía. Y aunque su carácter no era tan implacable como el de su único hijo, cuando quería podía ser muy directo. Un rasgo que, como juez federal en Washington D.C., le había ayudado a lograr el reconocimiento y respeto de sus colegas de profesión.

Gray sonrió para tranquilizarlo.

—Estoy impaciente por volver a Washington.

Que era la segunda mentira de la tarde.

Walter se dejó poner los gemelos entre resoplidos.

—Deberías. Hablar. Más.

—¿De qué?

—De. Ti.

—Hay temas de conversación mucho más interesantes. Además, ya sabes que los rollos psicológicos no son lo mío —respondió Gray, dando un paso atrás, sin darle pie a adentrarse en terreno personal—. Bien, papá. Tú ya estás. Ahora tengo que ducharme y cambiarme.

—Cambiar —dijo el padre—. Cambiar. Es. Bueno.

Gray asintió, pero cortó la conversación y se dirigió hacia su dormitorio. Por el camino, se detuvo ante la puerta de la habitación de invitados donde se alojaba Cassandra.

Tras conocer la muerte de su esposo, Gray quiso ir a Nueva York a verla en persona. Le preocupaba verla sola y perdida en medio de la agitada vida social de Manhattan. Afortunadamente, Allison Adams y su esposo, el senador Adams, unos amigos comunes, habían estado pendientes de la viuda en todo momento. Aun con todo, eran días difíciles.

Gray continuó caminando: Cassandra y Allison eran dos mujeres que no se parecían en absoluto a las mujeres que frecuentaban sus mismos círculos. Las dos amaban a sus maridos y las dos les eran fieles.

Razón por la que la muerte de Reese le parecía especialmente injusta.

Para la mayoría de las mujeres que él conocía, fidelidad era algo que se tenía a un diseñador de ropa o de zapatos, no al infeliz que les había puesto un anillo de diamantes en el dedo y a quien habían jurado amor eterno ante un sacerdote o un juez de paz.

Gray entró en su dormitorio y se quitó el polo. Muchas mujeres se habían acercado a él con la intención de seducirlo, la mayoría casadas, pero él no podía responsabilizarlas de la desconfianza que sentía hacia el mal llamado sexo débil.

No, él había aprendido sus primeras lecciones en casa.

De su querida madre.

Belinda Bennett era una belleza, heredera de una importante fortuna, aunque por encima de todo el término que mejor la definía a ojos de su hijo era el de ramera. Una mujer mimada y rebelde que parecía dispuesta a dejar su huella tumbada boca arriba y con las piernas abiertas.

Como si acostarse con hombres fuera una declaración de independencia y una bandera de autosuficiencia.

Dios, lo que había hecho sufrir a su padre. La humillación y la degradación, sin importarle el hecho de que algunos de sus amantes habían sido amigos y miembros del mismo club de su padre. Entre la larga lista de infidelidades, estaban su asesor fiscal, incluso su primo, además del jardinero, su profesor de tenis y el director del coro.

Su madre no había respetado siquiera que algunos fueran profesores del colegio de su hijo Gray, e incluso compañeros y amigos de universidad. Ex amigos, claro.

Gray abrió la ducha y se metió bajo el agua.

Su padre era un buen hombre. Quizá débil en asuntos de amor, pero un buen hombre, que a pesar de conocer las aventuras de su esposa, nunca quiso disolver el matrimonio. A pesar de que le había roto el corazón una y otra vez.

Que era precisamente lo que ocurría cuando se dejaba que los principios éticos y morales estuvieran por encima del sentido común.

Tras ver el espectáculo en primera fila del patio de butacas durante tantos años, Gray había decidido no enamorarse nunca. Estaba resuelto a no dejar que ninguna mujer se apoderara de su razón, y mucho menos de su corazón. Quizá por eso muchas le habían llamado misógino, y aunque no se sentía orgulloso de serlo, tampoco lo negaba.

Gray era tremendamente orgulloso y no sería capaz de soportar un fracaso como el de su padre. Tampoco podía imaginar la idea de encontrar a una mujer en la que pudiera confiar hasta el punto de casarse y compartir su vida con ella.

Qué demonios, quizá en el fondo era un cobarde.

Gray salió de la ducha y se secó.

¿Cobarde? Si fuera un cobarde, ¿por qué le tenían miedo la mitad de los miembros del senado y del congreso? ¿Y por qué hasta el presidente de los Estados Unidos se ponía al teléfono cada vez que lo llamaba, interrumpiendo cualquier reunión, incluso de estado?

No, no era cobardía. Gray estaba dotado de una especial claridad para ver y entender la realidad que otros hombres no tenían. Darle a alguien el poder para hacerte daño era la receta segura para terminar sufriendo.

Se acercó al armario, sacó un traje azul marino y una camisa blanca, y los echó sobre la cama. Se puso los pantalones y, al abrocharlos, un movimiento en los jardines llamó su atención.

Se inclinó hacia la ventana y miró hacia el exterior.

Habría reconocido aquella melena rubia en cualquier sitio.

Joy Moorehouse se acercaba pedaleando por el sendero, con su larga melena rizada ondeando al viento. La mujer se detuvo junto a la casa, miró a su alrededor y pareció darse cuenta de que había pasado la entrada de servicio. Entonces bajó de la bicicleta, y fue caminando y empujando la bicicleta hacia la parte posterior de la mansión.

El cuerpo de Gray reaccionó al instante: el corazón le latía con fuerza y los músculos se tensaron, preparados y dispuestos a salir tras ella.

Gray soltó una maldición y se contuvo, diciéndose que verla no le había afectado en absoluto.

Sin embargo, no pudo evitar recordar el día que la vio en la playa con el cuerpo apenas cubierto por un bikini.

Había sucedido hacía unas dos semanas, pero él lo recordaba con la misma claridad que si hubiera ocurrido hacía media hora.

Tras años de verla en verano por la pequeña ciudad de Saranac y considerarla una mujer guapa pero sin pretensiones, de repente algo cambió en su percepción de ella. Y eso fue antes de ir a White Caps y encontrársela preparada para darse un baño, apenas cubierta por un bikini que no se podía considerar en absoluto provocador.

Si desde hacía un tiempo le parecía preciosa, de repente se le hizo espectacular e inolvidable. Las curvas redondeadas, la piel suave, los ojos tan abiertos y sorprendidos cuando lo vio mirándola que casi se avergonzó de sí mismo.

Francamente, a él también le indignó su reacción. Joy era muy joven. Bueno, quizá no tan joven, pero había algo en ella tan puro, tan inocente y tan honesto, que le hizo sentir la necesidad de lavarse las manos antes de atreverse a tocarla.

De hecho, toda su inocencia le hacía sentirse sucio y viejo. Sucio por las cosas que había hecho. Y viejo porque lo único que podía ofrecer era cinismo y ambición en estado puro.

Gray maldijo una vez más en voz baja y se puso la camisa. Pero tardó más del doble de lo habitual en abrochar todos los botones. Más le costó ponerse los gemelos. De hecho, uno, al intentar colocarlo en su sitio, se le cayó al suelo.

¿Qué demonios le pasaba?

Mientras se metía los faldones de la camisa por dentro de los pantalones, Gray no pudo ignorar el hecho de que estaba impaciente por terminar de vestirse y bajar abajo.

Y eso lo puso aún de peor humor.

CAPÍTULO 2

Joy apoyó la bicicleta contra la pared de la casa y miró a su alrededor. Ella se había criado en una casa grande, pero la mansión de Gray era enorme. Un impresionante edificio de tres plantas que se erguía majestuoso sobre los cuidados jardines que lo rodeaban. En realidad, más que una casa parecía un castillo.

—Oh, ya estás aquí —la voz de Frankie desde la puerta abierta de la cocina interrumpió sus pensamientos—. Llegas justo a tiempo para ayudar a rellenar los pastelitos de crema. ¿Qué te parece?

—Ahora mismo —dijo Joy, recogiéndose el pelo detrás de la nuca y entrando en la cocina de la mansión—. Dime dónde...

En ese momento, algo la empujó contra la pared y casi la hizo caer al suelo. El estruendo de una sartén al estrellarse contra las baldosas provocó un repentino silencio en la cocina.

Tom Reynolds palideció.

—Oh, cielos, ¿te has hecho daño? —preguntó, alargando la mano hacia ella—. No te he visto. Perdona. Lo siento mucho. De verdad.

Joy se miró y no supo si echarse a reír o a llorar. Llevaba la camisa blanca y los pantalones negros de tela cubiertos de tortellini y salsa al pesto que descendían lentamente hacia el suelo dejando un reguero verde a su paso.

—Estoy bien —le aseguró ella, casi más preocupaba por él.

El nuevo ayudante de Nate estaba pálido.

El pobre hombre estaba a punto de volver a pedirle perdón, pero el prometido de Frankie lo interrumpió poniéndole una mano en la nuca.

—Eh, tigre, ¿no te estaba diciendo que más despacio? —le dijo.

Nate era un hombre alto y apuesto que iba vestido con unos pantalones vaqueros y una camiseta negra. Más que un jefe de cocina parecía un motero, pero en los fogones no tenía rival.

—¿Te encuentras bien, preciosa? —preguntó a Joy.

Esta sonrió a su futuro cuñado.

—Perfectamente, pero me temo que necesitaré cambiarme de ropa si tengo que salir a servir la cena —dijo, señalando los churretones verdes de salsa que caían por la camisa.

—Creo que tenemos algún uniforme de camarera de sobra —dijo Frankie—. Iré a ver.

Nate se arrodilló y empezó a recoger los restos esparcidos por el suelo.

—Vamos a tener que darle a la imaginación. No nos queda tiempo para rehacer este plato, así que tendremos que inventar algo.

Tom se hundió en el suelo y apoyó la cabeza entre las rodillas por un momento.

—Necesito este trabajo —murmuró en voz muy baja.

Nate se detuvo.

—¿Quién ha dicho que estás despedido? —le preguntó, extrañado—. Deberías ver la mitad de las cosas que yo he tirado. Y todo lo que he manchado.

Joy puso una mano sobre el hombro de Tom.

—Ha sido un accidente, Tom. Y en parte culpa mía. Tenía que haber mirado por dónde iba.

Tom se sonrojó y empezó a recoger tortellini con las manos.

Unos segundos después, Frankie regresó con un uniforme blanco y negro y una mujer de unos sesenta años a su lado.

—Oh, pobrecita. Cómo te has puesto —exclamó la mujer

al verla, haciéndose con la ropa limpia—. Ven, te enseñaré dónde te puedes duchar. Soy Libby, la gobernanta del señor Bennett —le informó, llevándola hacia unas escaleras que bajaban a los cuartos de servicio en la planta inferior—. Y también su mayordomo y su secretaria cuando está aquí. Además de la madre de Ernest.

—¿Ernest?

—El pobre tiene prohibida la entrada en la cocina cuando cocinamos. Aunque ahora nos vendría muy bien para limpiar todos esos tortellini.

Al llegar al final de las escaleras, las dos mujeres giraron a la derecha por un pasillo cuyas paredes estaban cubiertas de fotografías en blanco y negro de distintos acontecimientos deportivos. Había fotos de los años veinte, con hombres vestidos formalmente jugando un partido de críquet; otra de una mujer con el pelo muy corto y con patines. Otra era la imagen de un equipo de fútbol de los años cuarenta, todos los jugadores llevaban cascos de piel y lucían grandes haches mayúsculas en las camisetas. También había fotos de una carrera de atletismo de los años setenta.

—Ah, sí, las distintas generaciones de los Bennett —dijo la mujer con cariño—. Son todos muy deportistas. Yo las enmarqué y las coloque aquí, porque estaba harta de verlas metidas en cajas y llenándose de polvo.

Joy se acercó a una foto donde había cuatro hombres de pie en una embarcación, con los brazos unidos. Gray estaba en un extremo, sonriendo.

—Oh, esa también me encanta a mí —dijo Libby—. El joven señor Bennett está feliz.

La mujer continuó caminando y abrió una puerta. Un golden retriever salió saltando al pasillo y lamió las manos de Libby. Después se acercó a Joy meneando la cola de alegría.

—Creo que a Ernest le caes bien —dijo la mujer, tratando de sujetarlo por el collar.

—Así que este es Ernest —dijo Joy, riendo.

El perro había encontrado un tortellini entre los pliegues de la falda, y estaba dando buena cuenta de él. Después Joy entró en la habitación.

—Es preciosa —dijo, observando el papel estampado que cubría las paredes y las cortinas que decoraban las ventanas.

En la habitación había una cama con dosel que ocupaba buena parte del espacio, y varios muebles antiguos en perfecto estado de conservación.

—Los Bennett me cuidan bien —dijo Libby—. Y a Ernest. El joven señor Bennett casi lo ha adoptado.

—¿Le gustan los perros?

—No sé si todos los perros, pero al menos Ernest sí. Le gusta sacarlo de paseo, llevarlo en el barco y... —la mujer se interrumpió sacudiendo la cabeza—. Perdona, estoy hablando demasiado. La ducha está ahí. Hay toallas limpias en la estantería, y un secador debajo del lavabo. ¿Te importa que se quede Ernest aquí contigo? No te molestará.

—En absoluto —respondió Joy, mirando al perro que la observaba con ojos suplicantes, como si entendiera la pregunta.

Cuando su dueña se fue, Ernest se sentó en el suelo y se apoyó en la pierna de Joy.

—Así que Gray es tu amigo —dijo Joy al perro cuando se cerró la puerta—. ¿Tienes algún secreto que quieras compartir conmigo?

Gray empujó la puerta y entró en la cocina.

—Hola, grandullón —le saludó Nate desde la encimera.

Los dos hombres se dieron un apretón de manos. Se conocían desde la universidad, y aunque habían perdido el contacto con los años, a Gray le encantó ver que Nate había sido el responsable de la transformación de la cocina de los Moorehouse en un auténtico paraíso gastronómico.

—Todo huele estupendamente —dijo Gray, recorriendo la cocina con los ojos, sin ver lo que buscaba.

Saludó con la mano a Frankie, que estaba colocando aperitivos y canapés en bandejas de acero inoxidable. Junto a los fogones, había otro hombre que estaba moviendo un par de sartenes y a quien no reconoció.

¿Dónde estaba ella? ¿O acaso había imaginado a Joy en el jardín?

—¿Necesitáis algo? —preguntó, haciendo tiempo para verla.

—No, todo está bajo control —le aseguró Nate con una sonrisa.

En ese momento, la puerta de la cocina se abrió a su espalda.

—Estás aquí —dijo Cassandra, entrando en la espaciosa cocina—. Te llaman por teléfono, Gray. Libby te ha estado buscando por toda la casa.

Gray miró a Frankie para ver su reacción, pero se dio cuenta de que, a pesar de la fuerte amistad entre el hermano de una y el difunto marido de la otra, las dos mujeres no se conocían. Se aclaró la garganta.

—Cassandra, te presento a Frankie Moorehouse. La hermana de Alex. Frankie, Cassandra Cutler, la... viuda de Reese.

Cassandra palideció visiblemente y se llevó la mano a la garganta. Frankie tuvo una reacción muy parecida. Se puso pálida y se incorporó despacio. Después, se limpió la harina de las manos con un trapo y se acercó a ella.

—Siento mucho lo de Reese.

—¿Y tu hermano? ¿Está bien? Tengo entendido que cuando lo encontró la Guardia Costera estaba herido.

Frankie asintió.

—Se está recuperando. Aunque tardará —dijo.

—Como no vino al funeral, estaba preocupada... —la voz de Cassandra se quebró—. Supongo que lo estará pasando mal. Reese y él eran más que compañeros de tripulación. Eran como hermanos. ¿Dónde está?

—Aquí. En casa. En White Caps.

—Tengo que verlo.

Frankie aspiró hondo.

—Puedes venir cuando quieras, pero debo advertírtelo. No está muy sociable. Aunque quizá contigo sea diferente. Nosotros apenas hemos podido conseguir que hable. Y mucho menos que nos cuente nada.

Gray se dio cuenta de que Cassandra estaba temblando y le rodeó la cintura con el brazo. Ella se apoyó en él.

—Me gustaría intentarlo —dijo ella—. Quiero saber qué pasó en ese barco.

Joy subió de nuevo las escaleras hacia la cocina. Antes de entrar, se alisó el uniforme, pensando que al menos le quedaba bien. La falda era un poco corta, pero aparte de eso, no podía quejarse. Empujó la puerta... y se detuvo de golpe.

Gray Bennett estaba de pie junto a la cocina. Llevaba el pelo negro cepillado hacia atrás y dejando al descubierto el rostro arrogante, en el que destacaba el color azul de sus ojos y el color bronceado de la piel. Llevaba una chaqueta azul marino sobre los hombros anchos y el torso corpulento, y estaba más guapo que nunca.

Lo único que estropeaba la foto era el brazo que rodeaba la cintura de la mujer que se apoyaba en él. Y la intensidad de su expresión al mirar a la mujer.

Por un momento, Joy pensó en salir corriendo, en desaparecer para no volver jamás, pero se obligó a seguir donde estaba y aceptar la situación. Después de todo, un hombre como él no podía llevar la vida de un monje. Y ella lo había visto en las fotos de numerosos artículos de prensa en compañía de mujeres espectaculares.

Pero lo cierto era que, en aquel momento y en aquella situación, le sorprendió. Porque él nunca había ido a Saranac Lake acompañado de una mujer. Joy nunca lo había visto con nadie.

Por otro lado, la mujer era una auténtica belleza. Tenía una larga melena pelirroja, una piel clara y translúcida, y unos ojos verdes con expresión preocupada. Y el vestido de color crema que llevaba era tan perfecto en ella… La tela era tan exquisita y el corte tan exacto que por fuerza tenía que ser una modelo de alta costura.

Hacían una pareja perfecta.

Joy miró de nuevo a Gray y contuvo la respiración. En ese momento, él tenía los ojos entrecerrados y clavados en ella, y no parecía muy contento. ¿Por qué? ¿Qué le pasaba? En el pasado siempre había sido amable con ella, incluso atento. ¿Por qué ahora la miraba de repente como si fuera una intrusa, como si no fuera bien recibida en su casa?

—Tom, ¿quieres que te ayude con eso? —dijo ella para romper la tensión, acercándose con pasos rápidos al cocinero que estaba cortando un asado de ternera.

—Encantado —dijo él, haciéndose un lado—. Ahí tienes un cuchillo.

Joy se enfrascó en la tarea de cortar el asado en finos filetes, pero toda su concentración estaba en tratar de ocultar el efecto que ver a Gray tenía en ella. Sobre todo su mirada.

Cuando por fin se atrevió a mirar por encima del hombro, Gray y la mujer ya se habían ido. Pero lo que vio tampoco la animó mucho.

Nate estaba detrás de Frankie, abrazándola por la cintura y susurrándole algo al oído, mientras su hermana sonreía con picardía. Joy apartó la vista rápidamente.

—Son muy felices —comentó Tom a su lado.

Desde luego que lo eran. Porque lo que había entre ellos era algo real, no una estúpida e ingenua fantasía de adolescente como la suya.

Joy recordó las noches que había permanecido despierta imaginando las mil formas de encontrarse con Gray. Quizá en la ciudad, en algún local, y él la invitaría a tomar algo. O en una isla, donde él llegaría en uno de sus barcos y al verla en la playa atracaría y se tumbaría al sol a su lado. Los escenarios eran como breves obras de teatro en las que los dos protagonistas siempre terminaban besándose apasionadamente.

Fantasías, se dijo. Unas fantasías que solo existían en su imaginación.

—Tom, ¿te gustaría cenar conmigo? —preguntó de repente al ayudante de cocina.

El hombre abrió la boca a la vez que dejó de cortar la carne y, con el cuchillo suspendido en el aire, la miró. Como si alguien acabara de ofrecerle un Mercedes Benz gratis.

—Sí, claro.

—Mañana por la noche —dijo ella, y sin darle opción a elegir, añadió:— ¿Me recoges a las siete?

—Perfecto. Será un placer.

Joy asintió y volvió al trabajo.

—Bien.

CAPÍTULO 3

Al fin de la velada, cuando los invitados se dirigían bien a sus habitaciones o a sus respectivas casas, Gray consideró que la fiesta había sido un éxito. Su padre había recuperado la alegría perdida en los últimos meses, la comida servida por los Moorehouse había sido sublime y todo el mundo había disfrutado inmensamente de la reunión.

Pero se alegraba de que hubiera terminado y poder retirarse por fin a su estudio, donde se quitó la chaqueta y los gemelos. Después se remangó la camisa.

Estaba preparándose un bourbon cuando el portavoz del grupo mayoritario del senado apareció en el umbral.

—Hola, Becks. ¿Te apetece un whisky? —le dijo, invitándolo a pasar.

—Con mucho hielo —respondió John Beckin con la carismática sonrisa con la que se había ganado la confianza de sus votantes.

La expresión suavizaba el aire distinguido del hombre. Con el pelo canoso peinado hacia atrás, las facciones fuertes y marcadas y las gafas de concha sobre la nariz, el hombre tenía una imagen que transmitía una clara sensación de inteligencia y discreción, aunque no era solo imagen. Al concluir sus estudios de Derecho, John Beckin trabajó durante un tiempo con el padre de Gray, una época en la que tuvo la oportunidad de mostrar toda su valía. Los dos hombres seguían manteniendo una buena relación.

Gray le entregó un vaso de whisky con tres cubitos de hielo.

—Gracias. Escucha, quería pillarte a solas un momento —dijo John, cerrando la puerta tras él—. ¿Qué tal está Walter?

—Mejor cada día —le aseguró Gray, sirviéndose un bourbon solo, sin hielo—. Aunque es la primera vez que lo ves desde el ataque, ¿no?

—Sí, y tengo que decir que me ha impresionado. No pensaba que... le hubiera afectado tanto —John sacudió la cabeza—. Aunque hoy se le notaba que estaba feliz. Sobre todo cuando has hecho el brindis. Tu padre no puede estar más orgulloso de ti.

—Gracias.

—¿Ha venido Belinda a verlo?

Gray se bebió el whisky de dos largos tragos. El licor le quemó las entrañas. O quizá fuera la rabia que sentía hacia su madre.

—No, ni un solo día.

John se metió una mano del bolsillo y se acercó a la ventana.

—Desde la muerte de Mary, me acuerdo mucho de los viejos tiempos. Más que nunca. Estos dos años han sido muy duros, y al verte con tu padre me he dado cuenta de lo solo que estaría sin ti. Los hijos son una bendición. Siento que Mary y yo no hayamos tenido ninguno.

Gray cerró la boca. Como él no contaba con tener hijos en el futuro, no tenía ningún comentario al respecto.

Hubo un silencio, y después John pareció volver a concentrarse en la realidad. Cuando se volvió hacia Gray, la expresión de su cara era de preocupación.

—Debo contarte algo que he oído.

Gray arqueó una ceja.

—Ya sabes que tus noticias siempre me interesan.

—Esta no es nada buena —advirtió el senador—. ¿Recuerdas los artículos publicados por Anna Shaw sobre ciertas disputas internas en el senado?

—Los he leído, sí. Me temo que tenéis un chivato.

—Así es, y ahora por fin sé quién es —John apuró el vaso—. Me temo que uno de los senadores de mi grupo tiene un romance con esa periodista.

Gray se sirvió otro vaso de bourbon.

—¿Cómo lo sabes?

—Porque vieron salir a la encantadora Anna Shaw de su habitación del hotel. Durante la Convención Nacional Demócrata.

—A lo mejor le acababa de hacer una entrevista.

—¿A las cuatro de la madrugada? ¿Vestida con una gabardina y nada debajo? Y no era la primera vez.

—Pues era una estupidez. Por parte de los dos —dijo Gray, llevándose el vaso a los labios.

Una situación así era receta segura para terminar la carrera de cualquier político.

—Era el senador Adams.

Gray se quedó paralizado, y lo miró por encima del borde del vaso, sin dar crédito a sus palabras.

—¿Perdona?

—Roger Adams.

¿Roger? ¿El marido de Allison?

—¿Estás seguro?

—¿Crees que me inventaría algo así?

—¡Qué hijo de perra! —masculló Gray, y dejó el vaso en la mesa.

A su juicio, Allison y Roger Adams eran el matrimonio perfecto.

—Bien, la vida privada de la gente no es asunto mío —dijo John, paseando despacio por el despacho—. Pero me molesta profundamente que un hombre que se declara defensor de los derechos y la igualdad de la mujer engañe a su mujer. Adams está intentando que se apruebe una Enmienda por la Igualdad de Derechos, por el amor de Dios. Su campaña se basa en apoyar causas feministas.

«Nunca lo hubiera imaginado», pensó Gray. Y seguramente tampoco Allison.

John agitó los cubitos de hielo en el vaso, que contra el cristal sonaron como un cascabel.

—Tengo la sensación de que no estás aquí solo para contarme un cotilleo —dijo Gray, que conocía perfectamente los entresijos y las manipulaciones que se utilizaban en el mundo de la política—. No te andes por las ramas, Becks. ¿Qué quieres de mí?

El portavoz del grupo mayoritario del senado se sonrojó.

—Mi grupo acude a ti en busca de consejo —dijo con voz humilde—. No solo porque eres inteligente, sino porque muchos de esos senadores han sido elegidos gracias a ti. Y quiero que seas tú quien se lo advierta a los demás. Adams no es de fiar. Lo haría yo mismo, pero muchos pensarían que mi intención es destruirlo.

Gray rio sarcástico.

—¿Y no es así, Becks? —preguntó, arqueando una ceja—. Él fue quien bloqueó tu intento de suavizar la reforma de la ley de financiación de los partidos en la última sesión.

—Por eso precisamente —repuso el senador—. Es lo que pensará todo el mundo, cuando en realidad mi intención es única y exclusivamente proteger mi Senado de odiosas intrigas externas.

Su senado. No el senado del pueblo estadounidense, pensó Gray.

De repente se sintió cansado y hastiado, harto de todas las intrigas y manipulaciones del Capitolio.

—Te daré el nombre de mis fuentes para que lo compruebes tú mismo y me ayudes a terminar con esos perversos artículos. Esa periodista se está burlando del sistema político de este país.

En ese momento la puerta del estudio se abrió de par en par y Joy fue a entrar, pero se detuvo en seco, con una bandeja vacía en la mano.

—Oh, perdón. Estaba buscando la biblioteca.

Becks sonrió paternalmente, y el tono duro de su pose desapareció por completo.

—No te preocupes, querida. Tu interrupción es más que bienvenida.

Joy se sonrojó.

—Volveré a recoger esos vasos más tarde...

—No, yo ya me iba —dijo el senador, dejando el vaso sobre una de las mesitas auxiliares. Después sonrió a Gray—. Ya hablaremos, Bennett. Y gracias por invitarme esta noche. Ha sido un placer veros a tu padre y a ti.

Becks salió y Joy sacudió la cabeza, buscando una excusa para salir de allí.

—Recogeré todo esto más tarde.

Se volvió para irse, pero Gray no pudo permitírselo.

—Joy. Espera —dijo, acercándose a ella con pasos rápidos—. Deja que te ayude —añadió, quitándole la bandeja de la mano y aprovechando la cercanía para aspirar su fragancia.

«Deja que te bese», quería haber dicho. Solo una vez.

Joy contuvo la respiración. No quería estar cerca de Gray ahora que por fin había decidido olvidarse de él.

El cuerpo ancho y poderoso del hombre junto a ella la hizo sentirse muy pequeña. Bajó la vista para no verse envuelta en el hechizo de los ojos azules del hombre, pero entonces se dio cuenta de que se había quitado la chaqueta y remangado la camisa. Los brazos eran fuertes y musculosos, con venas que descendían hasta sus manos largas y seguras.

—¿No tienes nada más que hacer? —preguntó ella, deseando que le dejará terminar su trabajo en paz.

—No.

Joy apretó los dientes y salió al pasillo con pasos rápidos, a recoger otro salón exquisitamente decorado, mientras él la seguía de una mesa a otra y sostenía la bandeja, donde ella iba dejando los vasos vacíos.

Cuando terminaron allí, fueron a la biblioteca, que era la estancia que ella había estado buscando desde el principio. Joy sentía la presencia del cuerpo masculino muy cerca de ella, y no pudo evitar la sensación de tener los ojos de Gray clavados en ella. Gray estaba mirando su cuerpo. El único sonido que se oía eran los pasos de ambos, y el silencio empezó a ponerla nerviosa.

—¿Quién era ese hombre con quien estabas hablando? —preguntó por fin, sin poder soportar el silencio y la tensión—. Creo que lo he visto antes.

—Es solo un político de tantos.

—Me parece que lo he visto en la tele, en la CNN —continuó ella—. De hecho, juraría que he visto a la mayoría de los invitados en una u otra cadena de noticias.

Joy pasó junto a una mesa que era una valiosa antigüedad y se dio cuenta de que se había dejado un vaso. Deteniéndose bruscamente, se inclinó hacia delante para agarrarlo.

Y en ese momento, Gray, que la seguía a un par de pasos de distancia, se dio de bruces contra su espalda.

Las caderas masculinas se dieron contra sus nalgas, rozándola íntimamente. Y ella sintió algo duro y firme. Su erección.

Gray dio un paso atrás.

—Perdona, no me he dado cuenta —se disculpó él, tragando saliva.

Joy tomó el vaso con las dos manos y lo asió con fuerza, temiendo que se le cayera. Al depositarlo con cuidado en la bandeja que él sostenía, alzó la mirada hacia él.

Los ojos que Gray estaban clavados en ella, y ella se olvidó de respirar.

Después de años de fantasear con Gray Bennett, ahora él la miraba sin ocultar el evidente deseo que sentía por ella.

Una voz de mujer rompió el tenso silencio, y con ello el irracional hechizo que los envolvió a los dos durante unos segundos interminables.

—Por fin te encuentro.

Joy miró por encima del hombro de Gray.

La mujer pelirroja de la cocina entró en la biblioteca, con la misma tranquilidad y confianza que si fuera la dueña de la casa.

—Me voy a la cama —dijo a Gray, y tuvo la desfachatez de sonreír a Joy.

Joy tomó la bandeja y, sin decir nada, se fue directamente a la puerta, sintiéndose como una tonta. Al girar hacia la cocina, con el cuerpo temblando, se maldijo en silencio. A su espalda escuchó unos pasos firmes y aceleró el paso.

—Joy —la voz de Gray era una orden—. ¡Joy!

Joy se detuvo. Cerró los ojos y trató de serenarse.

—Joy, quiero presentarte a Cassandra.

Joy cuadró los hombros antes de volverse. La mujer pelirroja estaba junto a Gray, sonriendo entre triste y divertida.

—Soy la esposa de Reese —le dijo en un murmullo apenas audible.

Joy se creyó morir.

—Oh, no ... no tenía ni idea. Yo...

—Claro que no —dijo Cassandra—. Creo que antes has llegado justo después de las presentaciones.

Mientras Joy le expresaba sus condolencias por la muerte de su esposo, Gray puso una mano sobre el hombro de la pelirroja. Eso le recordó el tipo de relación que había entre los dos, y en cuanto pudo, Joy se metió en la cocina para alejarse de ellos.

Allí, Nate, Frankie y Tom estaban terminando de recogerlo todo en el coche y en la furgoneta. La cocina estaba inmaculadamente limpia, y solo quedaban los vasos que ella llevaba en la mano.

Frankie le entregó la ropa que había sufrido el ataque de los tortellini. Estaba limpia y doblada.

—Libby te ha lavado la ropa —le dijo—. Nosotros ya nos vamos. Tú ten cuidado con la bicicleta, ¿de acuerdo?

—Por supuesto.

Cuando se quedó sola, Joy se quitó la coleta y se sentó en una silla. Se peinó la larga melena rizada con los dedos, y trató de no pensar en qué estaría haciendo Gray. ¿Estaría metiéndose entre las sábanas, con el cálido cuerpo de la pelirroja pegado al suyo? ¿La estaría besando y acariciando?

—Pareces agotada.

Al oír el sonido de la voz grave y familiar, Joy dio un respingo en la silla.

—Solo estoy esperando a que termine el lavavajillas —dijo, nerviosa—. Después me iré.

Gray se acercó a la ventana.

—¿No has venido en bicicleta?

—Sí.

Gray frunció el ceño.

—No puedes irte en bicicleta a estas horas.

—Claro que puedo —respondió ella, recogiéndose el pelo de nuevo en una coleta.

—Yo te llevaré —dijo él en un tono que no admitía discusión.

—No, gracias —dijo ella.

Joy se levantó y abrió el lavavajillas. Aunque el programa todavía no había terminado y los vasos estaban ardiendo, los fue sacando uno a uno y dejándolos sobre la encimera.

Al ver que su rechazo no obtenía respuesta, miró por encima del hombro. Gray no estaba.

Suspiró aliviada. Probablemente había decidido dejarla en paz. Solo tardó unos minutos en cambiarse de ropa y dejar el uniforme de camarera sobre la encimera. Al salir, apagó las luces y se dirigió hacia donde había dejado la bicicleta.

Allí estaba Gray, apoyado en la pared y con los brazos cruzados. Junto a la bici.

—Vamos —dijo él, alzando la bicicleta como si no pesara nada.

—¡No hace falta! —protestó ella—. Puedo ir...

Pero Gray echó a andar hacia el lago, no hacia el garaje.

Joy fue corriendo tras él.

—¡Ni se te ocurra! —exclamó ella, pensando que iba a tirar la bicicleta al agua.

Gray la miró por encima del hombro sin detenerse.

—Será más fácil meterla en el barco que en el coche —dijo sin detenerse, mientras ella trataba de alcanzarlo.

★ ★ ★

Gray sentía los ojos de Joy clavados en la espalda. Estaba furiosa, y sorprendida a la vez. No había esperado una reacción tan fuerte por su parte. No de Joy. La dulce Joy.

Y eso le resultaba mucho más atractivo. No le haría cambiar de idea, pero Gray admiraba a todos los que intentaban plantarle cara.

Y él desde luego no pensaba dejarla volver a casa sola en plena noche pedaleando en una bicicleta por una tortuosa carretera secundaria. La pobre bicicleta ni siquiera tenía faro, y la carretera del lago podía resultar bastante traicionera. Además de tráfico de coches y camiones, también era frecuentada por osos y otros animales salvajes que bajaban desde las montañas hasta la orilla en busca de comida.

Gray abrió la puerta del cobertizo y encendió la luz. Allí estaba el Hacker, esperándolo. Sin dudarlo, subió a bordo con la bici, y después tendió la mano a Joy para ayudarla a embarcar. En cuanto salieron a mar abierto, Gray sacó una manta de cuadros y se la entregó.

—Hace frío —dijo él en tono tajante.

Joy se echó la manta por los hombros.

—¿Y tú?

—Estoy acostumbrado —dijo él, encogiéndose de hombros y disfrutando del frío de la noche.

La fría brisa nocturna le ayudaba a mantenerse alerta, a pesar de que solo había tomado dos copas de bourbon en toda la noche, pero en aquel momento no era el alcohol lo que podía hacerle cometer alguna tontería.

Un momento después, sintió que Joy se movía inquieta en el asiento y se deslizaba hacia él. Le tapó parte del regazo con la manta, y al hacerlo, sin querer, le rozó el estómago con la mano.

Gray cerró los ojos, y por un momento recordó el contacto de sus cuerpos en la biblioteca. El roce de su erección contra ella.

Afortunadamente ahora el ruido del motor apagó el sonido angustiado que escapó de su garganta.

En el momento de rozarla, Gray estaba imaginando que le quitaba la bandeja de la mano, la sentaba en uno de los sofás de piel y le separaba las piernas con las manos. Que se arrodillaba entre sus piernas y ascendía con la boca por sus muslos. Que sentía sus manos hundirse entre sus cabellos a la vez que la atraía hacia sí. Una imagen excitante, apasionada y desquiciante.

Sí, y entonces fue cuando se dio contra su espalda. Y sus nalgas.

Ella tuvo que sentir su deseo, notarlo duro y firme contra su cuerpo, y verlo también reflejado en su rostro al volverse a mirarlo. Pero todo había sucedido muy deprisa, y no había sido capaz de controlar la expresión de su rostro y fingir una mínima apariencia de neutralidad.

Por eso probablemente ahora ella no quería estar a solas con él.

Quizá por eso estaba él tan empeñado en llevarla a casa. Para demostrarle a ella y demostrarse a sí mismo que sus intenciones eran honestas. Porque en la biblioteca sus pensamientos no habían sido los de un caballero, y ella lo había pillado in fraganti.

Gray sintió que algo le hacía cosquillas en la cara. Un mechón rubio se había escapado de la coleta que recogía la melena rubia a la espalda y bailaba con el viento. Gray alzó la mano, pero ella fue más rápida y lo recogió detrás de la oreja.

—Perdón —murmuró ella.

Se hizo un breve silencio, pero esta vez Joy se dijo que no podía perder por completo el control de la situación.

—Tu padre parecía contento esta noche —dijo—. Está mucho mejor que el mes pasado, cuando viniste a comer con él a White Caps.

—Sí, poco a poco se va recuperando. Ha sido muy duro.

—Supongo que para ti también —dijo ella con voz suave.

Él la miró. Joy tenía la mirada perdida en el lago.

—¿Qué tal tu hermano Alex? —preguntó él.

—Le operaron otra vez hace dos semanas. Le han puesto una pieza de titanio en la tibia, pero es posible que tengan que volver a operarle —explicó ella. Con dedos nerviosos, tiró de la esquina de la manta y empezó a trenzar los flecos—. Es muy valiente. Nunca se queja, a pesar de lo mucho que está sufriendo. De hecho, creo que lo peor para nosotros es que es un pésimo enfermo. Muchas veces se niega a tomar los medicamentos, bebe demasiado, y no quiere hablar de lo que ocurrió.

Gray deseó poder tomarle la mano y reconfortarla.

—Lo siento mucho —dijo.

—Gracias. Yo también —dijo ella, mirándolo a la cara.

—También te ocupas de tu abuela, ¿verdad?

—Sí. Y ahora ya no se la puede dejar sola. La demencia ha convertido su capacidad de razonar en paranoia. Ahora estamos probando un medicamento nuevo, y espero que la tranquilice. No me gusta verla tan nerviosa y angustiada.

Gray permaneció en silencio unos minutos, absorto en sus pensamientos.

—Eres una buena persona, Joy —dijo de repente.

Joy se encogió de hombros, restando importancia a sus palabras.

—Alex y la abuela Em son mi familia. Es lógico que me ocupe de ellos.

No era algo tan lógico, pensó Gray. Su propia madre nunca se ocupó de él. Cuando contrajo una neumonía vírica a los seis años y estuvo dos semanas en cuidados intensivos con dificultades respiratorias, su madre fue a visitarlo una sola vez.

Los dos quedaron en silencio, cada uno absorto en sus pensamientos, hasta que White Caps apareció ante sus ojos. Entonces Gray habló:

—Siento lo que ha ocurrido.

—El paseo en barco no ha sido tanto castigo —dijo ella con una sonrisa.

—No, en la biblioteca.

Joy se tensó.

—Oh, eso.

Gray pensó que la había ofendido. Se aclaró la garganta y trató de disculparse.

—No quiero que me creas capaz de... aprovecharme de una mujer.

—No lo creo en absoluto —respondió ella, tajantemente.

Mientras atracaba en el embarcadero, Gray se dio cuenta de que Joy estaba enfadada, quizá incluso ofendida por la disculpa, pero no se arrepintió de haberse disculpado. Era lo correcto.

Quiso decir algo más, pero ella no le dio la oportunidad porque, sujetando la bicicleta con una mano y echándosela al hombro, desembarcó sin necesitar ayuda de ningún tipo.

—Gracias por traerme —le dijo ella a modo de despedida, y sin volverse a mirarlo, se alejó pedaleando por el embarcadero de listones de madera en dirección a la casa.

Gray la siguió con los ojos, sintiendo el absurdo impulso de salir corriendo tras ella.

¿Y entonces qué?

Entonces la tomaría en sus brazos y la apretaría con fuerza contra él. Y la besaría hasta que ninguno de los dos pudiera mantenerse en pie.

«Súbete al barco y vuelve a casa, Bennett», le dijo una voz furiosa en su interior.

Sin embargo, tardó más diez minutos en zarpar en dirección a su casa.

Joy subió pedaleando furiosa por el sendero que conducía hasta la casa.

Dios, Gray se había disculpado por el roce en la biblioteca.

Eso sí que era humillante. Como si necesitara confirmación de que el deseo que sentía no tenía nada que ver con ella. Seguramente habría estado pensando en la pelirroja.

Y por supuesto, él nunca se aprovechaba de una mujer. Ni falta que le hacía. ¿Qué mujer lo rechazaría? Por mucho que detestara admitirlo, ella desde luego no. A la mínima indicación por parte de Gray, ella se habría metido entre sus brazos y abierto por completo a él, aunque él pensara en otra mujer.

Con la que probablemente estuviera a punto de acostarse ahora.

Apretó los ojos con fuerza.

Afortunadamente, al día siguiente tenía una cita con Tom. Tenía que hacer un esfuerzo para establecer una relación con alguien con quien pudiera...

La rueda de la bicicleta tropezó con la raíz de un árbol, y Joy tuvo que sujetar el manillar con fuerza para mantener el equilibrio. Soltó una maldición y sintió lágrimas en los ojos.

No sabía por qué conocer a la amante de Gray la había afectado tanto. Para empezar, ella era muy consciente de que los dos pertenecían a mundos diferentes. Él era un hombre sofisticado, un hombre de mundo con mucha experiencia y ella... ella era virgen, por el amor de Dios.

Aunque había tenido algunos novios en el instituto, cuando fue la universidad los chicos a los que conoció solo estaban interesados en divertirse e ir de fiesta en fiesta, y ella tenía que mantener los dos trabajos que le ayudaban a pagar parte de sus estudios. Por eso, apenas tenía tiempo para nada que no fuera estudiar y trabajar. Y cuando se licenció, regresó a Saranac Lake para cuidar de la abuela Em, que había empezado a tener serios problemas de demencia senil y necesitaba a alguien que estuviera pendiente de ella las veinticuatro horas del día.

Saranac Lake era una comunidad pequeña donde no había muchos hombres de su edad disponibles. Además, cuidar de la abuela era un trabajo de muchas horas diarias, siete días a la semana, y no había muchos ratos libres para salir a divertirse como las mujeres de su edad.

Dios, en realidad era un fósil, se dijo. A sus veintisiete años, era un fósil.

De una cosa estaba segura. Todos los acontecimientos de la velada no le iban a dejar pegar ojo en muchas horas, así que decidió aprovechar el insomnio para continuar trabajando en el traje de novia de su hermana.

CAPÍTULO 4

A la mañana siguiente, Joy soltó el acerico al ver a su hermana salir corriendo de su habitación. Con el vestido de novia puesto.

—¡Frankie!, espera, no puedes...

—Tengo que pillar a Stu antes de que se vaya —contestó su hermana sin dejar de correr.

Joy salió detrás de ella, con la esperanza de poder recoger al menos la cola del vestido para que no se ensuciara demasiado, pero cuando logró dar alcance a Frankie, esta ya había salido por la puerta de la cocina y gritaba al anciano Stu, que estaba subiéndose en su camioneta de reparto.

—¡Nate y Spike necesitan rúcula! —dijo la joven llegando a su lado, sin aliento, con Joy pegada a sus talones, sujetando la cola del vestido—. ¿Podrás...?

—Sí —dijo el hombre mayor, aparentemente sin extrañarse al ver a Frankie vestida de novia—. Mañana la tendrás aquí —le aseguró, calándose la gorra y sentándose tras el volante.

Justo cuando iba a arrancar, un coche apareció por el sendero. Era un BMW enorme. El de Gray.

A Joy casi se le cayó el vestido, al menos hasta que la puerta del conductor se abrió y la preciosa pelirroja que estuvo la noche anterior con Gray se apeó. Entonces empezó a retorcer la tela con manos nerviosas.

—Buenos días —saludó Frankie, alzando la mano.

—Hola —dijo Cassandra, con una sonrisa tensa, como si estuviera allí por algo que le resultaba muy difícil. Pero enseguida sus ojos se concentraron en el vestido—. Cielos, es precioso.

Frankie dio un giro. La falda blanca de satén se hinchó en el aire, mostrando toda su belleza.

—¿A que sí?

—¿De quién es? ¿Narciso Rodríguez? No, Michael Koors.

—Suyo —dijo Frankie, señalando a Joy.

—¿Lo has hecho tú? —preguntó Cassandra.

Joy asintió. Cassandra se acercó a Frankie y estudió el vestido con detenimiento.

—¿Tú lo has diseñado y cortado?

—Sí, es un hobby.

—Eres muy buena. ¿Tienes más?

—¿Vestidos hechos? No, pero diseños, sí. Un montón, la verdad. Podría empapelar toda la casa con ellos.

—Eres muy buena, en serio —repitió Cassandra, sonriendo, pero su expresión se ensombreció al mirar a Frankie—. Debería haber avisado, pero he venido porque me gustaría ver a Alex.

Frankie asintió con la cabeza.

—Entra. Le diré que estás aquí.

Las tres mujeres echaron a andar hacia la puerta de la cocina, y Cassandra sonrió a Joy.

—Y quizá después, si quieres, puedes enseñarme algunos de tus diseños —sugirió.

Joy se encogió de hombros, pensando que la sugerencia era una mera cortesía por parte de la recién llegada.

—Esta mañana he estado retocando algunos bocetos —dijo, entrando en la cocina—. Están ahí, encima de la mesa.

Cassandra fue directamente a verlos, y los estudió con intensa concentración. Fue pasando los bocetos de uno en uno en silencio. Joy se sentó en una silla, y casi se arrepintió de habérselos mostrado tan precipitadamente.

—Son maravillosos —dijo la mujer por fin, levantando la cabeza—. Aunque el estilo es tradicional, sobre todo los corpiños, en conjunto resultan muy frescos y novedosos. La combinación de colores es muy original, y la elegancia de líneas es... perfecta. ¿Dónde estudiaste?

Joy no podía dar crédito a lo que estaba oyendo.

—En la universidad de Vermont —respondió.

—No sabía que tuvieran facultad de Diseño.

—Estudié Empresariales.

La pelirroja frunció el ceño.

—¿Entonces dónde aprendiste a diseñar esto?

—Bueno, supongo que de los trajes de fiesta y de cóctel de mi abuela. Tenía diseños de Mainboucher, St. Laurent, Chanel, por supuesto. Los he desmontado todos, pieza a pieza, y he estudiado la construcción de la estructura de la prenda, sobre todo en las costuras, los pliegues y los frunces. Después los he vuelto a coser —explicó, y sonrió con tristeza—. La abuela todavía los usa. Está... está enferma, y si no se ve guapísima y preparada para la ocasión, la demencia se agrava. Como no podemos permitirnos comprar ropa de la misma calidad, he aprendido a arreglar y conservar. Supongo que esta ha sido mi escuela.

—¡Qué extraordinario! —dijo Cassandra con respeto y compasión a la vez.

¡Qué horrible!, pensó Joy. La mujer no solo era la amante de Gray, sino que además estaba resultando ser una bellísima persona.

Frankie bajó las escaleras, con expresión azorada y las mejillas encarnadas, como si hubiera tenido una discusión.

—Lo siento, Cassandra. Alex no está despierto.

—Querrás decir que no quiere verme —dijo la mujer en voz baja.

—Lo siento muchísimo —reconoció Frankie.

Cassandra sacudió la cabeza, tratando de restar importancia a la negativa del amigo de su difunto esposo.

—Estoy segura de que todavía es muy difícil para él. Pero gracias por intentarlo.

—No... no quiere escuchar a nadie —dijo Frankie, apretando los labios.

—No te enfades con él. Estoy segura de que se esfuerza todo lo que puede. Gracias —Cassandra cerró los ojos durante un momento, y después volvió mirar a la mesa—. Estos bocetos son maravillosos, Joy. De una profesional de primera fila.

Después de despedirse de ella y, cuando el BMW se alejó por el sendero, Joy tomó la mano de su hermana para llevarla a su habitación antes de que se le ocurriera algo más urgente que hacer.

—Venga, tienes que quitarte el vestido.

Y ella tenía que empezar a mentalizarse para la cita con Tom de aquella tarde.

Cuando este pasó a recogerla por White Caps a las siete de la tarde, Joy se había intentado convencer sin éxito de que tenía que dar una oportunidad a otros hombres y olvidarse de Gray de una vez por todas.

Tom rodeó el coche y le abrió la puerta. Era evidente que se había tomado especiales molestias con su aspecto: estaba recién duchado y afeitado, y la camisa blanca y el pantalón de tela estaban perfectamente planchados. Aunque no se le veía muy cómodo.

—Esta tarde hay un concierto en la plaza —dijo el joven, sentándose tras el volante de nuevo—. Habrá una barbacoa. Y he pensado que podemos dar un paseo, escuchar música y quizá bailar.

—Será estupendo.

Tom puso el coche en marcha y la miró.

—Estás muy guapa, Joy.

Joy cerró los ojos y respiró hondo. El coche olía a limpiacristales, como si acabara de limpiarlo por ella.

—Gracias, Tom.

Gray aparcó el BMW delante de la tienda de licores de Barclay´s, junto a la plaza de Saranac Lake. Un par de grandes toldos blancos cubrían la mitad de la extensión del parque, y bajo ellos la gente se sentaba en mesas de picnic disfrutando de la carne a la barbacoa que se estaba preparando en enormes parrillas al aire libre. Entre los dos toldos, en el kiosco de música de estilo victoriano que dominaba la plaza, una orquesta de veinte músicos interpretaba temas de swing y jazz, mientras la gente bailaba en la pista que se había preparado para la ocasión.

—¿Cuándo vuelves a Washington? —preguntó Cassandra a Gray, mientras cruzaban la calle para unirse a la celebración popular.

—Muy pronto. La semana que viene tengo que ir a Nueva York. Me llevaré a mi padre conmigo.

Tres adolescentes pasaron corriendo junto a ellos con collares de neón verde que brillaban en la oscuridad, y Gray sonrió.

Los dos continuaron caminando despacio hasta llegar delante del kiosco de la música.

—Primero podemos comer algo —sugirió Gray, indicando las barbacoas—, y después bailar.

Desde su visita a Alex Moorehouse, Cassandra había estado muy callada. Gray pensó que el encuentro no había ido bien, pero como ella no le contó nada, prefirió no preguntar.

Mientras hacían cola para la comida, Gray miró a la gente que bailaba delante de la orquesta. Había dos o tres parejas que lo hacían bastante bien, y entre ellas destacaba especialmente una. El hombre llevaba la mujer como si fuera una extensión de su cuerpo, y ella respondía con soltura, anticipando todos sus movimientos.

De repente, Gray frunció el ceño. Cielos, era Joy.

Con el final de la canción, el cocinero de White Caps la hizo girar y después la echó hacia atrás, tumbándola de espaldas y sujetándola con firmeza, mientras la melena rubia de Joy casi rozaba el suelo y ella reía despreocupadamente.

Tan joven y tan despreocupada. Tan bella que a Gray le dolieron los ojos.

El hombre la incorporó de nuevo, con las manos en su espalda. Gray apretó los dientes. Sintió el estúpido e irracional impulso de ir hasta la pista de baile y arrancar a aquel hombre de su lado. Sin contemplaciones.

Se obligó a mirar hacia otro sitio.

Su novio tenía derecho a tocarla, se dijo.

¡Maldita sea!

—Gray, ¿qué te pasa?

Era evidente que había hablado en voz alta.

—Nada.

—Nos toca —dijo Cassandra, mirándolo con extrañeza. Gray se dio cuenta de que ya estaban delante de la mesa donde se servía la barbacoa— ¿Qué te apetece?

Con un par de costillas picantes en el plato, una guarnición de ensalada de col y unas patatas, Gray buscó una mesa para sentarse. Encontró un par de sitios libres en una mesa de picnic donde había un matrimonio con sus hijos, y se sentó. Cassandra hizo lo mismo frente a él.

—Dime una cosa —dijo Cassandra al cabo de unos minutos—. ¿Cuánto hace que la deseas?

Gray, que estaba a punto de abrir la bolsa de cubiertos de plástico, se quedó quieto.

—¿De qué me hablas?

—No te hagas el tonto conmigo, Bennett. Me refiero a Joy. He visto cómo la mirabas. Y anoche también.

Gray desenvolvió el tenedor sin mirarla y pinchó una hoja de lechuga.

—¿Ves al joven que está con ella?

Cassandra asintió.

—¿Ves lo feliz que la hace?

—Lo que veo es lo mucho que disfruta bailando con él, pero no sé si tienen mucho más en común.

Entonces Gray levantó los ojos y miró a su amiga con expresión cansada.

—¿De verdad crees que yo podría hacerla sentir así?

—Pues sí.

—Te equivocas. Una mujer como ella quiere algo más que sexo, Cass. Se merece mucho más. Y eso es algo que yo no puedo ofrecerle. Tú me conoces, conoces mi pasado, y sabes que la gente no cambia.

—Eso no es cierto.

Gray movió las cejas y jugó con el tenedor con la comida en el plato.

—Está bien. Al menos yo no voy a cambiar —insistió él—. No es mi tipo, y me gusta demasiado para...

—Hola, Gray. Cassandra.

Gray levantó la cabeza. Joy y el cocinero estaban pasando junto a la mesa.

Ella alzó la mano ligeramente, en un intento de saludo, y Gray recorrió con los ojos cada centímetro del suéter negro y los vaqueros desgastados. Sin darse cuenta, apretó la mano con tanta fuerza que dobló el tenedor casi hasta partirlo. Lo soltó inmediatamente y se limpió los labios con una servilleta de papel.

—Hola, Joy —dijo, y sonrió a su acompañante—. Tom, ¿todo bien?

Tom asintió despacio, con cautela.

—Sí, señor Bennett.

—Gray. Llámame Gray. Los amigos de Joy son amigos míos.

Tom entrecerró los ojos, como si no creyera ni una sola palabra. Tipo listo, pensó Gray.

Cassandra se apresuró a intervenir, como si hubiera percibido la latente agresión de Gray.

—Estábamos viéndoos bailar —dijo.

—Tom es mucho mejor que yo —dijo Joy, sonriéndole—, pero me está enseñando.

—Aprende muy deprisa —se apresuró a añadir Tom.

Gray tuvo que recordarse que no tenía derecho a estar celoso, aunque el impulso de separarlos, echarse a Joy al hombro y llevársela lejos de todo aquel barullo y perderse con ella en la oscuridad de la noche era todavía más fuerte.

Cuando Joy y su novio se alejaron, Gray atacó una costilla con ansiedad, y no dejó nada más que el hueso. Cassandra lo observó durante unos minutos.

—Gray, si no es tu tipo, ¿por qué la miras así?

—Porque soy un idiota. ¿Quieres más costillas? Voy a repetir.

CAPÍTULO 5

—¿Dónde aprendiste a bailar así? —preguntó Joy.

—Fui a clases de baile cuando vivía en Albany. Al principio me obligó mi antigua novia, pero después me encantaba.

Acababan de sentarse en una mesa con su comida, y Joy miró hacia dónde estaban Cassandra y Gray. Este se acababa de levantar.

—Me alegro de que me hayas invitado a salir —dijo Tom sin mirarla.

—Tom, yo...

—No tienes que decirlo, Joy. Lo sé. Solo amigos —dijo él, sonriendo al plato, tratando de ocultar el dolor que había en sus ojos—. No importa. No te sientas mal. Lo hemos pasado bien.

—La verdad es que esperaba...

—Yo también —la interrumpió él. Las explicaciones eran innecesarias. La miró—. Pero no te preocupes. Cuando nos veamos en la cocina, será como antes.

Ella sacudió la cabeza, y no pudo evitar seguir con los ojos a Gray, que regresaba a su mesa con el plato lleno.

Tom se limpió las manos con una servilleta de papel.

—Es un hecho de la naturaleza —dijo entonces—. A las mujeres les atrae la fuerza. Razón por lo que tú lo deseas tanto.

Joy abrió desmesuradamente los ojos, pero no pudo decir nada.

—Venga, Joy. Es más que evidente, por parte de los dos. Cuando nos hemos acercado a su mesa, Bennett quería agarrarme por el cuello. Ten cuidado —le advirtió, no por celos, sino con la sinceridad de un amigo—. Debajo de todo su dinero y toda su clase, hay algo que da miedo.

Joy volvió mirar a Gray y a Cassandra. Dos personas se habían acercado a su mesa, y Cassandra estaba asintiendo con la cabeza y poniéndose de pie con el plato en la mano. Gray hizo lo mismo, y después los dos se dirigieron hacia ellos.

Joy dejó el tenedor en la mesa.

—Hola —dijo Cassandra—. ¿Podemos sentarnos aquí? A nuestra mesa acaba de llegar el resto de la familia y hemos preferido dejarlos solos.

—Claro —dijo Joy.

Gray se sentó junto a Tom. Los hombres se saludaron con un breve movimiento de cabeza, y continuaron comiendo. Ninguno de los dos parecía muy contento con la situación.

Cassandra sonrió.

—Sabes, Joy. Tus diseños me han gustado mucho. Llevo toda la tarde pensando en ellos.

—¿Qué clase de diseños? —preguntó Gray con curiosidad.

—De ropa. Trajes, unos trajes de noche preciosos. Dime, ¿aceptas encargos?

—¿Encargos? —Joy no podía creerlo.

—Si te pido que me hagas un vestido, ¿lo harías?

Joy la miró sin entender. La mujer llevaba una exquisita chaqueta de Chanel.

—Tú puedes pagar diseñadores mucho mejores que yo —dijo.

Cassandra se encogió de hombros y sacó una tarjeta.

—Si prefieres no hacerlo, no importa. Pero, si te interesa, llámame.

Tras el breve descanso, la orquesta volvió a subir al kiosco de música y los músicos empezaron a afinar los instrumentos.

—Tom —dijo Cassandra—, ¿te importa darme una clase de baile? Si a Joy no le molesta, claro.

—Por supuesto que no —se apresuró a responder ella.

Tom miró a Gray, pero este se limitó a continuar comiendo, y el joven se puso en pie y desapareció con la pelirroja.

En el largo silencio que siguió, Joy intentó encontrar alguna distracción, aunque nada de cuanto les rodeaba era tan interesante como la presencia de Gray.

—Estás loca si no lo haces —dijo él por fin.

—¿Qué?

—Diseñar algo para Cass —dijo él, limpiándose las manos con una servilleta—. Su influencia en Nueva York es notoria. Si quieres llamar la atención, es la mejor manera.

—No sé si quiero llamar la atención —murmuró ella.

Gray sonrió, como si la respuesta le gustara. Aunque solo Dios podía saber por qué.

—¿Quieres bailar? —preguntó él, mirándola a los ojos, incapaz de resistirse a la posibilidad de tenerla más cerca.

—No creo que...

—No soy tan bueno como Tom —le aseguró él—, pero sé lo suficiente para no pisarte.

Se puso en pie y le tendió la mano. Y esperó.

Más contacto con él era lo que no necesitaba, y por eso Joy se maldijo por su falta de autocontrol al ponerse en pie y tomar la mano que le ofrecía.

Gray la llevó hasta la pista y en aquel momento la orquesta empezó a tocar una antigua balada de Frank Sinatra. Sujetándola por la cintura, Gray empezó a moverse, y ella lo siguió instintivamente. No podía mirarlo a los ojos, y por eso se concentró en la bronceada piel del cuello, en el pelo moreno sobre el cuello de la camisa, en la fuerza de las manos que la sujetaban con firmeza.

Con la otra mano, Gray la pegó un poco más a él.

Joy alzó los ojos. Los pálidos ojos azules de Gray quedaban ocultos bajo sus pestañas, y no pudo leer su expresión. Sus bocas estaban muy cerca. Apenas separadas por unos centímetros. Joy solo tenía que ponerse ligeramente de puntillas e inclinarse hacia adelante para besarlo.

—Joy —dijo él con voz severa—. Mírame, Joy.

Ella frunció el ceño.

—¿Qué pasa?

—Quiero que recuerdes con quién estás bailando.

Como si pudiera olvidarlo.

—Créeme, no voy a confundirte con Tom.

—Entonces deja de mirarme a la boca como si estuvieras hambrienta. Guarda esas miradas para tu novio.

Joy sintió que le ardía la cara.

—No sé de qué me hablas.

Por supuesto que lo sabía.

—Claro que lo sabes. Y quítame la mano del cuello.

Ni siquiera se había dado cuenta de que tenía la mano apoyada en su nuca y le acariciaba el pelo.

Las manos de Gray se tensaron en su cintura. Y entonces agachó la cabeza y le habló al oído con una voz grave y un poco ronca.

—¿Tienes idea del efecto que tienen esos ojos en un hombre?

Joy dejó de respirar. Casi de moverse. La música, la gente, los toldos, todo se desvaneció. Solo era consciente del calor que emanaba del cuerpo masculino y la envolvía por completo. Alzó la vista. Los ojos azules ocultaban promesas de cuerpos desnudos y relaciones peligrosas y temerarias que romperían su corazón en más de mil pedazos.

—Maldita sea, Joy. Me estás matando.

Ella continuó quieta, perdida en sus ojos.

—Te lo he avisado —continuó—. Vas a ver lo mucho que me afectas, pero anoche no te hizo mucha gracia, ¿te acuerdas?

—Eso fue porque estabas pensando en otra mujer.

—¿Tú crees? —dijo él, apretándola más contra él, rozándola con los muslos y deslizando las manos por su espalda, como si quisiera envolverla por completo y aplastarla contra él.

Pero de repente la echó hacia atrás. Casi como si fuera un objeto inanimado.

—Maldita sea, espero que Tom sepa lo afortunado que es —

masculló entre dientes, furioso consigo mismo— ¿Cuántos años tiene?

—Veintinueve.

—Una edad perfecta para ti.

Joy pensó en decirle que Tom y ella no estaban juntos, pero eso sería darle un mensaje, y ella tenía su orgullo. Además, la canción había terminado y él se alejaba.

Cuando volvieron a la mesa, Cassandra y Tom estaban hablando. La pelirroja se levantó.

—Lo he pasado estupendamente —dijo, sonriendo—, pero mañana vuelvo a Nueva York a primera hora. Tom, ha sido un placer conocerte —le tendió la mano.

Mientras se despedían, Joy pensó que estaban a mediados de septiembre y que Gray pronto regresaría a su vida real y no volvería a Saranac en muchos meses, probablemente hasta la primavera. Era su última oportunidad para verlo.

Gray se volvió hacia ella y la miró. La sonrisa que había en su cara mientras hablaba con Cassandra y Tom desapareció.

—Adiós, Joy.

Joy parpadeó y alzó la barbilla.

—Adiós, Gray. Que pases un buen invierno.

—Gracias. Tú también.

Y entonces Cassandra y él se alejaron.

—¿Joy? —la voz de Tom la devolvió a la realidad.

—¿Umm? Perdona, ¿qué?

—¿Quieres volver a casa?

—Sí, por favor.

Joy recogió su plato y vio la tarjeta de visita de Cassandra sobre la mesa. La tiró a la basura.

En su casa, Gray se desvistió y se metió en la cama desnudo.

Tenía un fuerte dolor en el pecho, y se frotó el esternón. Malditas costillas a la barbacoa. Le encantaban, pero siempre le sentaban mal. Ese era el precio que tenía que pagar.

¿A quién quería engañar?, se dijo.

Aquella noche Joy lo había desarmado por completo.

La expresión de su cara, la sensual curiosidad en sus ojos y en sus manos, y el recuerdo del baile le hizo gruñir de frustración. Dio un puñetazo a la almohada, giró de costado y cerró los ojos.

Desviar la conversación hacia su novio había sido la única manera de poder controlar sus impulsos. Si no, se la hubiera llevado de la pista de baile, lejos de la fiesta, para perderse en algún lugar en la oscuridad de la noche.

Donde habría saciado el deseo que había visto en sus ojos.

Hasta tenerla bajo su cuerpo, llevándola hacia....

Volvió a gruñir, esta vez más roncamente, y pensó en Tom, un hombre agradable que la haría feliz.

Cuando regresara al año siguiente a Saranac, Joy ya estaría prometida. Incluso casada.

Una semana después, Joy llamó a la puerta de su hermano.

—¿Alex?

Oyó el crujido de la cama.

—Espera un momento —dijo la voz de su hermano desde el interior. Unos segundos después, la invitó a pasar—. Adelante.

Alex estaba tumbado en una cama individual, con una pierna escayolada apoyada en un cojín y la cabeza en un par de almohadas que le permitían quedar ligeramente incorporado. En el último mes había adelgazado considerablemente, y se le notaba en su cara. Los fuertes ángulos de su rostro se marcaban más que nunca, y aunque continuaba bronceado, el color no ocultaba la palidez grisácea y sombría de la piel.

—¿Cómo estas? —preguntó ella.

Alex frunció el ceño e ignoró la pregunta.

—No es la hora de comer —dijo él.

Joy buscó un lugar donde sentarse. Como no encontró ninguno, se sentó en el suelo junto a la cama, y entonces vio la botella de whisky medio vacía debajo del somier.

Alex repiqueteó los dedos sobre el colchón, a modo de advertencia. Era evidente que ya había escuchado bastantes sermones de Frankie para que dejara de beber, se comiera toda la comida y tomara los medicamentos.

—Necesito un favor —dijo Joy.

—¿De qué se trata? —preguntó él con suspicacia, cruzando los brazos.

A pesar de los kilos que había perdido, a pesar de las operaciones a las que se había sometido, y a pesar de estar tumbado, seguía siendo un hombre impresionante.

—Necesito el teléfono de Cassandra Cutler.

Se hizo un largo silencio. Cuando por fin Alex habló, su voz estaba tan tensa como su mandíbula.

—¿Te importa que te pregunte para qué?

—Vio algunos de mis diseños y me preguntó si estaría dispuesta a hacerle un vestido. Entonces le dije que no, pero... no sé. Ahora tengo tiempo y puede estar bien. El problema es que tiré la tarjeta de visita que me dio a la basura y no sé dónde trabaja. He llamado a información, pero su número no está en la guía. Pensé que tú podrías saber cómo ponerme en contacto con ella, pero si te hace sentir mal o incómodo, no la llamaré.

Alex se pasó una mano por el pelo y cerró los ojos.

—Ha sido una mala idea —dijo Joy—. Lo siento...

Alex sacudió la cabeza.

—No, no te preocupes. Me alegro de que alguien se interese por tus diseños, y ella está muy metida en el mundo de la moda.

Alex le dio un número de teléfono que sabía de memoria, y Joy lo garabateó a toda prisa en la contraportada de una revista. Después, su hermano le indicó que cerrara la puerta al salir, en una clara indicación de que quería estar solo.

Joy se fue, sin saber qué podía hacer para ayudar a su hermano.

Abajo, en el despacho de Frankie, marcó el número que Alex le había dado. Una voz desconocida respondió al teléfono, y ella preguntó por Cassandra. Unos momentos después, la viuda se puso al teléfono.

—¡Joy! ¡Qué alegría!

—He estado pensando en lo que dijiste, sobre el traje de noche. Y creo que sí, que me gustaría, si todavía sigues interesada —dijo Joy sin andarse con rodeos.

—Por supuesto que sigo interesada, y no podías llamar en mejor momento. La Fundación Hall celebra su baile anual dentro de poco. ¿Cuándo puedes venir a Nueva York?

¿A Nueva York? Desde sus años de estudiante universitaria en Burlington, Vermont, no había estado en una ciudad más grande que Saranac.

—Cuando sea, supongo —dijo.

—¿Por qué no vienes mañana con Gray? —sugirió la mujer—. Tenía que venir la semana pasada a dar unas clases en la Universidad de Columbia, pero su padre no se encontraba muy bien.

Cielos, cuatro horas y media en el coche con Gray.

—Será mejor que vaya en tren.

—No seas tonta. A Gray le encantará tu compañía, y él sabe dónde vivo. ¿Quieres que le llame?

—No, gracias. Lo haré yo.

—Y tienes que quedarte en mi casa. Tengo tres habitaciones de invitados que casi nunca se usan. Me vendrá bien un poco de compañía.

—Eres muy amable —dijo Joy.

—Es un placer. Entonces, hasta mañana.

Joy colgó el teléfono y se quedó mirándolo, pensativa.

Ahora solo tenía que llamar a Gray.

Gray se inclinó hacia delante y apoyó los codos en el escritorio.

—No, dígale al congresista que, si no deja a mi hombre en paz, me ocuparé de que todo el mundo se entere de sus chanchullos. Como esas adjudicaciones inmobiliarias a empresas fantasmas de su familia.

El abogado, al otro lado de la línea, empezó a protestar, pero Gray lo interrumpió.

—Tengo que colgar. Me está aburriendo —dijo, tomando el vaso de bourbon que había sobre la mesa.

Cuando colgó, el abogado continuaba tratando de defender la postura de su cliente, aduciendo argumentos en nombre de la Constitución, la primera enmienda y la libertad de expresión.

¿Con quién se creía que estaba hablando?, pensó Gray. La Constitución no se podía utilizar como escudo protector de mentirosos y ladrones.

El teléfono volvió a sonar.

Seguro que era el mismo abogado, que se negaba a darse por vencido.

Gray descolgó, y espetó:

—¿Es que no entiende el significado del verbo «aburrir»?

Al otro lado se hizo un largo silencio.

—¿Gray?

Gray dejó el vaso.

—Hola.

—Soy Joy Moorehouse.

—Sí, lo sé.

—A... acabo de hablar con Cassandra. Me ha dicho que mañana por la mañana vas a Nueva York y quería preguntarte si puedo ir contigo.

Gray respiró profundamente. Era evidente que alguien allá arriba estaba muy al tanto de sus deseos. Y le sonreía.

—Claro —respondió sin dudarlo—. Pasaré a recogerte, aunque será pronto, a las siete.

—Por mí, perfecto.

—¿Vas a hacerle un traje?

—Sí.

—Me alegro. Por ti y por Cass.

—Entonces nos vemos mañana por la mañana.

—Sí, hasta mañana.

Gray colgó. La tensión que se había acumulado en sus hombros y su columna vertebral durante la conversación con el abogado fue relajándose lentamente.

Y fue sustituida por un estado de excitación y antelación que no sentía desde hacía tiempo.

Gray empezó a sonreír.

Intentó reprimir la estúpida sonrisa apurando el vaso de bourbon y concentrándose en su trabajo. Pero no lo consiguió.

CAPÍTULO 6

Mientras esperaba la llegada de Gray, con una pequeña maleta y su carpeta de bocetos a los pies, Joy estaba totalmente desorientada. Todavía no podía creer que iba a Nueva York, en el coche de Gray, para diseñar un vestido para la elegantísima amante del hombre al que amaba en silencio desde hacía años.

Cuando Gray llegó, bajó del coche, metió sus cosas en el maletero y la invitó a entrar. Joy se sentó en el asiento de cuero y se puso el cinturón.

Cuatro horas después, Joy llegó a la conclusión de que Einstein tenía razón.

El tiempo era relativo. El viaje se le había pasado volando.

—Cass vive en Park Avenue —explicó Gray cuando llegaron a la ciudad de los rascacielos, después de un agradable viaje en el que habían hablado de un sinfín de cosas.

—No conozco la ciudad —dijo ella—. Es la primera vez que vengo.

—¿De verdad? Entonces tendré que enseñártela. Nueva York es una de las mejores ciudades del mundo. A mí me encanta.

Joy miró por la ventanilla, y lo que más le sorprendió fue la prisa que todo el mundo parecía tener. Hombres y mujeres andaban por las aceras como si tuvieran la urgente necesidad de llegar a algún sitio donde su presencia era imprescindible. El ritmo de sus pasos les hacía parecer importantes.

Y por un momento, Joy añoró la tranquilidad de sus montañas natales y deseó estar en White Caps.

¿Qué demonios estaba haciendo en Nueva York?

Respiró hondo y bajó la vista, como queriendo evitar toda aquella estimulación visual. Pero al ver la ropa que llevaba se sintió todavía más fuera de lugar.

—¿Vienes mucho por aquí? —preguntó por decir algo, frotándose los pantalones de tela negros que llevaba.

—Doy clases en Columbia de vez en cuando y tengo un par de clientes. Normalmente vengo una o dos veces al mes. Por suerte, el vuelo desde Washington no es pesado.

—¿Tienes casa aquí?

—Una suite en el Waldorf Astoria.

Joy se movió inquieta e intentó aflojarse el cuello del suéter negro.

—¿Te encuentras bien? —preguntó él, mirándola.

—Sí —dijo ella, aclarándose la garganta—. Sí, estoy bien.

Gray le cubrió una mano con la suya brevemente.

—Te va a ir muy bien —le aseguró.

Joy lo miró, tan seguro y relajado entre el tráfico y la multitud, y se preguntó si alguna vez habría tenido miedo. O se habría sentido perdido. O triste.

—Eres muy afortunado —dijo ella.

—¿Por qué? —preguntó él, alzando las cejas.

—Porque eres fuerte.

—No siempre —le aseguró él, frunciendo el ceño.

Minutos después, Gray aparcó delante de un alto edificio con un toldo verde oscuro sobre la puerta principal. Un portero uniformado se acercó y abrió la puerta de Joy.

—Señor Bennett, qué agradable volver a verle. Señora —dijo el hombre, llevándose la mano a la gorra.

—Rodney, ¿cómo estás? —Gray abrió el maletero y sacó la maleta de Joy, que entregó al portero—. La señorita Joy Moorehouse es invitada de la señora Cutler. Yo solo subo a acompañarla.

Joy se dejó llevar. El lujoso vestíbulo del edificio tenía suelos de mármol y ramos de flores frescas en todas las mesas, y el ascensor, un aparato antiguo de bronce y cristal, funcionaba como si fuera nuevo.

Cuando se detuvo, Gray abrió la puerta y la hizo salir. Después le señaló la única puerta que había. Llamó al timbre y una doncella salió a abrir.

Cassandra apareció casi detrás de ella.

—Qué bien, llegáis justo a la hora de comer. Gray, ¿te quedas?

Él negó con la cabeza.

—Tengo clase dentro de una hora. ¿Estáis libres para cenar esta noche?

Cassandra negó con la cabeza.

—Yo he quedado con Allison, pero estoy segura de que a Joy le encantará salir a dar una vuelta, ¿verdad?

Joy miró a Gray.

—No te sientas obligado conmigo.

—Pasaré a recogerte a las siete —fue su única respuesta antes de irse.

Joy repiqueteó con el pie la pata de la mesa de caoba y sacudió la cabeza. Cassandra y ella llevaban horas hablando.

—No, Cass, te equivocas. El mejor color para este traje es el rojo. Si elegimos el traje de cuello alto, resaltará el tono de tu piel, que a la vez será parte de efecto global del vestido. El rojo ascenderá por el torso y te enmarcará la garganta y la mandíbula. Así tu cara dará la impresión de estar dentro de una flor.

Joy apenas podía creer lo directa que era, pero estaba totalmente segura. Sabía exactamente cómo sería el vestido, cómo sería el color y cómo caería la tela de satén.

—Pero no... no quiero imponer nada —añadió.

—No te preocupes —le dijo Cass con una sonrisa—. Cielos, eres mucho más que buena. Y tienes toda la razón. Que sea rojo.

Joy hizo un esfuerzo para que su sonrisa no expresara toda la alegría que sentía.

—No te arrepentirás. Te lo prometo.

Un reloj de pared empezó a dar la hora.

—Las seis —dijo Cass—. Gray llegará dentro de nada y tienes que arreglarte.

Joy empezó a recoger sus bocetos, y se sintió empequeñecer. Al recordar que iba a cenar con Gray, se puso nerviosa. Además, se sentía un poco fuera de lugar.

Todo lo que le rodeaba, desde las pesadas cortinas color marfil a la alfombra Aubusson que cubría casi todo el parqué y los cuadros al óleo que decoraban las paredes, había sido seleccionado con exquisito gusto. Y una cuenta bancaria inagotable.

Hablar de diseños y de moda con Cass había sido tan fácil que Joy casi había olvidado que pertenecían a dos mundos totalmente diferentes.

Pero ahora la realidad se imponía de nuevo.

—¿Joy?

—¿Umm?

—Entre Gray y yo no hay nada.

Las manos de Joy se detuvieron sobre los bocetos.

—Eso no es asunto mío.

—Quizá no, pero pensé que te gustaría saberlo. Gray y yo somos amigos desde hace años. Fue uno de mis primeros clientes cuando empecé a trabajar como arquitecta —dijo Cass, recogiendo algunos de los lápices de colores que había por la mesa—. ¿Puedo preguntarte algo personal?

Joy se encogió de hombros, recogiendo sus cosas con rapidez.

—¿Cuánto tiempo hace que te gusta Gray?

Joy se quedó inmóvil, sin saber qué responder.

—Perdona, Joy. A veces puedo ser muy directa.

—Eso no me importa —dijo ella, alzando la cabeza y mirando a la mujer—. Pero la verdad es que no me siento muy a gusto hablando de él.

—Lo entiendo.

Cassandra permaneció un par de minutos en silencio, y después sonrió.

—¿Puedo preguntarte al menos qué te vas a poner esta noche?

—Oh, no lo sé. No tengo nada elegante. No esperaba salir a cenar.

—¿Te gustaría ponerte algo mío? —preguntó Cass.

Joy la miró y por un momento hubiera jurado que había un pícaro destello en los ojos de la mujer.

Gray salió del ascensor y llamó al timbre de la puerta de Cassandra.

Cuando esta se abrió, una Joy Moorehouse totalmente nueva apareció ante él. Notó cómo se le abrían desmesuradamente los ojos y la boca, e intentó controlarse.

Joy llevaba un vestido negro con un pronunciado escote que mostraba generosamente las suaves curvas del pecho, que se adivinaba sin sujetador, firme y erguido, bajo la suave tela de seda. La melena, larga y dorada, caía sobre su espalda, y Gray sintió el deseo de acariciarla y enterrar la cara en ella.

Se aclaró la garganta y rápidamente se abrochó la chaqueta, en un intento de ocultar la instintiva reacción de su cuerpo. Aunque no lo consiguió. El rubor en las mejillas femeninas lo decía claramente.

—¿Estás lista? —preguntó él, rezando para que la respuesta fuera afirmativa.

Porque el cavernícola que había en él estaba diciéndole, con una lógica admirable, que si Joy había abierto personalmente la puerta, no podía más que significar que estaba sola en casa. Y que, si tenía que entrar a esperar, no estaba seguro de volver a salir.

—Umm, sí —dijo ella, alzando la barbilla, mientras se pasaba los dedos por el escote del vestido, como si no se sintiera muy cómoda con él.

Tomó el bolso negro que había sobre la mesa del recibidor y pasó delante de él. Gray aspiró su perfume y cerró la puerta sin rozarla, consciente del peligro que eso suponía.

—¿Adónde vamos? —preguntó ella en el ascensor.

—Al Congress Club. Es un club privado aquí en Manhattan —explicó él.

—Oh. ¿Voy bien así? —preguntó ella, indicando la ropa que llevaba.

—Tranquila, vas bien —dijo él, mirándola una vez más de arriba abajo.

¿Solo bien? Estaba irresistible.

Quizá el vestido no fuera tan buena idea, pensó Joy al montarse en la limusina.

«Vas bien».

Desde luego no era un cumplido muy halagador. De hecho, Gray estaba sumido en un tenso silencio, y Joy sintió ganas de subir de nuevo al apartamento y ponerse otra vez sus pantalones y su suéter negro. Por modesta que fuera, era su ropa.

Cuando la limusina arrancó, Joy miró a Gray, sentado en el otro extremo del asiento de cuero. Este miraba por la ventanilla, con el codo apoyado en la puerta y la barbilla en el puño cerrado.

—Quizá no haya sido tan buena idea —observó sin poderse reprimir.

—¿Estás cansada?

No, en absoluto. El cansancio no tenía nada que ver con los nervios.

—Pareces preocupado —dijo ella—. Y no tenemos que ir a cenar. Puedo ir sola. De hecho, ¿por qué no nos despedimos cuando lleguemos...?

—Joy, no te ofendas, pero cállate —dijo él, volviendo la cabeza hacia la ventanilla.

Joy lo miró furiosa. Bajo el elegante traje negro, bajo el civilizado disfraz de la corbata de seda y los gemelos de oro, él estaba tenso. Como si ella lo hubiera ofendido. O hubiera dicho algo para molestarlo.

—Perdona —masculló él, un minuto después—. Cuando me pongo así, soy un cerdo.

—¿Prefieres estar solo? —preguntó ella.

Los ojos de Gray se deslizaron sobre su cara. Su expresión era tan intensa que Joy tuvo que parpadear.

—No. No quiero estar solo —dijo con voz ronca y pastosa—. Ese es el problema.

Joy soltó lentamente el aire que estaba conteniendo y bajó los ojos. En la penumbra de las luces de la limusina, se adivinaban claramente las curvas de sus senos. Incluso a ella le parecían hinchados y tentadores.

La limusina se detuvo y un hombre con un uniforme verde y dorado abrió la puerta. Gray fue el primero en salir, y después le ofreció una mano.

Joy recordó lo que Cassandra había dicho, que Gray y él no eran amantes. Si eso era cierto, y la mujer no le parecía una mentirosa, lo ocurrido aquella noche en la biblioteca de Gray solo había tenido que ver con ella.

Y él también la había deseado mientras bailaban en la plaza de Saranac, ¿o no?, se dijo.

Quizá después de una década de soñar con él, de imaginarse en sus brazos, se había cumplido su sueño de cenar con él. Y de que él se fijara en ella.

—¿Vienes? —preguntó él, inclinándose desde la acera y mirando al interior de la limusina.

Tenía una oportunidad, se dijo, y no iba a desaprovecharla.

Joy tomó la mano que le ofrecía, y sintió cómo los dedos de Gray la envolvían, llenándola de su calor, y tiraban de ella.

Al salir, aunque no se atrevió a mirarlo a los ojos, se aseguró de rozarle ligeramente con la cadera, y la súbita reacción masculina le dio más confianza en sí misma.

Sin soltarle la mano, Gray la llevó a través de las barrocas puertas de madera del club hasta el interior del mismo.

—¡Bennett! ¿Cómo estás? —dijo un hombre de unos cuarenta años acercándose a ellos, a la vez que miraba a Joy con admiración—. ¿Y quién es esta belleza, si puede saberse?

—Joy Moorehouse, te presento a William Pierson IV —dijo Gray, tenso, antes de tirar de ella hacia el interior del club.

En el espacio de tiempo que les llevó ir desde la puerta principal a su mesa junto una ventana de uno de los comedores, Gray debió saludar al menos a treinta personas. Parecía conocer a todo el mundo, y el retraso sirvió para relajar los nervios de Joy.

Se dijo que podía hacerlo. Que sería capaz de seducir al hombre con quien llevaba diez años soñando, sobre todo enfundada en un vestido de noche de Stella McCartney y un par de zapatos de Jimmy Choos.

Sin embargo, cuando Gray le retiró la silla y después se sentó frente a ella, perdió toda la confianza en sí misma. La expresión de Gray era de seriedad y distancia.

Gray pidió un bourbon para él y una copa de Chardonnay para ella, con expresión sombría.

¿Estaría equivocada?, se preguntó Joy. Decidió hacer una prueba. Con gesto ausente, sin mirarlo, se echó el pelo hacia atrás y dejó que su mano descendiera por el escote del vestido.

Al instante, los ojos masculinos se clavaron en sus dedos. Y la expresión sombría dio paso a una de deseo tan intensa que la hizo inclinarse inconscientemente hacia él.

Bueno, así al menos las cosas habían quedado mucho más claras.

Vino. Un buen trago de vino era lo que necesitaba, pensó, sujetando la copa y bebiendo un sorbo.

—¿Qué has hecho hoy? —preguntó después.

Él alzó la mirada desde su escote y se inclinó hacia ella.

—Deja que te dé un consejo, Joy —dijo, muy serio—. Quizá quieras pensártelo dos veces antes de intentar atraer mi atención. No soy una buena persona, y no creo que pueda soportar que me provoquen sin llegar hasta el final —le advirtió, y apuró el vaso de bourbon.

A Joy casi se le cayó la copa de la mano. Respiró profundamente, pero no se dejó amedrentar.

—¿Y si quiero llegar hasta el final? —dijo.

Gray casi se atragantó. Seguro como estaba de que sus palabras la enmudecerían, el enmudecido fue él.

Pero en aquel momento un camarero se detuvo en su mesa para pedirles la comanda.

—Necesitamos un minuto —dijo él—. Tráigame otro bourbon.

El camarero asintió y desapareció.

Gray miró a Joy y pensó que aquella era su oportunidad para ser un caballero. Para demostrar que todavía le quedaba un ápice de decencia.

—Joy, no lo dices en serio. Estás lejos de casa, lejos de tu vida normal. No quieres hacer las cosas sin pensar.

—¿Me estás diciendo que no...?

—¿Me siento atraído por ti?

Ella asintió.

—En este momento, te deseo tanto que me tiemblan las manos —dijo él, y continuó, pensando que quizá así conseguiría que ella se batiera en retirada—: Me gustaría arrancarte ese vestido con los dientes y acariciarte todo el cuerpo con las manos, y después con la boca. Y no solo eso. ¿Has visto a esos hombres con los que nos hemos cruzado? Cada vez que uno te miraba, me entraban ganas de darle un puñetazo.

El camarero llegó con el bourbon. Aunque Gray sintió la tentación de beberlo de un trago, se obligó a ir más despacio y bebió un sorbo.

—Pero no está bien, Joy. Porque no quiero hacerte daño y porque, la verdad, no te merezco.

—Gray, eso no es cierto...

—Ya lo creo que lo es. Estoy seguro de que para ti el sexo significa mucho más que para mí —bebió otro trago de bourbon—. He dejado a muchas mujeres al día siguiente sin volverlas a llamar. No me siento orgulloso de ello, pero lo he hecho, y no lo puedo ignorar. Y no quiero hacerte eso a ti. Me gustas, Joy. Me gustas mucho. Y mereces mucho más que una cama vacía cuando te despiertes.

Aquello pareció tranquilizarla.

Y esta vez, cuando se llevó la mano al escote, fue para intentar unirlo y cubrirse.

—Me gustaría ser otro tipo de hombre —continuó él—. Porque me encantaría estar contigo. De verdad me encantaría —repitió con cierta pesadumbre.

Durante el resto de la cena, Joy sacó fuerzas de flaqueza para mantener la conversación. Hablaron de la boda de su hermana, del vestido de Cassandra y de algunos hechos históricos sobre la ciudad de Nueva York, pero ninguno de los dos parecía demasiado interesado en la comida. Al término de la velada, la tensión se había apoderado de ambos.

Cuando por fin la limusina se detuvo delante del edificio de Cassandra, Gray salió primero.

—Te acompañaré —dijo él.

—No es necesario —declinó ella con una sonrisa distante—. Gracias por la cena.

Pero Gray entró en el vestíbulo con ella.

—Gracias, Gray, pero sé ir sola.

—Todavía vivo con mi padre —dijo él, llamando al ascensor.—. Y si no me porto como un caballero es muy capaz de castigarme —añadió, riendo.

Al llegar a la puerta de Cassandra, Gray esperó mientras Joy sacaba la llave y abría la puerta. Después, entró tras ella.

Mientras él buscaba a tientas el interruptor de la luz, tropezó por un momento con ella.

Gray se detuvo, paralizado. Ella también.

—Gray —susurró ella.

—¿Qué? —dijo él, con la mandíbula apretaba.

—Tenías razón en lo de estar lejos de casa y sentir la necesidad de hacer cosas impulsivas.

Gray dejó escapar el aliento. Afortunadamente, ella estaba viendo la situación con la misma lógica que él.

—Y si estuviéramos en Saranac, no te lo pediría —continuó. Y lo miró—. Pero ¿quieres besarme? ¿Solo una vez? Sin compromiso. Solo un beso.

—Esto no es una buena idea —masculló él, su cuerpo totalmente alerta y dispuesto.

Ella bajó los ojos.

—Lo sé. Olvida lo que he dicho.

—Porque no sé si podré parar ahí.

Joy alzó el rostro.

—Oh, cielos, Joy.

Ni siquiera su voz sonaba a él. Sonaba tan densa como su sangre.

—Eres preciosa.

Joy estiró la mano y la apoyó en la solapa del traje.

—Bésame. Una vez. Por favor.

Eso fue la gota que colmó el vaso. Gray no pudo negarse. No tuvo fuerza de voluntad.

Se acercó a ella y le echó el pelo hacia atrás, enmarcándole la cara con las manos. Los labios femeninos se entreabrieron y Joy cerró los ojos, mientras él le alzaba ligeramente la cabeza hacia él. La sintió quedar totalmente inmóvil, incapaz de respirar. Como si hubiera concentrado toda su energía en lo que estaba a punto de ocurrir.

Le acarició la mejilla con el pulgar y se inclinó hacia ella, hasta apoyar suavemente la boca en los labios entreabiertos.

Eso era todo lo que había pensado hacer.

Pero el estremecimiento que recorrió el cuerpo femenino fue tan erótico que tuvo que volver a besarla. Apenas una caricia de los labios, mientras las manos de Joy le rodeaban el cuello.

Esta vez él volvió a pegar los labios a ella, aunque menos tiernamente. Ella reaccionó inclinándose hacia él.

Gray pensó en cómo sería hacerla suya y se imaginó dentro de su cuerpo. Penetrándola profundamente. Moviéndose en ella.

Oyó un gemido, y se dio cuenta de que había salido de su garganta. Pero antes de poder detenerse, hundió las manos en su suave melena y deslizó la lengua en su boca.

Ella se sujetó a sus hombros, y Gray, rodeándola con un brazo, la pegó a él. Muslo con muslo, pecho con senos.

—Tengo que irme —dijo él sobre su boca, llevándola contra la pared al tiempo que recorría la cintura y las caderas con las manos, y se detenía justo debajo de los senos—. Maldita sea —gimió él—. Tenemos que parar.

Pero solo la besó con más intensidad y urgencia, y en lugar de apartarse, ella le rodeó la pantorrilla con la pierna y se frotó contra él.

Gray perdió el poco control que le quedaba.

Joy siempre había imaginado que sería así con él.

Estaba contra la pared, el cuerpo masculino duro y fuerte contra ella, mientras él la besaba apasionadamente, con cierta dureza.

Cuando la mano masculina encontró su pecho, ella exclamó su nombre.

—Dime que pare —le pidió él roncamente—. Por favor.

—Nunca —dijo ella, jadeando.

Con un gemido de frustración, Gray sujetó la pierna que le rodeaba y la dobló, subiéndola hasta sus caderas y hundiendo la parte inferior de su cuerpo en ella. Joy sintió su excitación, y le sujetó por detrás, apretándole contra su cuerpo.

La mano de Gray se metió bajo la falda del vestido, y subió por el muslo hasta llegar a la liga.

Cuando los dedos alcanzaron la piel desnuda de la pierna, Gray dijo algo incoherente sobre sus labios. Y la volvió a besar.

—¿En qué habitación estás? —preguntó él.

—Al final del pasillo. La segunda puerta la izquierda.

Gray la tomó en brazos y echó a andar.

La excitación lo había transformado. Tenía las pupilas dilatadas, las cejas fruncidas y casi no parecía ver por dónde iba.

Al mirarlo, Joy pensó en decirle que era virgen, pero no quería que nada le diera una excusa para reprimir la pasión que sentían. Era su cuerpo. Ella había elegido estar con él. Además, lo que sabía sobre sexo era suficiente para saber que no le haría daño. Quizá ni siquiera se diera cuenta.

Gray abrió la puerta del dormitorio de una patada y la llevó a la cama. Después de dejarla, cerró la puerta por dentro.

De pie junto a la cama, se quitó la chaqueta y la tiró sobre una silla. Después se arrancó la corbata del cuello y se tendió junto a ella.

—¿Estás segura, Joy? ¿Estás segura de que quieres esto?

Ella asintió, hundiéndole las manos en el pelo.

—Sí. Muy segura.

Gray cerró los ojos por un momento.

Y después la besó.

Con manos expertas, desabrochó el vestido y se lo quitó, y Joy intentó no pensar en cuántas mujeres habría desnudado para ser tan rápido.

Acariciándola lentamente, Gray disfrutó de la imagen desnuda del cuerpo femenino, y dejó que sus manos bajaran desde la garganta hacia abajo.

La besó otra vez, deslizando la lengua en su boca, y Joy sintió la palma de su mano en el pecho, y después la boca buscando el pezón.

Estaba tan excitada, tan perdida en él, que apenas se dio cuenta cuando una de las manos masculinas se deslizó entre sus piernas.

Y la acarició.

—¡Gray!

Él alzó la cabeza, y la miró preocupado.

—¿Voy muy deprisa?

—Te quiero —jadeó ella sin pensarlo.

—¿Qué?

Gray abrió los ojos desmesuradamente.

Ella los cerró con fuerza. Oh, no. No se le podía haber escapado.

Pero cuando los abrió y lo miró, se dio cuenta de que no era la única que estaba sufriendo por ello. Él parecía mortificado.

—Nada. No era nada —se apresuró a decir, y se cubrió la cara con las manos.

Después de la confesión de virginidad, una declaración de amor era la segunda mejor manera de echar un jarro de agua fría a cualquiera hombre, por muy excitado que estuviera.

Gray saltó de la cama, y ella se cubrió con el edredón. Parecía lo más decente, dado que él volvía a vestirse de nuevo.

—Tengo que irme —le dijo él de espaldas.

Sí, volando, pensó ella.

Quería decirle que no lo había dicho en serio, pero nada podría cambiar el efecto de sus palabras. Nada los devolvería al momento en el que habían estado antes.

Gray se detuvo en la puerta y se volvió a mirarla.

—Eres...

«Venga», pensó ella. «Dilo».

Una idiota. Una auténtica idiota. ¿Cómo había permitido que se le escaparan aquellas palabras de su boca?

—Lo siento —dijo ella.

Gray sacudió la cabeza.

—No eres tú quién debe disculparse. Soy yo. No debía haber dejado que las cosas llegaran tan lejos.

—Olvidemos lo que ha pasado.

—Sí. Será mejor.

Como si fuera tan sencillo.

En el momento en que se cerró la puerta trasera, Joy se levantó de la cama y fue a la ducha. Bajo un fuerte chorro de agua ardiendo, se frotó el maquillaje y se lavó con rabia todo el cuerpo, como si así pudiera devolver el tiempo a primera hora de la tarde.

Gray entró en su suite del hotel Waldorf.

Joy no lo había dicho en serio. Era imposible.

Pero entonces recordó la mirada de Joy antes de darse cuenta de lo que había dicho. Sus ojos brillaban, totalmente convencidos de sus palabras.

Y él nunca había estado tan excitado por una mujer. Joy había sido como miel caliente en sus manos y en su boca, su piel la más suave que había acariciado jamás y su fragancia más deliciosa que ningún perfume. Con ella había sentido toda la fuerza y la potencia de su virilidad, y había deseado consumirla, y consumirse con ella.

Por eso tenía que dar gracias al cielo de que hubiera hablado entonces. Si era tan ingenua como para confundir una pasión sexual con amor, no era mujer para él.

Aunque eso no lo había dudado nunca.

A pesar de todo, dejarla había sido una de las cosas más difíciles que había hecho en su vida.

Afortunadamente, al día siguiente volverían juntos a Saranac, y entonces él tendría cuatro horas para explicarle todo lo que no pudo decirle aquella noche.

Se metió desnudo en la cama, y tras cinco horas de dar vueltas sin lograr conciliar el sueño, contempló desde la cama la salida del sol, y deseó que Joy estuviera con él. Deseó poder compartir con ella la ducha y el desayuno; incluso lamer los restos dulces de mermelada de sus labios.

Cuando unas horas después apareció delante del edificio de Cassandra, había imaginado varias veces lo que hubiera ocurrido si se hubiera quedado. Habrían hecho el amor dos o tres veces durante la noche, y él la hubiera satisfecho hasta hacerla gritar roncamente de placer. Y habría disfrutado de verla dormir entre sus brazos.

Entró en el vestíbulo del edificio justo cuando Cassandra salía del ascensor.

—¿Ha olvidado algo? —preguntó Cassandra.

—¿Perdona?

—Joy. Que si ha olvidado algo.

Gray frunció el ceño.

—Vengo a recogerla.

—Ya se ha ido. En tren, esta mañana a primera hora. ¿No te lo ha dicho?

Una extraña sensación de pánico se apoderó de Gray.

—No, no me dijo nada.

—¡Qué raro! —dijo Cassandra.

Gray se pasó una mano por el pelo y maldijo en voz baja, pensando que, si conducía como un loco, podía estar en White Caps en cuatro horas.

—¿Estaba... estaba bien?

—Quizá un poco cansada —respondió Cassandra—. Ha dicho que tenía muchas ganas de volver a casa, pero aparte de eso, estaba muy contenta.

Muy contenta.

Entonces se dio cuenta. Volvía a los brazos de Tom.

Tom. Su novio.

—Gray, ¿te encuentras bien?

—Estupendamente —dijo él con una sonrisa forzada.

—No te creo —dijo ella—. ¿Qué ocurre?

—Hasta luego, Cass.

Gray volvió a su coche, pero para cuando llegó a la autopista del norte que conducía a los Adirondacks, decidió que era mejor no pasar primero por White Caps.

De hecho sería mejor que no fuera y se olvidara de ella.

Aunque él nunca olvidaría los momentos que habían compartido, Joy regresaba con su novio. Y seguro que, a la luz del día, se alegraba de que las cosas no hubieran llegado más lejos.

Y él también.

Porque en el fondo sabía que, si se acostaba con ella una vez, no podría evitar desearla de nuevo.

CAPÍTULO 7

Tres semanas, pensó Gray. Tres semanas y todavía no había podido quitarse a aquella mujer de la cabeza.

Miró la pelota de squash que iba hacia él como si estuviera viva y fuera armada. La golpeó con tanta fuerza que al rebotar casi le dio a su compañero en el pecho.

—¡Maldita sea! —exclamó Sean Banyon—. ¡Es la cuarta vez que tengo que marcharme para que no me des! ¿Qué demonios te pasa, Bennett?

Gray maldijo en voz baja. Las pistas de squash del elitista Congress Club no eran el mejor lugar para desfogar su frustración.

—Lo siento. Estoy muy tenso, y hoy no es mi día.

Además, tenía que haber sabido que un partido de squash tampoco serviría de mucho. Golpear la pelota con una raqueta no era la manera de superar la frustración de tres semanas de insomnio, tres semanas de sueños eróticos, tres semanas de echar de menos a una mujer sobre la que no tenía ningún derecho.

Lo que necesitaba era a Joy.

Encima de él. Entre sus brazos. En su cuerpo.

Los dos hombres salieron de la pista y se dirigieron por el pasillo de mármol hacia el vestíbulo masculino. Allí se desnudaron y se metieron en las duchas comunes, más propias de gimnasios de otra época.

—Y dime, ¿cómo se llama la afortunada? —preguntó Sean mientras abrían los grifos.

El ruido del agua apagó la maldición de Gray.

—Repítelo, no te he oído.

—No hay ninguna afortunada.

—Venga, Bennett, que te conozco. ¿Es alguien con quien te acuestas o alguien con quien trabajas?

—Se llama Joy —reconoció Gray por fin—, y no es ninguna de las dos cosas. Solo estoy desesperado por acostarme con ella.

—Pues hazlo. ¿Cuál es el problema?

—No lo sé. Siempre la he considerado una mujer decente, y la respeto demasiado para jugar con ella. Y además, no soportaría descubrir que no lo es —confesó Gray. Se echó champú en la mano y se enjabonó la cabeza y el cuerpo frotando enérgicamente—. Una de las cosas que más me gusta de ella es su... inocencia. La conozco desde siempre, desde que era una adolescente. Y estaba tan seguro de que no era...

—¿Como las demás? —terminó Sean por él, aclarándose el pelo.

—Sí. Hasta tenía remordimientos de conciencia por desearla como la deseaba, pero eso fue antes de verla con su novio. Después vino a Nueva York, quedé con ella y la cosa se puso al rojo vivo... —Gray se enjabonó el pecho—. Pero, maldita sea, sale con otro hombre y me invitó a su habitación. ¿Qué clase de mujer decente hace eso?

Ese era el juego favorito de su madre, que no había traído más que desgracias a la familia.

—¿Cómo terminó la cosa? —preguntó Sean.

No terminó, pensó él. Y desde entonces estaba a punto de perder el juicio.

—Me fui cuando me dijo que me quería.

A Sean se le cayó la pastilla de jabón que estaba utilizando.

—¿Qué?

—No lo dijo en serio, pero me hizo reaccionar, te lo aseguro —continuó Gray. Después, cerró el grifo y se acercó al montón de toallas blancas que había en una silla para hacerse con una—. El problema es que no puedo dejar de pensar en ella.

Con sendas toallas a la cintura, los dos hombres salieron de las duchas.

—Y no te cuento los sueños que tengo —continuó Gray, secándose el pelo—. Me siento como si tuviera catorce años. Me despierto por las mañanas con... bueno, tú ya me entiendes.

—Si no me falla la memoria, sí —dijo Sean, riendo, mientras se ponía desodorante—. Te ha dado fuerte, amigo mío. Muy fuerte.

—A lo mejor lo que necesito es buscar otra mujer —dijo, poniéndose la camisa.

Pero en cuanto las palabras salieron de su boca, se dio cuenta de que la idea no le apetecía en absoluto.

—No sé si en este caso servirá —dijo Sean, poniéndose un suéter de cachemira por la cabeza—. Me parece que lo tuyo no es solo cuestión de sexo. Y en estos casos, la mejor solución es invitarla y encerrarte con ella en tu suite hasta acabar con el misterio. A menos que ...

Sean se cepilló el pelo hacia atrás, despejando su ancha y orgullosa frente.

—¿Qué? —preguntó Gray, que estaba haciéndose el nudo de la corbata—. ¿Qué? —insistió, deteniéndose.

—A menos que sea tu media naranja de verdad, en cuyo caso estás perdido.

Gray maldijo a su amigo, y este se echó a reír.

—Pero las probabilidades son mínimas. Los hombres como tú y como yo no estamos hechos para esas cosas.

Gray quedó pensativo un momento.

—Puede que tengas razón. Pero está con otro.

—Eso es entre ella y él. No tiene nada que ver contigo.

—¡Qué cínico eres!

—¿Aún no te has dado cuenta?

Los dos salieron del vestuario, y Sean se dirigió hacia la cafetería mientras Gray iba hacia el vestíbulo. Había quedado para cenar con Allison y Roger Adams, que daban una recepción en su casa, pero no tenía mucha prisa por llegar. Aquella misma mañana había logrado comprobar la última fuente que Beckin le había dado sobre las visitas nocturnas entre Roger y la periodista. Y había corroborado los rumores.

Había llegado el momento de sentarse con Adams y poner las cartas sobre la mesa. Gray tenía la esperanza de que hubiera algún tipo de explicación lógica, aunque no parecía probable.

Además, si era cierto, era Roger quien debía contarlo a su esposa, y no enterarse por rumores o por la prensa.

Cielos, de todos los matrimonios que había conocido, el suyo siempre había parecido el más sólido.

Estaba cruzando el vestíbulo de mármol del club, camino de la puerta, cuando una voz lo detuvo.

—Gray.

La suave voz de su madre le hizo cerrar los ojos un momento antes de girarse a mirarla.

Belinda seguía siendo una mujer hermosa. Morena, con una melena sobre los hombros y unos sensuales ojos almendrados, contaba con la ayuda de la cirugía para mantener su belleza. Por supuesto, iba vestida con ropa que solo una gran fortuna podía permitirse. Y como era de esperar, iba acompañada de un hombre. Un hombre apuesto, bien vestido y educado.

—Hola, mamá. ¿Quién es tu amigo?

—Stuart. Stu, te presento a mi hijo Gray.

Gray asintió, pero no estrechó la mano que el hombre le tendía.

—Nos disculpas un momento, ¿querido? —dijo su madre al hombre.

Stuart sonrió, la besó en los labios y se alejó.

La mujer se aclaró la garganta con una tos.

—Tu padre —dijo—, ¿cómo está?

—¿Qué te importa a ti?

—Ha estado enfermo. Por supuesto que me importa.

—Pues tendrás que informarte por otro —respondió él con dureza, echando a andar para alejarse de ella.

Las pocas veces que se veían, su madre siempre quería hablar del pasado, como si fuera una especie de confesor.

—¡Grayson! —susurró la voz de su madre a su espalda.

Él se detuvo y se volvió a mirarla.

—¿Qué?

Su madre tomó un momento para recuperarse.

—Gray, que tu padre y yo no seamos... compatibles no significa que tengas que odiarme.

Gray hundió las manos en los bolsillos, con los puños apretados.

—Era imposible —dijo él—, teniendo en cuenta que tú eres una furcia y él quería una esposa.

Su madre se tensó visiblemente.

—¡Grayson, soy tu madre!

—Lo sé, créeme —dijo él con la voz cargada de odio—. Lo sé.

Miró a su alrededor. No había mucha gente y estaban hablando en voz baja, pero no estaba dispuesto continuar con aquella conversación en público.

—Perdona, ahora tengo que irme —mintió él—. Tengo un compromiso.

Su madre no pareció oírle.

—No deberías juzgar las relaciones de otras personas.

—Sois mis padres. Tuve que vivir con las consecuencias de tus actos. Así que tengo derecho a juzgar.

—Tu padre nunca me quiso.

—En eso te equivocas.

—Solo pensaba en sus libros, en las leyes, y en su trabajo. Yo tenía diecinueve años cuando nos casamos, veinte cuando naciste tú. Él era doce años mayor que yo y estaba totalmente dedicado a su carrera. Nos dejaba solos durante meses en el lago mientras él estaba en Washington.

—Tú nunca estabas sola.

Las imágenes de su madre riendo con algún hombre, con la cabeza echada hacia atrás y las manos masculinas bajo la ropa, seguían grabadas en la mente de Gray como si hubiera ocurrido el día anterior.

Y la sensación de vergüenza que le acompañó siempre de adolescente, cuando se veía obligado a ocultar y guardar los secretos de su madre. A mentir cuando su padre llamaba y ella estaba con alguien.

Belinda abrió la boca, pero Gray la hizo callar con la mano.

—Esta conversación sigue interesándome tan poco como las otras diez veces que has intentado acorralarme. Adiós, madre.

—Pienso en ti, Grayson —dijo ella, tomándole el brazo.

Él se zafó de ella y le dio la espalda.

—Y yo en ti. Continuamente.

Gray salió por las puertas del club y hasta que no se sentó en la limusina que le esperaba no se dio cuenta de que tenía los puños apretados. Cuando por fin el coche se detuvo delante del edificio donde vivían Allison y Roger, apenas pudo abrir la puerta. Por razones que detestaba, su madre todavía tenía el poder de hacerle sentir como un niño perdido en lugar del hombre que era. Su vulnerabilidad en todo lo referente a ella le irritaba profundamente, y en su estado emocional no estaba en condiciones de afrontar al aproximadamente centenar de personas invitadas a la fiesta en el elegante y espacioso ático del senador.

Bajó de la limusina y dio varias vueltas a la manzana. Cuando se sintió más calmado, entró en el vestíbulo del edificio. Sin embargo, en cuanto entró en el lujoso apartamento se sintió más asqueado todavía. A pesar de que conocía a todo el mundo, de repente le parecieron auténticos desconocidos. O quizá ese era su deseo. Se volvió para irse, pero la voz de Cassandra lo detuvo.

—¡Gray! —dijo la mujer, acercándose a él. Lo besó en la mejilla—. Te he llamado. Está aquí Joy...

Se le paró el corazón.

—¿En Nueva York?

—Sí. En la fiesta. Ha...

—¿Dónde está?

Recorrió el salón con los ojos, buscándola.

—Quizá en la biblioteca —dijo Cassandra, buscándola también con la mirada—. Creo que quería echar un vistazo a los libros.

Gray conocía perfectamente el apartamento y pasó entre los invitados lo más rápidamente que pudo sin ser descortés. Estaba a punto de meterse por un pasillo cuando la voz de Roger Adams le detuvo.

—¡Ya creíamos que no venías! —dijo el senador, todo sonrisas.

Gray clavó los ojos en el hombre al que conocía tan bien. Irritado tras el encuentro con su madre, su voz sonó a reproche.

—Tenemos que hablar.

—¿Qué ocurre?

En ese momento, Allison, que estaba riendo con alguien a metro y medio de distancia, lo vio y le lanzó un beso por el aire.

—Bennett, tienes muy mal aspecto —le dijo el senador, poniéndole una mano en el brazo—. Vamos a mi despacho.

—No, aquí no. Hoy no —repuso Gray, zafándose de su brazo.

—Está bien. Mañana estaré en Washington. Hablaremos allí. Dime, ¿qué ocurre?

—Anna Shaw. Eso es lo que ocurre. Y no hablo de las filtraciones.

—Oh, Dios mío —el senador palideció primero y después se puso rojo—. Escucha, yo no...

—No, ahórratelo. Hablaremos en privado, no a un metro de tu mujer.

Gray le dio la espalda asqueado y se alejó. No quería que Allison escuchara nada. Y además, aquella noche el adulterio era un tema del que no quería hablar.

Se dijo que en su estado sería mejor marcharse cuanto antes de allí, pero quería ver a Joy. Dobló la esquina y, cuando llegó a la puerta entreabierta de la biblioteca, se detuvo un momento.

¿Y ella querría verlo? ¿Y si...?

Miró hacia el interior.

Allí estaba, delante de una estantería, acariciando el lomo de piel de un libro, enfundada en un vestido negro de punto que la envolvía como una segunda piel y con el pelo suelto sobre la espalda.

Se asomó ligeramente, pensando que estaría acompañada, pero estaba sola como si hubiera buscado refugio, lejos del ruido del salón.

¡Cómo deseó entrar y encerrarse allí con ella! Abrazarla y encontrar la paz en ella. Y ofrecérsela.

Dio un paso, pero en ese momento alguien pasó a su lado.

—Bennett, ¿cómo estás? —dijo Charles Wilshire, uno de los mejores abogados neoyorquinos, con dos copas de vino en la mano—. Te estrecharía la mano, pero estoy ocupándome de una dama.

Gray entrecerró los ojos peligrosamente mientras Wilshire se acercaba a Joy quien, todavía de espaldas a la puerta, aceptó la copa que el hombre le entregó.

Sus manos se tocaron.

C A P Í T U L O 8

—¿Cuánto tiempo vas a quedarte en Nueva York? —preguntó el hombre.

En el momento en que Joy entró en el apartamento de los Adams en compañía de Cassandra, el hombre la vio y se dirigió directamente a ella, como si no hubiera nadie más. Se llamaba Charles no-sé-qué, y a ella le sorprendió, porque se sentía totalmente como pez fuera del agua, con un vestido prestado, aunque por lo visto el tal Charles no se había dado cuenta de nada. Teniendo en cuenta que no parecía tonto, Joy tuvo que pensar que ella era mejor actriz de lo que creía.

—Un par de días —respondió ella con la vista de nuevo en la hilera de libros—. He diseñado un vestido para Cassandra y estoy realizando algunas alteraciones.

El hombre bajó los ojos. El vestido de cuello alto significaba que no enseñaba mucho escote, pero el tejido de punto negro se pegaba a su cuerpo como una segunda piel. Igual que los ojos del hombre.

Sentirse mirada así le hizo recordar a Gray, solo que aquel Charles no despertaba en ella las mismas emociones. Ni de lejos.

—¿Estás libre mañana por la noche para cenar?

Joy lo miró, ruborizándose. Era un hombre muy atractivo, con un estilo muy neoyorquino y tremendamente sofisticado, y la invitación iba muy en serio. Pero ella no se sentía atraída por él.

—Bueno, yo...

—Cielos, te has ruborizado —dijo él, riendo, como si no pudiera creerlo.

Como si las mujeres que él conocía no hicieran tal cosa.

Charles no-sé-qué le apartó un mechón de pelo del hombro, y de repente Joy se dio cuenta de que estaban solos.

Había llegado el momento de salir de allí, se dijo.

Pero antes de poder dar una excusa para irse, una voz grave y profunda sonó a su espalda.

—Hola, Joy.

Giró en redondo y casi se le cayó la copa de vino. Gray estaba detrás de ella, alto e imponente como las montañas de Saranac. Como entre una neblina, vio el traje milrayas oscuro, la camisa inmaculadamente blanca y la corbata roja, y recordó la sensación de las manos masculinas en su cuerpo, del roce de sus cabellos morenos en la piel. Recordó sus caricias, con la mano y con la boca.

—Hola, Charles —continuó Gray, tendiéndole la mano—. Ahora ya puedes estrechármela. ¿Has venido solo o con tu mujer?

Ahora fue el tal Charles quien se ruborizó.

—No, se ha ido con el servicio a abrir la casa de Palm Beach.

—¿Y los niños? —continuó Gray, moviendo el vaso que llevaba en la mano—. ¿Cuántos años tienen? Tres y seis, ¿no?

—Vaya, qué buena memoria.

Se hizo un tenso silencio. El tal Charles miró hacia la puerta, como si de repente tuviera mucha prisa por salir de allí.

—Si me disculpas —murmuró a Joy—. Ha sido un placer conocerte.

—Sí, eso, Charles, vete —masculló Gray—. Buen chico.

El hombre se fue y, cuando Joy miró a Gray, este la estaba mirando con la mandíbula apretada.

Con rabia, con ira.

Menos mal que no le había llamado, fue lo único que pudo pensar ella.

Se había sentido tentada de hacerlo, desesperada por retirar la confesión de amor, pero ahora se alegraba de no haberlo hecho. Al menos podía alzar la cabeza con orgullo.

—Vaya, Joy, te las arreglas muy bien. ¿Defraudada de que Charles se haya ido? —dijo él con sarcasmo—. ¿O quizá sorprendida de que esté casado? No, claro. No creo que eso te importe.

—¿Qué haces aquí? —preguntó ella, porque fue lo único que se le ocurrió.

Ni la rabia ni las palabras de Gray tenían ninguna lógica.

—Eso digo yo. ¿Qué haces tú aquí?

Joy se tensó.

—Cassandra me ha invitado.

—Esa mujer es toda una anfitriona.

Un camarero entró con un vaso, y Gray lo cambió por el que acababa de beber.

—Quiero otro. Ahora.

El hombre desapareció rápidamente.

Mientras Gray apuraba el bourbon prácticamente de un trago, Joy pensó que debía seguir el ejemplo del camarero y marcharse. Nadie en su sano juicio podía soportar los callados reproches y la desagradable actitud de Gray.

—Si me disculpas...

Gray la sujetó por el brazo.

—No, no te disculpo —dijo, tirando de ella hacia su cuerpo—. Estás muy guapa con ese vestido, pero supongo que Wilshire te ha dicho lo mismo. Me sorprende que haya salido corriendo. Aunque se asusta enseguida.

—Ahora mismo podrías intimidar a todo un ejército —le espetó ella sin dejar de mirarlo a los ojos.

Joy recordó las palabras de Tom sobre él, sobre la dureza que había bajo la fachada urbana y sofisticada, pero ella no le tenía miedo. Pasara lo que pasara, sabía que Gray nunca le haría daño físicamente.

La mano que le sujetaba el brazo se aflojó y Gray le acarició el interior de la muñeca con el pulgar.

—¿Cómo es posible que me haya equivocado tanto contigo, Joy? —dijo él.

—¿Tú crees?

—Desde luego. ¿Qué tal está Tom? —añadió—. ¿Qué está haciendo, mientras tú estás aquí, dejando que un hombre casado te toque? ¿Está sentado junto al teléfono, esperando tu llamada? ¿Le has dicho que ibas a estar muy ocupada y que le llamarás mañana?

—No tengo ni idea de lo que está haciendo Tom —respondió ella con voz lenta y clara—, porque no salgo con él. Nunca he salido con él.

—Dios, desde luego sabes mentir.

El camarero llegó con otro vaso, y Gray la soltó un momento para hacerse con él. Cuando el camarero se marchó y él fue a beber, Joy le puso una mano en el brazo.

—No te entiendo. ¿Por qué estás tan enfadado? ¿Hay algún problema?

Los ojos masculinos se entrecerraron, pero no la miraron.

—Tú. Tú eres el problema.

—Bueno, eso se puede arreglar fácilmente. Adiós, Gray.

Joy se volvió para irse.

—Te deseo tanto que duele —dijo él con desesperación.

Joy giró la cabeza. No estaba segura de haberle oído bien.

—¿Qué?

—Ya me has oído.

Gray dejó el vaso y se acercó a ella, casi pegándose a su espalda. Le habló rozándole el lóbulo de la oreja con los labios.

—Te deseo tanto que en este momento solo hay una cosa que necesito más —las puntas de los dedos se deslizaron por la nuca y la espalda femenina—. Dejar de pensar en ti. Dejar de necesitarte tanto.

Joy soltó despacio el aire que estaba conteniendo mientras él continuaba con voz ronca y pastosa.

—No puedo olvidar la suavidad de tu piel y quiero terminar lo que empezamos. No debí haberme ido, pero entonces creía que las cosas eran diferentes. De haber sabido la verdad, no me habría ido.

En un movimiento rápido, la giró entre sus brazos y la metió entre sus caderas. Joy sintió cada centímetro de su erección en el vientre.

—Dime la verdad. ¿Has pensado en mí desde entonces?

Claro que había pensado en él, pero estaba segura de que sus palabras habían puesto punto final al deseo masculino. No respondió.

—Dime, Joy —continuó él, acariciándole el cuello—. Por la noche, cuando estás en la cama, ¿te gustaría sentir mi boca en tu cuerpo, mi piel en la tuya? ¿Piensas en tenerme dentro de tu cuerpo? Respóndeme.

Una mujer inteligente mentiría, se dijo ella. O tendría la boca cerrada.

—Sí —la palabra escapó de sus labios.

—Entonces, vámonos. Ahora. A terminar lo que empezamos, antes de que me vuelva loco.

Cuando Joy entró en la suite del hotel, a Gray le sorprendió su actitud. Le rehuía la mirada, como si estuviera nerviosa, y se movía despacio, como si estuviera en terreno desconocido.

Después de cerrar la puerta, Gray se recordó que era una mujer capaz de seducir a varios hombres a la vez. A Tom, el infeliz que le esperaba en Saranac. A Charles, un hombre casado. Y a él, que la deseaba tanto que le daba igual que fuera una mujerzuela.

—Um —titubeó ella, dejando el bolso en el sofá, con las mejillas cubiertas de rubor, la misma expresión de inocencia que utilizaba con los demás—. Nunca he hecho esto.

—¿El qué? —preguntó él secamente.

—Ir a un hotel con un hombre.

La mentira endureció el corazón de Gray, pero no tuvo efecto en su cuerpo. Fue hacia ella quitándose la chaqueta y los zapatos, y deshaciéndose el nudo de la corbata a tirones.

Ella lo detuvo alzando la mano.

—Espera. Primero quiero una disculpa. Por lo de Charles —añadió al ver que él no se detenía.

—¿Qué pasa con Charles?

—Que hable con un hombre no significa que me acueste con él —dijo ella, molesta por su actitud—. Quiero que te disculpes por haberlo pensado.

—De acuerdo, lo siento.

—Podrías decirlo como si lo sintieras de verdad.

—Lo siento mucho.

Joy sacudió la cabeza. Cruzó los brazos y se abrazó.

—Creo que esto ha sido un error.

—De eso nada. Los dos lo necesitamos —dijo él, desabrochándose la camisa.

Ver los ojos femeninos clavados en su pecho desnudo endureció aún más su erección, pero ella permanecía sin moverse, como si estuviera a punto de atacarla.

—Puedes irte si quieres, Joy, pero tendrá que ser ahora. Porque voy a besarte, y si te beso no habrá marcha atrás. Si no estás dispuesta a despertarte a mi lado por la mañana, más vale que te vayas.

Gray esperó su decisión. En el silencio, resonaban los latidos de su corazón y su cuerpo no deseaba más que hacerla suya. Ya podía sentir los labios femeninos en su boca.

—Incluso iré despacio —murmuró—, después de la primera vez. Pero tienes que decidirte ya. Me estás matando.

Los brazos de Joy se movieron, y él pensó que iba a recoger el bolso. Pero en lugar de eso, se bajó la cremallera lateral del vestido y este cayó al suelo.

Apenas cubierta por la ropa interior negra, Joy esperó a que él la acariciara. Pero él no se movió, y cohibida, ella levantó las manos para taparse.

—No, por favor no —dijo él con la voz entrecortada por el deseo—. No te escondas. Quiero verte. Quiero recordarte.

Joy bajó las manos, y él alargó la suya. Le retiró el pelo de la cara, y cuando la besó, a pesar de su excitación, lo hizo con lentitud, hasta relajarla. Entonces Joy se inclinó hacia él.

Cuando la lengua masculina entró en su boca, Joy le acarició el pecho y la espalda con las manos, y lo sintió estremecerse.

—A la cama —dijo él, apretándola contra él—. Ahora.

Sin soltarla y sin dejar de besarla, la llevó hasta el dormitorio en penumbra. Allí la tendió sobre la cama y se tumbó sobre ella, a la vez que con una de las rodillas le separaba las piernas y se acomodaba entre ellas.

Le quitó el sujetador y, mientras le succionaba un pezón, la liberó de las braguitas. Después, se incorporó y, a la tenue luz que llegaba del salón, pudo ver cómo se desnudaba él. Sentir la piel masculina rozando la suya le hizo contener el aliento. Y enseguida, los labios de él le acariciaron la garganta, a la vez que su cuerpo se movía sinuosamente contra el de ella, frotando la excitación contra su muslo. Joy no quería esperar más. No podía. Había vivido demasiado tiempo con la frustración de desearlo intensamente sin poder tenerlo.

—Gray, necesito....

—Sí, lo sé —dijo él—. Yo también.

Gray cambió el peso de lado y Joy oyó el suave ruido del cajón de la mesita al abrirse, pero apenas prestó atención. Estaba demasiado ocupada rodeándole la cintura con las piernas para no perderlo.

—Despacio, preciosa —dijo él con una voz tan ronca que apenas se podían entender las palabras—. Voy tan deprisa como puedo.

Se incorporó ligeramente y cuando se acomodó de nuevo entre sus piernas, respiraba de forma entrecortada y los músculos de su cuerpo temblaban visiblemente. Estiró la mano y le acarició la piel más sensible. Joy se arqueó hacia él, gimiendo.

—Quieres esto tanto como yo —dijo él, apoyando la cabeza en su hombro.

Cambió de nuevo el peso, y los dedos desaparecieron de su piel.

—Esto va a ser potente y rápido —le murmuró al oído—, pero después iré más despacio.

Y entonces la penetró de un solo movimiento. Joy dejó escapar un gemido de dolor, pero la sensación se fue desvaneciendo inmediatamente y su cuerpo se adaptó a la invasión firme y potente. Una oleada de placer la recorrió como un rayo de luz, y esperó que Gray iniciara el movimiento de su cuerpo en ella.

Pero entonces Gray no se movió. Se había quedado paralizado. Ni siquiera parecía respirar.

—¿Gray? —Joy le acarició la espalda, que estaba cubierta de sudor.

Cuando por fin Gray se movió fue para salir de ella despacio, centímetro a centímetro, hasta quedar totalmente fuera de su cuerpo.

Y entonces empezó a temblar.

Sujetó el edredón y la cubrió con él, aunque con dificultad, de tanto como le temblaban las manos. Después se tendió a su lado, sin tocarla.

—¿Gray? —repitió ella en la oscuridad. Lo oía respirar y sentía los temblores a través del colchón—. ¿No quieres continuar?

Él sacudió negativamente la cabeza. Joy sintió ganas de llorar.

—Entonces será mejor que me vaya —dijo ella, sentándose.

Él le rodeó ligeramente la cintura con el brazo, en un gesto que era más una súplica, y ella volvió a tumbarse.

—Lo siento mucho —dijo él—. Siento mucho haberte hecho daño.

—La verdad es que ha sido...

—¿Por qué no me lo has dicho? —preguntó él, preocupado.

—¿Habría cambiado las cosas?

—Por supuesto. Si lo hubiera sabido, no me habría acostado contigo.

Como si su virginidad fuera una enfermedad contagiosa.

—Oh. Eso me hace sentir estupendamente.

—Deberías haberlo guardado para Tom.

Joy apretó los dientes.

—Si vuelves hablar de él, te juro que grito.

—De acuerdo. Deberías haberlo guardado para un hombre que te quiera.

Aquello dolió. Y mucho.

—Creo que debo irme.

Aunque no quería irse.

—No, quédate. Te prometo no volver a tocarte. Pero me da miedo que te vayas y no vuelva a verte. Y eso no podría soportarlo.

—Escúchame —dijo ella con voz clara—. No me has hecho daño. Yo he elegido estar contigo. Tú no has hecho nada...

—¡No te atrevas a defenderme!

Joy apretó los labios. Era evidente que él no la amaba, y que hubiera sido más inteligente hacer el amor por primera vez con un hombre enamorado de ella, pero en ese momento su cuerpo solo deseaba continuar con lo que habían interrumpido, con lo que él había prometido y después negado.

—Duerme aquí esta noche —repitió él.

—Esta bien —dijo ella, pensando que quizá por la mañana, a la luz del día, pudieran hablar y empezar de nuevo—. Pero, Gray.

—¿Sí?

—Lo que hay entre nosotros no ha terminado.

—Lo sé. Créeme, lo sé.

CAPÍTULO 9

A la mañana siguiente, Joy se despertó sola en la enorme cama, todavía envuelta en el edredón. Cuando volvió del cuarto de baño cubierta con un albornoz, Gray estaba de pie junto a la cama, totalmente vestido. Y mirando la pequeña mancha de sangre en las sábanas.

—¿Estás bien? —preguntó él.

En ese momento, Joy recordó cómo había sido sentirlo encima de ella, dentro de ella, y deseó poder volver a hacerlo.

—¿Joy?

—Estoy bien.

—¿Quieres desayunar?

Gray le habló como si fuera una invitada, y no con quien había estado desnudo haciendo el amor la noche anterior.

—No tengo hambre, pero quiero que respondas a una pregunta. ¿Cómo es posible que hayamos hecho el amor y ahora me mires con tanto distanciamiento?

Gray cerró los ojos, distanciándose aún más.

—En primer lugar, lo de noche fue solo sexo. Tú merecías ser tratada de otra manera, y yo me porté como una bestia insensible. Nunca me lo perdonaré.

Joy se puso las manos en las caderas, y sacó fuerzas de la frustración que sentía.

—Sigo deseándote —dijo ella con una voz fuerte y directa.

No podía creer que estuviera hablándole con tanta autoridad—. Me diste muy poco de lo que los dos necesitábamos...

—Hasta que sangraste...

—¿Quieres dejarme terminar? Te apartaste tan deprisa que ni siquiera tuve tiempo de acostumbrarme a ti, a sentirte. Quiero saber cómo es. Contigo.

—Algún día, un hombre que te ame como es debido...

—Ahórrate el cuento de hadas —le interrumpió ella por segunda vez—. Que no haya tenido un amante antes, no significa que no pueda tomar mis propias decisiones. Quiero hacer el amor contigo. Te he elegido a ti.

—¡No lo merezco! —dijo él, su voz un trueno que resonó cargado de odio hacia sí mismo.

—Yo no pienso lo mismo.

—Entonces no me conoces lo suficiente.

Joy recordó la noche que se negó a dejarla ir sola en la bicicleta; el respeto con que siempre había tratado a su familia. Lo recordó tumbado a su lado la noche anterior, en la oscuridad, con el cuerpo tenso, suplicándole que se quedara.

—Te equivocas —susurró ella—. Te conozco muy bien —le aseguró, tocándole el brazo.

Él dio un respingo y se apartó de ella.

—No —masculló.

Joy frunció el ceño.

—¿Por qué no?

—Porque en este momento lo que menos necesito de ti es compasión.

El dolor provocado por aquellas palabras se clavó en su pecho, y Joy sintió que perdía toda la fuerza que había tenido hasta entonces. Apretándose las solapas de la bata, dijo, muy seria:

—Si no te importa, quiero vestirme.

—No quería ofenderte, Joy. Es solo que... no necesito que me cuides. Yo he sido quien te ha hecho daño.

No, pensó ella. Los dos estaban sufriendo.

—¿Estás libre esta tarde a las tres? —preguntó él.

—¿Para qué?

—Para quedar conmigo.

—¿Por qué?

—Por favor.

En los ojos masculinos había una súplica, y Joy tuvo la sensación de que era lo más cerca que había estado nunca de suplicar a alguien.

—De acuerdo, pero con una condición.

—Lo que tú digas.

—Bésame. Ahora.

—Joy...

—Lo digo en serio. Quiero que me beses.

Gray se acercó lentamente hacia ella, y le tomó la cara con las manos. Con la boca, le rozó la suya.

Pero ella le rodeó el cuello con los brazos y se pegó a él.

—De verdad, Gray.

Él apretó los ojos con fuerza. La vena de la garganta empezó a latir por la fuerza de los latidos de su corazón, y entreabrió los labios como si le costara respirar.

Sin embargo, el contacto siguió siendo controlado, mientras le acariciaba la mejilla con el pulgar.

Cuando él abrió los ojos, Joy vio el destello del ardor sexual y sintió el calor que emanaba de su cuerpo, tenso y duro por ella.

—Siempre te beso de verdad —dijo él con voz ronca.

Le acarició los labios con los suyos una vez más y después salió de la habitación.

Poco antes de la tres, Joy salió del lujoso ático de Cassandra y bajó a esperar a Gray en Park Avenue. Era un agradable día de otoño, y después de pasar horas trabajando en el traje de noche rojo, era agradable sentir el aire fresco en la cara. Estaba empezando a relajarse cuando una limusina negra se detuvo frente a la entrada del edificio. Gray salió y se acercó a ella, mirándola con ojos remotos. Sin tocarla, la invitó a subir al coche.

—¿Adónde vamos? —preguntó ella.

—Ahora lo verás.

Poco más tarde, el vehículo se detuvo en la Quinta Avenida. Delante de Tiffany´s.

—¿Qué hacemos aquí?

—Ven —dijo él, tomándola por el codo y haciéndola entrar a través de un par de puertas de cristal.

En cuanto entraron, un hombre con traje y chaleco se acercó a ellos.

—Señor Bennett, buenas tardes. Por favor, por aquí.

Lo único que impidió a Joy plantarse donde estaba y exigir saber qué estaba ocurriendo fue el temor a precipitarse. Ningún hombre, y mucho menos Gray Bennett, pedía a una mujer en matrimonio por haberse acostado con ella siendo virgen.

Caminaron a través de un laberinto de vitrinas de cristal en las que se exponían todo tipo de joyas hasta llegar a los ascensores. Allí, Joy titubeó un momento, pero Gray le tomó la mano y ella se dejó llevar.

Entraron en una pequeña habitación donde apenas había una mesa de caoba y tres sillas a juego, dos en un lado y otra al otro. Sobre la mesa, en un cuenco de cristal, había un ramo de rosas frescas en tonos rosados y amarillos. A pesar de que el lugar olía como un jardín, Joy no estaba relajada en absoluto.

Gray le indicó que se sentara, y él hizo lo mismo a su lado. En el silencio que siguió, la ansiedad de Joy se convirtió en pánico. Y la sofocante sensación se agravó cuando el hombre del traje entró con una caja de piel alargada.

El dependiente la depositó sobre la mesa, abrió la tapa, y deslizó la bandeja hacia delante.

Anillos de diamantes.

Joy miró al dependiente, que resplandecía de orgullo mostrando lo que podía ofrecer.

—¿Puede disculparnos un momento? —dijo ella, en un tono sorprendentemente autoritario.

—Por supuesto —dijo el hombre, inclinando la cabeza.

Cuando la puerta se cerró tras él, Joy sacó uno de los anillos. El tamaño del diamante era impresionante. Ridículo. Y eso que era uno de los más pequeños.

—¿Qué crees que estás haciendo? —preguntó sin mirar a Gray.

—Pedirte que te cases conmigo.

Joy sacudió la cabeza, pero solo porque tenía que hacer algo si no quería romper a llorar. El destino era cruel al ponerla tan cerca de ser su esposa, lo que siempre había deseado.

—¿Por qué? —murmuró ella—. ¿Por qué me estás haciendo esto?

—Anoche...

—Oh, por favor —ya estaba harta de sus remordimientos—. Por si no te habías dado cuenta estamos en el siglo XXI y la revolución sexual fue cosa del siglo XX. Lo que significa, que el sexo no es tan importante, y que cuando desvirgas a una mujer...

Gray soltó un taco que ella no había oído jamás en su boca, pero continuó.

—... no tienes que hacer ninguna estupidez. Como pedirle que se case contigo.

—¿Has terminado?

Joy sacudió la cabeza y le dirigió una mirada fulminante.

—No he hecho más que empezar. ¿Cómo se te ha podido ocurrir...?

Gray la sujetó por los hombros, con fuerza, casi obligándola a levantarse de la silla.

—Te hice daño.

—¿Y crees que con esto lo vas a arreglar? Gray, tú no quieres casarte. Lo que ocurre es que no sé por qué tienes unos remordimientos que no te dejan vivir, y cuando se te pasen, te arrepentirás. Y entonces me despreciarás, y eso será mucho más doloroso que lo de anoche.

Gray la soltó, empujándola suavemente hacia atrás.

—Solo quiero hacer lo correcto —dijo él.

—Pues esto no lo es. Quiero que mi esposo me elija libremente, por propia voluntad —dijo ella con la voz a punto de quebrarse.

Joy luchó contra el impulso de enterrar la cara en las manos. Claro que quería que Gray la eligiera. Y había una parte de ella que estaba desesperadamente tentada a rendirse y aceptar el error que Gray estaba cometiendo.

Pero no podía. Porque no podía ignorar la verdad: de no ser por su virginidad nunca habrían terminado delante de aquellos diamantes.

Joy dejó el anillo en su sitio.

—Vámonos —dijo, exhausta.

Gray le tomó la mano.

—¿Estás segura de que no quieres un anillo?

—¿En estas circunstancias? Por supuesto que no —respondió ella—. Además, son preciosos, pero bastante fríos.

—¿Me dejarás seguir viéndote? —preguntó él, bruscamente.

Joy lo miró. Lo más aconsejable era una ruptura limpia y definitiva, porque su relación no iba a ninguna parte.

—No puedes hablar en serio.

Él se aclaró la garganta e ignoró el comentario.

—Podemos vernos aquí, o en Saranac, donde quieras. Yo iré a verte. Quiero seguir viéndote.

Joy sacudió la cabeza.

—No tengo ningún interés en seguir viéndote para que puedas olvidar tus remordimientos. De hecho, es ofensivo pensar que es la única razón por la que quieres verme.

—No es eso. Me gustas, me gustas mucho. Me gusta estar contigo. Eres... diferente.

—Sí, estoy segura. ¿Cuándo fue la última vez que te acostaste con una vir...? —Joy cerró la boca—. Por favor, no respondas a eso.

—Joy, mírame. No espero nada de ti. No tienes que comprometerte a nada.

Joy estudió los ojos masculinos, y le sorprendió la gravedad que había en ellos. La necesidad.

—No lo sé, Gray.

Como si la respuesta no fuera lo que él quisiera, volvió a mirar los anillos.

Ella cerró la tapa de la caja y se puso en pie.

Él la miró.

—Muchas mujeres lo hubieran aceptado con los ojos cerrados.

—No me cabe la menor duda.

Él sacudió la cabeza.

—Sigues sorprendiéndome.

Joy pensó en la claridad con que veía los motivos de Gray y en la fuerza que le había permitido reconocer el error que estaba cometiendo él.

—Es curioso, yo también.

CAPÍTULO 10

Una semana más tarde, Gray vio a Joy entrar en el bar del Congress Club y su cuerpo reaccionó igual que siempre que la veía. Siempre que la olía. Siempre que pensaba en ella.

Cada día la deseaba más, pero mantenía un férreo control sobre sus impulsos.

Él sabía que era afortunado. Una de las amigas de Cassandra había visto el trabajo de Joy y le había encargado dos trajes de noche, lo que significaba que tenía que seguir en Manhattan y que él estaba teniendo la oportunidad y el privilegio de verla casi cada día. De llevarla al teatro, a cenar, a la inauguración de alguna exposición. Pero al final de cada cita, Gray la dejaba en el vestíbulo del edificio de Cassandra pidiéndole solo una nueva cita para el día siguiente.

La combinación de frustración sexual e inseguridad que se había apoderado de él últimamente lo estaba volviendo loco. Y cada noche, al regresar al Waldorf, bajaba al gimnasio, donde pasaba horas haciendo ejercicio para desfogarse y poder conciliar el sueño.

—No vas a creerlo —dijo ella mientras él la ayudaba a sentarse.

Dios, era preciosa. Llevaba el pelo recogido, y las mejillas estaban sonrosadas del fresco aire de la noche. Siguiendo la pálida línea de la garganta, Gray deseó...

—¿Gray?

—Perdona.

Joy le estaba enseñando la sección de estilo del *New York Times,* donde había una foto de Cassandra con el espectacular traje de noche que ella había diseñado. En el pie de foto, aparecía su nombre como diseñadora.

—¡El vestido de Cassandra tuvo un éxito inmenso en la gala! Y cuatro amigas más me han encargado trajes.

—No me sorprende lo más mínimo —dijo él, sonriendo.

—Voy a reunirme con ellas mañana y después volveré a casa a trabajar.

—¿Tienes que irte? —preguntó él con el ceño fruncido.

—No puedo seguir en casa de Cassandra. Ya ha sido muy generosa dejándome la habitación de invitados.

La llegada del camarero interrumpió la conversación durante un momento.

—Tengo una habitación de invitados en mi suite —dijo él—. ¿Quieres alojarte conmigo?

Gray casi deseó que rechazara la invitación. Sabía que la sola idea de tenerla durmiendo cada noche a pocos metros de su cama podía llegar a enloquecerlo.

—No. Gracias, pero no. Tengo que volver. La abuela Em está mejor, pero me necesitan para cuidarla. Y Frankie y Nate se casan dentro de tres semanas. Quiero estar allí para ayudar con los preparativos.

En ese momento, una sombra se acercó a su mesa.

—Hola, Bennett, ¿cómo va eso?

Gray alzó los ojos y se encontró con la cara sonriente de Sean O'Banyon, que lo miraba con expresión de «vaya, vaya, esto sí que es interesante».

—O'Banyon —dijo Gray con una mirada de advertencia a su amigo—. Esta semana te hacía en Japón.

—He vuelto antes de lo previsto. ¿Y tú quién eres? —murmuró el hombre, mirando a Joy con admiración y curiosidad.

—Joy Moorehouse —dijo ella, ofreciéndole la mano y una sonrisa.

—¿Joy? —repitió, arqueando las cejas divertido—. Bonito nombre. ¿Os importa que me siente? —preguntó, y se sentó sin esperar la respuesta.

—La verdad es que sí... —respondió Gray, malhumorado, aunque demasiado tarde.

—Por supuesto que no —dijo Joy, mirando a Gray con extrañeza.

Gray se recordó que Sean era un buen amigo y no un rival.

—Dime, Joy, ¿ya te ha enseñado Bennett lo mejor de Nueva York?

—¿Tanto se nota que no soy de aquí?

Sean O'Banyon sonrió.

—No, pero recuerdo que Gray mencionó que vivías en el norte.

Los ojos de Joy fueron al otro hombre, sorprendida de que este hubiera hablado de ella con alguien.

Gray lo miró furioso.

—¿No tienes que estar en ningún otro sitio, O'Banyon? ¿Como ahogándote en el Hudson?

—En absoluto —respondió el hombre, riendo. Después de pedir un whisky al camarero, continuó—: Me han dicho que Wright tiene posibilidades de convertirse en alcalde gracias a tu magia —dijo, y después miró a Joy—. ¿Te ha contado a qué se dedica?

—A Joy eso no le interesa —dijo Gray, sujetando el vaso de bourbon con tanta fuerza que hubiera podido quebrar el cristal.

—Claro que me interesa —respondió ella.

—Ah, no seas tímido, Bennett —dijo Sean—. Es un artista. Transforma a la gente más impensable y los convierte en material elegible. Yo siempre le digo que, si alguna vez lo expulsan de Washington, siempre se puede dedicar al mundo del maquillaje. Ya sabes, una sucursal de Chanel.

—Estoy segura de que es mucho más complicado que eso

—dijo Joy, mirando a Gray a los ojos—. Y debe de ser muy emocionante.

—No lo es —repuso él tajantemente.

—Oh, venga —continuó O'Banyon—, estás en el epicentro de la política de este país y me encantan tus anécdotas. ¿Te acuerdas de cuando...?

La voz de Gray atajó las palabras de su amigo.

—Oye, Banyon, me han dicho que vas a lanzar una OPA a una de las empresas de Nick Farrell.

Se hizo un largo silencio.

Sean entrecerró los ojos, y Joy se movió nerviosa en su silla.

Afortunadamente, la conversación tomó otros derroteros y O'Banyon empezó a soltar una perorata sobre ofertas públicas de acciones y otras actividades empresariales, y para cuando apuró su whisky y se despidió de ellos, no había vuelto a hacer ningún comentario sobre relaciones entre hombres y mujeres ni sobre el trabajo de Gray.

—¿Por qué no quieres hablarme de tu trabajo? —preguntó ella cuando se quedaron solos de nuevo—. ¿Es porque no soy una mujer sofisticada?

—¿Sofis...? No, en absoluto —le aseguró él—. Pero no es importante.

Y porque no tenía ninguna prisa en contarle las cosas que había hecho, las amenazas verbales, y las reales, podría haber añadido, pero no lo hizo.

—Dime, ¿cuándo volverás?

Joy vaciló un momento, como si se debatiera entre cambiar de conversación o no.

—Después de la boda.

¿Tres semanas? Eso era mucho tiempo. Demasiado tiempo.

—Yo iré a Saranac antes —dijo él—. Si me dejas verte.

Joy movió la copa de vino de un lado a otro, deslizándola sobre la superficie brillante de la mesa.

—¿Me dejarás? —insistió él, consciente de la tensión de su cuerpo—. ¿Joy?

Lentamente, Joy asintió con la cabeza.

—Sí, te veré.

—Bien —murmuró él, y se relajó.

—Pero si quieres que te diga la verdad, me gustaría poder decirte que no. Me gustaría no querer volver a verte —dijo ella, frustrada. Y enseguida frunció el ceño—. Sé que parece un insulto, pero no lo es.

—No importa. Lo que importa es que me dejes ir a verte —dijo él, y apuró su vaso—. Vamos a cenar.

Durante la cena, Joy estuvo callada, o quizá fue él quien no habló mucho. Aunque no dejó de mirarla, como si quisiera fijar en su mente imágenes de ella para las próximas semanas de separación.

La expresión absorta de su rostro se agravó en la limusina, en el trayecto de regreso a casa de Cassandra.

—Te voy a echar de menos —dijo él cuando el coche se detuvo en un semáforo.

Entonces ella hizo algo que le sorprendió. Se inclinó hacia él, le apoyó las manos en el pecho y lo besó rozándole suavemente la boca.

La reacción del cuerpo masculino fue inmediata, y Gray la sujetó por los brazos, atrapado entre el impulso de sentarla encima de él y el recuerdo del daño que le había hecho.

—Joy... —dijo él, echándola cuidadosamente hacia atrás.

—Noto tu temblor. ¿Por qué me rechazas?

Él no pudo hablar. Porque, si abría la boca, lo más probable es que en lugar de palabras, su lengua saliera para lamer la piel de la garganta femenina.

Al no obtener contestación, Joy luchó contra sus manos y buscó con las suyas el pecho masculino. El cuerpo del hombre reaccionó instintivamente, alzando las caderas hacia arriba y buscándola. Buscando sus manos. Su boca.

—¿Tiemblas porque me deseas, Gray? ¿O es por otra cosa?

—Oh, Joy —gimió él.

—Por favor, necesito saberlo. Apenas me has tocado desde...

aquella noche. No sé qué hacemos saliendo juntos. ¿Todavía me deseas?

Gray le soltó las manos y le enmarcó la cara.

—No hablemos de eso...

—¿Me deseas?

—Joy...

—Bien, lo comprobaré yo misma.

Con un movimiento rápido, Joy bajó la mano entre las piernas masculinas y envolvió la firme erección.

Él echó la cabeza hacia atrás y un gemido salió de su garganta.

—Dios mío, Gray —susurró ella—. ¿Por qué nos estás haciendo esto?

Él intentó apartarle las manos, pero el roce de ella mientras se apretaba contra él a pesar de que intentaba apartarla le produjo un placer tan intenso e insoportable que lo llevó casi al borde del orgasmo. Apretó los dientes y murmuró:

—Para.

La obligó a sentarse en su asiento, utilizando la ventaja de su fuerza y de su peso, pero estaba jadeando como un perro rabioso.

—No vamos a hacerlo en una limusina. Ya te he tratado una vez como a una cualquiera, y no pienso volver a hacerlo.

Joy lo miró furiosa.

—¿Cuánto tiempo vas a penalizarnos por un error que no cometiste?

—Hasta que no sienta náuseas cada vez que lo pienso.

Mientras él le echaba el pelo hacia atrás, Joy entreabrió los labios, como si estuviera esperando un beso. El rubor teñía sus mejillas y su respiración era agitada.

—Estás tan hermosa —dijo él con voz ronca—, que me dejas sin respiración.

No pudo reprimirse más. Acercó su boca a la de ella y tragó el suspiro de satisfacción que salió de la garganta femenina. Pero por mucho que lo deseara, se limitó a un breve roce.

—Te deseo. Intensamente. Eso no lo dudes nunca —dijo él—. Solo tienes que mirarme y estoy duro y hambriento por ti.

Se apartó de ella y se sentó de nuevo en su lado del asiento. Con una mueca, se recolocó los pantalones y después apoyó la cabeza en las manos.

—Iré a verte dentro de dos fines de semana —dijo en voz baja—. Porque por mucho que sufro estando contigo, es mucho peor cuando no te veo.

CAPÍTULO 11

Cuando el tren se detuvo en la estación de Albany, Joy vio a Frankie por la ventana. Su hermana la estaba buscando con la mirada entre los pasajeros que iban bajando al andén, vestida con unos pantalones vaqueros y un suéter de punto tan enorme que seguramente era de Nate. Al verla, Joy se sintió en casa, en el lugar que le daba calor y estabilidad, y se le llenaron los ojos de lágrimas.

En ese momento, Frankie la vio y corrió hacia ella, apresurándose a ayudarla con las maletas.

—Hola, cómo me alegro de... ¿qué pasa?

Joy dejó las cosas en el suelo y abrazó a su hermana.

—Joy, ¿estás bien?

«Oh, Dios, Frankie. He hecho el amor con un hombre por primera vez. Con Gray. Y tengo miedo de amarle de verdad y de que me destroce el corazón», quiso poder decir.

«Estoy aprendiendo cosas sobre mí misma que parecen alejarme de ti, de Alex y de la abuela. De todo lo que siempre he conocido. Ya no sé quién soy. Ni cuál es mi lugar. Ni adónde voy».

—¿Joy?

—Estoy bien. Muy contenta de verte —dijo ella, echándose hacia atrás y secándose los ojos—. ¿Qué tal está la abuela? —preguntó, refugiándose en preguntas más familiares para no decir en voz alta lo que de momento prefería callar.

—Mucho mejor. Con la nueva medicación, está más tranquila y puede concentrarse más rato en las cosas. Incluso se sienta a la mesa de la cocina mientras Nate trajina en los fogones. De hecho, parece encantada.

—¡Cómo me alegro! —dijo Joy—. ¿Está teniendo algún efecto secundario?

—Como una hora después de tomarse la pastilla se queda un poco adormecida, pero aparte de eso, está bien.

Para Joy, las palabras de su hermana supusieron quitarle un gran peso de encima. Con los nuevos encargos de trajes, tendría que viajar a Nueva York con regularidad, y su ausencia sería más llevadera si las cosas en casa no eran tan duras.

—¿Y Alex? —preguntó mientras las dos hermanas se dirigían al aparcamiento.

—Esta semana vuelven a operarlo de la pierna.

—Me alegro de haber vuelto.

Frankie se detuvo junto a su coche.

—Yo también. No... no está muy bien. He intentado hablar con él un montón de veces. Quizá lo puedas intentar tú. Apenas come, y sé que apenas duerme, porque la luz de su habitación está toda la noche encendida. Me dijo que se alegraba de que volvieras; creo que te echa de menos. Siempre habéis tenido una relación muy especial.

Las dos se montaron en el coche y Frankie lo puso en marcha.

—¿Te he contado lo que le pasó a Stu?

En las dos horas de trayecto desde Albany a Saranac Lake, Frankie le puso al día sobre todo lo acaecido en el pueblo durante su ausencia. Y cuando aparcaron en White Caps, Joy se sintió por fin en casa. Con muchas ganas de ver a la abuela y dar un abrazo a su hermano.

A través de la ventana de la cocina, vio a Nate y a su ayudante y mejor amigo Spike bromear y discutir sobre una hogaza humeante de pan. A su alrededor, todo estaba igual que siempre.

—Es como si no me hubiera ido —susurró Joy, sin saber con

certeza si sería capaz de volver a adaptarse a la vida que había llevado hasta entonces.

—Vamos adentro —dijo Frankie, sacando la maleta del asiento de atrás—. Hace frío y tú solo llevas esa chaqueta.

Cuando entraron en la casa, los hombres las saludaron.

—Hola. Por fin ha vuelto nuestra viajera incansable —dijo Spike, rodeando la isla del centro de la cocina.

El hombre medía más de metro ochenta de estatura y llevaba tatuajes en el cuello y en los brazos. El pelo, tan negro como su ropa, lo llevaba de punta.

Aunque su aspecto daba miedo, el hombre era todo corazón y afecto. El tipo de afecto que tenían los pitbulls y los mastines por sus dueños, probablemente, pero afecto al fin y al cabo.

—Un abrazo, cielo —dijo, acercándose a Joy y abriendo los brazos.

Joy sonrió y le dio un fuerte abrazo. Spike siempre olía bien. Como la ropa recién lavada.

—¿Quién es tu nueva amiga? —preguntó Joy, señalando a la cocina nueva.

Nate le guiñó un ojo a modo de saludo.

—Firmamos el acto de defunción de la vieja hace tres días, y tuvimos suerte de que esta estuviera en stock, aunque no estoy muy seguro de que nos entendamos muy bien —explicó Nate.

—La muy sinvergüenza nos ha estropeado el pan.

—Sí, la temperatura del horno no se mantiene estable —dijo Nate.

—Bueno, háblanos de la gran ciudad —dijo Spike, obligándola a sentarse en una silla. Acto seguido, le sirvió un vaso de zumo y le puso un plato de galletas caseras delante—. Las he hecho esta misma tarde. Creo que te gustarán.

Mientras Joy contaba algunas de sus aventuras, Nate preparó un estofado de ternera. Estaban a punto de sentarse a cenar cuando sonó el teléfono.

—Yo lo cojo —dijo Frankie, corriendo hacia el despacho.

Un minuto después, volvió con una expresión extraña en la cara—. Joy, es para ti. Gray Bennett.

Joy ocultó parcialmente el rubor de las mejillas limpiándose los labios con la servilleta y saliendo de la cocina a toda prisa.

—¿Diga?

—¿Por qué no me has llamado? —exigió saber Gray. Pero enseguida suspiró—. Perdona, no es la mejor manera de empezar una conversación, ¿verdad?

Joy se echó a reír.

—Iba a llamarte después de cenar.

—¿Qué tal el viaje?

—Largo —respondió ella—. Me ha dado tiempo para pensar.

Al otro lado hubo una pausa.

—Eso puede ser peligroso.

—No lo ha sido.

—¿En qué has pensado?

Ahora le tocó a ella quedar en silencio.

—Nada importante.

Cobarde, se dijo.

—Bueno, no es verdad —se corrigió—. He pensado en lo mucho que me ha gustado estar en Nueva York. Estar lejos de casa me ha sentado bien, aunque estoy contenta de haber vuelto. Bueno, contenta y un poco desorientada.

—¿Joy?

—¿Sí?

—Te echo de menos —dijo él, y sin darle tiempo a responder, continuó—: Ahora te dejo volver con tu familia, pero te llamaré mañana.

Joy se abrazó, sintiendo una felicidad tan intensa que era peligrosa. Uno de sus temores era que Gray la olvidara en cuanto dejara Nueva York, pero desde luego no lo parecía.

—Yo también te echo de menos.

—Hasta mañana.

Cuando se sentó de nuevo a la mesa, no pudo ocultar la sonrisa, y la conversación se interrumpió.

—¿Qué significa eso? —preguntó Frankie.

—Nada.

—Sí, ya —dijo Nate, frunciendo el ceño—. ¿Está Bennett intentando conquistarte? Porque, si es así, más vale que aprenda a comportarse primero con las mujeres.

—Creía que te caía bien —murmuró Joy, seria.

—Y me cae bien. Pero lo conozco demasiado bien. Ese hombre es una amenaza para las mujeres.

Joy jugó con el estofado y pensó en el frustrante autocontrol de Gray en los últimos días.

—Conmigo se ha portado como un caballero.

Actitud que ella, por cierto, lamentaba profundamente.

Nate la miró por encima de la mesa con expresión protectora.

—Bueno, si se porta bien, le dejaré algún diente en la boca.

Joy sacudió la cabeza y se echó a reír, pero cuando horas más tarde se metió en la cama no pudo evitar pensar en dónde estaría Gray y qué estaría haciendo. No podía imaginarlo cenando o en el teatro con otra mujer, pero quizá eso era solo lo que ella deseaba.

Oyó unos suaves golpes en la puerta.

—Adelante —dijo desde la cama.

La puerta se abrió, y apareció la figura alta y fuerte de su hermano.

—¿Alex?

Joy se sentó en la cama y contempló a su hermano, que entró cojeando en la habitación, apoyándose pesadamente en las muletas.

—Siento haberte despertado —dijo él.

—No estaba dormida. E incluso si lo estuviera, puedes entrar cuando...

—He venido a darte las gracias por el regalo. Cuando he visto el libro, he pensado que tenía que ser tuyo.

—Estabas dormido, y no quería despertarte —dijo ella.

Alex se acercó a la mesa de trabajo, y contempló durante un momento las bobinas de hilo y las cajas de agujas.

Con gesto ausente, sujetó un par de tijeras.

—¿Qué tal te ha ido en Nueva York?

—Ha sido maravilloso. Y tengo nuevas clientas.

—Me alegro por ti —dijo él—. Esta semana vuelven a operarme. El implante de titanio que me pusieron no funciona. Van a volver a intentarlo. Si no funciona, es probable que tengan que amputar.

—Alex...

—Lo último no se lo he contado a Frankie, y te agradecería que no dijeras nada.

Joy asintió.

—De acuerdo.

—Tampoco debería habértelo dicho a ti. Pero supongo que alguien tiene que saberlo, para que no todo el mundo se lleve una sorpresa si vuelvo sin pierna.

Alex dejó las tijeras sobre la mesa y caminó lentamente hacia la ventana.

—Alex, ¿puedo hacer algo por ti?

Alex estuvo en silencio unos minutos. Cuando por fin habló, lo hizo en tono tan bajo que Joy apenas lo oyó.

—Dime qué tal está.

Joy se echó hacia delante en la cama, como si así pudiera entender mejor a su hermano.

—Perdona, ¿quién?

Hubo otra larga pausa.

—Cassandra.

La espalda de su hermano estaba rígida, los hombros tan tensos como la escayola de la pierna. El tenso silencio de su hermano le dijo lo importante que era cualquier información que pudiera darle sobre la viuda.

—Está... está... La verdad es que no lo sé —Joy dobló las piernas y se abrazó las rodillas con los brazos—. No la conocía antes, y ahora tampoco la conozco mucho. Lo que sí sé es que no duerme. Muchas noches la oía pasear por el apartamento. Y creo que tiene que hacer un esfuerzo para mantener su vida social. A veces, cuando estamos en algún sitio, en alguna fiesta o celebración, está ausente, como si solo su cuerpo estuviera allí. Y una vez la encontré llorando. Volví a casa antes de lo previsto, y ella estaba en la terraza. Cuando entró, tenía los ojos rojos y se metió en la biblioteca, sin apenas saludarme.

—¿Sigue allí el retrato de Reese?

—Sí.

Alex sacudió la cabeza.

—Yo siempre me burlaba de aquel retrato, pero me dijo que Cassandra necesitaba algo para recordarlo cuando él no estaba.

Se hizo un tenso silencio.

—Me preguntó por ti —murmuró Joy.

Alex dejó caer la cabeza hacia abajo, y respiró profundamente.

—¿Qué le dijiste?

—Nada. Pensé que no querías que le dijera nada.

—Gracias. Muchas gracias —dijo él, y la miró por encima del hombro—. Tú siempre me has entendido, ¿verdad?

Joy se encogió de hombros.

—No siempre, pero respeto tu deseo de intimidad.

Cojeando, Alex fue hasta la cama y se sentó. Aunque había adelgazado, los muelles gimieron bajo su peso.

—¿Sale con alguien? —preguntó él con la voz enronquecida.

—No.

Alex cerró los ojos, como aliviado, pero enseguida su expresión se endureció.

—Todavía es muy pronto. Encontrará a alguien. Una mujer como ella en Nueva York tendrá mucho donde elegir.

—Me dijo que no le interesaba salir con nadie.

—Eso cambiará.

Joy estudió el rostro de su hermano. La amargura parecía estar fuera de lugar, a menos que Alex estuviera pensando en su amigo.

—Parece que echa mucho de menos a su marido —dijo

Joy—, y no creo que sea del tipo de mujer que busque un romance pasajero para olvidarlo.

La intención de Joy era tranquilizarlo, pero en lugar de eso la expresión de Alex se hizo más dura.

Algo instintivo o premonitorio la hizo callar. ¿Y si Alex estaba enamorado de...? Dios santo.

—¿Por qué no quieres verla?

—No puedo.

—¿Por qué?

—No estaría bien.

Con un movimiento rápido, Alex levantó una de las muletas en el aire y la mantuvo balanceándose en la palma de la mano. Joy intentó imaginar el negro futuro que le esperaba si no podía volver a caminar. Perdería todo por lo que había vivido: su profesión, sus colegas, y sobre todo se vería obligado a abandonar el mar y permanecer siempre anclado en tierra.

Joy le acarició el hombro.

—Te quiero, Alex. Y pase lo que pase, siempre estaré a tu lado.

La muleta perdió el equilibrio y cayó. Alex la sujetó antes de que se estrellara contra el suelo.

—Yo también te quiero —dijo sin mirarla.

CAPÍTULO 12

Joy pasó el fin de semana dibujando, vigilando a la abuela y, por ridículo que pareciera, esperando la llamada de Gray. Afortunadamente, este llamó todos los días, una vez por la mañana y otra por la noche.

Siempre le preguntaba por ella, por su familia, por sus diseños, pero ella nunca sabía desde dónde llamaba. Muchas veces oía ruidos de voces y de gente al fondo tras el eco de las llamadas a los vuelos de un aeropuerto, otras el lejano sonido del viento, como si estuviera andando por la calle. Joy se dijo que se conformaba con sus llamadas, pero sabía que no era cierto. Las conversaciones telefónicas le hacían ver con total claridad qué era lo que quería de él, y desgraciadamente sospechaba que era demasiado. Mucho más de lo que él estaba dispuesto a darle.

Gray no volvió a mencionar la posibilidad de ir a visitarla.

La situación de incertidumbre la estaba matando, y sabía que tarde o temprano tendría que hablar con él y poner las cartas sobre la mesa. Decidió hacerlo a su vuelta a Nueva York, después de la boda, y aunque sería una conversación difícil, era necesaria.

Cuando llegó el viernes por la noche, la semana había pasado a paso de tortuga. Afortunadamente, la operación de Alex había ido bien, pero la tensión en todos los habitantes de White Caps era más que evidente. Nate se había quemado al sacar un asado del horno. Spike se hizo un tajo considerable en un dedo mientras cortaba unos filetes y Frankie rompió a llorar al recibir una tarjeta de una antigua amiga.

¿Y Joy? Joy era una zombie que se paseaba de un lugar a otro de la casa con la mirada perdida.

Todos necesitaban un descanso, y por la tarde Joy decidió obligar a Nate y a Frankie a salir por unas horas y disfrutar de su mutua compañía en la intimidad. Se lo merecían. Y así ella tendría un rato para estar sola, algo que también le hacía mucha falta.

—Necesitáis una cita romántica —les dijo Joy mientras Nate ayudaba a su novia a ponerse el abrigo—. ¿Cuándo fue la última vez que salisteis juntos y solos?

—En agosto —dijo Frankie—. Pero, escucha, si llama Alex desde el hospital...

—No llamará. Alex está bien. Has hablado con él hace una hora.

—Pero Spike aún no ha vuelto de la carrera de motos, y...

—Frankie, no tengo doce años. Puedo estar sola en casa perfectamente.

Quizá eso era en parte el atractivo de Nueva York. Haber tenido la oportunidad de estar sola y tranquila, de perderse en sus bocetos, y de dejar que su mente vagara libremente sin interferencias.

Cuando por fin su hermana y Nate se fueron, Joy fue al despacho, uno de sus lugares favoritos de la casa, una especie de refugio, caliente en invierno gracias al fuego de la chimenea, y fresco en verano, con las ventanas abiertas que dejaban entrar la fresca brisa de las lilas y el agua del lago.

Joy se acercó a la repisa de caoba de la chimenea y examinó una colección de reliquias familiares, algunas muy valiosas, otras totalmente ridículas: copas de plata, trofeos de antiguas carreras; un ave de presa disecada que fue rescatada y conservada como mascota en la década de mil novecientos veinte; una retorcida raíz de roble con un sorprendente parecido al perfil de Elvis Presley. Joy recorrió los objetos con los dedos, recordando que su padre solía hacer lo mismo.

Afuera, el viento que ascendía desde el lago golpeaba las contraventanas de la casa. Como por impulso, echó más troncos de leña al fuego, y se sentó en el sillón favorito de su padre.

Entonces pensó lo lejos que quedaba Nueva York. Y se imaginó volviendo a Manhattan y sintiéndose perdida, atrapada entre la antigua y la nueva Joy.

Una hora después, fue a la cocina y sacó una sartén para calentar el estofado que había preparado Nate. Le costó entender cómo funcionaba la nueva cocina. Tenía más mandos que un avión. Por fin, logró encenderla y dejar el estofado con el fuego bajo. Mientras esperaba a que se calentara, se acercó de nuevo al estudio para echar más leña al fuego. En eso estaba cuando oyó unos golpes en la puerta posterior de la casa.

Se limpió las manos en los tejanos y corrió hasta la puerta de la cocina. Contra el cristal de la puerta se dibujaba una sombra alta e imponente, y ella se apresuró a encender la luz.

—¡Gray! ¿Qué haces aquí? —dijo por fin al abrir la puerta.

El frío viento de la noche entró con él. Su aspecto era de agotamiento, el traje arrugado, la corbata aflojada, y los botones del cuello desabrochados.

—Tenía que verte —dijo él.

Dejándose llevar por un impulso, Joy lo abrazó, y sintió la tensión en el cuerpo masculino durante un segundo, antes de que él se relajara y la abrazara a su vez. Olía maravillosamente. Igual que en sus recuerdos.

—Estaba sentada delante de la chimenea —dijo ella—. ¿Quieres calentarte un poco?

—Suena perfecto. Y me encantaría tomar algo. El tráfico a la salida de Albany era horrible.

Joy le preparó un bourbon y pasaron al estudio. Él fue directamente a la chimenea, y se apoyó en la repisa. Bebió despacio mientras miraba las llamas.

—¿Ocurre algo? —preguntó ella, sentándose en el sillón orejero donde había estado antes.

Tras un ligero titubeo, Gray dejó el vaso y se quitó la chaqueta. Al dejarla en el respaldo de la silla, sacó algo del bolsillo. Una bolsa de tela.

—Te he traído un regalo —dijo él, acercándose a ella—. Pon las manos.

Joy unió las palmas de las manos mientras él desataba el cordel de la bolsa. Gray la vació en sus manos.

Eran botones. Botones antiguos, probablemente de la época victoriana.

—¡Gray, son exquisitos! ¿Dónde los has encontrado? —preguntó ella, tocándolos con los dedos.

Había por lo menos veinte, suficientes para un vestido de noche.

—El otro día pasé por una tienda de botones, y cuando los vi en el escaparate pensé en ti. Se me ocurrió que podrías utilizarlos para algo.

—Gracias.

Él asintió y alargó la mano. Le acarició la mejilla con el índice.

—Gray, ¿qué ocurre?

Bruscamente, él se hundió de rodillas delante de ella.

—¿Puedo abrazarte?

—Claro.

Gray le separó las rodillas y los muslos y metió su cuerpo entre sus piernas. Después le rodeó la espalda con los brazos y apoyó la mejilla en su pecho.

Sin saber qué hacer, Joy le acarició el pelo. Aunque no le gustaba verlo en aquel estado, el hecho de que él hubiera acudido a ella y estuviera bajando la guardia la alegró.

Lo besó en la cabeza, y le acarició los hombros con las manos.

Gray se refugió en Joy, pensando que nunca había tenido un lugar donde ir en los momentos más duros. Normalmente, cuando las cosas se ponían insoportables, salía con O'Banyon u otros amigos del mismo tipo, hombres que bebían mucho y hablaban con dureza, porque eran hombres duros e implacables.

Hasta ahora eso le había servido. Esconder la cabeza en la arena siempre había sido una buena táctica para ignorar sus dudas y crear una falsa ilusión de invencibilidad que incluso él mismo había llegado a creer.

Sin embargo, aquella tarde, al dejar el despacho de Roger Adams solo pensó en Joy. Tras intentar sin éxito olvidar la necesidad que tenía de ella y admitiendo que había perdido la batalla, diciéndose que estaba loco, embarcó en un avión con destino al aeropuerto de Albany, en lugar de al Kennedy de Nueva York. Y allí había alquilado un coche.

Respiró profundamente, y absorbió su fragancia. Intentó pegarla más a él, y meterse más entre sus piernas. El cuerpo femenino era muy pequeño comparado con el suyo, pero la fuerza que le trasmitía era inmensa. Joy era como un bálsamo que relajaba la tensión acumulada en la cabeza y el cuello.

—Hoy he ido a ver a un hombre al que conozco desde hace años —dijo él, pensando que tenía que dar algún tipo de explicación—. Su esposa y él llevan casados veinte años. Un matrimonio perfecto, o al menos eso creía. También eran amigos de Cassandra y su marido.

Las manos de Joy descendieron por sus hombros, masajeándole los músculos en un movimiento circular.

—Nunca me ha gustado el matrimonio —continuó él—. El de mis padres dejaba mucho que desear, y con el tiempo he visto muchas relaciones feas. Pero ellos estaban enamorados, y eran felices. Eran la excepción que confirmaba la regla.

Gray se echó hacia atrás y la miró. Estaban muy cerca, tanto que podía ver las pecas que salpicaban la nariz femenina, y cada una de sus pestañas.

—Hoy el hombre me ha confirmado que engañaba a su mujer. Con una periodista que seguramente solo lo ha utilizado con la esperanza de conseguir información privilegiada y hundirlo —Gray sacudió la cabeza—. Ha destrozado su matrimonio por acostarse con una mujer que no siente nada por él. Y su mujer va a sufrir inmensamente cuando él se lo diga.

Joy se inclinó hacia delante y le besó ligeramente en la frente.

—Lo siento.

—La verdad, tenía ganas de pegarle. Fuerte —dijo Gray, y se encogió de hombros—. Pero lo más inquietante es que todo esto no me hubiera afectado de esta manera antes...

—¿Antes de qué?

—De ti.

Al ver el destello en los ojos femeninos, Gray se echó hacia atrás, y apoyó las palmas de las manos en las rodillas. De repente se sintió como un tonto.

No estaba acostumbrado a hablar de sus sentimientos, y sin embargo, allí estaba, confesándose y de rodillas.

Levantó los ojos para mirar a Joy. Ella seguía con las piernas separadas y las manos en los muslos, ofreciéndole un calor que él necesitaba.

—Ven —dijo ella, abriendo los brazos.

No tuvo que decírselo dos veces.

—¿Te estoy asustando?

—No. ¿Por qué lo dices? No tienes que ser fuerte todo el tiempo.

Él se encogió de hombros.

—En mi mundo, los débiles son devorados.

—Pero ahora estás conmigo. Y esto me gusta mucho —dijo ella, enredando los dedos entre los pelos de la nuca—. Me alegro de que hayas venido a verme. Y siento lo de tus amigos.

Durante un rato permanecieron abrazados en silencio.

—¿Gray?

—¿Hum?

—¿Qué pasó con tus padres?

Su primer instinto fue guardar silencio. Los oscuros secretos de su familia estaban muy enterrados, y prefería que permanecieran así.

Sin embargo, empezó a hablar.

—Mi madre es una...

«Cualquiera», iba a decir, pero el término, aunque muy exacto, era demasiado fuerte para decirlo delante de Joy.

—Mi padre y ella querían distintas cosas del matrimonio. No se llevaban bien.

—¿Por eso no te has casado?

—No lo sé. Yo estaba en medio de sus problemas, lo que me hizo ver que no quería ser como ellos, y mucho menos tendría un niño que iba a tener que pasar por lo mismo que yo pasé.

Gray se echó hacia atrás y la miró a los ojos. En una visión clara como el agua cristalina la imaginó como su esposa. Como la mujer con la que quería despertar cada mañana del resto de su vida. Como la única persona del mundo en quien podía confiar.

—Hay ratos, cuando estoy contigo —susurró él—, que olvido que todo lo que conozco es verdad.

Los labios femeninos se abrieron, sorprendidos.

Viéndola a la luz tenue de la chimenea, midiendo el calor de sus ojos, Gray se dio cuenta de que algo iba a salir de su boca. Algo que le petrificó.

Dos palabras.

Una punzada de pánico le atravesó el pecho y provocó una acidez que le subió hasta la garganta.

«No lo digas», se ordenó. «No te atrevas a decirlo. No sabes lo que dices. Estás muy afectado por lo de Adams y por la falta de sueño».

Tenía que recuperar el control antes de cometer otro error. No estaba enamorado de ella. Eso era imposible. Él no era de esa clase de hombres.

La besó una vez más en los labios, se puso en pie y se acercó a la chimenea.

—Pero basta de hablar de mí —dijo, sujetando el vaso de nuevo—. ¿Qué has estado haciendo?

Casi sin querer, vio cómo Joy se cerraba; juntaba las piernas y se abrazaba por la cintura. Tenía los ojos muy abiertos y preocupados, pero aceptó el cambio de conversación.

—No sé... trabajando en los bocetos...

No tenía que haber ido, pensó Gray mientras bebía un trago de bourbon. Ahora los dos estaban mal sin motivo. Y ella merecía mucho más que un hombre que era incapaz de entender sus sentimientos.

La expresión de Gray era demasiado impasible y Joy llenó el silencio con detalles sin importancia sobre su vida diaria con la esperanza de que él volviera al punto donde lo había dejado.

—¿Hasta cuándo te quedas? —preguntó.

—Tengo que irme mañana por la mañana.

—Oh.

—Y ahora debería ir a casa. Es tarde, ¿no? —dijo él, mirando el reloj.

—Solo son las nueve. Podrías quedarte a cenar.

—No tengo hambre —dijo él.

Ella cruzó las piernas y quedó en silencio, sin que la respuesta de Gray le sorprendiera.

Oyó un sonido rítmico y lejano, pero se dio cuenta de que lo estaba haciendo ella. Con el pie, contra la pata de la mesa, como un metrónomo.

Los ojos de Gray localizaron el movimiento y después subieron desde el pie hasta la rodilla y el muslo. La mirada masculina continuó ascendiendo hasta el pecho, y Gray bajó las pestañas, como si quisiera ocultar lo que estaba sintiendo por ella.

—Será mejor que me vaya —dijo él.

Al volverse para agarrar la chaqueta, Joy vio el cuerpo masculino de perfil. La evidencia de su erección quedaba medio escondida, pero no del todo, entre las pinzas de los pantalones.

Sintió un impulso casi irresistible de gritarle.

—Espero que tengas una buena semana —dijo él, poniéndose la prenda—. Te llamaré cuando llegue a Nueva York. Quizá por la tarde, más probable por la noche.

Como si ella fuera a pasarse el día esperando su llamada, y a él le gustara así.

De repente, Joy se cansó del continuo juego sin sentido de acercarse y alejarse de ella.

—Mañana por la noche voy a salir —murmuró ella.

Él la miró, y tensó las cejas.

—¿Y adónde vas?

—No es importante —respondió ella, poniéndose en pie, irritada.

Cuando fue a pasar delante de él, él la sujetó por el brazo.

—Si no es importante, dímelo.

Al ver la dureza en sus ojos, Joy deseó no haber dicho nada. No tenía nada que ocultar, pero a él no le iba a gustar.

—He quedado con Tom y...

Gray la soltó.

—No es nada. Su hermana viene a...

—Espero que te diviertas —dijo él, y se dirigió hacia la puerta.

—¡Gray! ¡Gray! —Joy le sujetó la mano, y él se detuvo por propia voluntad—. Por favor, no terminemos la noche así.

Él la miró por encima del hombro, con una mirada vacía y desprovista de emociones.

—No te preocupes. Tú y yo nunca nos hemos jurado fidelidad. Y que haya sido el primero, no significa que tenga que ser el último. De hecho, cuento con ello.

Joy contuvo el aliento, y dio un paso atrás, sintiéndose profundamente ofendida..

—No puedo creer que hayas dicho eso.

—¿Por qué? Es la verdad —Gray se pasó una mano por el pelo—. Eres joven, guapa y muy compasiva. Y aunque me destroce, soy lo bastante realista como para saber que tarde o temprano encontrarás al hombre adecuado.

—Gray, solo he estado contigo y no quiero estar con nadie que no seas tú.

—Lo superarás —dijo él con amargura—. De hecho, quiero que salgas con Tom para acelerar el proceso.

Un intenso dolor la recorrió de arriba a bajo.

—¿Cómo te atreves? ¿Cómo...? —no se le ocurría nada que expresara lo que sentía—. ¡Cómo te atreves! Te crees un hombre de mundo, pero ¿sabes qué? Que no eres más que un cínico hastiado de todo.

—Razón de más para que sigas con tu vida.

Joy quedó en silencio, mirándolo.

—Tienes razón —dijo ella, empujando la silla con rabia—. Tengo que terminar con esto porque si no tú terminarás conmigo. Después de estas semanas contigo, necesito relacionarme con un hombre a quien pueda entender.

Gray cerró los ojos y masculló una maldición.

—Todo lo que ha habido entre nosotros ha sido una equivocación, desde el principio. Una gran equivocación. Escucha, tenías toda la razón sobre lo de Tiffany´s. Yo no quiero casarme. Nunca me casaré. No tenía ningún derecho a llevarte allí y ofrecerte anillos de diamantes, ni tampoco a venir aquí esta noche a buscarte. No sé qué hago aquí, la verdad, no lo sé. De hecho, cuando estoy contigo, no sé lo que hago.

—Entonces lo mejor será que dejes de verme —le espetó ella—. Deja de llamarme. Deja de buscarme. Déjame en paz de una vez. Porque no necesito este tipo de... relación. Si es que se puede llamar así.

—Lo siento. No quería hacerte daño...

—¡Cállate! ¡Estoy harta de disculpas! ¡Si oigo otra palabra de disculpa de tu...!

De repente Joy se calló y frunció el ceño.

Un extraño olor invadió el estudio.

Gray también debió darse cuenta, porque miró por encima del hombro, hacia el comedor.

Y entonces se oyó un fuerte sonido, como un soplido, seguido de una explosión que sacudió la casa hasta los cimientos.

CAPÍTULO 13

Joy salió corriendo del estudio, en dirección a la parte posterior de la casa, de donde procedía el ruido. En cuanto entró en el comedor, se detuvo en seco. En la cocina, las llamas subían por las paredes y el humo salía por las puertas abiertas y se extendía por el techo.

—¡Tenemos que salir de la casa! —dijo Gray, sujetándola por la espalda.

—¡Mi abuela está arriba!

Gray le puso un teléfono móvil en la mano y la llevó hacia la puerta que daba al exterior.

—Llama a Emergencias. Yo la bajaré. ¿En qué habitación está? —gritó él.

Antes de poder responder, Joy vio con horror la silueta que se movía entre las llamas. Su abuela estaba en la cocina.

—¡Abuela! —gritó, echándose hacia adelante—. ¡No!

Gray la sujetó.

—¡Yo la sacaré! ¡Tú llama por teléfono!

Con ojos llorosos a causa del humo y el calor, Joy marcó rápidamente el número de emergencias, pensando que tanto Gray como la abuela necesitarían ser tratados por inhalación de humo. O incluso por algo peor.

Pronto las llamas se extendieron por el comedor, consumiendo las molduras del techo y achicharrando las paredes. Joy se echó hacia atrás, pero no pudo irse.

Buscando entre las llamas y el humo, oyó un sonido sibilante, como de un escape de vapor, o de gas. Y entonces la onda expansiva de una segunda explosión la lanzó de golpe contra la pared.

—¡Gray!

Con dificultades, Joy logró salir hasta el exterior y se dirigió a la puerta de la cocina. Allí se detuvo en seco al ver la devastación. Lenguas violetas y anaranjadas ascendían por los paneles acristalados de las ventanas y columnas de humo negro se alzaban hacia el cielo.

Seguro que había muerto, pensó. Seguro que los dos estaban muertos.

Joy cayó de rodillas en la hierba, desgarrada por un intenso dolor que no había sentido nunca. Ni siquiera cuando perdió a sus padres.

En la distancia, oyó las sirenas que se acercaban, y pensó que llegaban demasiado tarde.

Un movimiento atrajo su atención. A la derecha.

Desde la parte posterior de la casa vio una sombra. No. Era una silueta que se dibujaba contra la luz de las llamas. Una silueta alta que llevaba algo en brazos.

—¡Gray! —exclamó, poniéndose en pie y corriendo sin tocar el suelo—. ¡Gray!

Justo cuando llegó a su lado, Gray acabó de consumir la energía que lo había mantenido en movimiento hasta entonces y se hundió de rodillas en la hierba, jadeando entrecortadamente mientras dejaba a la abuela Em tendida en el suelo. La mujer estaba tan desorientada como él, y los dos estaban cubiertos de ceniza.

—Oh, Gray —Joy le besó la cara—. ¿Cómo habéis salido?

—Por el estudio. He roto la ventana y... —un ataque de tos le impidió continuar.

—¡Aquí! —gritó Joy al camión de bomberos y la ambulancia que acababan de aparcar delante de la casa—. ¡Aquí!

Los sanitarios corrieron hasta ellos mientras los bomberos

empezaban a sacar las mangueras. Enseguida colocaron máscaras de oxígeno a Gray y a la abuela, y después los alejaron del fuego. Cuando Joy se aseguró de que ninguno estaba seriamente herido, miró hacia la casa, hacia la parte posterior que había quedado consumida por las llamas.

Sintió un escalofrío. La cocina. El fuego. Lo había dejado encendido. Aunque era imposible que pudiera provocar una explosión de tal envergadura. A menos que hubiera dejado abierto algún otro fuego sin darse cuenta.

En ese momento, el coche de Frankie apareció por el sendero.

—¡Frankie! —gritó Joy—. Oh, Dios mío, Frankie, Frankie.

Corrió hacia su hermana mientras esta y Nate salían del coche, los dos con expresión de incredulidad en el rostro.

—Joy... Dios mío, ¿estás bien?

Joy abrazó a su hermana llorando desconsoladamente.

—Sí, sí. Gray ha salvado a la abuela. Pero, oh, Frankie, creo que la culpa ha sido mía. He sido yo...

—Shhh —dijo Frankie, meciéndola para tranquilizarla—. Estás histérica. Iré a hablar con los bomberos.

La lucha contra el fuego continuaba cuando los sanitarios decidieron llevar a la abuela Em al hospital para tenerla en observación. Joy se ofreció a ir con ella, pero no quería irse sin hablar antes con Gray. Mientras los hombres subían la camilla de la abuela a la ambulancia, ella miró a un lado y a otro, buscándolo con los ojos.

De repente, este se materializó a su lado. Tenía el traje chamuscado, el pelo cubierto de ceniza y la cara ennegrecida. Quiso abrazarlo, y casi lo hizo, pero la expresión distante de sus ojos la detuvo.

—Tu hermana, Nate y Spike se quedarán en mi casa. ¿Conoces el número?

—Sí.

—Y tú también. Durante todo el tiempo que sea necesario, hasta que White Caps vuelva a ser habitable —dijo con una firmeza que no admitía discusión—. ¿Vas con la abuela al hospital?

Joy asintió.

—¿Cómo volverás desde Vermont?

—Frankie vendrá a buscarme mañana por la mañana.

—Bien —dijo él, asintiendo con la cabeza. Después apartó la vista—. Cuídate.

—¿Esto es un adiós? —susurró ella.

—Señora, tenemos que irnos —le interrumpió el sanitario que se asomaba por la parte posterior de la ambulancia—. ¿La ayudo a subir?

Joy dio a Gray un momento más para responder, pero como este no dijo nada, tomó la mano que le ofrecía el otro hombre y subió a la ambulancia.

—No se preocupe, señor —dijo el hombre a Gray antes de cerrar las puertas—. Cuidaremos de su esposa y de su abuela.

Mientras las puertas se cerraban, Joy habría jurado que Gray dijo:

—No es mi esposa.

A la mañana siguiente, Joy pasó una hora paseando por los jardines del hospital. Hacía sol, y aunque no era un día especialmente cálido, el aire fresco del otoño era lo que necesitaba. Tras pasar la noche sentada en un sillón en la habitación de su abuela, necesitaba desentumecer los huesos.

Y pensar.

Pensar en el incendio, y asumir que había sido por su culpa y que había puesto en peligro la vida de Gray y la de la abuela, además de destruir buena parte de la residencia y la empresa familiar, la boda de su hermana y un montón de recuerdos y enseres personales.

Cada vez que cerraba los ojos, veía a Gray entrar en la cocina en llamas y recordaba la sensación de desespero que la embargó al creerlo muerto. Después recordaba sus palabras de despedida, y era como si le dieran un puñetazo en el pecho.

Tratando de olvidarlo, se acercó al aparcamiento a buscar el coche de su hermana, pensando que Frankie no tardaría en llegar.

—Estás aquí.

Al oír la voz grave y conocida, giró en redondo.

—¿Gray?

—Te estaba esperando en la habitación de tu abuela, y acabo de verte por la ventana.

—¿Qué haces aquí?

—Han dado de alta a Alex, y Frankie ha tenido que ir a Albany a recogerlo. Nate tenía que ocuparse de los papeles del seguro, y yo me he ofrecido para venir a recogerte.

—Oh. Muy amable por tu parte.

—¿Cómo estás? —preguntó él.

—Estoy...

La palabra que estaba buscando era «bien», pero fue incapaz de pronunciarla. ¿Cómo hacerlo después de saber que había quemado la casa de su familia y puesto en peligro la vida de su abuela y del hombre que amaba?

—Estoy... —se llevó la mano a la boca y cerró los ojos con fuerza.

Lo notó ir hacia ella, pero el orgullo le hizo dar un paso atrás.

—No, no, estoy bien. De verdad. No quiero que pienses que soy...

—Cállate, por favor, Joy —dijo él, tomándola en sus brazos.

Ella se resistió, quizá durante medio segundo, y después se dejó caer contra su cuerpo y le rodeó la cintura con los brazos, apoyándose en su fuerza y en su calor.

Sin embargo, era consciente de que lo único que él ofrecía era consuelo y compasión. Gray había dejado claro cuál era su relación con ella la noche anterior, antes del incendio. Por eso se obligó a separarse de él.

—Será mejor que nos vayamos. Pero antes iré a despedirme de la abuela —dijo, y se encaminó hacia la puerta principal.

—Debes saber una cosa —dijo él, deteniéndola—. Tú no provocaste el incendio. La causa fue la ruptura de una de las conexiones de gas. Seguramente un defecto de fábrica de la cocina nueva. No fuiste tú.

A Joy le costaba trabajo creerlo, pero poco a poco lo fue aceptando y la sensación de culpabilidad se fue relajando.

Ya en el coche, después de subir al ferry que los llevaría de vuelta al estado de Nueva York, ella le dio las gracias por dejarles tan generosamente su casa.

—Te prometo que encontraremos un sitio para vivir lo antes posible —dijo ella.

—De eso nada. Y no empieces como tu hermana. Ya he tenido esta discusión con ella esta mañana, pero ella no la ha ganado, y tampoco la vas a ganar tú. La casa está vacía, y a Libby le encanta tenerla llena de gente y ocuparse de todo. Os quedaréis todo el tiempo que sea necesario. Toda la primavera, incluso el verano.

Mientras el ferry atravesaba el lago Champlain, Joy contemplaba el agua por la ventanilla del coche.

—¿Gray? —dijo ella, volviendo la cabeza hacia él, que estaba mirando hacia en la orilla opuesta.

—¿Sí?

—¿Volveré a verte?

La pregunta salió de su boca sin que pudiera detenerla.

—¿De verdad lo quieres?

Buena pregunta, pensó ella. Seguramente no debía responder, al menos en voz alta. Porque entre ellos no había cambiado nada.

Sin embargo, Joy continuó hablando.

—Anoche, cuando te vi meterte entre las llamas y después oí la segunda explosión, pensé que habías muerto. El dolor era tan intenso que no podía respirar.

Se hizo un largo silencio, y después él le entregó una tarjeta.

—¿Qué es esto?

—La llave de mi suite en el Waldorf. Esta mañana he hablado con Cassandra. Va a estar dos semanas fuera, y no podrás quedarte en su casa cuando vayas a Nueva York. Yo estaré en Washington casi todo el mes que viene.

Era una respuesta que solo le daba una alternativa: asumir que las cosas entre ellos habían terminado definitivamente.

—Eres muy amable —dijo ella, tensa, pensando que estaba loca si aceptaba la invitación—. Pero puedo encontrar...

—Cuando estés en Nueva York, te quedarás conmigo. Es más seguro.

—Gray, no soy tu responsabilidad. Además, lo nuestro terminó anoche.

Él ignoró sus palabras.

—Dentro de dos semanas he preparado una fiesta en tu honor en el Congress Club. Cass se ha puesto en contacto con los directores de modas de *Vogue*, *Times* y otras publicaciones, y todos han confirmado su asistencia.

Joy lo miró, sin entender nada.

—¿Por qué...?

—Te sugiero que traigas unos cuantos bocetos para enmarcarlos y colgarlos en el salón de la recepción. También tendrás que decir unas palabras, no más de seis u ocho minutos. Escribe un discurso, y si quieres, le echaré un vistazo.

—Respóndeme, Gray —dijo ella en tono tajante—. ¿Por qué haces esto?

—Porque quiero ayudarte.

—¿Por qué?

—Después de ese día, tu nombre aparecerá en las principales revistas de moda y te lloverán los encargos. Necesitarás contratar un ayudante y tener un número de teléfono en Nueva York, pero de eso se puede ocupar la gente de mi oficina.

—No puedo permitir que lo hagas —dijo ella, sacudiendo la cabeza.

—Ya lo he hecho. Solo tienes que ir.

—No iré.

Dios, no lo entendería nunca. ¿No había nada entre ellos y le estaba preparando todo aquello?

—No seas tonta, Joy. Claro que irás. Tu nombre como diseñadora está empezando a sonar, y si juegas bien tus cartas, podrás ganarte la vida haciendo lo que te gusta. Esta recepción es el primer paso.

Joy se obligó a pensar racionalmente y olvidar su frustración. En cierto modo, Gray tenías razón. A ella le encantaba diseñar trajes de noche, y no sería razonable perder la oportunidad que él le brindaba. Estaría loca si dejaba pasar una ocasión tan importante.

—¿Joy?

—Me gustaría entenderte mejor —dijo ella en voz baja.

—Quiero hacer algo por ti —dijo él—. Solo esto.

El resto del viaje de regreso a su casa lo hicieron en silencio. Allí la acompañó a su habitación.

—Te quedarás en mi habitación —dijo él.

Los ojos de Joy fueron inmediatamente a la cama.

—Tranquila. Libby cambió las sábanas.

Joy oyó que la puerta se cerraba a su espalda, y se volvió a mirar, pensando que se había ido. Pero no. Gray seguía en la habitación, mirándola con una extraña expresión en la cara.

—Perdóname —dijo en voz baja.

—¿Por qué?

—Por esto.

Cruzó la distancia que los separaba de dos zancadas, le enmarcó la cara con las manos y la besó. De verdad.

Con fuerza e intensidad.

Joy se apoyó en su cuerpo, y lo abrazó. Pero enseguida, él interrumpió el beso y apoyó la cabeza en su hombro.

—Joy... —susurró. Aspiró profundamente—. La idea de imaginarte con otro hombre me mata, pero quiero que, cuando estés aquí, salgas con quien quieras. Solo quiero que sepas que pienso en ti, y que te deseo, y espero que cuando vengas a Nueva York podamos... estar juntos.

—¿Juntos cómo?

Gray alzó la cabeza y la besó, enterrando las manos en los cabellos femeninos.

—Sigo repitiéndome una y otra vez que seré capaz de olvidarte —murmuró—, pero no lo consigo.

Al menos eso era algo que ella podía entender. A pesar de la necesidad lógica de alejarse de él, la idea de no volver a verlo le partía el corazón.

—¿Qué necesitas para confiar en mi? —susurró ella.

Gray sacudió la cabeza.

—No tengo que confiar en ti.

—En eso te equivocas.

—No, no me equivoco. Te deseo. Es suficiente.

Cuando él se fue, Joy se sentó en la cama, y pensó que se había expresado mal. Si iban a estar juntos necesitaba saber que él confiaba en ella.

Pero estaban de nuevo como al principio.

Entre ellos no había nada, solo la pasión.

Un par de noches después, Joy se despertó sudando. Había tenido una pesadilla. La imagen de Gray metiéndose entre las llamas era tan clara como si acabara de ocurrir. Los olores, las imágenes, los sonidos. Solo que en su sueño Gray no salía de la casa.

Temblando, se levantó y con pies descalzos fue al cuarto de baño, consciente de que tardaría en volver a conciliar el sueño. Allí se puso una bata de cachemira negra que olía a él y bajó a la primera planta, donde vio brillar una luz al fondo del pasillo.

—¿Frankie?

—No, Alex.

Joy fue la cocina. Su hermano, todavía con una pierna escayolada y sin más ropa que los pantalones del pijama, estaba calentando algo en un cazo.

—¿Tienes hambre? —le preguntó sin mirarla, a modo de invitación.

—No, gracias.

Joy se sentó en una silla, pensando en lo delgado que estaba, pero no hizo ningún comentario. Tampoco le preguntó si tenía frío.

Alex se sirvió la sopa de lata que estaba calentando en un cuenco y se sentó frente a ella.

—¿No puedes dormir? —le preguntó a Joy.

—No.

—¿Pesadillas?

—¿Cómo lo sabes?

—He pasado por eso. Todavía las tengo —dijo él.

Joy dejó escapar el aire que estaba conteniendo, y Alex frunció el ceño.

—Me ha dicho Frankie que te crees responsable de lo ocurrido —continuó su hermano, serio—, pero tú no quemaste White Caps —le aseguró—. Ya has leído el informe de la inspección.

—No es por eso.

—¿Entonces por qué es?

—Vi al hombre que amo meterse en una habitación en llamas. No es algo que vaya a olvidar fácilmente.

Alex clavó los ojos en ella.

—¿Tan fuerte te ha dado con Bennett?

—Sí, pero no se lo digas a Frankie. No se lo digas a nadie.

Alex sacudió la cabeza.

—Ten cuidado, Joy.

—Lo sé. Es un mujeriego. Ya me lo han dicho, y yo no dejo de repetírmelo.

—No sirve de mucho, ¿verdad?

—¿El qué?

—Decirte lo que tienes que sentir —dijo él en un tono extraño.

Después continuó comiendo la sopa, cabizbajo, con los ojos clavados en el cuenco.

—No, no sirve de nada —dijo ella. Lo observó en silencio durante unos segundos—. ¿Alguna vez has estado enamorado, Alex?

—Sí.

La franqueza de la respuesta la sorprendió.

—¿Y qué ocurrió?

—Nada bueno. Por eso te digo que tengas cuidado. Incluso si Gray Bennett fuera un modelo de fidelidad, cosa que no es, el amor es un camino muy largo y muy duro. Que hay que evitar en la medida de lo posible.

—¿Quién era ella?

Pero Alex había puesto punto final a las confidencias. El secretismo le recordó a Gray.

—¿Cuándo vuelves a Nueva York? —preguntó Alex.

—Ahora que la boda de Nate y Frankie no va a ser por todo lo alto, supongo que iré un poco antes. Libby me ha dicho que ella cuidará de la abuela.

—¿Te alojarás en casa de Cassandra?

Joy miró a su hermano. El tono de su voz era tan casual, tan indiferente, que le llamó la atención. Y más aún la tensión en sus hombros y la fuerza con que sujetaba la cuchara.

—¿Es ella? ¿La mujer de la que estabas enamorado?

—No.

—Creo que mientes.

Alex se llevó la cuchara a la boca.

—Eso no importa.

—¡Claro que importa! ¡A mí me importa! —exclamó ella, estallando de una vez, cansada de tanto secreto inconfesable—. ¿Por qué nadie confía en mí? ¡Ni siquiera tú! ¿Por qué no me lo puedes decir? ¿Acaso crees que voy a salir corriendo a decírselo?

—No, no dirás nada porque no hay ningún secreto que contar.

Joy se puso en pie, furiosa.

—Oh, claro. Por supuesto no tiene nada que ver con el hecho de que yo soy una persona íntegra.

Alex le tomó la mano.

—¿Qué demonios te pasa, Joy?

—Nada. No pasa nada. No pasa absolutamente nada.

—Siéntate.

—No me apetece. Suéltame —se zafó de la mano que la sujetaba y se acercó a la ventana.

Afuera, la luna llena brillaba en un cielo frío y sin nubes.

—Sí. La amo.

Joy se volvió a mirarlo. Alex no la miraba. Al contrario, estaba de nuevo encerrándose en sí mismo. Sin embargo, continuó hablando.

—La amo desde la primera vez que la vi correr a los brazos de mi mejor amigo. Han sido seis años terribles, y ahora que Reese ha muerto, no creo que pueda olvidarla —los ojos azules la miraron—. No tiene nada que ver con confiar en ti. No me gusta reconocerlo ni ante mí mismo.

Joy volvió a la mesa.

—¿Lo sabe ella?

Alex negó con la cabeza.

—Solo lo sabe Dios y ahora tú. Y tiene que seguir siendo así, ¿de acuerdo?

—Sí —dijo ella, sentándose en la silla.

En el silencio que siguió, Joy lo observó mientras él comía.

—Me iré pronto —dijo él de repente.

—¿Adónde?

—Al antiguo taller de papá. Hay un cuarto de baño, y supongo que podré meter una cama en algún hueco.

—Pero no tiene calefacción.

—Tiene una estufa de leña. Será suficiente. En esta casa hay mucha gente. Y no me gusta vivir de la hospitalidad de Bennett.

—¿Se lo has dicho a Frankie?

—Sí. Se ha puesto furiosa, pero sabe que no podrá detenerme. Le he prometido quedarme hasta la próxima revisión médica. Después me iré.

Una sensación de miedo atenazó el corazón de Joy.

—Alex, si te matas lentamente, nunca te lo perdonaré.

Él sonrió con frialdad, mirando la sopa.

—Créeme, si quisiera estar muerto, ya estaría enterrado. Siempre he sabido dónde está la escopeta en esta casa.

CAPÍTULO 14

El fin de semana siguiente Joy fue testigo de la boda de Frankie y Nate en los juzgados del condado. El otro testigo fue Spike. La novia llevaba un sencillo y práctico traje pantalón porque el humo del incendio y el agua de los bomberos habían destrozado el vestido de novia que Joy había diseñado y cosido para ella.

Lo curioso era que ni a Frankie ni a Nate parecía importarles el cambio de vestuario, recepción y planes de boda. Ni siquiera parecieron darse cuenta de que en lugar de en una catedral estaban en el despacho de un juez. Los dos resplandecían de felicidad, sobre todo cuando se dieron el primer beso como marido y mujer.

Joy, sin embargo, sentía inmensamente las pérdidas. Sobre todo en el momento de firmar las actas como testigo.

Después de la cena en un pequeño restaurante local, los cuatro volvieron a casa de Gray. Acababan de entrar por la puerta principal cuando Libby salió a recibirlos con Ernest en los talones.

—Acaba de llamar el señor Gray —le informó a Joy—. Ha dicho que estaba viajando, pero que lo intentará más tarde.

—Oh, gracias.

Durante la última semana, Gray la había llamado tanto como antes, pero ahora ella interpretaba las llamadas de manera diferente. ¿La llamaba siempre pronto por la mañana y tarde por la noche no porque estuviera ocupado, sino porque quería comprobar que estaba en casa? Y cuando le preguntaba qué hacía durante el día ¿no era un intento de saber si estaba saliendo con alguien?

Gray le había dicho que no le importaba lo que hiciera en el norte, pero no estaba segura de poder creerlo.

—¿Dónde habéis estado? —preguntó Libby, como si fueran adolescentes volviendo de una noche de juerga.

—Casándonos —dijo Frankie, y le enseñó el anillo de oro que llevaba en el dedo con una resplandeciente sonrisa.

—¿Por qué no habéis dicho nada?

Libby corrió a abrazar a la pareja, y Ernest, encantado con el abrazo colectivo, apoyó las patas en la cadera de Nate y se unió al grupo, meneando la cola.

—Con todo lo que ha pasado, queríamos una boda tranquila —dijo Frankie.

—¿Saco el champán?

Frankie miró a Nate y sonrió.

—Es una idea fantástica.

Sentados a la mesa de la cocina, los cinco brindaron con champán por la felicidad de los recién casados. Pero Joy, al observar la felicidad de su hermana y Nate, sintió que se le partía el corazón. Más tarde, cuando subió a su habitación, se desnudó y se metió entre las sábanas. Estaba tumbada boca abajo, cuando sonó el teléfono de la mesita. Instintivamente fue a descolgar, pero pensó que seguramente era la línea privada de Gray. El teléfono del pasillo no sonaba y, por cautela, prefirió no saber quién le llamaba.

Desde la conversación con su hermano Alex, Joy había pensado mucho en lo que Gray hacía en Washington. Si le había dicho que no le importaba que saliera con otros hombres en el norte, era normal pensar que él veía a otras mujeres en el sur.

Después de cuatro timbrazos, el teléfono calló.

Gray cerró el teléfono móvil y no quiso mirar el reloj. Sabía perfectamente que era más de medianoche.

O Joy no quería responder a su teléfono privado, o todavía no había llegado a casa.

¿Por qué demonios le había dicho que no le importaba que saliera con otros hombres?

Le importaba, y mucho. Hasta el punto de que no podía pensar en nada más que en eso. Y en que la echaba de menos terriblemente. Sin ella a su lado se sentía desnudo y vacío.

Agotado, se frotó los ojos y deseó no estar en otra más de las innumerables fiestas de Washington. Al otro lado de la puerta, se oía el ruido de gente bebiendo, hablando y riendo. John Beckin había montado un buen revuelo, como siempre, pero aquella noche Gray no estaba de humor.

La voz de Joy resonaba una y otra vez en su cabeza.

«¿Qué necesitas para confiar en mí?».

«No tengo que confiar en ti».

Su respuesta fue sincera, pero probablemente equivocada. En primer lugar, si fuera cierto, ahora no estaría tan hundido. Y en segundo lugar, ¿no tenía Joy derecho a saber que confiaba en ella?

«¿Qué necesitas para confiar en mí?».

¡Cómo temía la pregunta! Porque cuanto más tiempo estaba con ella, más unido a ella se sentía, y más difícil le resultaba olvidar el pasado. Olvidar la expresión devastada de su padre, y los ruidos de puertas al abrirse y cerrarse cuando los amantes de su madre se iban.

Sabía que Joy no era su madre. Pero también sabía que él había sido su primer amante. Y que ahora ella entraría en el mundo social de Nueva York tras una vida muy protegida en el norte. Era una belleza espectacular con gran corazón. ¿No merecía tener libertad para explorar?

Gray se frotó el centro del pecho. ¿Explorar?

Ni que la ciudad fuera un especial del National Geographic.

Aunque en la Gran Manzana había muchos animales de todo tipo.

Sí, y si a alguno se le ocurría rozarle la mano, él se le lanzaría a la yugular. La quería para él, y solo para él.

¿Qué debía hacer?

La respuesta era fácil. Pedirle que estuvieran juntos, como una pareja de novios, aunque a su edad el término parecía un poco ridículo.

La misma sensación de vacío que sintió cuando estuvo a punto de decirle «te quiero» la noche del incendio se apoderó ahora de él.

Se volvió a frotar el esternón. Sí, tenía miedo.

Probablemente no era más que un cobarde, que no quería terminar con el corazón partido.

Tratando de dejar de pensar en eso, Gray se detuvo delante de una fotografía en blanco y negro de un grupo de estudiantes universitarios. Un John Beckin muy joven junto a su esposa fallecida, Mary, y lo que probablemente eran algunos de sus compañeros, en las gradas de un estadio, todos con camisetas de Yale.

Becks era muy joven, pero ya se notaba toda su intensidad y todo su carisma. En la foto estaba mirando por encima del hombro totalmente absorto hacia algo que había detrás.

Gray frunció el ceño y se acercó a la foto enmarcada. Allison y Roger Adams estaban detrás de él.

Y Allison era la persona a la que Becks estaba mirando.

La mujer no parecía ser consciente de él. Abrazaba a su futuro marido, sonriente y ajena al joven que delante de ella la miraba con... amor.

Y Gray sintió náuseas. La misma sensación que tenía cuando su madre lo utilizaba para ocultar sus infidelidades conyugales.

—Por fin te encuentro —dijo una voz desde la puerta al otro extremo del despacho.

Gray se volvió, con la fotografía en la mano. Becks se acercaba sonriendo hacia él.

—Creíamos que te habías ido, Bennett.

—Todavía la amas —dijo Gray sin alzar la voz.

—¿Perdona?

—Allison Adams. Todavía la amas —le enseñó la fotografía—. Por eso me pediste que investigara el lío de Roger. Querías que ella lo supiera, y estabas seguro de que yo le obligaría a contárselo, o que se lo contaría yo mismo. No tenía nada que ver con información privilegiada, ni con la periodista, ni con el senado, ¿verdad?

Becks bajó la mirada antes de mentir.

—No seas ridículo, Gray.

—Sabes que Allison y yo somos buenos amigos. Que la respeto y que acabaría contándoselo. Me has utilizado, Becks. Y de qué manera.

—¿Has hablado con él? —preguntó Becks mientras parecía debatirse entre seguir mintiendo o no.

—Sí.

—¿Y qué te ha dicho? ¿Lo ha reconocido?

—No esperarás que hable de ese tema contigo. Pero me aseguró que la información no había salido de él, y yo le creo.

En parte por las lágrimas del senador durante la conversación, pero sobre todo porque compartir secretos con una periodista que a la vez era tu amante era un suicidio político. Y Roger Adams lo sabía perfectamente.

—No debió casarse con él, Gray.

—Esa es tu opinión.

—Al menos yo nunca la hubiera engañado.

Gray sacudió la cabeza.

—Si me disculpas, tengo que irme —dijo, asqueado.

Becks le detuvo.

—Gray, la engañó en la universidad. La engañó siempre. No la merece. Nunca la ha merecido.

—¿Y tú sí? Tú, que me manipulaste para que te hiciera el trabajo sucio. ¿Eso te parece integridad? Porque a mí desde luego no.

Gray cruzó el despacho hacia la puerta.

—Espero que no haya problemas entre nosotros —dijo Becks con dureza, en tono amenazante—. Porque sería una lástima verte expulsado de una profesión que tanto amas.

Gray lo miró por encima del hombro.

La primera regla de la guerra era muy sencilla, pensó. Al ser atacado, responde con un golpe mortífero. Un rival medio muerto sigue siendo capaz de acabar contigo.

—¿De verdad quieres amenazarme, Becks? Porque tengo información más que de sobra para hundirte. Que trabajaras con mi padre hace un millón de años no significa que no pueda sacrificarte —sacó el teléfono móvil del bolsillo y lo lanzó al aire una y otra vez—. Para mantener mi trabajo, no necesito que miles de votantes me consideren un tipo simpático y de fiar, pero tú sí. El asunto de Irán. El escándalo de los cheques falsos del Senado. Manipulación de debates presupuestarios. Conozco todos tus trapos sucios, ¿pero sabes qué es lo que más te tiene que asustar? Que tengo un expediente completo sobre ti. Con documentos firmados de tu puño y letra, informes que has escrito, fotos también. Una llamada a un periódico y un par de faxes y puedo destruir la imagen pública que tanto te has esforzado en formar. Oh, no sé si te lo he mencionado alguna vez, pero tengo línea directa con los editores del *Washington Post* y del *New York Times*.

Becks estaba pálido, sin moverse, pero hizo un esfuerzo para recuperarse e intentar esbozar la carismática sonrisa que lo había hecho famoso.

—¿De qué estamos hablando? —dijo en tono conciliador—. Tú y yo no somos enemigos. Siento haberte puesto en una posición tan terrible.

—Yo también, pero ahora ya es demasiado tarde, Beckin. Me has enfurecido tanto que puede que haga esas llamadas de todos modos. Una persona con tu poca talla moral no puede ser portavoz del senado —dijo.

Gray abrió la puerta y salió del despacho.

—¡Gray! —Becks corrió tras él hasta la calle.

Gray hizo una señal a su coche y esperó en la acera. Becks lo sujetó por el brazo.

—¡Gray! No puedo permitir que te vayas así. Tenemos que...

—Piensa en retirarte de la política, Beckin, y que sea pronto. Será mejor que ser expulsado por tus colegas.

—No te atreverías.

—Conoces mi reputación. No apunto a menos que esté dispuesto a apretar el gatillo.

Joy se detuvo en el proceso de preparar la maleta. El teléfono del pasillo estaba sonando, y ella contuvo el aliento, con la esperanza de escuchar la voz de Libby diciéndole que la llamaba Gray.

Hacía dos días que no hablaba con él. Todas las veces que él llamó ella había estado fuera, dos veces limpiando White Caps, una cenando con Frankie y Nate y la última dando un paseo para reflexionar.

Aquella tarde tenía que estar en Nueva York y quería saber si él también estaría allí. Tras comprobar los precios de varios hoteles de Manhattan, la idea de ahorrarse cientos de dólares no parecía nada desdeñable. Pero quería confirmar que Gray estaría en Washington antes de tomar la decisión. Estar cerca de él sería una auténtica tortura.

—¡Joy! Es para ti. Gray.

Joy descolgó el teléfono del vestíbulo, y cuando le dijo que iba a Nueva York, él le ofreció la suite del Waldorf sin dudarlo, informándole también de que él estaría en Washington.

—Tengo mucho trabajo aquí —le dijo él—, pero intentaré acercarme a verte.

—No te preocupes si no puedes. Lo entiendo. Las elecciones son dentro de poco.

—Sí. Escucha, todo está preparado para tu fiesta.

Cielos, ¿cómo lo había olvidado? Solo faltaban cinco días.

—Mi ayudante en Nueva York dejará todos los detalles en la suite y Cassandra me ha asegurado que adelantará el final de sus vacaciones para poder asistir. Me he tomado la libertad de anotar algunas cosas para tu discurso, y deberías llevar uno de tus diseños, algo que te haga destacar entre los asistentes para que la gente te pueda localizar con facilidad. También he instalado una línea telefónica en mi oficina. Mi ayudante se ocupará de todas las llamadas que lleguen para ti. Además, he mandado imprimir tarjetas de visita con tu nombre y ese número.

Joy sintió un escalofrío.

—Lo tienes todo organizado, ¿no?

—Sé lo importante que es para tu futuro —dijo él.

Entonces hizo una pausa. Joy escuchó una especie de conmoción al fondo, como de gente discutiendo.

—Perdona, tengo que irme. Cuídate, Joy.

Y cortó la comunicación.

Joy colgó el teléfono y recordó lo que le había dicho su amigo en el club. Que Gray era la persona ideal para quien quisiera resultar elegido. Y ella por lo visto iba ser una más de su larga lista de clientes.

Cuando terminó de recoger las cosas, le temblaban las manos. Se dijo que tenía exactamente lo que quería. Un alojamiento gratuito en Nueva York, una fiesta para lanzar su carrera, y a Gray en Washington, lejos de ella.

Era la situación perfecta.

Pero ella quería verlo. Incluso si era una estupidez, incluso si su relación no iba a ninguna parte. Quería verlo.

CAPÍTULO 15

Nueva York bajo la lluvia era una pesadilla, pensó Joy mientras abría la puerta de la suite. En cuanto entró, se quitó los tacones y sin encender la luz, fue hasta su dormitorio utilizando las luces de la ciudad que se colaban por las ventanas. Allí se quitó el abrigo y tuvo que colgarlo en la ducha porque estaba empapado.

No había dejado de llover en todo el día, y Joy había conocido algo más sobre Manhattan: cuando hacía frío y llovía, conseguir un taxi era más difícil que ganar la lotería.

Había tenido un día agotador. Primero se había reunido con las amigas de Cassandra por separado, después comió con dos posibles clientes, y para terminar había recorrido varias tiendas de telas en un maratón que había concluido con una cena con Cass. Faltaban solo dos días para la fiesta, y habían hablado sobre los asistentes a la misma y decidido qué bocetos exponer.

Ahora eran casi las diez de la noche y decidió que lo mejor era darse un baño. Un baño caliente y relajante.

Se asomó al salón de la suite y miró la puerta abierta del dormitorio que utilizaba Gray. Sabía que en su baño había un jacuzzi del tamaño de un pequeño estanque.

En los tres días que había estado allí, había evitado su dormitorio, pero ahora, al atravesarlo, recordó casi con incredulidad la noche que durmió en su cama. Algo que no volvería a ocurrir.

Joy se obligó a entrar en el cuarto de baño. La enorme bañera redonda con capacidad al menos para tres personas estaba situada al fondo, detrás de una pared de mármol. Abrió los grifos y fue a desnudarse a su dormitorio mientras se llenaba. Poco después se metía en el agua caliente y cerraba los ojos, dejando que el agua relajara su cuerpo y su mente.

Gray se detuvo en la puerta de su suite, sin saber qué era lo que iba encontrar dentro.

Se recordó a sí mismo de adolescente, dudando delante de la puerta del dormitorio de su madre, con un trozo de papel en la mano donde había escrito un mensaje. Su padre había llamado y volvía a casa antes de lo esperado. Llegaría aproximadamente dentro de veinte minutos.

A través de la puerta cerrada, se oía el suave crujir de una cama, y aquella vez, como tantas otras, tras dar unos golpecitos en la puerta, un Gray adolescente deslizaba la nota por debajo. Era el código que tenían, y no esperó la respuesta. Ver salir a los hombres corriendo del dormitorio de su madre terminando de vestirse siempre lo había asqueado.

Si se esforzó tanto en guardar el secreto de su madre fue por temor a perderlos. Temía que un divorcio significara que su padre se enterrara en sus libros y su trabajo y su madre se fuera con sus amantes, y él se quedara completamente solo.

Las pesadillas eran el continuo recordatorio del riesgo que corría. Unas pesadillas en las que era abandonado en lugares públicos y oscuros, donde personas desconocidas lo trataban con crueldad.

Aquella había sido su principal escuela, gracias a la cual sin duda había triunfado en el duro mundo de la política.

Sospechar de todos y no confiar en nadie era tan natural en él como respirar. Hasta que estuvo con Joy.

Se obligó a meter la tarjeta en la cerradura y abrió lentamente la puerta. Dentro solo había silencio.

Ni risas coquetas, ni suspiros apasionados, ni el jadeo de un hombre al alcanzar el clímax.

Soltó el aliento y pensó que quizá Joy no había ido a Nueva York. Aunque también podía ser que hubiera salido. Solo eran las diez y media de la noche.

Sin poder evitarlo, fue al segundo dormitorio. Sobre el escritorio había un cepillo de pelo, y una bufanda sobre una silla. Encima de la cama, una falda y una blusa de seda.

Seguramente la ropa que había llevado durante el día antes de cambiarse para salir a cenar.

Fue a su dormitorio y se quitó la ropa. Quería darse una ducha. Y comer. Y tomar una copa.

Pero sobre todo quería tener a Joy con él.

Una ducha, se dijo. Empieza con una ducha. Y de paso procura olvidarte de que estás esperando que aparezca en cualquier momento por la puerta abrazada a Charles Whilshire, o a cualquier otro hombre.

Empujó la puerta del cuarto de baño y frunció el ceño. Había una suave luz encendida, y un albornoz sobre el lavabo. Y vapor en el aire.

Caminando lentamente, incapaz de respirar, se acercó hasta el jacuzzi.

Joy estaba dormida, su cuerpo largo y esbelto estirado en el agua, el cuello arqueado, y la cabeza apoyada en una toalla, con la melena rubia cayendo sobre el mármol. Las puntas de los senos se asomaban por la superficie del agua, y con cada respiración los pezones rosados salían y brillaban en la penumbra. Cuando soltaba el aire, se hundían bajo la superficie.

Gray dio un paso adelante. Y en ese momento, Joy abrió los ojos y lo vio.

—¡Gray! —exclamó, sentándose de repente, sin recordar que estaba desnuda.

Al ver el cuerpo desnudo del hombre que amaba y la fuerte erección, Joy entreabrió los labios.

Gray no sabía si estaba horrorizada o hambrienta de él. O quizá sorprendida. Era un hombre grande en todos los sentidos.

Sabía que debía cubrirse con una toalla, pero no lo hizo. Apenas podía tenerse de pie.

—Joy... —jadeó.

Era una pregunta, y ella respondió tendiéndole la mano.

Gray cerró los ojos y se maldijo. ¿Cómo podía confiar tan ciegamente en él, cuando él no había hecho nada para ganarse su confianza? ¿Cómo podía haberla imaginado en la cama con cualquier hombre?

Cuando la volvió a mirar, ella había dejado caer la mano y miraba hacia delante. Como si buscara la manera de salir de allí sin pasar junto a él. La expresión del rostro femenino era como una herida abierta.

Pero cuando él metió el pie en el agua caliente y relajante, se arrodilló en la bañera frente a ella y abrió los brazos para abrazarla, ella no se resistió.

La besó en la garganta y después continuó subiendo hasta el lóbulo de la oreja.

—Joy... —dijo en un suspiro—. ¡Cómo te he echado de menos!

Descendió la mano por la espalda femenina y pegó la parte inferior del cuerpo a él. Estaba muy excitado, pero dispuesto a esperar.

La tendió sobre él y le enmarcó la cara con las manos. Le rodeó las piernas con las suyas y la mantuvo pegada a su cuerpo.

—Despacio —dijo antes de besarla—. Esta vez iré despacio. Esta vez quiero que disfrutes.

Deslizó la lengua en su boca y ella lo besó a su vez con un hambre que casi le hizo perder el control. Después, la alzó sobre su cuerpo y la sentó sobre él. Los pezones estaban duros por el deseo y el agua, y él se sentó, lamiendo las gotas de agua y tomándolos en la boca, acariciándolos con la lengua hasta arrancar gemidos de pasión de su garganta.

Se apartó un poco para verla. Joy tenía la cabeza hacia atrás, con la melena sobre los hombros y en el agua. Los senos estaban hinchados, hacia él, y los pezones enrojecidos por sus caricias. Volvió a meterse un pezón en la boca.

Joy hundió las manos en su pelo y lo mantuvo pegado a su seno.

Estuvieron en el baño un largo rato, besándose y acariciándose, pero había cosas que no se podían hacer en el agua. Con un movimiento torpe, Gray la sacó del jacuzzi y la depositó junto al lavabo. Sin soltarla, buscó una toalla y empezó a secarla empezando por el cuello y siguiendo por los hombros. Mientras le secaba los senos, los besó y después continuó por el vientre y las caderas.

Se detuvo un momento en la unión de las piernas, y después se puso de rodillas y le secó los pies y los tobillos. Ascendiendo por las pantorrillas, la frotó suavemente con la toalla y la besó. Al llegar a los muslos, hizo una pausa.

Joy respiraba entrecortadamente, y lo miraba con ojos cargados de pasión. Gray besó el muslo y después lo lamió con la lengua y mordisqueó suavemente la piel delicada con los dientes.

Pero no quería apresurarse. Ignorando el fuerte deseo de poseerla, esperó a que ella se abriera a él.

Joy cambió el peso y separó un poco las piernas.

Joy tragó saliva. Tenía la garganta seca.

Ver la cabeza morena de Gray junto a sus piernas mientras la secaba delicadamente con una toalla estaba volviéndola loca. Pero quería que él la acariciara más íntimamente y separó las piernas. Él metió la cabeza entre ellas y la buscó con la lengua.

—Quiero sentir tu calor —dijo él contra su piel—. ¿Te parece bien?

—Oh, sí.

Un grave gemido de satisfacción escapó de la garganta masculina, y con la mano le separó un poco más los muslos. Entonces la acarició con la boca, y no con los dedos, como ella esperaba.

—¡Gray! —exclamó.

Él continuó dándole placer con los labios y con la lengua, con movimientos lentos y deliciosos, hasta que ella sintió que le flaqueaban las rodillas. Si Gray no la hubiera sujetado, seguramente se habría desplomado sobre el suelo.

—No he terminado —dijo él, llevándola a la cama.

Después continuó con lo que estaba haciendo, hasta que, sin avisar, cambió el ritmo, acelerando e intensificando las caricias. Ella se agitó en su boca y le rodeó la espalda con las piernas. Y entonces el mundo explotó a su alrededor, y ella gritó su nombre, disolviéndose por completo. Cuando recuperó el aliento, Gray estaba tendido a su lado, acariciándole el cuello y susurrándole al oído.

Sin pensarlo, se tendió de costado y se pegó a él, acariciando su erección con el vientre.

—No quiero parar —dijo ella—. Quiero más.

Él soltó una risa grave y masculina.

—Por supuesto.

La tendió de nuevo sobre su espalda y besó los senos, empezando a deslizarse de nuevo por su cuerpo.

—No —Joy lo detuvo y tiró de él hacia arriba—. Te quiero dentro de mí.

Gray cerró los ojos. Su expresión era tensa.

—Joy, no es necesario.

—Estás tan excitado que noto los latidos de tu corazón en la pierna. Hazme el amor —susurró ella, acariciándole la espalda—. Hazme el amor hasta que no sepamos qué parte de los dos soy yo y qué parte eres tú.

Gray abrió los ojos y le acarició suavemente la cara.

—¿Estás segura?

Joy asintió, le sujetó el cuello y lo besó. Gray la besó largamente, y después abrió el cajón de la mesita y se puso un preservativo.

Separándole las piernas con la rodilla, se acomodó sobre ella, apoyándose en los codos. Acariciándole el pelo hacia atrás, le besó la frente, la sien, la mejilla.

Y después, en un movimiento lento y medido, la penetró. No hubo dolor. Solo una increíble oleada de placer.

Apoyó la cabeza en el hombro femenino, mientras su cuerpo empezaba a temblar.

—¿Te hago daño? —preguntó con voz pastosa.

—No, no, todo lo contrario —le aseguró ella, empezando a moverse bajo él.

Gray pareció relajarse un poco, y después empezó a moverse con ella.

Joy se arqueó contra él, pegándose a sus caderas y separando las piernas al máximo, para tenerle por completo dentro de su cuerpo.

—Así —dijo él con voz ronca y gutural—. Mujer, me vas a matar.

El ritmo se hizo más intenso, aunque Joy tuvo la sensación de que él se estaba reprimiendo, tratando de contenerse.

—Más —dijo ella, mordisqueándole el hombro con los dientes—. Gray, quiero más.

—Rodéame las caderas con las piernas.

Joy así lo hizo y jadeó al sentirlo más profundamente todavía, en un movimiento de fricción que la llevó de nuevo al borde del clímax. Un clímax que quería compartir con él.

—No te contengas —dijo ella, clavándole las uñas en la piel—. Córrete conmigo, Gray. Déjate ir.

Gray soltó las riendas que le contenían y se entregó por completo, entrando profundamente en ella una y otra vez hasta que Joy gritó su nombre y se quedó rígida bajo él. A lo lejos, Joy creyó oír un grave rugido, y acto seguido el cuerpo masculino se convulsionó en el suyo una y otra vez.

Después, solo hubo silencio y el sonido de sus respiraciones entrecortadas.

Unos momentos después, Gray la acomodó entre sus brazos y la besó en los labios.

—Nunca había perdido tanto el control con nadie —dijo él—. ¿Te he hecho daño?

Ella se acurrucó contra él, disfrutando del contacto cálido de la piel.

—En absoluto.

—Cielos, Joy, jamás pensé que el sexo pudiera ser así.

Joy cerró los ojos y se rindió a la calma que había entre ellos. Ya pensaría mañana. Ahora solo quería descansar en sus brazos.

Gray se despertó sobre las cinco y se encontró abrazado a Joy, que tenía la cabeza apoyada en su pecho. Aunque tenía que regresar a Washington, se dijo que quizá se podría quedar con ella hasta la fiesta. Le besó el hombro, y la sintió moverse ligeramente contra él. La perezosa sensación de excitación con que había despertado se transformó súbitamente y ahogó su cuerpo con una oleada de calor y deseo.

Que se incrementó todavía más cuando ella tiró de él para que se tendiera sobre su cuerpo.

Gray la miró a la cara. Joy tenía los ojos entrecerrados, a mitad de camino entre adormilados y excitados.

Él no tuvo palabras para expresar lo hermosa que era; o cómo la noche anterior fue ella quien le había enseñado sobre la verdadera pasión, no al revés. Solo podía decírselo con la boca y con las manos. Con su cuerpo.

La besó despacio, separándole los labios con la lengua...

El teléfono sonó en la mesita de noche, a menos de un metro de donde él estaba, pero no respondió.

Después de cuatro timbrazos, dejó de sonar.

Estaba bajando la cabeza de nuevo cuando empezó otra vez, y unos segundos después el móvil que tenía en el bolsillo de la chaqueta, y la BlackBerry que había sobre la cómoda.

Cuando recibía tres llamadas tan insistentemente era por algo importante. Con una maldición, descolgó el teléfono inalámbrico de la mesita a la vez que se ponía en pie para atender los dos teléfonos móviles.

—¿Qué pasa?

—Soy Dellacore, jefe. Tenemos algo gordo.

—Espera un momento —dijo él, sacando el móvil del traje y abriéndolo—. Espera un momento, tengo a Randolf por el móvil. ¿Sí, Randy? Tengo a Dell en el otro teléfono. Te llamo luego.

Echó un vistazo a la BlackBerry. Era otro de sus empleados.

—Bien, ¿qué ha pasado? —dijo, saliendo del dormitorio, pensando que así Joy podría volver a dormir.

Cuando Gray cerró la puerta, Joy se acurrucó en la cama. Su cuerpo todavía estaba cargado de deseo, y pensó en cómo la había mirado él antes de besarla. Con una profundidad que nunca había visto antes. Sin querer engañarse, se dijo que aquello era algo muy parecido al amor.

¿Sería posible? ¿Por qué no? No necesitaba la experiencia de cien amantes para saber que lo que había ocurrido entre ellos había sido mucho más que sexo. Algo había cambiado entre ellos.

Las puerta se abrió y Gray entró.

—Tengo que volver a Washington ahora mismo.

—¿Qué ha pasado? —preguntó ella, incorporándose y cubriéndose con la sábana.

—Nada que deba preocuparte —respondió él, tajante, dirigiéndose al cuarto de baño.

Después de ducharse, salió totalmente vestido, con la expresión impasible y muy serio, y se acercó a la cama.

—No sé si podré venir a la fiesta —dijo, inclinándose hacia ella. Abrió la boca, y la cerró—. Nunca olvidaré lo que hubo anoche entre nosotros.

Le rozó la boca con los labios y se fue.

Joy se quedó sola y se dijo que habría habido algún tipo de

emergencia. Quizá su padre. Y pensó que la llamaría. Siempre la llamaba. Sin embargo, cuando llegaron las siete de la tarde y no supo nada de él, se sintió totalmente olvidada.

Por fin, mientras se duchaba para cenar, recordó fragmentos de conversaciones que había tenido con él.

«He dejado a muchas mujeres al día siguiente sin volverlas a llamar».

«Deberías haberlo guardado para un hombre que te quiera».

«Tenías toda la razón sobre lo de Tiffany's. Yo no quiero casarme. Nunca me casaré».

«Jamás pensé que el sexo pudiera ser así».

Sexo, no amor, pensó. Nunca le había dicho ni una palabra de amor.

Con amargura, Joy se dijo que ella tenía parte de responsabilidad. Él, conociéndose, había luchado contra la atracción que sentía por ella, incluso a pesar de que ella se había ofrecido a él sin reservas. Ahora que la había conquistado, era el fin.

Las cosas estaban muy claras. Ella estaba enamorada de él, pero él de ella no. Esa era la realidad.

CAPÍTULO 16

Poco después de las diez de la mañana del día siguiente, Joy caminaba por la Quinta Avenida con la sensación de haber envejecido diez años por cada hora pasada desde que Gray se fue.

A las cinco de la tarde, después de acudir a las diferentes reuniones y citas concertadas, se dirigió de vuelta al hotel, pensando en la recepción de aquella noche en el Congress Club como un obstáculo físico y real, algo que tenía que saltar o atravesar, pero que no podía evitar.

Antes de subir a la suite, comprobó en recepción el horario de los trenes. El último tren hacia Albany salía desde Penn Station a las once menos cuarto. La fiesta empezaba a las siete, y terminaría sobre las nueve y media. Si preparaba sus cosas ahora, tendría el tiempo justo para pasar por el hotel a recogerlas y llegar a la estación.

Mientras subía en el ascensor, pensó que su sueño de ir a Nueva York, estar con un hombre guapo y poderoso y hacerse un hueco en el mundo de la moda era un buen sueño, pero solo sobre papel.

Decidió regresar a Saranac Lake y terminar los cinco trajes que le habían encargado. Si de la fiesta de hoy salían más proyectos, podría regresar a Nueva York, aunque su centro de operaciones seguiría siendo Saranac. Con el dinero que había ganado hasta ahora, podía alquilar un apartamento para la abuela y para ella hasta que concluyeran los trabajos en White Caps.

Una cosa era segura. Nunca más volvería a alojarse en el hotel Waldorf Astoria, por mucho dinero que tuviera.

—Hola, papá —dijo Gray, entrando en el despacho de su padre—. Tengo entendido que ya lo sabes.

Gray llevaba en Washington desde la mañana anterior, pero aquella era la primera oportunidad de pasar por su casa.

—Lo. Sé —dijo el anciano desde el sillón donde estaba sentado delante de la chimenea.

Gray se sentó en otro sillón. Todavía no podía creer lo ocurrido. John Beckin se había suicidado, ahorcándose en el cuarto de baño de su despacho.

—¿Estás bien? —preguntó Gray.

—Triste —respondió su padre—. Habla.

Gray se aclaró la garganta antes de continuar.

—Estuve con Becks dos noches antes. Discutimos, y la cosa se puso fea, muy fea. Le amenacé con denunciarlo si no se retiraba.

—¿Crees. Culpa. Tuya?

—Le dije que, si no se retiraba, toda la prensa conocería sus trapos sucios.

Gray no podía quitarse de encima el peso de la última conversación con Beckin.

Se hizo un largo silencio.

—Beckin. Hablaba. Periódico.

—¿Qué? —Gray se echó hacia delante y apoyó los codos en las rodillas.

—Anna. Shaw. Llamó. Ayer —dijo su padre con dificultad—. Quería. Comentario. Sobre. Muerte.

El anciano hizo una pausa para recuperar el aliento, como si estuviera haciendo un esfuerzo infinito, pero quisiera hablar por encima de todo. Gray esperó pacientemente a que su padre ordenara sus pensamientos y los obligara a salir por su boca.

—Yo. Dije. Echaré. De. Menos —hubo otra pausa—. Ella. Dijo. Yo. También. Era. Mi. Mejor. Fuente.

Gray sintió escalofríos.

—¿Quieres decir que era él quien estaba sacando toda aquella información?

Su padre asintió.

—Creo. Beckin. Muchos. Demonios.

—Dios mío —dijo Gray, metiendo la cabeza entre las manos.

Su padre echó la cabeza hacia atrás y cerró los ojos. Su aspecto era sumamente frágil y Gray se preguntó cuánto tiempo les quedaba de estar juntos.

—Te quiero —susurró.

¿Cuánto hacía que no le decía aquellas palabras a su padre?

Walter abrió los ojos, sorprendido. Hacía mucho tiempo que no compartían un momento como ese. Incluso cuando sufrió la embolia, Gray estuvo demasiado ocupado con todo, tratando de ser fuerte, y apenas habían hablado.

—Te quiero, papá —repitió en voz alta y clara.

—Yo. También. Hijo.

—Te llamaré luego.

—Bien.

Su padre cerró los ojos. En su rostro había una serenidad nueva. Cuando Gray salía del estudio, su ayudante le llamó para decirle que su avión a Nueva York salía en cuarenta minutos.

Aunque sabía que en aquel momento su obligación era continuar en Washington, ya había hablado con el presidente y muchos de sus clientes, intranquilos por el efecto que podía tener el suicidio de Beckin en las próximas elecciones, y ahora solo quería volver a ver a Joy.

Quería haberla llamado desde que se separó de ella, pero apenas había tenido un minuto libre. Además, lo que quería decirle no podía hacerlo por teléfono. Y era esa necesidad de contárselo todo y desnudarse ante ella lo que le llevaba de nuevo a su lado.

Eran casi las ocho cuando aterrizó en el Aeropuerto Kennedy y fue directamente al Congress Club. Todo estaba como él lo había organizado: los diseños de Joy enmarcados y expuestos, ramos de flores frescas y velas encendidas, y ella, enfundada en un vestido de noche amarillo cromado, sonriente y hablando animadamente en el centro del salón. Sin duda era el centro de atención. Todo el mundo quería hablar con ella. Muchos la observaban con admiración.

No le necesitaba, pensó él con orgullo. Recordó la noche de la barbacoa, cuando bailó con ella por primera vez. Entonces le pareció muy joven, pero ahora la veía como la mujer que era. Fuerte, elegante e inteligente.

Un hombre se acercó a ella y le rodeó la cintura con el brazo. Gray se tensó, pero se dio cuenta de que era solo un reflejo. Cuando vio que Joy, sutilmente pero con firmeza, se apartaba del intruso, se dijo que no necesitaba la confirmación de que no iba a irse con ningún otro hombre. No después de la noche que habían compartido.

El problema era él, y solo él tenía que superarlo.

—Grayson Bennett, ¿verdad?

Gray miró al hombre con el ceño fruncido.

—¿Lo conozco?

—Estoy cubriendo a la nueva diseñadora para el *New York Post*, pero ya que está aquí, ¿puede hacer algún comentario sobre el suicidio de Beckin?

—No, ahora no.

En ese momento, un periodista del *Times* lo distinguió entre los presentes y echó a andar hacia él. Otras dos personas advirtieron su presencia y empezaron a cuchichear.

Gray salió al vestíbulo. No quería estropear la noche de Joy. Por mucho que deseara estar allí con ella, su presencia dispararía el interés por el escándalo político y los periodistas se olvidarían de los diseños de Joy.

La vería en su suite.

Cuando Joy se apartó del hombre que le había rodeado la cintura con el brazo, vio a Gray en la entrada.

Pero enseguida lo vio salir, y su corazón se heló.

Cielos, después de la noche que habían pasado juntos, seguía convencido de que ella era capaz de acostarse con el primer hombre que se le acercara.

—Joy, ¿te encuentras bien?

—Por supuesto —dijo, sonriendo a Cassandra.

—Ven, quiero presentarte a Lula Rathbone.

Dos horas más tarde, la recepción terminó y Joy regresó al Waldorf. Se arrepintió de no haberse llevado las maletas con ella, y esperó no encontrarse a Gray.

Pero cuando entró en su habitación, lo encontró sentado en un sillón junto a su equipaje.

—Has hecho el equipaje —dijo él con aspecto sombrío.

—Tengo el tren a las once menos cuarto — dijo ella, inclinándose para sujetar la carpeta de diseños y la vieja maleta.

Él le sujetó la mano.

—Suéltame —dijo ella.

—No quiero.

—¿Por qué? ¿Necesitas otro revolcón?

Él la apretó aún con más fuerza.

—¿Eso crees que fue la otra noche?

—Sí —respondió ella.

«Para ti sí. Porque para hacer el amor hacen falta dos», quiso añadir. «Y para ti solo fue sexo». Pero su orgullo se lo impidió.

La mano de Gray cayó a un lado. Estaba pálido, probablemente de rabia.

—Supongo que tengo que darte las gracias —masculló ella, furiosa—. Me has ayudado a triunfar, igual que haces con tus candidatos. Me dijiste qué tenía que ponerme, qué tenía que decir y gracias a tu poder de convocatoria la fiesta ha sido un rotundo éxito. Supongo que ahora tendré más encargos, lo que significa un trabajo estable. Es mucho a cambio de apenas un par de horas con mi cuerpo.

Gray se levantó de la silla, furioso.

—¿Así crees que soy?

—Tú no me quieres, no confías en mí, pero tienes remordimientos, y ahora me he dado cuenta de que la recepción de esta noche ha sido una versión diferente de lo de Tiffany's. Supongo que ahora puedes dejarme con la conciencia tranquila.

Gray se inclinó sobre ella, echando chispas de rabia por los ojos.

—Para que lo sepas, no tenía intención de dejarte. Hasta ahora —la rodeó y se dirigió hacia el salón—. Cierra la puerta al salir.

¡Como si el ofendido fuera él! Joy fue tras él, arrastrando el equipaje.

—¿Cómo te atreves? ¡Tú fuiste quien me dejó plantada hace dos días!

—¿Todavía no te has ido? —dijo él burlón desde el bar, donde se estaba sirviendo un bourbon.

Al mirarlo, Joy sintió las lágrimas que se agolpaban en sus ojos.

—Oh, bien. Ahora vas a llorar —le espetó él—. Primero me insultas, después te enfurruñas porque me siento ofendido, y ahora toca la escena de las lagrimitas. Quieres que me ponga romántico y que te suplique que te quedes, ¿verdad?

—No, nunca esperaría eso de ti —susurró ella.

—Es un alivio.

—Porque eres incapaz de amar.

Gray entrecerró los ojos.

—¿Cómo sabes de lo que...?

—¿Alguna vez he hecho algo que explique porque desconfías tanto de mí?

—¿Perdona?

—Te he visto en la fiesta. Te has ido cuando ese hombre se ha acercado a mí. Todavía crees que me voy a acostar con el primer idiota que me mire —dijo ella, furiosa—. Dios, debo haberte hecho algo horrible, aunque no tengo ni idea de qué puede ser. No confías en mí, ni siquiera para hablar de tu trabajo.

—¿Qué tiene que ver mi trabajo con esto?

—Cada vez que te pregunto evitas responder.

—No te gustaría saber...

—Sí me gustaría saber, claro que me gustaría. La noche que viniste a White Caps pensé que por fin confiabas en mí, que me veías de igual a igual, pero eso apenas duró un rato —Joy sacudió la cabeza—. Ha sido toda una experiencia, desde luego. Te he querido durante años, y lo único que ha estado a la altura de mis expectativas fue sentirte dentro de mí hace dos noches. Pero como todos los sueños, se esfumó al despertar.

—¿Me has querido durante años? —preguntó él sin levantar la voz.

Joy desvió los ojos, incapaz de mirarlo.

—Sí. Qué idiota, ¿verdad? Y eso no es lo más gracioso. Cuando te dije que te quería la primera noche que estuvimos juntos, lo dije de verdad —soltó una carcajada cargada de sarcasmo—. Pero no te preocupes, se acabó. Puede que sea una tonta, pero no soy masoquista —levantó la maleta—. Así que, adiós, Gray. Y una cosa más, sé que las aventuras de una noche son tu especialidad, pero si te entran ganas cuando vengas al norte y se te ocurre llamarme, no lo hagas. No quiero volver a verte.

Dio media vuelta y salió de la suite sin mirar atrás.

A pesar de la hora, la estación de tren parecía estar en plena hora punta y Joy, todavía enfundada en el elegante traje de noche amarillo, atrajo muchas miradas mientras se dirigía hacia el andén.

El tren ya estaba esperando. Al fondo había un revisor uniformado que se acercó a ayudarla.

—¿Necesita ayuda, señora?

—No, estoy bien. Gracias.

—Permita que la ayude a subir —dijo el hombre, amablemente, tomándole la maleta y ofreciéndole la mano para subir al vagón.

La inesperada amabilidad del hombre hizo que se le llenaran los ojos de lágrimas, pero logró contenerlas. Dentro del vagón, se sentó junto a una ventana mientras el revisor colocaba la maleta y la carpeta debajo del asiento.

Apoyó la cabeza en el respaldo y cerró los ojos. Sin fuerzas para evitarlo, las lágrimas empezaron a rodar silenciosamente por sus mejillas.

Un minuto después, el tren empezó a moverse.

A lo lejos, oyó unos gritos en el andén a medida que la locomotora iba aumentando la velocidad. Cuando los vagones avanzaban hacia el túnel de salida, alguien gritó:

—¡Dios mío, va a saltar! ¡Está loco!

Joy miró hacia atrás. La gente había dejado de colocar sus equipajes y miraban por las ventanillas. Con poco interés, se volvió hacia el cristal.

Un hombre corría por el andén al lado del tren, gritando algo.

Dios mío, era...

—¿Gray?

Joy se puso en pie de un salto, justo en el momento en que él saltaba en el aire.

—¡Gray! —gritó ella.

«Pies, no me falléis ahora», pensó Gray mientras saltaba hacia la puerta abierta del último vagón, que se acercaba peligrosamente a la entrada del túnel.

Por suerte, su trayectoria y su velocidad habían sido exactas y notó los zapatos deslizarle sobre el suelo metalizado del vagón. Tras recuperar el equilibrio, salió corriendo por el pasillo, mirando a los pasajeros. La gente se apartaba de su camino, y al fondo, a través de las puertas abiertas de los vagones, vio el vestido amarillo de Joy, que lo miraba con los ojos muy abiertos y muy asustada.

—¡No hemos terminado! —gritó él, avanzando por el tren—. ¡Joy, no hemos terminado!

Cuando por fin llegó a su altura, se detuvo, jadeando, y se sujetó al respaldo de uno de los asientos.

—No... hemos... terminado —repitió, jadeando.

El revisor se acercó a ellos.

—Disculpe, señora —dijo, dirigiéndose a Joy—. ¿Está molestándole este hombre?

Joy sacudió la cabeza y abrió la boca.

—Te quiero —dijo Gray—. ¡Te quiero, Joy Moorehouse! ¡Te quiero!

Joy lo miró con incredulidad. Y no fue la única. Prácticamente todos los pasajeros del tren estaban pendientes de él.

El revisor sonrió con condescendencia.

—Hum, ¿señora?

—No, no me está molestando, pero está loco —respondió ella, sujetando a Gray por el brazo y obligándolo a sentarse a su lado—. ¿Qué...?

Él le tomó la cara con las manos y la besó apasionadamente.

—Te quiero. Y espero que no sea demasiado tarde.

—No te entiendo —dijo ella, echándose hacia atrás.

—¿Cuánto tarda hasta Albany?

—Hum, unas tres horas.

—Suficiente. Tengo que contarte muchas cosas.

Para cuando el tren llegó a las afueras de Albany, Joy había dejado de pensar que era un sueño. Gray se lo había contado todo: sobre la relación con sus padres, sobre su infancia, y el infierno en que había convertido su profesión.

—Por eso la noche que fui a verte terminé yéndome como lo hice —confesó él—. Me había jurado no ser nunca como mi padre. Aunque sabía que tú no eras como mi madre, sentí pánico.

Le acarició el pelo.

—Lo siento, Joy. Siento haberte hecho pasar por todo este infierno —dijo él, pasándose la mano por la cabeza y respirando profundamente—. Pero hace un rato, cuando te has ido, ha sido como si me clavaran algo punzante en el pecho. Y no podía dejarte ir sin decirte lo que siento. Escucha, si estás harta de mí, lo entenderé. Puedes mandarme al infierno si quieres, me he portado como un imbécil —dijo él, e hizo una pausa—. Y yo que creía que era demasiado mayor para ti —añadió, esbozando una leve sonrisa—. ¡Qué equivocado estaba! En muchos sentidos, tú eres mucho más madura que yo. Sabes lo que sientes, y puedes hablar de tus sentimientos. En eso yo soy un desastre. Pero... te quiero.

Gray dejó de hablar y bajó la cabeza. Se miró las manos, que habían sostenido las de Joy durante todo el trayecto.

—Necesito saber si es demasiado tarde —dijo.

Joy le alzó el mentón con un dedo e inclinándose hacia él lo besó en los labios.

—No, no es tarde.

Gray la abrazó con fuerza y la apretó contra él, casi sin dejarla respirar. Cuando por fin aflojó un poco, Joy oyó un suave gemido a su espalda. Era la mujer que estaba sentada detrás de ellos, secándose los ojos y con una tonta sonrisa en los labios.

—Escucha, voy a dejar la política —continuó él, después de contarle lo sucedido con John Beckin—. Creo que podré dedicarme a dar clases en la universidad y llevar una vida menos ajetreada contigo.

—¿Conmigo?

—Si aceptas casarte conmigo, claro.

Joy lo miró sin poder creerlo. Gray se puso en pie y se arregló la chaqueta y la corbata. Y allí mismo, delante de un montón de desconocidos que observaban la escena con curiosidad, se arrodilló en el pasillo.

—No tengo anillo, pero no puedo esperar más. Joy, ¿quieres casarte conmigo?

Joy se llevó una mano la boca y empezó a parpadear nerviosa. La mujer que estaba detrás de ellos con un pañuelo en la mano empapado en lágrimas, dijo:

—Cielo, si no lo haces tú, voy a tener que hacerlo yo.
Joy se echó a reír.
—Lo siento, pero creo que acepto.
—¡Qué lástima! Pero me lo imaginaba —dijo la mujer, guiñándole un ojo.
—¿Te casarás conmigo? —preguntó Gray otra vez—. ¿A pesar de que no he hecho nada bien desde que empezamos a salir, y de que a veces soy muy testarudo y celoso? Pero te prometo que siempre te querré. Y siempre cuidaré de ti. Y siempre...
—Shhh —Joy se inclinó hacia él y le acarició las mejillas con los pulgares—. Sí, me casaré contigo.
En ese momento, justo cuando el tren entraba en la estación de Albany, el vagón entero rompió en aplausos y los pasajeros se levantaron, felicitándolos y dando vivas a los novios.
Cuando Gray la miró con ojos brillantes, Joy no podía creer lo que estaba sucediendo.
—Pellízcame —susurró.
—¿Qué?
—Para que sepa que no estoy soñando.
Gray sonrió y se acercó a su boca.
—¿No prefieres mejor un beso?
—Mucho mejor.

DESDE SIEMPRE

CAPÍTULO 1

Alex Moorehouse no tenía intención de responder a los golpes de la puerta. Tumbado boca arriba leía un libro y, en aquel momento, no tenía ganas de compañía. Había conseguido encontrar una posición que le aliviaba el dolor de su pierna, envuelta en una escayola, y que le permitía concentrarse en otras cosas.

Habían pasado casi tres meses desde que volviera a sentirse él mismo. Tres meses, cuatro operaciones y una infección posoperatoria que casi lo había matado.

Volvieron a llamar y siguió sin responder. Si era una de sus hermanas, ya volvería más tarde. Siempre volvían. Las dos se pasaban el día entrando y saliendo de la habitación para darle de comer, animándolo para que bajara o tratando de convencerle para que fuera a un psiquiatra. Las quería, pero deseaba que lo dejaran en paz.

La puerta se abrió emitiendo un crujido. Joy, su hermana pequeña, asomó la cabeza y sus ojos se posaron en la botella de licor que estaba en el suelo junto a la cama. Era un acto reflejo de las dos: abrir la puerta y fijarse en el whisky.

Así que se quedó mirándola a la espera de que dijera algo. Aquello iba a ser bueno. Joy parecía a punto de explotar.

—Hay alguien que quiere verte.

Él carraspeó antes de hablar.

—No —dijo y su voz sonó ronca.

Aquel whisky le estaba afectando a las cuerdas vocales y se preguntó cómo lo estaría haciendo a su hígado.

—Sí,…

—Te digo que no porque no he invitado a nadie.

La ventaja de quedarse en casa de otra persona era que era más difícil que dieran con él. Teniendo en cuenta lo que había pasado, debía estar agradecido porque el fuego hubiera convertido el hotel White Caps de su familia en un lugar inhabitable. Como consecuencia, Gray, el prometido de Joy, había recogido en su casa a todos los Moorehouse y, aunque Alex odiaba ser una carga, estaba contento de poder disfrutar del anonimato.

Además, aquel escondite era un lugar muy especial. La casa de Gray Bennett en las montañas Adirondack era un palacio lleno de antigüedades y la habitación de invitados en la que Alex había pasado las últimas seis semanas estaba en consonancia con el resto.

Por otro lado, Bennett, tenía muy buen gusto, lo que explicaba que quisiera casarse con la hermana pequeña de Alex.

—Alex…

—¿Algo más? —preguntó arqueando una ceja.

Joy se echó el pelo hacia atrás y el rubí de su anillo de compromiso brilló.

—Es Cassandra.

Al oír aquel nombre, Alex cerró los ojos y vio a la mujer de la que se había enamorado nada más conocerla seis años atrás, su melena pelirroja y sus ojos verdes, su deslumbrante sonrisa, su incomparable elegancia y su anillo de casada.

La culpabilidad lo embargó, al revivir la pesadilla. Regresó al velero, bajo la tormenta, luchando contra el viento y la lluvia mientras sujetaba a su mejor amigo. De pronto, su mano se había deslizado y lo había perdido en las aguas del mar. Había gritado su nombre en la oscuridad hasta quedarse sin voz y lo había buscado con una linterna entre las olas.

Aquella noche terrible, la rueda de la fortuna había girado y todos habían perdido. Reese Cutler había muerto, Cassandra se había quedado viuda y él se había sumergido en un agujero de odio del que nunca iba a salir.

—¿Va a quedarse en esta casa para tu boda? —preguntó él.
—Sí.

Alex apoyó las manos en el colchón y se incorporó. Le dolía todo.

—Entonces, me voy.
—Alex, no puedes.
—Mírame.

No le importaba si tenía que arrastrarse de vuelta a la propiedad de los Moorehouse. El taller de su padre tenía una pequeña cocina y un cuarto de baño. Además, teniendo en cuenta que no tenía teléfono, el lugar era perfecto para él.

—Prometiste quedarte hasta que vieras al doctor...
—Tengo una cita con el ortopedista el lunes.
—Alex, esperaba que los tres pudiéramos estar bajo el mismo techo durante mi boda —dijo ella en voz baja—. Frankie, tú y yo. Hace mucho tiempo que no estás en casa. Y después del incendio...

Alex no quería darle un disgusto más a Joy en un momento que debía ser de felicidad. Después de todo, White Caps estaba inhabitable tras el incendio de la cocina. Además, se imaginaba que echaría de menos a sus padres más que nunca. Ya hacía diez años que habían muerto en el lago.

—Por favor, Alex, quédate.
—Si lo hago, no quiero ver a esa mujer.
—Solo quiere hablar contigo.
—Dile que ya la llamaré más tarde.
—Puedes hacerlo tú mismo —dijo después de una larga pausa—. Lo está pasando tan mal como tú. Necesita apoyo.
—No por mi parte.

Lo último que aquella viuda necesitaba era compasión por parte de alguien que la había deseado durante años, que no había dejado de soñar con acariciar su piel y saborear su boca. Se merecía ser consolada por un hombre que fuera más honesto que él y que no se hubiera enamorado de la mujer de su mejor amigo. Cerró los ojos; no podía soportar el recuerdo de lo que había hecho.

—Alex...

—No tengo nada que ofrecerle, así que dile que se aleje de mí.

—¿Cómo puedes ser tan cruel? —dijo ella yéndose.

—Porque soy un canalla, por eso.

Cuando la puerta se cerró, Alex se sentó lentamente. Su cabeza daba vueltas y le ardían los ojos. Con ayuda de su brazo sano, levantó la pierna escayolada y la sacó de la cama. Lentamente apoyó el peso en una de las muletas y se levantó. Cojeando, se dirigió al espejo.

Tenía mal aspecto. Estaba pálido y tenía ojeras bajo los ojos enrojecidos y las mejillas hundidas. Se estaba consumiendo, pensó. Claro que la culpabilidad que sentía y el tiempo que había pasado en el hospital hubieran tenido el mismo efecto en cualquiera.

Miró su pierna. En un par de días sabría si la conservaría o se la amputarían desde la rodilla. Aquella brillante prótesis de titanio que habían colocado en el lugar de la tibia no había superado el primer implante. Cuando la cirujana ortopedista le había vuelto a operar seis semanas atrás, se lo había dejado bien claro: probarían una vez más y, si no, tendrían que cortarle la pierna.

Bueno, lo cierto era que no había sido tan directa. Aunque el resultado no le importaba. De cualquier forma, tanto con una prótesis artificial como con una pierna reconstruida, su futuro no estaba claro. Como capitán de la mejor tripulación de la Copa de América, necesitaba tener tanto el cuerpo como la mente en buena forma y ninguno de los dos lo estaba.

Volvieron a llamar a la puerta.

—Ya te he dicho que no voy a verla —gruñó.

—Eso me han dicho —dijo Cassandra al otro lado de la puerta.

Cassandra apoyó la cabeza en la jamba de la puerta. Como siempre, Alex parecía impaciente, malhumorado y sin ningún interés en verla. Nunca le había gustado a Alex Moorehouse, lo que había sido muy incómodo, puesto que había sido compañero de navegación de su marido, además de su mejor amigo y confidente. Reese siempre le había asegurado que Alex era solo un tipo raro, pero ella sabía que era algo personal. Aquel hombre siempre había hecho lo imposible por evitarla. Al principio, había pensado que eran celos, pero con el tiempo había llegado a la conclusión de que simplemente no soportaba verla, aunque no sabía qué había hecho para ofenderlo.

Así que no era una sorpresa que no quisiera verla ahora. Con su disciplina y su rigor, con la fuerza de su cuerpo y su inteligencia, ponía el listón alto tanto para él como para los demás. Estaba claro por qué su tripulación lo temía y veneraba a la vez y por qué Reese siempre había hablado de Alex Moorehouse con un brillo especial en los ojos.

De pronto, la puerta se abrió.

—¡Dios mío! —exclamó ella llevándose la mano a la boca.

Alex siempre había sido un hombre grande, musculoso, con la mirada de un animal salvaje. La primera vez que había visto a aquel hombre, aquel fenómeno de la navegación que su marido tanto veneraba, se había sentido intimidada.

La persona que tenía frente a ella en camiseta y pantalones de pijama parecía un cadáver. La piel de Alex colgaba de sus huesos, puesto que apenas había comido desde el accidente tres meses atrás. La barba ensombrecía sus mejillas hundidas y su pelo espeso, que siempre había llevado con un corte militar, estaba ahora largo. Pero sus intensos ojos azules fueron lo que más le impresionaron. Parecían sin vida en medio de aquel duro rostro. Incluso el color parecía haberse desvaído.

—Alex... —susurró—. Dios mío, Alex.

—Estoy guapo, ¿verdad?

Regresó cojeando hasta la cama, como si no pudiera sostenerse en pie durante más tiempo. Se movía como un anciano.

—¿Puedo hacer algo por ayudarte? —le preguntó Cassandra.

La respuesta que obtuvo de Alex fue una rápida mirada por encima del hombro mientras dejaba la muleta a un lado y se tumbaba lentamente sobre el colchón. Se quedó observándolo mientras colocaba la pierna con ayuda de las manos. Cuando por fin se recostó en la almohada, cerró los ojos.

No era esa la manera en la que imaginaba volver a verlo.

—He estado preocupada por ti —dijo.

Alex abrió los ojos, pero se quedó mirando el techo y no a ella. El silencio que se hizo a continuación fue frío y denso como la nieve. Ella entró en la habitación y cerró la puerta.

—Tengo un motivo para querer verte. ¿Te habló Reese alguna vez sobre su testamento?

—No.

—Te ha dejado...

—No quiero dinero.

—... los barcos.

Alex giró el rostro hacia ella. Apretaba los labios con fuerza.

—¿Qué?

—Los doce. Los dos de la Copa de América, la galera, el velero antiguo... Todos.

Alex se llevó una mano a los ojos y el músculo de su mentón se tensó como si estuviera apretando las muelas.

Ella reparó en que seguía teniendo una constitución fuerte a pesar de la pérdida de peso. El bíceps del brazo que tenía levantado tensaba la manga de la camiseta y las venas del antebrazo se le marcaban. Bajó la mirada hasta el pecho de Alex y luego hasta su estómago. La camiseta se le había subido al tumbarse dejando ver una fina mata de vello desde el ombligo hasta la cinturilla del pijama. Rápidamente, volvió a mirarlo a la cara.

—Creía que debías saberlo.

Se hizo otro largo silencio.

Las hermanas de Alex le habían advertido de que se había encerrado en sí mismo y tenían razón. Pero, ¿acaso se había abierto a los demás alguna vez? Recordaba que Reese le había dicho que conocía el carácter de su compañero como la palma de su mano, pero que los sentimientos de aquel hombre eran una incógnita.

—Creo que… Será mejor que me vaya —dijo ella finalmente.

Cuando tenía la mano en el picaporte, oyó que carraspeaba.

—Él te quería, lo sabes, ¿verdad?

Sus ojos se llenaron de lágrimas mientras se giraba hacia él.

—Sí.

Alex movió lentamente la cabeza y la miró. Su rostro reflejaba sufrimiento. Aquello la conmovió y cruzó la habitación. Él se apartó, moviendo el cuerpo al otro extremo de la cama y Cassandra se detuvo.

—Nunca entenderé por qué me has odiado todos estos años —dijo y su voz se entrecortó.

—Eso nunca fue el problema —replicó él—. Y ahora, por favor vete. Es lo mejor para los dos.

—¿Por qué? Eras su mejor amigo y yo, su mujer.

—No necesitas recordármelo.

Cassandra sacudió la cabeza y se dio por vencida.

—Los abogados se pondrán en contacto contigo para lo de la herencia.

Cerró la puerta tras ella y atravesó el pasillo hasta la habitación de invitados que le habían asignado. Se sentó en el borde de la cama con las piernas cruzadas, se estiró la falda, colocó las manos en su regazo y comenzó a llorar.

CAPÍTULO 2

Durante la tarde siguiente, Cassandra contemplaba al grupo que se había reunido en el salón para la ceremonia de la boda entre Gray y Joy. El padre de Gray, que todavía se estaba recuperando de una apoplejía, estaba sentado en una butaca. Nate Walter, esposo de Frankie, una de las hermanas de Alex, estaba junto a las ventanas. Cerca de él había un apuesto joven moreno con un tatuaje en el cuello. ¿Spike? Sí, ese era su nombre. Libby, el ama de llaves de Gray, estaba detrás de Spike sujetando la correa de un golden retriever que llevaba una corona de flores alrededor del cuello.

Junto a la estufa, estaba el sacerdote con un libro de tapas de cuero. Flanqueándolo estaban Gray y su padrino, Sean O'Banyon, además de las hermanas de Alex, Joy y Frankie.

Al cruzarse la mirada con Gray, Cass lo saludó con la mano. Hacía casi una década que lo conocía. Allí estaba, sonriendo como un colegial, irradiando amor mientras esperaba impaciente.

Unos minutos más tarde, las puertas que daban al comedor se abrieron y apareció Joy. Llevaba un sencillo vestido de raso blanco y sujetaba un pequeño ramo de rosas. Se la veía resplandeciente mientras se dirigía hacia Gray.

Cass miró hacia atrás una vez más. Llevaba toda la mañana preparándose para ver a Alex, segura de que no se perdería la boda de su hermana, a pesar de que no estuviera bien.

Justo cuando el sacerdote abría el libro que tenía entre las manos, percibió un movimiento a su derecha. Era Alex con sus muletas. Se quedó en el rincón más alejado, apoyado contra la pared. Se había afeitado y llevaba el pelo mojado peinado hacia atrás, retirado de la frente. Sin mechones ocultando su rostro, sus facciones quedaban al descubierto: sus altos pómulos, su mentón marcado, su nariz... Llevaba un pantalón de pijama negro de franela, con una de las costuras abiertas debido a la escayola y una camisa blanca. Tenía la atención puesta en la ceremonia, lo que le permitía estudiarlo sin que él se diera cuenta. Pero enseguida se obligó a apartar la mirada.

Alex se dio cuenta del momento en que Cassandra apartó la vista de él y se sintió aliviado. Había evitado mirarla, manteniendo los ojos fijos en su hermana, al menos hasta que el sacerdote se dirigió a Gray.

—¿Prometes amarla para siempre, honrarla y respetarla...

Alex ladeó la cabeza a la izquierda para poder ver mejor con el rabillo del ojo a Cassandra. Llevaba un espectacular traje de chaqueta rojo que le sentaba a la perfección y que seguramente estaba hecho a medida.

Pero no era aquella ropa elegante lo que la hacía estar tan guapa. La amaba, pero después de lo que había hecho, eso era deshonrarla a ella y a su amigo fallecido.

—Lo prometo —respondió Gray.

Los novios se besaron y se giraron hacia los presentes. Cuando los ojos de Alex se encontraron con los de Joy, se alegró de haber bajado. La saludó con una inclinación de la cabeza y sonrió, sujetando el peso de su cuerpo con las muletas. No quería quedarse para la recepción y pretendía irse antes de verse obligado a hablar con la gente.

Mientras se dirigía hacia el hall, levantó la mirada hacia la escalera. Tres tramos, dos descansillos, unos cuarenta escalones. Le iba a llevar unos diez minutos llegar arriba.

—¿Necesitas ayuda? —preguntó Spike.

Había estado siguiéndolo a cierta distancia

Spike era un buen tipo, pensó Alex. Era calmado y tranquilo, a pesar de que pareciera un peligroso criminal con todos aquellos tatuajes y piercings. Nate y él eran socios de la empresa de hostelería White Caps e iban a servir la comida en la recepción en casa de Gray.

—Gracias, pero estoy bien.

Alex se dirigió a la parte de atrás de la casa. Sería mejor utilizar la otra escalera para que nadie lo viera. Al abrir la puerta batiente de la cocina, percibió un agradable aroma y se sorprendió al oír rugir su estómago. Dio un paso con las muletas y se detuvo al oír su nombre.

—Hola, recién casada —respondió sonriendo y girándose hacia Joy.

—Muchas gracias por bajar —dijo ella y lo abrazó con tanta fuerza que apenas pudo respirar.

Incapaz de corresponder al abrazo, apoyó la cabeza en el hombro de su hermana. Alex estaba sorprendido de lo mucho que había significado su presencia para ella.

—Gracias —susurró ella de nuevo.

—No me lo hubiera perdido por nada en el mundo.

Se oyeron risas y de pronto la puerta se abrió. El padrino de Gray apareció, rodeando con su brazo a Cassandra. El gran hombre de las finanzas de Wall Street estaba riendo.

—...así que Spike y Nate se merecen un descanso, preciosa.

Ambos se detuvieron en seco. Alex sintió un incontrolable deseo de pelearse con aquel hombre. Pero eso era una locura. Cassandra era libre para dejarse abrazar por quien ella quisiera.

—Alex, ¿conoces a Sean O'Banyon? Es uno de los mejores amigos de Gray.

El hombre soltó a Cassandra y extendió la mano.

—Comprenderá que no estreche su mano —dijo, sonriendo con los labios, pero no con la mirada.

O'Banyon asintió, manteniendo la mirada de Alex mientras

apartaba la mano. Cassandra miró a uno y a otro, como si estuviera calibrando la diferencia entre ellos. Parecía confusa.

Bruscamente, Joy se puso delante de Alex como si estuviera tratando de distraerlo. Su hermana pequeña parecía haberse dado cuenta de la tensión del momento.

—¿Quieres que te traiga algo de comer?

—No, es la fiesta de tu boda y tienes que estar con tu marido —dijo Alex y sin pensárselo dos veces, continuó—. Cassandra me subirá algo arriba, ¿verdad?

Cassandra frunció el ceño.

—Claro.

Alex se giró hacia la escalera, consciente de que iba a ser el tema de conversación en cuanto saliera de allí. Pero no le importaba. Mientras se preparaba para subir, maldijo entre dientes. Si la idea era mantener a aquella mujer lejos de él, ¿por qué le había pedido que subiera a su habitación?

Alex apoyó las muletas en el primer escalón e hizo un gran esfuerzo para subir. Enseguida se arrepintió de no haber usado la escalera principal.

Cass oyó cerrarse la puerta de la cocina al regresar Joy a la fiesta. También oyó los ruidos de las personas que estaban al otro lado, en el comedor: las risas, las conversaciones, el descorche de una botella,... Pero a lo único a lo que estaba prestando atención era a los gruñidos y pasos de Alex mientras subía la escalera.

—Así que ese era Alex Moorehouse —comentó Sean—. He oído hablar mucho de él. Ha ganado varias veces la Copa de América, ¿no? No parece un tipo demasiado sociable, ¿verdad? —preguntó apoyándose en la encimera—. Incluso en el estado en el que está, parecía dispuesto a darme un puñetazo.

—Hemos venido por la comida, ¿recuerdas? —dijo Cass ignorando sus comentarios.

—¿Ha sido siempre así? —preguntó Sean.

—Ha pasado por mucho.

Con ayuda de unos paños de cocina, sacó una pesada fuente de carne asada.

—Lo imagino —dijo Sean, quitándole la fuente de las manos como si apenas pesara.

Fueron sacando plato por plato y, cuando los invitados dejaron el salón, el bufé estaba preparado en el comedor. Cass dejó que los demás se sirvieran primero. Cuando el resto de los invitados estuvieron sentados comiendo, tomó un plato y trató de adivinar lo que a Alex le apetecería comer.

Comenzó a subir la escalera. Estaba nerviosa a pesar de que no dejaba de repetirse que no debía darle tanta importancia. Se detuvo ante la puerta.

Alex era un hombre diferente y se había dado cuenta desde el momento en que lo había conocido. Era primitivo y salvaje mientras otros hombres eran dóciles y anodinos. No era de extrañar que le apasionara el mar. Era probablemente lo único en el mundo que le suponía un reto.

Recordó a su marido. Reese había disfrutado con la navegación y tenía un negocio floreciente y una tranquila vida hogareña. Aunque se fuera de vez en cuando a navegar, siempre regresaba con ella y se alegraba de dejar el velero. Alex nunca paraba. Al parecer tan solo pasaba en tierra cuatro o cinco semanas al año. El resto del tiempo estaba capitaneando embarcaciones y luchando contra el mar para ganar. Los últimos tres meses debían de haber sido para él una prisión, pensó.

—No podré comer si dejas la comida en el pasillo —dijo Alex desde dentro de la habitación.

Cass se sobresaltó. Respiró hondo y abrió la puerta.

—¿Cómo sabías que estaba...?

—El olor.

—¿Dónde quieres que lo deje? —preguntó ella, evitando encontrarse con su mirada.

—Aquí —contestó apartando los botes de medicinas para hacer sitio en la mesilla.

—No sabía lo que te gustaba, así que te he traído un poco

de todo —comentó dejando el plato y la servilleta—. ¿Quieres que te traiga agua?

—Gracias.

Tomó el vaso y se fue al cuarto de baño. En el lavabo, dejó correr el agua para que saliera fría y, entonces, llenó el vaso. Al volver, vio que no había tocado la comida

Cass lo miró. Él no había dejado de observar cada uno de sus movimientos.

—Deberías comer mientras esté caliente —dijo dejando el vaso.

—Tienes razón —dijo mirándola fijamente—. ¿Conoces bien a ese hombre?

—¿A quién?

—A O'Banyon. ¿No era ese su nombre?

—Lo conozco bastante bien. Era el asesor de inversiones de Reese y es un buen amigo de Gray. Fueron juntos a la universidad —dijo frunciendo el ceño—. ¿No vas a comer?

—Me recuerdas a mis hermanas —dijo estirando la servilleta mientras estudiaba el contenido del plato.

—Deja que te ayude —dijo tomando el tenedor de su mano.

—No necesito...

Haciendo caso omiso, se sentó en la cama y colocó el plato sobre su regazo. Él dejó escapar un gruñido mientras se apartaba. Ignorándolo, ella cortó la carne, pinchó un trozo con el tenedor y se lo acercó a la boca.

—Abre la boca —dijo.

—No soy un niño.

—Entonces, demuéstralo. Acepta que necesitas ayuda y come.

Estaba enfadado, pensó Cass, pero la obedeció. Tan pronto como el tenedor quedó limpio, volvió a llenarlo. A la cuarta vez, Cass cometió un error. Observó cómo separaba los labios y cómo sus dientes blancos se cerraban sobre la plata del tenedor. Al momento, el tenedor salió limpio. Contempló cómo masticaba y después el movimiento de su nuez al tragar. Le llamó la atención poderosamente la anchura de sus hombros y los músculos de su cuello y cómo su pelo se rizaba en el cuello de su camisa.

—Cassandra —dijo él. No parecía ser la primera vez que reclamaba su atención.

Sorprendida, lo miró a la cara. Sus ojos transmitían frialdad.

—Te he dicho que ya está bien. A partir de ahora seguiré yo —dijo tomando el plato y el tenedor.

—Volveré a recoger el plato —dijo Cass levantándose.

—No te molestes. Además, seguro que al final de la noche estarás ocupada.

—¿Cómo?

—¿Le gusta a O'Banyon ser tratado como a un bebé? ¿También le cortas la carne a él? El amor maternal no me resulta afrodisíaco, pero cada hombre es diferente, ¿no?

Tanto el tono de su voz como sus palabras no podían ser más insultantes. Ella fue a decir algo, pero él la interrumpió.

—Si vas a decirme que soy un bastardo, ahórratelo, ya lo sé. Y si piensas llamarme cualquier otra cosa, vas a tener que esforzarte para ser original. He tenido marineros muy creativos.

La miró con desprecio y, al ver que no decía nada, rio.

—¿Ni siquiera vas a intentarlo? Haces bien porque nada de lo que digas podrá sorprenderme.

Ella se echó hacia atrás el pelo con mano temblorosa. En poco más de un minuto, la había vuelto a llevar al borde de las lágrimas.

—No entiendo por qué te resulto tan repulsiva —susurró Cassandra—. No sé lo que he hecho para merecer…

Se detuvo. Mostrarse vulnerable no era lo más inteligente. Se dio media vuelta con lágrimas en los ojos. No quería llorar delante de él.

—Cassandra.

Ella agarró el pomo de la puerta.

—Cassandra.

Al oír movimiento en la cama y algo que se caía al suelo, miró por encima de su hombro. Alex se había puesto de pie y apenas podía mantener el equilibrio. Sin ayuda de la muleta y dando tumbos, se dirigía hacia ella. Si continuaba, iba a caerse de bruces, así que ella volvió a toda prisa junto a él.

CAPÍTULO 3

Alex tuvo la sensación de que se caía al suelo, pero no le importó. Se había equivocado. Sus palabras le habían llegado al corazón. Al dar el traspié, ella se abalanzó hacia él, pero antes de que su cuerpo se encontrara con el de ella, la apartó y estiró los brazos preparándose para el golpe. Prefería dar contra el suelo por dura que fuera la caída, que sentirla junto a su cuerpo.

Cayó sobre su hombro derecho. Maldiciendo, se dio la vuelta y vio que la había empujado sobre la cama. Antes de que ella pudiera estirarse la falda y ponerse de pie, tuvo una hermosa vista de su pierna y parte de su muslo.

—Lo siento.

Ella lo miró. Sus ojos brillaban intensamente. La había hecho llorar.

—Lo siento mucho.

—Te he ofrecido mi ayuda, pero sé que no la quieres.

—Cassandra, yo... —comenzó, pero volvió a dejar la cabeza en el suelo—. Perdona si he herido tus sentimientos. Y... no me rechaces.

Ella rio con ironía.

—No te rechazo —dijo ella lentamente—. ¿Es por eso por lo que has preferido caer al suelo a que te tocara? Eres la única persona que me ha hecho sentir sucia.

Él maldijo de nuevo.

—Eso no es…

—Por favor —dijo ella levantando la mano y se apartó—. Por favor, no digas nada más. No puedo soportar tu disculpa, es peor que tus insultos —dijo ella yéndose.

—Maldita sea, ¡ven aquí! —le ordenó.

Ella lo miró furiosa.

—¡Arréglatelas tú solo!

Él la agarró del tobillo sujetándola con fuerza.

—Ven aquí.

—Vete al infierno.

—Cassandra, por favor.

Ella puso los brazos en jarras y se inclinó, haciendo que su cabello cayera hacia delante. Él respiró y pudo percibir el olor a hierbas de su champú.

Aquel aroma le hizo recordar un día en que años atrás había salido a navegar con Reese y con ella. Reese había insistido en que Alex los acompañara con la clara intención de que su esposa y su mejor amigo mejoraran su relación. Aquel viaje había sido un infierno. Se suponía que duraría cinco días, pero al segundo Alex abandonó el barco en el primer puerto al que llegaron.

Había hecho un gran esfuerzo por sacarle defectos. Había tratado de encontrar sus costumbres irritantes y sus comentarios molestos para convencerse de que estaba lejos de la imagen de perfección que se había creado de ella. Sin embargo, había conocido su peculiar sentido del humor y su capacidad para disfrutar de la puesta de sol.

Tenerla tan cerca había hecho que se convirtiera en una obsesión. Cada vez que se duchaba, se sentía embriagado por el aroma del champú de Cassandra y de la pastilla de jabón sabiendo que habría acariciado su piel.

Pero todo eso había sido antes de que ella entrara en su habitación y lo viera desnudo. Después de ducharse, había salido del camarote pensando que Reese y Cassandra estaban nadando. Pero al oír una exclamación, se había dado la vuelta y la había visto allí, en la cocina, sirviéndose una limonada. Se había quedado mirándolo fijamente, derramando el líquido al suelo. En menos de una hora, abandonó el barco.

Ahora, al volver a aspirar y sentir el olor de su pelo, deseaba tumbarse sobre ella y hundir el rostro en sus curvas. Quería sentir sus muslos a cada lado de sus caderas, subirle la falda y…

—Suéltame —dijo ella.

—No, acércate por favor—dijo e hizo una pausa antes de continuar—. Mira Cassandra. Nunca he sido demasiado sociable y he pasado demasiado tiempo en alta mar. Siempre he tenido mal carácter y sé que últimamente no hay quien me aguante. No debería haberte pedido que subieras. Lo siento mucho.

Sus limpios ojos verdes recorrieron su rostro. Tenía una mirada inteligente y cálida, pensó. Lentamente, la tensión fue desapareciendo.

—Hay algo que puedes hacer para arreglarlo.

—¿El qué?

—Háblame de tu pierna. ¿Se está curando?

A pesar de que lo último que le apetecía en aquel momento era hablar de su herida, le debía una respuesta.

—No, no está mejorando. Me quitaron el hueso y me pusieron un implante de titanio. Seis semanas más tarde, tuvieron que quitármelo porque se produjo un rechazo y me pusieron otro. El lunes me dirán cómo va todo.

—¿Qué pasará si se produce un rechazo de nuevo?

—No tendré más opciones.

—¡Oh, Alex! —exclamó llevándose la mano a la boca.

Él sacudió la cabeza.

—No te preocupes. Pase lo que pase, sabré arreglármelas.

Era lo menos que se merecía por dejar morir a un buen hombre.

Apoyó las manos en el suelo y levantó el torso.

—¿Quieres que te ayude a levantarte? —preguntó ella.

—No, pero puedes acercarme la muleta.

Odiaba la idea de que lo viera retorciéndose para levantarse, pero al menos había apartado la mirada. Una vez en la cama, cerró los ojos, agotado.

—Por favor, acaba de comer. Te ayudará a recuperarte —dijo ella desde la puerta y al ver que no respondía, continuó—. Volveré por el plato y espero encontrarlo limpio.

La puerta se abrió y a continuación se cerró.

Sentía punzadas en su pierna al ritmo de los latidos de su corazón y esperó que aquel dolor desapareciera. Pero fue a peor.

Alex echó un vistazo a su colección de medicinas. Odiaba tomar aquellas pastillas porque le daban sueño, pero después de aquella caída, tenía que hacerlo. Tomó el bote, lo abrió y sacó dos pastillas, mientras miraba la comida.

Dejando escapar un gruñido, se inclinó y recogió del suelo una botella de whisky. La abrió y pensó en Cassandra. Aquel líquido oscuro le permitiría conseguir un par de horas de sueño. Se llevó la boca de la botella a los labios y volvió a desviar la mirada hacia el plato.

—¿Está todo bien ahí arriba? —preguntó Gray al ver a Cass regresar al comedor—. Oímos un golpe, como si se hubiera caído algo.

—Todo está bien.

Su amigo la miró entrecerrando los ojos, pero no dijo nada más.

Cass se sirvió un plato y se sentó cerca de Sean. El joven se levantó y apartó la silla para ella.

—¿Te he contado que hablé con Mick Rhodes? —preguntó Sean—. Le ha encantado lo que has hecho en su casa de Greenwich. Dice que eres un genio como arquitecto y que tienes unas ideas magníficas.

Ella sonrió, recordando a Rhodes y la casa colonial de seis habitaciones que tenía en Greenwich. Algunas personas sentían adoración por sus casas y él era una de ellas.

—¿En qué proyectos estás trabajando ahora?

—No he trabajado demasiado desde la muerte de Reese.

—¿Cómo te encuentras? —preguntó con su marcado acento de Boston.

—Mejor de lo que pensaba —respondió ella sonriendo—. Todavía a veces saco el móvil con la intención de llamarlo. El otro día estaba en el lago. El agua estaba agitada y el cielo cargado y pensé llamarlo para contárselo.

Se quedó mirando la comida. Se había quedado sin apetito y se acordó de Alex. No era de extrañar que no quisiera comer. Había perdido a su mejor amigo, a su compañero. Se había sometido a múltiples operaciones y ahora se enfrentaba a la posible amputación de una pierna.

—¿Puedo hacer algo? —preguntó Sean.

Ella puso la mano sobre la de él.

—Lo superaré. Y el trabajo me va a ayudar. De hecho, me gustaría encontrar un proyecto que me distrajera. Creo que estoy preparada.

—¿De veras estás buscando algo que hacer? —preguntó Joy desde la cabecera de la mesa.

Cass sonrió a aquella joven mujer, que se había convertido en su amiga.

—Sí.

—¿Por qué no echas un vistazo a White Caps?

—¿La casa de tu familia?

Joy asintió.

—Nos gustaría reparar pronto los daños causados por el incendio para poder abrir en junio. Pero no sabemos por dónde empezar y en quién confiar.

—Tenéis un hotel en la mansión, ¿verdad?

—Sí, por eso queremos darnos prisa.

Cass se tomó unos segundos para pensar.

—Podemos ir mañana, antes de que Sean y yo regresemos a la ciudad.

—Eso sería estupendo. No quería pedírtelo, pero estábamos deseando que nos ayudaras.

—¿Qué parte de la casa destruyó el incendio?

—La cocina y la zona de servicio se llevaron la peor parte. También dos dormitorios. Por suerte, el seguro cubre los arreglos.

—Bueno, echaré un vistazo encantada.

Cuando terminaron de cenar, Cass ayudó a Libby a recoger la cocina. Cuando acabaron, todos los invitados se habían ido a la cama.

Mientras subía la escalera, Cass se dijo que no había ningún motivo para volver a la habitación de Alex. Estaba sumida en sus pensamientos cuando se dio cuenta de que estaba delante de su puerta.

Lentamente, giró el pomo y asomó la cabeza. A la luz de la lámpara de la mesilla, vio que seguía tumbado sobre la colcha. Tenía los ojos cerrados y un libro sobre su regazo. Entró y cerró la puerta tras ella. Caminó despacio por la habitación, con la atención puesta en Alex. Su pie tropezó con algo y miró al suelo. Era una botella de whisky casi vacía. La recogió y, al dejarla sobre la mesilla, reparó en las medicinas que había junto a la lámpara. Algunas de ellas eran para mitigar los dolores.

Se fijó en su respiración, que era lenta. ¿Y si había mezclado el alcohol con las medicinas?

—¿Alex? —dijo en voz baja.

Rozó su brazo. Su piel estaba caliente.

—¿Alex?

Se inclinó sobre él, pero no pudo percibir ningún olor a alcohol. Su respiración era profunda. Tan solo estaba dormido. Debía tomar el plato y dejarlo descansar.

De un impulso, alargó la mano y acarició su mejilla, pero rápidamente la retiró. Si hubiera estado despierto, habría protestado. Pero estaba dormido y volvió a acariciarlo.

Alex se despertó nada más sentir la caricia en la mejilla, pero no se movió ni abrió los ojos. No sabía si estaba soñando. Entonces, volvió a sentir la caricia. Esta vez junto a la mandíbula. Respiró hondo, tratando de despejarse, pero al percibir el olor a hierbas, se detuvo y volvió a inspirar para asegurarse.

Al volver a respirar el aroma del romero, quiso llorar. Sus sueños, tan horribles y crueles, habían traído a Cassandra hasta él. Movió la cabeza, disfrutando de su caricia.

—Eres un milagro —susurró.

La caricia desapareció y emitió un gruñido de queja. En el mundo real, no podía tenerla. No podía soportar la traición a su mejor amigo. Pero en sueños, ella podía ser suya.

—Por favor —rogó con furia—. Por favor, acaríciame una vez más.

Esta vez sintió su palma en la cara. Frotó los labios contra su suave piel y después besó sus dedos. En aquella fantasía, podía sentirse libre con la mujer a la que amaba. Podía disfrutar de sus caricias, a la vez que acariciarla, sin preocuparse porque aquello era tan solo un sueño.

Tomó su mano y la llevó hasta la base del cuello, moviéndola de un lado a otro. Deseaba sentir aquel roce por todo su cuerpo y poder acariciarla con sus manos y labios. Echó hacia atrás la cabeza y se abrió los botones de la camisa, preguntándose por qué no estaba desnudo en aquel sueño.

Oyó un gemido al tomar su mano y dirigirla al pecho. ¿Había hecho él aquel sonido? Quizá.

Al llegar a su estómago, volvió a oír un jadeo y no, no era de él. Era ella y aquel sonido revelaba que le gustaba lo que su camisa había dejado al descubierto y que estaba disfrutando acariciándolo.

Pero entonces, ¿por qué se resistía al llegar a la cintura del pantalón del pijama? De pronto, sintió un peso sobre las caderas. Un libro, pensó. Tenía un libro sobre su erección.

Tenía que hacer algo por mejorar aquellas fantasías: ropa, libros... Tenía que hacer algo para que todo fuera más fácil.

Soltó su mano y apartó el libro de su cuerpo. Arqueó la espalda y agitó las caderas. Quería mostrarle lo que sus caricias le habían provocado y lo preparado que estaba para recibirla. Deseaba que lo acariciara allí donde tanto la deseaba. Su mano seguía detenida sobre el estómago, así que la tomó entre la suya y la guió más abajo.

Cuando ella rozó su miembro, fue él el que dejó escapar un gemido. Quería que aquel momento de intimidad fuera un inicio, pero su cuerpo tenía otros planes. Rápidamente, se sintió a punto de perder el control. Respiró hondo, olió el aroma de romero y agitó las caderas contra su mano.

Como respuesta a sus oraciones, los dedos de ella se cerraron sobre su pijama y no hizo falta más. Una oleada de éxtasis recorrió su cuerpo. Entusiasmado y agotado a la vez, dejó escapar las dos palabras que había mantenido en secreto durante tanto tiempo.

—Te quiero.

El alivio de decir la verdad devolvió la paz a su cuerpo. En su sueño, no había inconveniente en reconocer sus sentimientos. No tenía sensación de deslealtad. Aquella era la verdad que lo había estado consumiendo en su interior desde la primera vez que la había visto. La oscuridad se apoderó de él y comenzó a adormilarse. Por primera vez desde la tormenta, no tuvo pesadillas.

CAPÍTULO 4

Cass se dirigió a su habitación con piernas temblorosas. Cerró la puerta y se quedó allí apoyada. No sabía qué le había conmovido más, si lo que acababa de pasar o lo que Alex había dicho. Se llevó las manos a la cara. Todavía podía oírlo gemir y sentir cómo su cuerpo se volvía rígido antes de agitarse hasta quedarse relajado.

No había sido su intención que las cosas llegaran tan lejos. Desde el momento en que le había guiado la mano bajo su camisa, no había dejado de decirse que tenía que parar. Pero cuanto más lo acariciaba, cuanto más lo oía hablar, más difícil le había sido apartarse de aquella cama. Su reacción había sido increíble, como si llevara años esperando sus caricias.

Cerró los ojos y trató de calmarse. Pero solo pudo ver el pecho musculoso de Alex y su estómago plano, además de su abultada erección bajo la franela. Había acariciado su rigidez y la respuesta a su roce había sido explosiva. Lo había rodeado con su mano y él había agitado sus caderas con insinuantes embestidas. Había sentido su sacudida bajo su mano y...

Entonces había dicho aquellas palabras: «te quiero».

Cass se dirigió al cuarto de baño pensando en Reese. Había respetado a su marido por encima de todo. Lo había apreciado como amigo y consejero. Y tenía una deuda con él que nunca podría pagarle. Pero no podía afirmar que lo hubiera amado.

Mientras se lavaba los dientes, trató de concentrarse en el pasado y no en el presente. Se había casado con Reese porque se lo había pedido y ella había accedido, aunque le sacara veinte años y fuera a convertirse en su tercera esposa. Siempre había deseado tener una familia, un hogar y una estabilidad para sentirse segura después de una infancia de inestabilidad y miedo. Había confiado en que Reese siempre la protegería y la apoyaría.

Incluso aunque la engañara. Siempre le habían gustado las cosas bonitas y su carácter agresivo siempre le había hecho conseguir todo aquello de lo que se encaprichaba: empresas, piezas de arte, joyas, barcos, casas, mujeres...

Había sabido lo que la esperaba cuando se dirigía hacia el altar, así que lo que había ocurrido después no le había sorprendido. Sus aventuras habían sido discretas y le había llevado un tiempo descubrir la verdad. Cuando lo supo, no le dijo nada y continuó como si nada hubiera ocurrido. Desconocía las razones por las que había permanecido callada. Aunque echaba de menos a Reese, lo cierto era que nunca lo había amado profundamente.

Volvió a pensar en Alex. ¿Cómo se sentiría si un hombre la amara tanto? Un hombre que la deseara a ella y solo a ella y que no se fijara en ninguna otra mujer. Eso debía de ser especial, muy especial.

Alex se despertó tarde con una sensación de intranquilidad. Aquel sueño intenso y sensual... Miró hacia abajo. Su camisa estaba abierta en el pecho y el libro estaba a un lado sobre la colcha. Necesitaba ducharse. Su corazón comenzó a latir con fuerza. ¿Habría sido realidad? ¿Habría estado allí?

Giró la cabeza y vio el plato. Quizá, después de todo, no hubiera estado allí.

Se levantó de la cama y lentamente se fue al cuarto de baño. Se duchó con una bolsa de plástico enrollada a su pierna y se afeitó. Se sentía relajado y decidió bajar a la cocina para desayunar. Por suerte, no parecía haber moros en la costa. La casa estaba tranquila, señal de que los invitados se habían ido, incluyendo a Cassandra.

Se puso otro pantalón de pijama, una camiseta negra que había llevado en un maratón que había corrido en Boston y un jersey del mismo color. Al salir al pasillo, miró a ambos lados como si se tratara de una calle concurrida. Lo último que quería era cruzarse con alguien. Tardó diez minutos en llegar a la primera planta y se sintió ridículamente contento por el esfuerzo.

Entonces, pensó en la camiseta. Correr cuarenta y dos kilómetros en dos horas y media era algo de lo que solía sentirse orgulloso. Ahora, llegar a la cocina era toda una aventura. Era patético.

Fue al comedor y se detuvo junto a la puerta batiente.

—¿Libby, eres tú? —gritó.

—¡Alex! ¿Estás ahí? —preguntó el ama de llaves, preocupada.

—Espera un momento, ya voy.

Alex empujó la puerta y fue recibido por las muestras de afecto de Ernest, el perro.

—¿Quieres desayunar? ¿Te preparo una tostada como a ti te gustan?

Él levantó la cabeza. Al ver la cálida expresión de su rostro y su predisposición, se sintió tentado a pedir algo especial.

Carraspeó. No le gustaba que le sirvieran, pero tenía que aprovechar aquel ofrecimiento.

—Me apetecen unas tortitas, con mantequilla y sirope. Y beicon. Y café también.

Tenía hambre. Por primera vez en mucho tiempo, le apetecía comer.

—Siéntate a la mesa. Enseguida lo preparo.

Se sentó en una silla y el perro se acercó, luego se apoyó en la pierna sana.

—¿Quieres azúcar? —preguntó Libby.

—Lo quiero solo y sin azúcar, gracias.

—Estará listo en un segundo.

Mientras observaba la frenética actividad de la mujer, deseó poder ayudar.

—Mira, Libby. Creo que acabo de cambiar de opinión —dijo—. Tomaré unos cereales. No quiero que tengas que…

—Alex Moorehouse, cierra la boca. No quiero que vuelvas a abrirla hasta que tengas que meterte el tenedor en ella.

Tuvo que sonreír. Había pocas personas que conseguían ponerlo en su sitio y Libby era una de ellas.

Alex cerró los ojos mientras tomaba el primer sorbo de café. Estaba lo suficientemente caliente y fuerte como para resucitar a un muerto.

Mientras bebía y acariciaba la oreja de Ernest, disfrutó del momento mientras charlaba con Libby sobre los habitantes del lago.

—¿Más café? —preguntó Libby.

Él abrió los ojos y sonrió.

—Por favor.

Ella tomó la cafetera, rellenó la taza y regresó junto a la cocina para dar la vuelta a las tortitas.

Unos minutos más tarde, Libby colocó un plato lleno ante él, y comenzó a comer.

Cuando soltó el tenedor, tanto Libby como él se sorprendieron al ver que había dejado el plato limpio. Ernest parecía decepcionado.

—¿Quieres más? —preguntó Libby.

Alex se acarició el estómago.

—Sí, gracias.

Bajo el frío viento del mes de noviembre, Cassandra puso los brazos en jarras mientras observaba las ruinas del hotel White Caps. Al dirigirse hacia la casa, las cinco personas que estaban con ella la siguieron. Frankie, Nate, Joy, Gray y Sean habían decidido acompañarla.

Era una casa espléndida, pensó mientras comprobaba la impresionante estructura. Situada junto al lago sobre un acantilado, el lugar era fascinante.

—Thomas Crane fue el arquitecto, ¿verdad? —preguntó dirigiéndose a la cocina, donde los daños eran mayores.

—Fue uno de sus últimos trabajos —contestó Frankie.

—¿Tienes los planos originales?

—Sí, por suerte. Siempre se han guardado en el estudio de mi padre, así que se han salvado del fuego.

Cassandra levantó un gran trozo de plástico y atravesó lo que antes había sido la puerta de la cocina. Aunque hacía un mes del incendio, el olor a humo y cenizas permanecía en el ambiente.

—Esta parte de la casa no se hizo después, ¿verdad?

—No, está en los planos —dijo Frankie—. Cuando en los años setenta mi padre convirtió la mansión en un hotel, lo único que hizo fue ampliar la cocina. No hizo ningún cambio en la estructura.

Cass miró alrededor, estudiando los muros de carga. Parecían sólidos, aunque alguien había apuntalado uno para evitar que se desplomara. Miró hacia arriba. El techo estaba quemado en algunos sitios y se podía ver a través de las vigas, el piso de arriba.

—Quiero subir, pero no voy a usar esa escalera quemada —dijo señalando la escalera de servicio.

—La principal es más segura —replicó Nate.

Media hora más tarde, el grupo estaba de nuevo en el jardín.

—¿Qué te parece? —preguntó Frankie mientras se metían en el enorme Mercedes de Sean.

—Tengo que ver los planos y estudiarlos antes de darte un presupuesto y una estimación del tiempo que durará la obra.

—¿Crees que debemos tirar todo el ala y reconstruirla?

—No, aunque habrá que ir despacio para intentar salvar lo máximo. Dado el valor histórico de la casa, tendrás que buscar un constructor cuidadoso. La artesanía de las molduras en las habitaciones principales es extraordinaria. Tantas horas de trabajo... Gracias a Dios que el fuego no ha destruido la balaustrada de la escalera. Es muy raro ver esos detalles curvilíneos. Es increíble lo que se puede hacer con una herramienta, ¿verdad? —dijo y cerró los ojos recreándose en las imágenes de su cabeza.

Cuando llegaron a casa de Gray, el grupo entró a la cocina por la puerta de atrás. Ernest se acercó a ellos desde un rincón, dándoles la bienvenida.

—¿Lo harás? —preguntó Frankie.

—¿Hacer qué? —respondió Cass mientras se quitaba el abrigo.

—Ser nuestra arquitecta y dirigir la obra.

Cass se detuvo, no solo por la pregunta sino porque acababa de ver a Alex sentado a la mesa, en el otro lado de la habitación.

De pronto, Cass recordó su cuerpo arqueándose bajo sus caricias y bajó la mirada, dándose cuenta de que había dejado caer su abrigo sobre el perro.

—¿Y bien? —preguntó Frankie—. Podemos pagarte. La compañía de seguros demandará al fabricante de la cocina que causó el fuego. El dinero no es ningún problema.

—Yo...

Sean dio un paso al frente.

—Cass, ¿has preparado tus maletas? Tenemos que ponernos en marcha.

Ella carraspeó.

—Sí, están en mi habitación.

—Iré por ellas —dijo y atravesó la cocina, inclinando la cabeza al pasar junto a Alex—. Hola, Moorehouse.

—O'Banyon —respondió Alex.

El sonido de su ronca voz hizo que Cass recordara de nuevo la cama de aquel hombre, donde había acariciado su cuerpo, donde lo había visto agitarse, donde lo había visto...

—Cassandra, eres la persona perfecta para ocuparte de este proyecto —dijo Frankie.

Cass trató de prestar atención y sintió la mirada de Alex sobre ella. Tenía la sensación de que no aprobaba que trabajara en la casa de su familia.

—Será mejor que lo habléis los tres —dijo ella—. Me reuniré con mis socios y veré cómo tenemos el calendario de trabajo. Imagino que querréis que este proyecto vaya rápido para abrir en la nueva temporada. ¿Cuándo comienza?

—En junio —dijo Frankie—. Si empiezas a primeros de diciembre, tendrás siete meses.

Sean regresó, portando el equipaje y salió fuera seguido de los demás.

Cass se quedó dentro y tragó saliva. No podía irse sin dirigir una última mirada a Alex. Levantó los ojos y se encontró con los suyos. Su expresión era la que imaginaba, fría y distante.

—Espero que te vaya bien mañana en el médico —dijo.

Él inclinó la cabeza.

—Gracias.

«Eres un milagro. Por favor, acaríciame una vez más. Te quiero».

Ella se quedó mirándolo, preguntándose quién sería su amada. ¿Dónde estaba en aquel momento en que tanto estaba sufriendo? ¿Por qué estaba solo?

—Por cierto, no quiero que te sientas incómodo por decirme que no. Me refiero a lo de trabajar para tu familia. Quería darte una salida y, por eso, he sugerido...

—No soy un niño. Si hay algo que no me gusta, soy perfectamente capaz de decirlo.

La puerta se abrió y Sean asomó la cabeza.

—Cass, tengo una reunión en Rhodes Lewis esta tarde, tenemos que irnos.

—¿En domingo?

—Ya me conoces, trabajo veinticuatro horas, siete días a la semana. Vámonos —dijo y la puerta se cerró.

Cuando volvió a mirar a Alex, se alegró de que estuviera a punto de irse. Su mirada se había vuelto peligrosa.

—Tu amigo se está poniendo impaciente.

Por el modo en que había pronunciado la palabra «amigo», era evidente que pensaba que estaba saliendo con Sean y que era demasiado pronto para estar con otro hombre después de la muerte de Reese, pero no iba a perder el tiempo dándole explicaciones.

—Adiós, Alex —susurró.

Estaba convencida de que nunca más volvería a verlo, pensó mientras salía de la casa.

CAPÍTULO 5

Un mes después, Alex miraba el cielo blanco desde la ventana del taller. Iba a nevar durante el fin de semana.

Le encantaba el norte. El clima era muy extremo. Diciembre era un mes tranquilo en Saranac Lake. No había turistas, ni pasteles típicos de la temporada. Solo quedaban los lugareños y la Madre Naturaleza.

Frunció el ceño, preguntándose si a Cassandra le gustaría esa calma. Probablemente no. Ella llevaba una vida agitada en Manhattan. Siempre aparecía en las secciones de estilo de los periódicos y las revistas. A una mujer así no le gustaría vivir encerrada en una casa con chimenea y nada que hacer excepto el amor y ver caer la nieve.

Alex apoyó su bastón en el suelo y se fue al baño. En el camino tomó una barrita energética, su tercera del día. Se subió a la báscula, quitándole el envoltorio a la barrita y dándole un bocado.

Había recuperado algo de peso, lo que era señal de que se estaba recuperando.

Al bajarse de la báscula, apoyó cuidadosamente su peso en su pierna izquierda. Sintió mucho dolor en la pierna y retrocedió para mirársela. Le habían cambiado la escayola por una férula. Cada vez que se la quitaba, aunque fuese media hora, se sentía de maravilla.

Si lograba engordar un kilo a la semana, le llevaría unos tres meses recuperar su peso. Cada día ingería alrededor de cinco mil calorías. Aunque era difícil cocinar en la pequeña cocina del taller, se las estaba arreglando bien.

No se podía imaginar a Cassandra conformándose con una cocina tan rudimentaria. A ella le gustarían las cenas gourmet, en restaurantes franceses y con camareros de esmoquin.

Alex se enfadó. Tenía que dejar de pensar en ella, pero a medida que se acercaba el día de su llegada, le resultaba más difícil. Aquello no tenía sentido. Al fin y al cabo, él seguiría viviendo en el taller y ella se quedaría en casa de Gray mientras trabajara en White Caps.

Dejó de pensar en ello y cruzó el taller. La habitación no era grande y el suelo estaba limpio. Era un hombre ordenado por naturaleza, pero, además, considerando el grave estado de su pierna, no quería arriesgarse a tropezar con algo.

Se acercó a la caja que había comprado hacía tres semanas que incluía un juego de pesas y bancos de hacer ejercicio de colores plateado y negro.

Se puso los auriculares y se colocó su MP3 a la cintura de sus pantalones. Hacía ejercicio sin camiseta porque en pocos minutos se empapaba de sudor y agradecía tener el pecho descubierto. Se sentó en uno de los bancos apoyando la espalda y sujetando una barra. Cuando la levantó sintió cómo se contraían sus pectorales.

Al acabar la primera serie de ejercicios, se sentó erguido y respiró hondo. Normalmente Spike y él hacían ejercicio juntos, pero ese día su amigo estaba ocupado. Le gustaba tener a un compañero. El tiempo pasaba más rápido y además Spike era un hombre divertido.

Tomó un poco de agua de la botella que tenía a los pies.

El taller le resultaba cómodo. La cama donde dormía estaba al lado de la estufa. Diciembre era muy frío en el norte y, con su manía de quitarse las sábanas cuando tenía pesadillas, necesitaba tener algo caliente cerca por la noche. Su ropa estaba guardada en bolsas abiertas en el suelo. Los zapatos estaban ordenados en fila en frente de las bolsas. Las chaquetas y jerseys estaban colgados en ganchos.

Aquel orden le hacía pensar en Cassandra. ¿Por qué? ¿Acaso había algo que no le hiciera pensar en ella? Giró la cabeza a un lado y miró desde la ventana del taller hacia White Caps. La casa de su familia parecía haber sufrido un bombardeo, con plásticos cubriendo las ventanas y puertas quemadas. Era difícil pensar que aquel lugar pudiese estar bien de nuevo, y si alguien podía arreglarlo, esa era Cassandra.

Cuando Frankie y Joy decidieron que fuera ella la que se ocupara de las obras, le enseñaron fotografías de sus trabajos. Había diseñado y construido casas y ampliaciones por toda América y su especialidad eran los inmuebles antiguos. Así que era perfecta para lo que necesitaban y Alex no podía negarse.

Se tumbó y tomó la barra de nuevo.

Había sido muy duro verla abandonar la casa de Gray unas semanas antes. La había observado salir con O'Banyon, que la había acompañado hasta el coche con la mano puesta en su espalda. Según había visto desaparecer las luces del coche, había llegado a la conclusión de que ella pertenecía a otro mundo más refinado. Era miembro de la alta sociedad de Nueva York y tenía un ático en Park Avenue.

Él pertenecía a los sitios donde la bestia que llevaba dentro podía aullar en libertad. En el mundo moderno y en el mundo real, no había espacio para un hombre como él.

O'Banyon era el hombre adecuado para acompañar a Cassandra a sus fiestas. Siempre iba con el traje perfecto y la trataba como a una reina.

Alex dejó la barra y se secó el sudor de la cara con una toalla.

Definitivamente, O'Banyon era el tipo de hombre con el que debía estar. Aun así, le resultaba sorprendente lo rápidamente que se estaba recuperando de la muerte de Reese. Claro que, ¿por qué iba a estar sola si no quería? Extrañar a su marido y tener un amante no eran incompatibles.

Sin duda, O'Banyon la cuidaba bien. A él no le caía bien, pero tenía que admitir que el hombre no tenía un pelo de tonto. Seguramente sabía lo especial que era ella.

Alex volvió a tumbarse, tomó la barra y volvió a levantarla con fuerza.

Cassandra se detuvo frente a White Caps y apagó el motor de su Range Rover. El coche había sido un regalo de Reese por su cumpleaños hacía dos años. Él siempre decía que le parecía más seguro un coche grande.

Ahora entendía el punto de vista de Reese. En Saranac Lake ya había una capa de nieve en el suelo. Según se acercase el invierno y la nieve se fuera acumulando, agradecería la suspensión y el tamaño del Range Rover. Además, todo su equipaje le había cabido en el maletero.

Echó un vistazo a la casa, confirmando su primera impresión y refrescando su memoria. Después miró al granero que había tras la casa. De la chimenea salía una delgada columna de humo. Alex vivía allí ahora y estaba mucho mejor, según le había contado la hermana de él.

Cassandra salió del coche. El aire frío le sentó bien, era como una bienvenida a los Adirondacks.

Hubiera preferido haber ido a casa de Gray a deshacer la maleta y descansar un rato. Había conducido después de una reunión en la ciudad y llevaba el mismo traje desde las seis de la mañana. Pero quería revisar los planos originales y, según le había dicho Frankie, los dibujos debían estar en el taller. Además, quería aclarar las cosas con Alex desde el primer momento. Con él en el taller y ella trabajando en la casa, se verían a menudo, así que lo mejor sería acostumbrarse cuanto antes.

Mientras caminaba hacia el granero, reparó en lo bonita que era la fachada. Estaba pintada de un color rojo intenso y las paredes estaban un poco inclinadas. Pero las imperfecciones eran su atractivo. La naturaleza noble del lugar superaba cualquier defecto.

Se arregló el cuello de su camisa de seda y se colocó el cinturón dorado que llevaba. No sabía por qué se preocupaba tanto. Lo último que le importaría a Alex Moorehouse era lo que ella llevaba. Conociéndolo, su prioridad sería que lo dejara en paz.

La puerta del taller no tenía timbre, así que llamó dando unos golpes. Al ver que no obtenía respuesta, volvió a llamar. Mientras esperaba, el frío comenzó a ser incómodo. El viento atravesaba la fina lana de su traje y le llegaba a los hombros.

Sopló aire caliente a sus manos y volvió a tocar a la puerta. Se hizo daño en los nudillos al golpear la madera y se los frotó en la cadera.

Estaba a punto de volver al coche, cuando oyó un ruido en el interior.

Cassandra agarró el picaporte y abrió la puerta.

—¿Hola?

El ruido rítmico se hizo más intenso.

Entró a la casa y cerró la puerta para conservar el calor. Cuando se dio la vuelta, se detuvo.

Alex estaba tumbado boca arriba, levantando una barra de pesas. No llevaba camiseta, tan solo unos pantalones holgados de nylon. El sudor brillaba en su pecho desnudo.

Ella trató de mirar hacia otro lado, pero no pudo. Sus músculos se movían de una manera intimidante... y también erótica. Todo aquel movimiento le recordaba el momento tan increíble que habían compartido.

Él dejó las pesas y un ruido muy fuerte se propagó en la habitación. Se sentó y miró hacia adelante, como si estuviera en trance. Respiraba entrecortadamente.

Cass estaba a punto de decir algo cuando él se giró. Al verla, frunció el ceño.

—He llamado varias veces a la puerta —dijo ella.

Con un movimiento de la mano, él se quitó los auriculares, dejando que cayeran entre sus piernas.

—Llamé a la puerta —repitió ella.

Él le lanzó una rápida mirada y, sin decir palabra, se levantó, tomó su bastón del suelo y caminó alejándose de ella. Su espalda era tan fuerte como su pecho. Tenía un tatuaje negro que cubría su hombro derecho, era una brújula negra como la de los mapas medievales.

Había cambiado mucho en un mes, pensó Cass. Su cuerpo estaba recuperando su fortaleza y tenía mucho mejor aspecto.

Él se agachó y tomó una camiseta del suelo.

—Tu hermana me dijo que los planos de White Caps estaban aquí —dijo ella mirando a su alrededor para evitar ver cómo se ponía la camiseta.

Al oír sus pasos, Cass levantó la cabeza, pensando que se estaba acercando a ella. Pero no fue así. Se dirigía a un pequeño frigorífico que estaba en un rincón, bajo una mesa de madera.

Sacó tres latas y las abrió una a una.

—Has llegado pronto. Pensé que vendrías la semana que viene.

—Quería empezar ya, por eso vine a buscar los planos.

—No los he visto por aquí —dijo él y se bebió de un trago una lata. La tiró a la basura y tomó otra—. Pero te ayudaré a buscarlos cuando me acabe estas latas.

—¿Qué es lo que bebes? —preguntó ella.

—Una bebida energética, con vitaminas.

—Tienes buen aspecto.

Lo cierto es que tenía muy buen aspecto. Ya no estaba pálido y parecía haber recuperado su fuerza.

Cuando se terminó la última lata, asintió con la cabeza.

—Si los dibujos están aquí, tienen que estar ahí atrás.

Alex caminó lentamente hacia una puerta. Cuando la abrió, una brisa fría entró en la habitación.

—Vuelvo enseguida —dijo él encendiendo una luz.

—Quiero ayudar.

—Entonces espérame aquí —dijo él.

—No seas tonto.

—De acuerdo, pero vas a terminar en el suelo con esos zapatos.

Cassandra se acercó y miró el resto del granero.

—¿Y tú te las vas a arreglar mejor con la férula?

El lugar estaba ocupado a su máxima capacidad. Había una quitanieves, un cortacésped y un camión viejo. El granero era un almacén de máquinas inservibles y en total desorden. Ni siquiera se podía abrir camino entre las cosas.

Con Alex dirigiendo, se acercaron a una caja fuerte resistente al fuego del tamaño de un sofá. Era de metal, y parecía de los años treinta o cuarenta.

Alex giró la rueda un par de veces y apretó el manillar de bronce, mientras ella miraba por encima de su hombro. El interior estaba lleno de documentos. Alex trató de ordenar aquel desastre mientras revisaba los papeles.

Tras su apariencia de hombre salvaje, él era un tipo ordenado. En el taller donde vivía, todo estaba limpio y ordenado.

—¿No están ahí? —preguntó ella cuando él cerró la caja fuerte.

—No.

Él se levantó más rápidamente de lo que ella esperaba. Cuando ella retrocedió, su tacón se enganchó en una cuerda y la gravedad hizo su trabajo, haciéndola perder el equilibrio. Ella se agarró a lo primero que tenía a mano, que era el brazo de Alex.

Mientras sujetaba el peso de ella, sus hombros se endurecieron y sus bíceps se agrandaron, quedándose completamente quieto. Era el Alex que ella conocía, poderoso e invencible.

—Te avisé sobre esos zapatos —dijo él bruscamente.

Ella lo soltó y se frotó las manos en la falda.

—El problema no fueron los zapatos, sino no tener ojos en la nuca.

Inesperadamente, él giró la cabeza.

—Hay otro lugar donde podemos mirar —dijo él mirando la puerta por donde habían entrado—. Ve primero, mis ojos estarán en tu nuca.

Cuando regresaron al taller, él se dirigió a un viejo escritorio de persiana. Lo abrió y docenas de planos aparecieron, así como papeles azules enrollados con cuerdas blancas.

—Se parece al escritorio de mi oficina —dijo ella tomando algunos planos—. ¿Quién es el arquitecto en tu familia?

—Son documentos de construcción de barcos —dijo él tomando algunos y poniéndolos aparte.

Ella desenrolló uno de ellos. La estructura del yate estaba hecha con mucha precisión, con todas las medidas y ángulos precisos.

—Esto es precioso. ¿Quién...?

—Mi padre —contestó Alex.

Alex abrió un cajón y tomó una llave, después caminó renqueante hacia un armario. Sacó una caja y levantó la tapadera.

—Aquí están —dijo entregándole un documento enrollado en cuero—. Estoy seguro de que están ahí dentro.

Cassandra lo tomó y se dirigió a la puerta.

—Si te quedas el fin de semana, debes saber que se avecina una nevada. Va a resultar difícil viajar el domingo —dijo él.

—No me voy el domingo —contestó ella—. Me quedaré aquí hasta las vacaciones.

—¿Todo el mes? ¿Para qué? —preguntó él frunciendo el ceño.

—Para hacer el trabajo para el que me habéis contratado tus hermanas y tú.

—No te lo tomes a mal, pero es difícil imaginarte con un martillo.

—Los obreros llegarán muy pronto —dijo ella dirigiéndose a la puerta—. Les diré que no hagan ruido para no despertarte.

—No te preocupes, me suelo levantar temprano —dijo él—. Por cierto, Gray y Joy se han ido, ¿verdad? Han vuelto a Manhattan.

—Sí, me dijeron que tenemos la casa para nosotros.

—¿Nosotros?

Ella asintió con la cabeza, feliz de que Libby, el ama de llaves, y Ernest, el perro, fueran a estar en la mansión con ella. Al ver el rostro contrariado de Alex, pensó que había llegado el momento de irse. Al menos había logrado superar su primer encuentro.

—Hasta mañana —murmuró ella mientras salía por la puerta.

Alex observó cómo desaparecía el Range Rover y después regresó al escritorio de su padre, para estudiar los planos de los barcos. Tomó el que Cassandra había desenrollado y lo estiró. Las líneas estaban perfectamente dibujadas y el diseño era bueno, el casco de la embarcación aseguraba la estabilidad y rapidez. Aunque la popa parecía demasiado estrecha.

Se sentó en la silla para estudiar los planos detenidamente y olvidarse de Cassandra.

Sin darse cuenta, agarró un lápiz y comenzó a cambiar algunas cosas. Se sentía bien con el lápiz en la mano. Su mente, la concentración y su habilidad analítica combinaban con su instinto para el viento, la marea, le hacían sentirse...

Soltó el lápiz y enrolló el dibujo. Lo colocó en su sitio y cerró el escritorio. Al apoyar la mano en la madera, recordó a su padre. Habían tenido pocas cosas en común.

Ted había sido un hombre tranquilo y sin complicaciones. Había amado a su mujer y a sus tres hijos y había sido feliz viviendo junto a lago y dirigiendo un pequeño hotel. Le había gustado reconstruir barcos y diseñar yates, aunque nunca tanto como para convertirlo en un negocio.

Alex había sido siempre muy inquieto. Su madre decía que había sido muy rebelde. Solía saltarse las clases y sus únicos éxitos los había encontrado jugando al rugby y al baloncesto. El único motivo por el que soportaba los entrenamientos era por su ansia de competir.

Más tarde, había descubierto la navegación. Un grupo de millonarios pasaba los veranos en Saranac Lake. Enseguida había comenzado a navegar en los barcos de aquellas familias.

Rápidamente, se hizo conocido en aquel entorno por su intuición, valentía y coraje. Primero ganando carreras él solo y después pasó a los barcos grandes, ya que se le daba bien trabajar en equipo. Sabía cómo manejar y controlar a los hombres, además de motivarlos para ganar.

Antes de que se diera cuenta, había dejado escapar una beca de rugby para ir a la universidad y había pasado todo un año compitiendo. Se había perdido las vacaciones familiares, cumpleaños y aniversarios por su intenso horario. Sin apenas darse cuenta, pasaron un par de años hasta que regresó a Saranac. El motivo de su vuelta fue la muerte de sus padres en un accidente en el lago.

Al perderlos, no tenía a nadie en quien apoyarse, así que se cerró en sí mismo y se convirtió en otra persona.

Se marchó media hora después de que enterraran a sus padres. Era el colmo de su egoísmo, de su naturaleza egocéntrica. Irse en aquel momento no solo fue un acto de cobardía, sino una crueldad.

Después de eso, Frankie crio a Joy y se ocupó de White Caps. Él volvió a las competiciones, pero de un modo diferente. Lo que había empezado siendo una pasión se convirtió en una obsesión y llegó a ser uno de los mejores regatistas.

Consiguió muchas Copas de América gracias a su liderazgo. Era muy admirado y respetado, hasta que logró ser llamado El Guerrero. Mientras tanto, Frankie y Joy salieron adelante sin su ayuda. Probablemente pensaron que se había olvidado de ellas cuando lo cierto es que siempre las tenía en sus pensamientos.

Incluso ahora que estaba de vuelta en casa, sus hermanas le causaban remordimientos, al igual que Cassandra. Era debido a sus fracasos como hermano, como amigo y como hombre.

Alex quitó la mano del escritorio.

Había una época en la que había despreciado a su padre por querer llevar una vida tan simple. Pero ahora no estaba tan seguro. Para un hombre que había sido un buen padre, esposo, que se las había arreglado solo, que había sido querido y respetado por sus amigos y vecinos, esa había sido una vida ejemplar, vivida con honor.

Mucho mejor que la que él había llevado. Todos esos trofeos y placas que había ganado estaban en una caja en Newport. A diferencia de su padre, los logros de su vida estaban apilados y cubriéndose de polvo.

CAPÍTULO 6

Al día siguiente, Cassandra se encontró con el equipo que había contratado y les enseñó la casa. Había conseguido a esos hombres gracias a Frankie, quien había utilizado sus servicios a lo largo de los años. Eran hombres de mediana edad, fuertes y contentos de poder trabajar durante el invierno.

Además White Caps estaba resguardado. Con las ventanas y puertas cubiertas con plásticos y el calentador de propano trabajando al máximo, era un lugar templado y alejado del viento. El único inconveniente que podían mostrar era tener a una mujer como jefa, pero a ninguno de ellos parecía molestarle eso, al menos en aquella primera mañana.

Si alguno de ellos mostraba algún problema de actitud, ella sabía cómo resolverlo, siempre había sido así. No había pregunta que no pudiera contestar, ni problema que no pudiera solucionar, ni obstáculo que no pudiera sobrepasar. Ese conocimiento junto con lo trabajadora que era, iban a poder con cualquier subida de testosterona.

Cassandra miró a los hombres y les señaló la cocina

—Vamos a comenzar por aquí. Tenemos que sacar los armarios, las mesas y los electrodomésticos. No quitéis las vigas del techo aunque estén quemadas. Necesito construir una estructura en la segunda planta antes de decidir si quitamos todas o solo algunas —dijo ella.

Tim, un hombre rechoncho, con pelo oscuro y de fácil sonrisa asintió con la cabeza.

—¿Qué hay de la electricidad? —preguntó él.

—La caja de fusibles está apagada. El gas y el agua están cortados. A las nueve van a traer un generador para que podamos utilizar herramientas eléctricas y luces. ¿Alguna pregunta?

Ellos negaron con la cabeza.

—Vamos a trabajar, yo estaré arriba comprobando la estabilidad del suelo —dijo ella.

Alex rebuscó en la bolsa de lona con una toalla en la cintura. No encontraba calzoncillos.

Miró la ropa sucia que tenía. No le importaba ir sin ropa interior, pero no tener calcetines limpios era un problema. Sus pies siempre estaban fríos y no podía dormir con calcetines sucios. Iba a tener que ir a casa de Gray.

Miró hacia fuera por la ventana. El Range Rover estaba aparcado enfrente de White Caps, cerca de dos furgonetas y un antiguo Trans Am.

No había oído llegar a Cassandra y, teniendo en cuenta que se había despertado a las seis y media, se preguntó a qué hora habría llegado ella. Tampoco había visto llegar a los hombres.

Así que era hora de ir a supervisar al equipo.

Alex se colocó los tejanos, su último par de calcetines limpios, y se aseguró la férula en la pierna. Se colocó una camiseta y un jersey, metió su pie en una bota y caminó hacia la puerta con su bastón.

Afuera el suelo estaba congelado, la leve nieve cubría el césped como azúcar glaseado. Se detuvo y observó el cielo apagado y gris. Definitivamente nevaría esa noche.

Desde White Caps un sonido cortó el aire y luego algo fue arrojado desde lo que había sido la ventana de la cocina. El metal rebotó sobre el césped. Parecía parte de los mostradores de acero inoxidable.

Alex fue hacia la casa y contó cuántos hombres había mientras entraba por la cortina de plástico de la puerta trasera. Cuatro hombres de treinta y tantos años.

—¿Dónde está ella? —inquirió.

—¿Quién eres tú? —contestó un muchacho rechoncho.

A Alex le gustó que el muchacho se preocupara por quién entraba en la casa.

—Soy un Moorehouse.

—Ah, vaya... Usted es el hermano mayor de Frankie. El marinero que estuvo desaparecido...

—Sí. ¿Dónde está Cassandra?

—Está arriba —dijo el muchacho apuntando con su martillo.

Alex observó el techo chamuscado y no le gustó pensar que Cassandra estuviese caminando sobre los tablones de arriba.

—Gracias.

Cuando llegó al rellano de arriba, abrió las puertas que separaban los cuartos del personal y el de los invitados. Atravesó el pasillo desvencijado, mirando cada una de las habitaciones a su paso. Le recordaban a sus hermanas, a sus padres y a él mismo.

Al final del pasillo oyó un chirrido como si estuviesen levantando una tabla y pensó que sería alguno de los obreros.

Ojeó uno de los baños esperando encontrarse a Cassandra en medio del caos, vestida con un traje perfecto con tacones. ¿Dónde estaría ella?

Se dirigió hacia el ruido y abrió la puerta del último baño, el que estaba justo encima de la cocina. Había alguien con un jersey de capucha oscura y unos vaqueros azules. Tenía una palanca metida bajo un tablón de madera que estaba tratando de levantar. Había muchas tablas a su lado.

—¿Sabes dónde está Cassandra?

—Hola, Alex —dijo Cassandra quitándose la capucha.

Su pelo estaba recogido en una coleta, no llevaba maquillaje y sus mejillas ardían por el esfuerzo.

Alex parpadeó un par de veces y frunció el ceño.

Miró sus pantalones anchos con manchas de pintura, su ropa de trabajar y sus botas sucias. Estaba increíblemente atractiva con aquella ropa de trabajo.

—¿Quieres ver lo que estoy haciendo? —preguntó ella sonriendo.

—En realidad, solo he venido para decirte que esta tarde iré a casa de Gray a hacer la colada.

—De acuerdo. ¿Quieres quedarte para la cena?

Sí, claro. ¡Como si quisiera ver a O'Banyon tratando de conquistarla!

Aunque ahora que lo pensaba mejor, sería divertido echarle a perder una noche romántica.

—Sí, creo que iré. Estaré allí alrededor de las seis.

Cuando empezó a anochecer, Cassandra entró en la cocina de Gray, disfrutando de la cálida temperatura.

—¿Libby? —gritó mientras se quitaba el abrigo—. Estoy en casa.

Oyó pisadas de perro y de repente Ernest apareció bajando la escalera más despacio que de costumbre.

—Hola, gran hombre —dijo ella mirándolo—. Pareces cansado.

El perro de caza dio una vuelta delante de ella meneando la cola y después se colocó boca arriba en el suelo. Ella acariciaba su estómago cuando Libby llegó.

—¡Hola! ¿Cómo te fue en tu primer día de trabajo? —dijo la mujer poniéndose el abrigo de lana y una bufanda en el cuello.

—Bien —dijo Cassandra tratando de mantener su nivel de voz—. ¿Vas a salir a cenar?

—Mi hermano me llamó. Su mujer se cayó hoy y los dos están mal. Ella por razones obvias y él porque no sabe calentarse una sopa sin tener que usar el extintor. Así que, si no los ayudo a preparar la cena, vas a tener otra casa que reparar. He hecho un pollo relleno y lo he dejado en la nevera junto con una ensalada.

—Gracias por el detalle.

Oh Dios, iba a cenar a solas con Alex.

—¿Estas bien, Cassandra?

—Estoy bien, me tengo que dar una ducha rápida. ¿Ha comido ya Ernest?

—Se podría decir así. Rompió un paquete de galletas que se había salido de la bolsa de la compra y luego se pasó toda la tarde en el jardín. Parece que no se encuentra bien —dijo Libby acariciando la cabeza del perro.

—Entonces, necesita unos cuantos mimos.

—Eso le gustará. Ah, no me esperes despierta, mi hermano se pasa horas hablando.

Veinte minutos más tarde, Cassandra guardó el secador sin molestarse en peinarse. Tampoco iba a maquillarse. Estaba en el campo y no tenía necesidad de impresionar a Alex.

Ella no se esperaba que él aceptase la invitación a cenar, solo lo propuso por ser amable.

Se puso ropa cómoda: unos pantalones elásticos y un jersey blanco de cuello vuelto. Luego se puso calcetines gruesos y las zapatillas. Cuando entró en la cocina se acercó a la nevera pensando que debería empezar a sacar la cena. Seguro que Alex querría comer rápido e irse.

—¿Te acabas de duchar? —preguntó él apareciendo por detrás de ella.

—¡Dios...! —dijo ella sobresaltada.

—Lo siento. No pretendía asustarte —dijo él fijándose en su pelo.

—No, está bien —dijo ella.

Pero era evidente que no lo estaba, especialmente después de mirarlo.

Alex llevaba unos tejanos que le quedaban holgados en la cintura y un jersey de cuello vuelto negro. Llevaba el pelo oscuro peinado hacia atrás y parecía húmedo. Bajo la suave luz, parecía muy apuesto.

—Libby nos dejó algo preparado —dijo ella.

Se acercó a la nevera pensando que quizás podría meterse allí. La cocina parecía el trópico. Se imaginó las manos de él dirigiendo las suyas por su torso y bajando hacia su...Ahora la cocina era un volcán.

—¿Vamos a cenar aquí? —preguntó él con voz cansina.

Ella colocó el pollo en la mesa y fue por la ensalada.

—Claro que sí, no hace falta que seamos formales.

Ella vio cómo Alex se fijaba en la puerta batiente, como si alguien fuese a entrar. Alguien que no era de su agrado por la mirada que tenía.

—Parece que te sorprendiste esta mañana cuando me viste —dijo ella mientras tomaba un plato y partía el pollo.

—¿Necesitas ayuda?

—¿Estabas sorprendido? —insistió ella.

Era perverso, pero quería escucharlo diciendo que sí. Quería sentir la satisfacción de haberle sorprendido, aunque fuese solo un poco.

Hubo una pausa.

—Sí.

Colocó el plato de pollo en el microondas, luego llevó la ensalada a la mesa y tomó una botella de vino blanco.

—¿Puedes darme las servilletas? Creo que están detrás de ti.

Él miró hacia la puerta, sonriendo con malicia.

—Claro.

—¿Por qué miras tanto hacia la puerta?

Pero él estaba agachado abriendo los cajones y no la escuchó. Quizá estaba preocupado por el perro. Para un hombre con la pierna impedida, podía resultar peligroso.

—No te preocupes por él —dijo ella—. Se queda arriba.

—¿Ah, sí? —preguntó Alex mirando por encima del hombro.

—No se encontraba bien.

—Pobrecito —murmuró él—. ¿Así que cenaremos solos?

Ella asintió con la cabeza.

—No te preocupes, lo he estado mimando antes de que tú llegaras.

Alex frunció el ceño con un sentimiento de angustia en los ojos.

—Estoy seguro de eso —dijo amargadamente.

Mientras Alex tomaba dos servilletas, trataba de no pensar en los mimos que le habría prodigado a O'Banyon.

—¿Te has encariñado con él? —preguntó Alex, arrepintiéndose al momento.

Cassandra frunció el ceño y se echó a reír.

—Lo adoro. Aunque puede llegar a ser fastidioso, siempre encima de mí.

Perfecto, no tenía ningún interés en saber que O'Banyon era un amante insaciable. Quizá debería irse antes de que le contase el tamaño de su...

—¿Quieres un poco de vino? —preguntó ella.

Cassandra estaba muy sexy esa noche. Llevaba su melena pelirroja suelta y más rizada que de costumbre, como si se lo hubiese dejado secar al aire. Deseaba juguetear con sus rizos y besarla.

—Alex, ¿quieres vino?

—Sí, voy por los vasos y los cubiertos.

El microondas pitó. Ella sacó el plato y lo llevó a la mesa mientras él tomaba los cuchillos y tenedores. Antes de sentarse, Alex metió la ropa en la secadora.

Cuando regresó, ella estaba sentada sirviendo vino blanco. Parecía cansada.

—¿A qué hora llegaste a White Caps esta mañana? —preguntó él mientras se sentaba.

—No me acuerdo.

—Yo me levanté temprano y ya estabas allí.

—No te preocupes, no me pagas por horas —dijo.

Él se terminó la comida y repitió. Cuando estaba a mitad de su segundo plato se fijó que ella apenas había tocado la comida.

—¿Qué pasa? —preguntó él apuntando con la cabeza a su comida.

—Nada —contestó ella encogiéndose de hombros.

—¿Por qué no estás comiendo?

Cassandra agitó la cabeza y revolvió la lechuga.

—Estoy pensando en vender el ático de Reese —murmuró ella.

—¿El de Manhattan?

—Sí.

—¿Dónde vas a ir?

—Quiero algo más pequeño. No es porque necesite el dinero, sino... —hizo una pausa para tomar un poco de vino y alejar su plato—. ¿Te sientes solo a veces?

—Come más —dijo él. Era lo único que se le ocurrió decir para no tener que contestar.

—Es una pregunta estúpida. No eres el tipo de hombre que necesita gente —dijo ella bebiendo más.

—Has trabajado duro hoy, necesitas comer —dijo Alex, señalando el plato de ella.

Si seguían así, pronto no tendrían tema de conversación, era mejor cambiar de tema, pensó él.

Oyeron un ruido que provenía de arriba.

—Perdona, tengo que subir para ver qué le pasa —dijo Cassandra caminando hacia la escalera de atrás.

Alex frunció el ceño preguntándose por qué O'Banyon y ella no se alojaban en el cuarto de invitados de la parte delantera de la casa.

—Ahí estás —dijo ella apoyándose en la barandilla—. ¿Estás bien, Ernest?

¿Ernest?

—¿Quieres salir afuera? —preguntó ella dándose palmadas en los muslos.

Se oyó un suave ruido y luego el tintineo del collar del perro. El perro de caza entró en la cocina meneando la cola delante de Alex, pero enseguida se acercó a la puerta de atrás que Cassandra sujetaba.

—Cassandra.

—¿Sí? —ella cerró la puerta y volvió a la mesa.

—¿Quién más está en la casa?

—Nadie. Libby se fue a casa de su hermano. ¿Por qué? —dijo ella moviendo la cabeza a un lado.

Alex se limpió la boca con la servilleta y se echó para atrás en la silla. ¡Qué idiota había sido!

—Te propongo una cosa: si comes, te contaré... —dijo él suspirando mientras ella lo miraba.

—¿Así que tú también te sientes solo? —dijo ella con sus verdes ojos abiertos de par en par.

—Toma ese tenedor.

Cuando ella comenzó a comer, él tomó un trago y se aclaró la garganta.

—No, no me siento solo —dijo él haciendo una pausa—. No me llevo bien con la gente.

Los ojos de ella se abrieron más, como si se sorprendiera de que le estuviese contando aquello.

—¿No te llevas bien con ...? —preguntó ella suavemente.

—Realmente nunca me he llevado bien con la gente. Me llevo bien si estoy en un ambiente de competición, pero si no, me pone nervioso —dijo él mientras ella lo miraba con la boca abierta—. ¿Qué?

—Perdón, es difícil imaginarte a ti asustado de algo, o de alguien.

—No he dicho que estuviera asustado.

¿Estaba ella sonriendo? No podía decirlo porque se había llevado la copa a los labios.

—Entonces, ¿por qué te ponen nerviosos? —preguntó ella.

—¿Qué tal más pollo?

—Yo no...

—Sí, yo tampoco quiero decir nada más.

Cassandra levantó el tenedor y luego se llevó la mano a la ceja. Tenía que conseguir que Alex siguiera hablando. Era sorprendente saber que tenía puntos débiles.

Él tomó un largo trago de su vaso.

—Nunca sé qué decir. En encuentros sociales, todas esas conversaciones sobre nada en particular. Mi mente se apaga. Esa es una de las cosas que me gustan de estar en el océano, no hay que hablar. Además, cuando llego a tierra firme, la gente me mira como si fuese un dios, es muy raro.

¡Alex Moorehouse era tímido! Seguía siendo un hombre duro, irradiaba un poder masculino y una sensualidad inherente y algo peligrosa. Pero saber que era vulnerable le hacía más atractivo y sexy.

Cuando él se movió en su asiento, ella se dio cuenta de que lo estaba mirando fijamente y apartó la vista a su plato.

—Reese y yo nos llevábamos bien —murmuró él—. Porque él sabía cómo yo soy. A él le gustaba tener atención, yo no soportaba a los reporteros ni a los seguidores, ni las fiestas. Nosotros trabajábamos bien juntos .

Cassandra sintió un golpe en el pecho. Las fiestas. Sabía muy bien que a Reese le habían encantado las fiestas. Así fue como se enteró de que él la estaba engañando. Él la llamó desde una fiesta en Sídney, Australia. Ella había oído gente hablando y la música de fondo, él le había asegurado que se trataba de una celebración tras una exitosa carrera. Justo después de colgar el teléfono, este sonó de nuevo, y antes de que ella pudiese decir nada, él volvió a hablar.

—Reúnete conmigo en diez minutos. Ya sabes cuál es mi habitación —y después colgó.

Él nunca se dio cuenta de que había pulsado la tecla de rellamada en vez de cualquier otro número que había programado en su teléfono móvil.

Pensó en decírselo cuando volviera, pero al final lo había dejado correr. Ahora deseaba que todo hubiera quedado al descubierto. En aquel momento, lo más importante había sido conservar la paz y la estabilidad de su vida. Pero ahora, tras esos meses de caos después de su muerte, se preguntaba por qué había protegido la mentira.

El sonido del vino cayendo en la copa la devolvió a la realidad. Alex dejó la botella y miró fijamente la copa.

—Lo debes echar de menos —dijo ella.

—Sí, él era mi compañero y mi amigo —dijo Alex frotándose los ojos.

—Pensé que vendrías al funeral, y cuando vi que no estabas, supe que estabas dolido de verdad.

—No podía estar allí. Me dijeron que fue muy bonito.

—Lo fue, a él le hubiera gustado ver a toda esa gente. Recibí muchas cartas desde todo el mundo, tenía amigos en todas partes.

Hubo un largo silencio.

—¿Cómo llevas tu vida sin él? —preguntó Alex.

—Bueno, ajustarse lleva tiempo —dijo Cassandra empujando un trozo de pollo en su plato.

Alex la miró extrañado.

—¿Es esa una respuesta incorrecta? —murmuró ella.

—No. Solo que esperaba una distinta.

Él entrecerró sus oscuros ojos.

—¿Esperabas que dijera que mi vida está acabada? —dijo ella con tristeza.

—Sí, quizá.

Cassandra dejó el tenedor y alejó el plato.

—Reese fue muy importante para mí, y por supuesto que lo echo de menos.

Su vida no estaba acabada, y de alguna manera parecía una traición, casi como las de él con las otras mujeres.

—Él hablaba de ti todo el tiempo. Cuando terminábamos el trabajo y la tripulación se despedía, él se sentaba conmigo en la cabina y hablaba de ti.

—¿En serio?

—¿Por qué te sorprende?

Porque, si de veras la hubiera amado, no habría necesitado a las otras mujeres, pensó ella. ¿Por qué se tenía que enterar de estas cosas ahora que él no estaba?

—También él hablaba mucho de ti. Me contaba todas las cosas que hacías y cómo manejabas las situaciones. Te respetaba más que a nadie, Alex. Solía decir que eras el hermano que nunca tuvo —dijo Cassandra.

Ella lo miró a la cara. Alex parecía metido en sí mismo y su rostro se había entristecido.

—No soy nada de esas cosas —murmuró él.

—Para él lo eras.

Alex se terminó su vaso de vino y señaló al plato de ella.

—Parece que has terminado.

—¿Qué? Ah, te refieres a la comida. Sí, eso creo.

Alex se levantó de la mesa y empezó a recoger.

—Yo me encargo de eso. No te preocupes.

Él asintió con la cabeza y abrió su teléfono móvil.

—Hola. ¿Puedes venir a recogerme? ¿Sí? Gracias.

Mientras ella dejaba entrar al perro, Alex fue al cuarto de la lavadora. Diez minutos después, él salió con una bolsa de lona, justo a tiempo para ver las luces de un coche llegando.

—¿Cuándo llega Libby a casa? —preguntó él.

—Tarde, dice que a su hermano le gusta hablar.

—¿Estarás bien aquí tú sola?

—Sí, sí, gracias.

Él se quedó apoyado un momento en la puerta.

—Buenas noches entonces.

Alex dijo adiós con la mano a Spike y entró en el taller. El fuego de la estufa se había apagado y hacía frío. Volvió a encenderlo y se sentó en la cama. Un minuto después, salió afuera y caminó con cuidado sobre el césped hacia el lago. La tormenta de nieve había llegado y caían grandes copos. El aire frío que soplaba traspasaba su ropa.

Caminó sobre el muelle con cuidado de no caerse.

Las palabras de ella no eran las de una mujer con el corazón roto. Su tono era frío. Había imaginado que estaría destrozada.

Aunque era positivo que Cassandra estuviera saliendo adelante. Nuevo amante, nuevo proyecto y pronto, una nueva casa. Estaba seguro de que Reese hubiese aprobado que ella comenzase de nuevo su vida.

Y ese era otro motivo por el que su amigo se merecía a Cassandra y él no. Si él hubiese sido su esposo, habría preferido que lamentara su muerte durante el resto de su vida.

Se quedó mirando fijamente al lago hasta que su cuerpo se enfrió tanto que sus músculos empezaron a tiritar para generar calor. Volvió al taller y se sacudió la nieve del pelo, después se desnudó y se puso un par de calcetines limpios. Una vez en la cama, cerró los ojos.

Veía imágenes de Cassandra en la oscuridad. Se imaginaba sus ojos tan verdes como las hojas de un arce en verano.

Se dio la vuelta y golpeó la almohada. Las sábanas rozaron su excitación y le hicieron apretar los dientes. Cuando arqueó su espalda para intentar quitarse la tensión, sintió más calor. Se la imaginó tumbada contra su cuerpo desnudo con su pelo rojo sobre su almohada y su piel contra la de él. Se imaginó junto a ella, hundiéndose en su cuerpo lentamente. Podía sentir sus manos en la espalda, mientras él agitaba las caderas y oía cómo decía su nombre al llegar al clímax.

Después, vio cómo él la abrazaba mientras ella se quedaba dormida.

Alex maldijo en la oscuridad. El canalla que llevaba dentro no la iba a dejar ir. No podía dejar de tener visiones, incluso con la culpabilidad que sentía y con el conocimiento horrible de lo que había hecho.

Tumbado en la oscuridad, dejó que el dolor lo embargara por desear lo que no podía tener. Su sufrimiento le parecía un justo castigo.

CAPÍTULO 7

Una semana más tarde, Cassandra aparcó el Range Rover en White Caps, tomó su cuaderno y se encaminó a la casa. Al pasar junto al contenedor, se dio cuenta de que había que vaciarlo.

Justo antes de entrar en la casa, miró hacia el taller. Una sombra se apartó de la ventana.

Alex la había estado observando de nuevo. Parecía que lo hacía siempre que ella iba y venía, y siempre conseguía ocultarse a tiempo.

Después de haber cenado juntos, ella quería volver a verlo, pero no sabía qué hacer. Para ser sincera, no solo quería que él hablara de su sufrimiento, sino que quería saber más sobre él. Lo poco que había descubierto le había parecido cautivador. Y también la idea de que él estaba siendo más amable con ella.

Ella saludó con la mano cuando llegó el camión de Tim.

—Buenos días, jefa —dijo él mientras salía.

Lee y Greg estaban detrás de él, en el Trans Am. Y después llegó Bobbie en su camión.

La mañana pasó volando, y cuando llegaron las tres de la tarde, que era la hora de irse, Cassandra estaba agotada de quitar los espejos del baño. Si seguían a ese ritmo, podría llamar al fontanero y al electricista antes de tiempo. Poner las cañerías y los cables de nuevo en White Caps iba a llevar mucho tiempo y con las fiestas de Navidad y Año Nuevo iban a perder diez días de trabajo.

Durante las vacaciones se iban a tomar unos días de descanso. Ella volvería a Manhattan y los hombres disfrutarían del tiempo libre con sus familias.

Iban a ser sus primeras navidades sin Reese y también su primer cumpleaños sin él.

A él le encantaba sorprenderla con regalos extravagantes en la noche de Fin de Año. La culminación había sido el año anterior. Cuando cumplió treinta, él alquiló el Museo Metropolitano de Arte esa noche y lo recorrieron agarrados del brazo hasta terminar en una mesa preparada para dos. Estaba muy sorprendida pensando que pasarían el resto de la noche a solas viendo su Rembrandt favorito. Pero, entonces, un montón de gente había entrado en la habitación, eran los amigos y socios de Reese deseándole un feliz cumpleaños.

Ella le dijo que le había encantado solo porque era lo que él quería oír. Le había ocultado tantas cosas…

—¿Jefa?

—Lo siento, Tim, ¿Qué ha sido eso?

—Tenemos un serio problema con un armario —dijo señalando a la esquina—. La parte de atrás está atornillada y no podemos sacarlo. Hemos intentado quitar las puertas, pero las bisagras están dobladas y con la palanca no conseguimos nada.

Cassandra miró el armario.

—¿La tracción de tu camión es buena, Tim?

—La mejor.

—Bien, echa hacia atrás tu bestia. He visto una cuerda en el granero. Vamos a sacar ese armario —dijo ella.

Salió corriendo hacia fuera y evitó el taller, utilizando la puerta que llevaba directamente al granero. Mirando entre las máquinas encontró la cuerda que la había hecho tropezar el primer día. Diez minutos después, tenían la cuerda atada al armario.

—Llévate esto al camión, Tim. Cuando te haga la señal, aprieta un poco el acelerador, mantenlo así o romperemos la pared. Lo único que necesitamos es que salgan los tornillos.

—Soy muy hábil, no te preocupes —dijo Tim sonriendo.
—Espera mi señal. ¡Alejaos chicos!

Silbó y se quitó del medio. La cuerda se puso tirante y el armario se separó lentamente de la pared. Esperó a que estuviese más desencajado y silbó de nuevo. La cuerda se aflojó.

—Perfecto.

Ella se agachó para desatar el armario mientras los hombres se chocaban las manos. Miró hacia arriba y vio el rostro furioso de Alex en la puerta de la cocina.

—Dile a tus hombres que se vayan ahora —dijo él.

El equipo mantuvo el silencio mientras ella se ponía en pie.

—¿Disculpa?

—Me has oído. ¿O quieres que discutamos delante de ellos?

Cassandra frunció el ceño, pero antes de abrir la boca, miró su reloj y se dio cuenta de que era hora de irse.

—De acuerdo —dijo mirando a Tim—. Buen trabajo con el camión, gracias. Dejémoslo para mañana.

Los hombres miraron a Alex, y después a ella.

—¿Estás segura, jefa? —dijo Tim mirándola a los ojos.

—Sí, os veré por la mañana.

Mientras se cerraban los coches y se encendían los motores, Alex y ella se quedaron callados. La tensión fluía entre ellos.

—¿Me quieres decir qué te pasa? —dijo ella cuando los hombres se fueron.

—¿Tú qué crees?

—No sé leer la mente, Alex. Vas a tener que ser más específico.

—Usaste esta cuerda —dijo señalando el suelo.

—La puedes recoger, ya hemos terminado —dijo ella poniendo los ojos en blanco y alejándose.

Cuando ella se agachó para levantar la cuerda, él la agarró del brazo y pegó su cuerpo contra el suyo.

—¿Has pensado en qué habría pasado si se hubiera roto?

Cassandra intentó separarse con un empujón, pero no pudo.

—Es una cuerda fuerte.

—No ha sido una buena idea.

—Suéltame.

—He visto cómo una cuerda le sacaba un ojo a un hombre. Le dio justo en la cara. Él también pensaba que la cuerda era fuerte.

—Estaba apartada.

—No lo suficiente —dijo acercándola aún más—. Escúchame, eres la arquitecta, no un obrero. Quiero que dejes de intervenir en el trabajo manual.

—Mira, Alex...

—No vas a usar más martillos, ni palancas, ni siquiera un clavo. ¿Está claro?

En absoluto, pensó ella. De ninguna manera iba a aguantar el poder de un macho cabezota. Ella se puso de puntillas para mirar sus ojos. Era como subir al tejado con una escalera pequeña, pero al menos consiguió llegar a la altura de su boca.

—¿Quieres que trabaje aquí? Bien, perfecto, genial. Entonces yo estoy al cargo, no tú. ¿No estás de acuerdo en cómo manejo las cosas? Entonces, despídeme y contrata a otra persona —dijo ella en voz alta.

Él se inclinó hacia abajo, con su cara tan cerca, que estaban a punto de besarse.

—¿De veras quieres que te eche? Porque lo puedo hacer en un segundo.

Los dos se miraron fijamente.

Él levantó la mano de ella por la muñeca y le dio la vuelta. Vio una marca negra y azul.

—¿Qué te ha pasado?

—Nada que te importe.

—¿Cuántas más tienes? ¿Y dónde?

—Escúchame —dijo ella en voz baja—. La semana pasada desmonté tres baños, desconecté docenas de cables eléctricos y quité innumerables luces. Si crees que no sirvo o que no sé lo que hago, estás muy equivocado. Los hombres también tienen contusiones y cortes, es parte del trabajo, un trabajo que se me da muy bien por cierto.

Los ojos de él se nublaron y ella pensó que la iba a echar a patadas, parecía muy enfadado.

Y después, todas las emociones de su rostro se borraron. Aquel autocontrol le parecía espeluznante e intimidante.

Él soltó su brazo y dio un paso atrás.

—Lo siento.

Ella soltó el aire que había estado aguantando.

—No asumo riesgos innecesarios. De veras, no te preocupes por mí.

—Tienes razón. Porque tú no eres mi problema ni mi responsabilidad —dijo él acercándose a la puerta—. Gracias por recordármelo.

Cuando el plástico volvió a su lugar después de que él saliera, Cassandra sintió como si la hubiesen abandonado en una autopista. Cerró los ojos.

Lo que más le molestaba era pensar que para él, ella era solo una molestia. Después de haber cenado juntos, pensó que su relación había mejorado algo. Pero era evidente que estaba equivocada.

Alex se alejó de la casa durante toda la semana. Pensaba que sería una buena idea para que ambos olvidaran lo sucedido.

Cassandra tenía razón, era su trabajo, su equipo, su profesión y él no tenía ningún derecho a entrometerse. Si alguien hubiese intentado decirle lo que tenía que hacer en su barco, él lo habría tirado por la borda en un segundo. Ella supo manejar la intromisión mucho mejor que si le hubiera pasado a él. Especialmente por las herramientas que tenía ella a su disposición.

El asunto era que él no pensaba con claridad en aquel momento. Había ido a la casa porque le estaba resultando muy difícil mantenerse alejado de ella y porque sentía curiosidad por saber qué hacían con el camión. Entró en la cocina y al verla a dos metros de la cuerda tensada, había perdido la cabeza.

El sonido de motores encendiéndose hizo que mirase su reloj. Eran las tres y los hombres se iban de fin de semana.

Levantó su bastón, se puso el abrigo y se dirigió a la puerta. Le debía una disculpa a Cassandra y necesitaba solucionarlo.

Mientras cojeaba hacia la casa, se la imaginó poniéndose de puntillas para encontrar sus ojos y seguir discutiendo. No mucha gente se atrevía a acercarse a él cuando estaba enfadado. Su tripulación solía agacharse y cubrirse cuando se ponía de mal humor, incluso Reese se alejaba.

La fuerza de Cassandra al enfrentarse cara a cara había sido toda una sorpresa. Siempre la había considerado encantadora e inteligente, pero nunca pensó que sería tan dura. Que ella tuviera ese lado duro le excitaba. Él apreciaba el encanto, respetaba la inteligencia, pero la fuerza le cautivaba. Como si su libido necesitase ayuda cuando se trataba de ella...

Cuando llegó a la casa, levantó el plástico y entró en la cocina. Cassandra estaba agachada apagando el calentador de propano.

—Hola.

Ella se dio la vuelta llevándose la mano a la garganta. Lo miró brevemente a la cara y rechazó su mirada.

—Me has asustado.

—Lo siento.

—¿Has venido para controlar nuestro progreso? —dijo ella tomando su cuaderno y apuntando unas notas.

—No.

—¿Entonces por qué has venido?

—Te debo una disculpa.

Eso llamó su atención y lo miró a los ojos.

—¿Te refieres a lo del lunes? Ya me diste una por si no te acuerdas.

—Me pasé de la raya. Lo siento.

Ella se puso un anorak y jugueteó con el cuaderno entre sus manos.

—Ya te has disculpado. ¿Has acabado?

—Sigues enfadada —dijo él.

—Sí lo estoy. Quítate de mi camino.

—Cassandra...

—No soy un problema —dijo ella bruscamente.

—¿De qué estás hablando?

—Según te ibas el lunes me dijiste que yo no era tu problema. Y tienes razón, no soy nada tuyo, no soy tu amiga, ni tu colega y menos alguien de quien te tengas que preocupar. Pero tampoco soy un problema. Sé cuidar de mí misma, lo he hecho desde que tenía dieciséis años. Demonios, incluso cuando estaba casada con Reese con todo el dinero que tenía, yo seguía ocupándome de mis gastos. Así que no soy el problema de ningún hombre, ¿entendido?

—Bueno... —dijo Alex pasándose una mano por la cabeza.

—Soy curiosa. ¿Qué es lo que ves que es tan horrible en mí? Sé sincero. Una vez termine el trabajo nunca más nos volveremos a ver, así que podemos decírnoslo todo. Quiero saber por qué nunca te he gustado.

Alex maldijo entre dientes y ella rio.

—¿No estás dispuesto? —dijo ella en un tono brusco—. Siempre pensé que eras sincero. Un hombre tan grande y duro como tú no debería temerle a nada.

—¿Me das un minuto para ordenar mis pensamientos?

—Ah, entonces hay una lista.

Mientras él suspiraba, ella agitó la cabeza.

—Maldito seas —dijo ella.

—Cassandra, no entiendes nada de lo que pasa entre tú y yo.

—¿Qué quieres decir? ¿Acaso me vas a decir que no me has evitado durante todos estos años? ¿Que no me has lanzado miradas de ira siempre que me veías en un puerto esperando que bajaseis los dos? En el crucero por las Bahamas, no pudiste esperar para bajar del barco, y no me digas que yo no era la causa de eso.

Alex apretó los dientes. Estuvo a punto de decirle toda la verdad. Su obsesión, su amor, su deseo. Pero no sería justo agobiarla con todo eso. Ella no necesitaba saber que él estaba loco por ella. Ni que...

Ni que había matado a su esposo.

Él cerró los ojos con fuerza, evitando que ella leyese el pecado de su mirada.

—Al menos no lo niegas —dijo ella.

Oyó cómo ella se marchaba: sus pisadas, el movimiento del plástico y el motor de su Range Rover encendiéndose.

No volvió a abrir los ojos hasta que estuvo completamente solo.

El sábado por la mañana, Cassandra volvió a la casa. Al día siguiente, volvería a Manhattan para pasar allí las vacaciones y quería trabajar un poco más antes de irse. Cuando salió del Range Rover caminó directamente a la casa, sin molestarse en mirar hacia el taller.

Entró en la casa, encendió el calentador y el generador y subió arriba. Los baños estaban prácticamente vacíos. Quería quitar la moldura de alrededor de las ventanas y las puertas y el zócalo de las paredes. Tan solo necesitaba un martillo, un cincel y un poco de tiempo.

Decidió empezar por el baño más grande. Tras encender el calentador, se quitó el anorak, dejó la bolsa con el almuerzo en el suelo, y comenzó por el rincón de la izquierda. El tiempo volaba cuando trabajaba a su ritmo. Ya estaba terminando el día cuando decidió aprovechar para quitar los azulejos del suelo.

El sol se estaba poniendo cuando decidió dejarlo. Tenía agujetas en los hombros y la espalda entumecida, pero al ver todo el trabajo que había hecho, se le quitaron todos los dolores.

Bajó a la planta de abajo y apagó el calentador de propano y el generador. Cuando levantó el plástico para irse, un soplo de aire frío le recordó que se había dejado el anorak arriba. Corrió al baño y la recogió Justo cuando se iba, la tabla chamuscada bajo sus pies crujió. Bajó la mirada y comprobó que estaba sobre una zona a la que le había quitado los azulejos.

Todo ocurrió muy rápido. En un segundo pasó de estar bien a romper con el pie una tabla y caer en el agujero hasta la cintura.

Mientras recuperaba el aliento, esperó a sentir dolor para saber si se había roto algo. El dolor en la parte superior de su pierna era señal de que iba a tener un moretón, pero al menos podía mover el pie y no tenía la sensación de haberse hecho sangre.

Con las palmas en el suelo, trató de levantarse del agujero, pero no pudo. Después de pasarse el día quitando tablas de la pared, los músculos de su espalda y sus hombros estaban cansados y no podía levantarse debido a que la pierna se le había quedado encajada. Miró hacia la ventana y vio que el sol estaba desapareciendo. El poco calor que quedaba en la casa no duraría mucho y la temperatura bajaría notablemente.

—¡Alex! ¡Alex! ¿Puedes oírme? —gritó Cassandra.

CAPÍTULO 8

Alex levantó la vista del escritorio y frunció el ceño. Algo no iba bien.

Giró la cabeza intentando relajar el cuello y sintió un cosquilleo en su nuca, como si alguien estuviese tras de él. Pero se encontraba solo.

Un sexto sentido le estaba avisando de algo, pero no sabía de qué. Miró alrededor del taller. Todo estaba en orden.

Cuando giró la cabeza hacia el otro lado, sonrió levemente. Su tripulación odiaba cuando le crujía el cuello. Normalmente significaba que algún contratiempo se acercaba o que ya había llegado.

Miró el diseño del barco de vela que estaba haciendo. Después de estudiar los planos de su padre, se había dado cuenta de que eran muy buenos y que, con algunos arreglos, serían espectaculares.

Pasado un rato, se estiró y miró su reloj. Eran las siete, hora de comer otra vez. Se dirigió al pequeño frigorífico y sacó unas latas de bebidas energéticas. Eso y tres pechugas de pollo que había hervido esa misma tarde sumaban mil doscientas calorías. No estaba mal, pero necesitaría comer algo más antes de irse a dormir.

Se estaba rascando el cuello, con el presentimiento de que algo no iba bien cuando su teléfono móvil sonó. Miró la pantalla para ver el número que llamaba.

—Hola, Libby ¿Qué ocurre?

—¿Has visto a Cassandra? —dijo la mujer con voz asustada.

—¿No está contigo en casa?

—Debería haber llegado hace dos horas.

Mientras volvió a cosquillearle la nuca su pecho se llenó de miedo. Miró desde la ventana hacia White Caps, pero las luces estaban apagadas y desde allí no se veía el aparcamiento.

—Voy a ir a la casa. Te llamo después —dijo él.

Se puso el anorak, encendió una linterna y se dirigió a la casa lo más rápidamente que pudo. El Range Rover estaba aparcado en su sitio habitual, pero no se oían ruidos en la casa. El silencio hacía que el frío viento fuera gélido.

—¿Cassandra? —gritó, apartando el plástico a un lado.

—¿Alex? —dijo ella en una voz suave y apagada.

Él apuntó con la linterna hacia arriba y vio su pierna atravesando el techo de la cocina.

—¡Cassandra!

Él subió arriba ayudándose del bastón y maldiciendo entre dientes. La encontró en un cuarto de baño, en un espacio tan frío como el exterior.

—Gracias a Dios —murmuró ella—. Alex...

Con cuidado de no deslumbrarla, él la examinó con la luz. Una pierna la tenía atrás y la otra metida en el suelo hasta la cadera. Tenía un anorak puesto, pero hacía tanto frío que no le debía estar abrigando demasiado. Estaba tiritando y no tenía color en las mejillas.

Él se arrodilló cuidadosamente.

—¿Crees que te has roto algo?

—Puedo doblar mi rodilla un poco. Mi tobillo, mi pie y mis dedos se mueven sin dolor. Creo que llevar tanta ropa me ayudó a no cortarme. No soy lo suficientemente fuerte para salir de aquí.

—¿Te duele la columna?

Ella negó con la cabeza.

—Puedo sentir todas las partes. O al menos podía antes de que el frío me entumeciese.

Él dejó la linterna en el suelo.

—Bien, este es el plan, te voy a agarrar por debajo de los brazos y quiero que pongas tus manos en mis hombros. Pero no intentes levantarte tú, deja que yo haga el trabajo. Deja el peso muerto, ¿entiendes?

—Has rescatado a alguien antes —dijo Cassandra mirándolo.

Sí, pero no de esa manera, sus manos temblaban y no quería que ella se diera cuenta.

—¿Alguna pregunta? —repitió él.

—No —musitó Cass.

Se acercó a ella, metió sus manos bajo el anorak y agarró su cuerpo. Era muy pequeña, podía sentir sus costillas.

—¿Lista? —dijo él en su oído.

—Alex —susurró ella.

—No te preocupes, intentaré tirar despacio para no lastimarte.

—Me alegro de que vinieras, estaba gritando tu nombre.

Él cerró los ojos y suspiró.

—Bien, vamos allá.

Él sacó toda la fuerza que tenía en la parte superior del cuerpo, trabajando los músculos de sus hombros y bíceps para levantarla. Ella suspiró y dejó escapar un quejido, pero estaba saliendo de allí.

—¿Cómo estás? —preguntó él con los dientes apretados.

Su pierna herida le dolía mucho, pero no estaba dispuesto a detenerse.

—Bien. Gracias.

Alex tiró y ella se agarró a él hasta salir. Después, la dejó en el suelo y la rodeó con su anorak. Necesitaba sacarla de allí y llevarla a un lugar cálido.

—Quiero echarle un vistazo a tu pierna antes de que te pongas en pie, ¿de acuerdo?

Ella asintió con la cabeza y tragó saliva.

Él tocó su tobillo y su pierna.

—¿Te duele mucho?

—Solo es un moretón y no necesito un doctor.

Él intentó ignorar el hecho de que su mano estuviera ascendiendo sobre su pierna. Cassandra se estaba muriendo de frío y él pensando en sexo.

«Los hombres son unos cerdos», pensó él.

—Salgamos de aquí —dijo él. Su cuerpo ardía—. ¿Estás mareada?

Cass negó con la cabeza, se sentó y rechazó la ayuda que él le ofrecía. Ella se levantó del suelo y se apoyó en la pared. Al ver que ella se tambaleaba, Alex se preguntó cómo podría sujetarla si él apenas podía mantener el equilibrio.

Pero antes de que él se levantara del suelo, Cassandra comenzó a bajar las escaleras.

Alex tomó su bastón preguntándose por qué ella prefería ir sola cuando apenas podía andar.

—Quiero llevarte a casa de Gray —dijo él mientras trataba de levantarse del suelo—. ¡Cassandra! ¡Espera!

La alcanzó en la escalera.

—Te llevaré a casa de Gray —dijo él detrás de ella.

—Estoy bien —dijo ella agarrándose a la barandilla—. No está lejos.

—Yo conduciré.

—No con esa férula. El Range Rover es de marchas.

—Demonios Cassandra, ¡para!

Entraron en la cocina y, mientras ella iba por su cuaderno y su teléfono móvil, él bloqueó la puerta. Ella se acercó y lo miró a los ojos.

—Por favor quítate del medio, Alex.

Ella tenía tanto frío que sus labios estaban azules.

—Vas a venir al taller y te vas a dar un baño de agua caliente. Y, quizá después, te deje irte a casa. También puedo pedirle a Spike que venga a recogerte.

—No te preocupes por mí.

—De ninguna manera voy a dejar que conduzcas en estas condiciones.

—No quiero discutir contigo —dijo ella encogiéndose de hombros.

—Venga, vamos —dijo él agarrando su brazo.

—Alex...

—Ahora.

Se sintió aliviado al ver que lo seguía al taller. Una vez dentro, la llevó hasta la cama y la tumbó tan cerca de la estufa como pudo. Después de ir al baño para abrir el grifo del agua caliente, se acercó al escritorio y llamó a casa de Gray.

—¿Libby? —dijo él cuando la mujer contestó—. Está conmigo y está bien. Entrando en calor ahora. No, está bien. Llegará a casa en un rato.

Colgó el teléfono y miró alrededor de la habitación. Cassandra tiritaba más ahora y eso que ya estaba lejos del frío.

—Te voy a quitar las botas —dijo él.

Se apoyó en su bastón y se puso a la altura de sus pies.

—Yo lo puedo hacer —dijo Cass, pero sus dedos no podían desatar los cordones.

Le quitó las botas y después los calcetines. Sus pies eran preciosos. Luego, tomó su tobillo y volvió a palpar sus huesos, deslizando las manos bajo el pantalón. Al ver que se quedaba completamente callada, supo que le ocultaba algo.

—Cassandra, ¿dónde te duele? —dijo él en un tono suave.

Ella lo miraba con los ojos entrecerrados.

—Apenas me duele.

Él no la creyó. ¿Por qué si no iba a estar tan quieta?

—Sé que crees que no necesitas ver a un médico, pero mañana deberías ir a ver al doctor John.

—Mañana vuelvo a Manhattan.

—¿Para qué? —preguntó él frunciendo el ceño.

—Para pasar allí las vacaciones.

—¿Cuándo volverás?

—Después de Fin de Año.

—¿Necesitas ayuda para ir al baño?

Ella negó con la cabeza y se quitó el anorak con manos torpes. En vez de levantarse e ir hasta el escritorio, Alex le apartó las manos.

—Deja que te ayude —dijo.

—No, puedo...

—Sí, claro —dijo él mientras ella trataba de apartarlo—. No te preocupes, ya lo he visto todo antes.

El último comentario iba dirigido a él, no podía creer que le iba a quitar la ropa.

Ella se mantuvo callada mientras él comenzaba a quitarle la camisa de franela. Cualquier conversación hubiera sido inútil ya que él intentaba que sus manos temblasen menos que las de ella. Especialmente cuando llegó al botón de su pecho. Aunque llevaba un jersey de cuello vuelto debajo, se la imaginó desnuda.

—Yo sola puedo quitarme el jersey —dijo ella.

—¿Y los pantalones?

—Estoy segura de que encontraré la manera.

—Deja que te los quite.

Le bajó los pantalones y sus dedos rozaron la delicada piel de sus muslos.

Él apartó la mirada para no caer sobre ella como un animal hambriento.

—El agua ya debe de estar caliente —dijo mientras doblaba la ropa—. Me pondré de espaldas mientras acabas de desnudarte aquí. Ese baño es demasiado pequeño para que te desnudes allí.

Renqueando, se acercó al escritorio y continuó revisando los planos. Pero era como mirar a la pared, ya que no podía centrar su atención.

Al oír el colchón crujir levemente, miró hacia la ventana y vio el reflejo de ella levantándose y quitándose en jersey de cuello vuelto.

Alex vio el perfil de su pecho, oculto bajo la seda. Intentó cerrar los ojos, pero entonces ella movió sus manos hacia el frente de su sujetador soltándoselo. Se lo quitó y lo dejó caer en la colcha. Después deslizó sus dedos hacia sus bragas y se las quitó; luego las dejó en el suelo.

Él trago saliva mientras veía como ella se hacía una coleta.

Cuando por fin Cass entró en el baño, Alex se maldijo a sí mismo. Su cuerpo estaba tan duro cómo la silla de madera en la que estaba sentado y no estaba dispuesto a moverse de donde estaba.

CAPÍTULO 9

Una vez en la ducha, hizo que el agua caliente cayera por su cuerpo. Estaba temblando y no era debido al frío. Era por Alex. La había desvestido de un modo mecánico, pero el sentir sus largos dedos desabrochando su camisa y luego sus pantalones... Había deseado tumbarse en la cama y atraerlo hacia ella.

Cerró los ojos. Sabía que sería muy agradable sentirlo junto a ella. Su cuerpo sería cálido y pesado y sus músculos se tensarían al amarla con todo su cuerpo. Aún recordaba su imagen, desnudo al salir del cuarto de baño del barco. Abrió los ojos y se rodeó con sus brazos. Lo deseaba desde hacía mucho tiempo.

Todo había empezado en aquel viaje que Reese y ella habían hecho con Alex a las Bahamas. Durante aquel viaje, le había sorprendido desnudo. Había bajado por algo de beber, pensando que Reese y ella estaban solos en el barco. Alex había salido del baño completamente desnudo, con la piel cubierta de gotas de agua y, al girarse, la había visto allí.

Aquel día, debía de haber notado algo en su cara y, seguramente por eso, había abandonado el barco en el primer puerto. No era de extrañar que no quisiera tenerla cerca. Alex era un hombre honrado que no soportaría que la mujer de su mejor amigo lo devorara con los ojos.

Abrió los ojos y se quedó mirando el jabón y el champú que él usaba. Mientras se lo imaginaba desnudo en el mismo sitio donde estaba, decidió que tenía que volver a casa de Gray inmediatamente.

Le convenía seguir enfadada con Alex, pensó. Porque ahora, después de pasar dos horas atrapada y ser rescatada por él, se sentía vulnerable. Y eso no era bueno estando junto a él.

Al salir de la ducha, buscó una toalla. Abrió la puerta un poco y vio a Alex sentado en su escritorio, estudiando los planos de un velero. Reparó en que se había quitado la férula.

—Discúlpame, Alex.

—¿Sí?

—¿Puedes dejarme una toalla?

Le pareció oírlo maldecir mientras se levantaba de la silla. Abrió un armario y sacó una toalla que sacudió para desdoblarla. Ella extendió su mano, pensando que se la lanzaría. Pero en su lugar, se la acercó.

—Gracias.

Ella tiró de la toalla, pero él no la soltó.

—¡Alex! —dijo mirándolo a los ojos.

Él no dijo nada.

Se hizo un tenso silencio entre ellos y Cass tuvo la ligera sensación de que estaba a punto de ocurrir algo entre ellos.

—¿Alex?

Él no dijo nada y empujó con su hombro la puerta, entrando en el cuarto de baño y rodeándola con la toalla. Al cerrar la puerta tras de sí, ella retrocedió hasta la ducha. Entonces, él alargó la mano y le soltó el moño que se había hecho para recogerse el pelo.

—Alex, ¿qué estás haciendo?

Él levantó la mano y la tomó por la barbilla, acariciándole con su dedo pulgar el labio inferior.

Su cuerpo volvió a la vida y su sentido común se esfumó. Ella lo miró fijamente, incapaz de moverse. Tenía el rostro imperturbable, de piedra, pero podía sentir el deseo en él, un poderoso instinto sexual que fluía en su sangre.

Introdujo el dedo en su boca, mientras sujetaba con fuerza

su barbilla. Lo metió y sacó varias veces, acariciándola, y su cuerpo reaccionó como si en vez de su dedo fueran sus caderas las que se movían. Ella dejó escapar un gemido mientras su corazón latía con fuerza.

Una sensación de confusión se apoderó de ella. No comprendía cómo había acabado en el cuarto de baño con él y por qué la estaba acariciando de aquella manera. No lograba entender cómo había llegado a aquella situación. Pero había dos cosas de las que no tenía ninguna duda: el deseo de Alex y su propia reacción.

—¿Te gusta esto? —preguntó él bruscamente.

Aquello era una locura. Suponía un cambio radical en él y una revelación para ella. Pero sí, claro que le gustaba.

Alex se inclinó hacia delante y, cuando sus labios estaban a punto de rozarse, él se inclinó y besó su cuello. Cass dejó caer la cabeza hacia atrás mientras Alex la atraía hacia él.

Él era tan alto, que tenía que inclinarse para lamerle el cuello. Cass podía sentir la fortaleza de su pecho, su abdomen y sus muslos contra ella. Y entre las piernas, su potente erección.

Estaba sorprendida de que la deseara. De pronto comenzó a recorrerla con sus manos y dejó de pensar. Alex deslizó sus labios hasta la clavícula y ella se agarró con fuerza a sus hombros.

—Cassandra —dijo sobre el hombro de ella—. Si no me pides que me pare ahora mismo, voy a terminar lo que he empezado.

Su voz era serena. No entendía cómo podía controlarse, ya que ella estaba comenzando a jadear.

¿Deseaba que aquello pasara? ¿Estaba preparada para hacer el amor con otro hombre y precisamente con Alex?

Él deslizó sus manos hasta las caderas de Cass y la atrajo hacia él. Dejándose llevar por el instinto, ella lo rodeó con una pierna, frotándose contra él.

—Pídeme que me pare Cassandra o te llevaré a la cama.

Ella vaciló antes de contestar.

—Tómame —susurró.

Él pareció palidecer, como si aquella respuesta fuera lo último que esperara oír y, de pronto, abrió la puerta. El aire fresco hizo desaparecer el vaho, pero no hizo nada por despejarle la mente. Seguía flotando en una nube, como si todo aquello que estaba pasando fuera un sueño.

—¿Estás tomando la píldora? —preguntó él.

Aquello la desconcertó, devolviéndola a la realidad.

—No, pero yo no... Estoy sana.

No había estado con nadie desde Reese y, después de que descubriera que la engañaba, tampoco había hecho el amor con él. De eso hacía dos años, claro que también había otro aspecto del que preocuparse.

—No me quedaré embarazada.

—A mí me hicieron todo tipo de pruebas cuando estuve en el hospital.

Ella sujetó con fuerza el borde de la toalla. De pronto fue consciente de lo que estaban a punto de hacer y se apartó.

Alex se acercó y tomó el rostro de Cass entre sus manos. A pesar de que su expresión era dura, deslizó los dedos suavemente entre su pelo haciéndolo caer sobre sus hombros. Sus ojos observaron el movimiento de sus rizos como si estuviera memorizándolo. Luego, bajó la cabeza.

Dándose por vencida, abrió la boca dispuesta a besarlo, pero él tomó el lóbulo de su oreja entre los dientes y la lengua. Lentamente, la hizo moverse hasta que sus piernas chocaron con algo: la cama. Se dejó caer sobre el colchón y él se tumbó junto a ella. No había espacio suficiente para ambos y él apoyó una pierna sobre las de ella para no caerse.

Cass soltó la toalla y deslizó la mano bajo la camiseta de Alex, acariciando su piel y la fortaleza de sus músculos. Él reaccionó a sus caricias y se colocó sobre ella, que se abrió a él, rodeándolo con las piernas.

Alex apartó la toalla y se quedó mirando fijamente sus pechos durante tanto rato, que Cass pensó que le había pasado algo. Cuando levantó las manos para cubrirse, él sacudió la cabeza y la hundió en el valle de su esternón. Luego, deslizó las manos acariciándola, hasta que sus dedos rozaron uno de sus pezones. Ella gimió y se arqueó, mientras él comenzaba a lamérselo con dulzura. Sus caderas empujaron hacia delante, haciéndola sentir su erección a través de los vaqueros.

Alex descubrió su centro de placer, acariciándola delicadamente con su enorme mano. Mientras se dejaba llevar por la cálida sensación, lo miró a la cara. Sus ojos estaban cerrados y su expresión era de concentración.

Al poco ella estaba gritando su nombre, temblando bajo la agradable sensación que le estaba proporcionando. Lo atrajo hacia sí y dejó caer la cabeza hacia atrás, mientras disfrutaba de las contracciones durante un largo minuto.

Cuando se recuperó, abrió los ojos. Alex la estaba contemplando.

Ella frunció el ceño, preguntándose si lo habría asustado con su intensidad. Para ella había sido toda una sorpresa. Bajó la mirada y comprobó que seguía excitado, a pesar de que no se moviera.

—Alex, ¿estás... quieres...?

Por un momento, pensó que se iba a ir, pero de pronto se dio la vuelta y Cass oyó el sonido de una cremallera.

Cuando se puso sobre ella, el sentirlo junto a sí hizo que se sintiera mareada y todo su cuerpo se estremeció ante lo que la esperaba. La penetró lentamente, poco a poco, haciéndola sentir su poderosa presencia en su interior. Cuando sus caderas se encontraron, se detuvo.

El cuerpo de Alex temblaba tanto, que la cabecera de la cama comenzó a vibrar.

—Alex, ¿estás bien?

Él la rodeó son sus brazos, hundiendo la cabeza en su cuello. Él se apartó y nuevamente la penetró.

Cass agarró sus hombros con fuerza. Su cuerpo era increíble, la dureza de su erección y sus lentos y suaves movimientos.

De pronto, se detuvo y salió de ella bruscamente. Se levantó de la cama y se giró, subiéndose los pantalones.

Verlo vestido mientras ella estaba desnuda hizo que se quedara helada mientras reparaba en algunos preliminares que no habían ocurrido. No la había besado, ni siquiera se había quedado desnudo como ella. Y ni siquiera había sido capaz de terminar.

En menos de un minuto, Cassandra estaba vestida y fuera de la habitación. El hecho de que él no la detuviera, ni le dijera nada, no fue una sorpresa. Tampoco le había dicho nada mientras hacían el amor.

¿Porque habían llegado a hacer el amor?

Corrió hasta su Range Rover, lo arrancó y metió la marcha atrás. Mientras aceleraba, se dio cuenta de que se había dejado el teléfono móvil y el cuaderno. Pero no estaba dispuesta a volver.

Al girar, los faros del coche iluminaron la ventana. Alex estaba sentado en el escritorio, con el rostro entre las manos. Parecía estar... llorando.

Se sintió tan aturdida al ver aquella reacción, que pisó el acelerador.

Entonces se dio cuenta. Era evidente que se sentía mal, pensó ella. Acababa de engañar a su mujer misteriosa, aquella a la que amaba.

Alex no supo cuánto tiempo permaneció sentado en la silla, tratando de contener las lágrimas.

Llorar era una cosa inútil, además de un lujo que no estaba dispuesto a permitirse.

¿Era cierto lo que acababa de ocurrir? ¿De veras le había hecho aquello?

Sí, todavía podía sentir su olor.

Había estado muy mal por su parte, pero a la vez le había parecido perfecto.

Su cuerpo era más bonito de lo que había soñado y su piel, suave, especialmente en donde sus secretos más íntimos se ocultaban. La había contemplado con ansia mientras disfrutaba entre sus brazos, repitiendo su nombre.

Había disfrutado durante aquellos escasos minutos como si estuviera en el paraíso. Cada embestida era un acercamiento al éxtasis, diferente a todo lo que había conocido con anterioridad. La sensación de apartarse de ella casi lo había matado. Estaba a punto de llegar al orgasmo, sin apenas aliento, cuando se había detenido.

Porque, ¿cómo podía vaciarse en ella sabiendo lo que había hecho? Sería como violarla porque, si ella supiera la verdad, lo rechazaría.

Desde algún rincón de la habitación, un teléfono comenzó a sonar y no era el suyo.

Levantó la mirada. Cass se lo había olvidado allí, junto a su cuaderno, al irse precipitadamente.

¿Qué opciones tenía? ¿Qué podía decirle para arreglar las cosas? «Me detuve porque pensaba que te merecías a alguien mejor que a mí».

De pronto, comenzó a sonar un teléfono. A la cuarta llamada, lo descolgó. Antes de decir nada, una voz masculina comenzó a hablar.

—Cass, ¿qué ocurre? El mensaje que me has dejado, me ha asustado.

Era O'Banyon. Alex se quedó helado.

—¿Hola? —dijo O'Banyon.

—Está en casa de Gray.

Hubo una larga pausa.

—¿Por qué contestas el teléfono de Cass, Moorehouse?

—Se lo ha dejado —dijo lo que era técnicamente cierto—. ¿Tienes el teléfono de Gray?

—¿Sabes por qué estaba llorando? ¿Qué demonios le has hecho? —preguntó O'Banyon.

—¿Tienes el teléfono de Gray?

—No permitiré que le hagas daño. Si hace falta, iré a buscarla para traerla de vuelta a Manhattan.

—Haz lo que quieras, O'Banyon, no me interpondré en tu camino. Ahora, si no te importa, voy a colgar y a desconectar el teléfono. No quisiera dormirme con tu voz en mi oreja.

Después de colgar el teléfono, Alex fue directamente por la botella de whisky y se sirvió una copa. Se había tomado la mitad cuando tomó su teléfono para llamar a Spike.

—Hola, ¿qué tal?

—Necesito un favor.

—Lo que quieras.

—¿Podrías venir mañana temprano? Cassandra se ha dejado su teléfono móvil y su cuaderno en la obra. Va a regresar a la ciudad y quiere llevárselos.

—No hay problema. Pero, ¿por qué no puede recogerlos ella misma?

—No creo que quiera volver por aquí en una temporada —respondió Alex y dio un largo sorbo a su bebida. El whisky le quemaba en la garganta.

—¿Por qué?

—¿Alguna vez has hecho algo que hubieras deseado no hacer?

—Desde luego —respondió Spike riendo.

—Ella ha hecho algo que desearía no haber hecho, ¿sabes a lo que me refiero? No quiero ponerle las cosas más difíciles.

Hubo una larga pausa.

—¿Tan malo es?

Alex se terminó la copa.

—Sí.

Spike dejó escapar un suspiro.

—Te veré a primera hora de la mañana.

—Gracias.

Alex dejó la copa y miró la cama. Se desnudó, dejando caer la ropa al suelo y se tumbó entre las sábanas y mantas. Al estirarse, pudo percibir el olor de ella en su almohada.

CAPÍTULO 10

El día de Nochevieja, Cassandra puso el intermitente de su Range Rover y salió de la autopista en la salida de Saranac Lake. El tiempo que había estado fuera de White Caps había pasado deprisa.

—Así que mañana es tu cumpleaños, ¿no? —dijo Sean mirándola desde su asiento—. El día de Año Nuevo.

Sean había resultado ser una bendición durante las vacaciones. Había insistido en que fuera a su casa a pasar el día de Navidad. Su hermano Billy, que vivía en Boston, también había estado allí y los tres lo habían pasado muy bien. Billy era jugador de béisbol en los New England Patriots y era todo un caballero, al igual que Sean.

—Así es. Cumpliré treinta y un años mañana.

Sean carraspeó.

—¿Por qué no me dices que te pasaba aquella noche que me llamaste?

—Oh, no era nada. Es solo que me puse un poco sentimental.

—¿Por Moorehouse?

—Sean…

—Hablé con él.

—¿Con Alex?

—Te llamé al teléfono móvil, pero fue él el que contestó.

—¿Qué te dijo?

—No mucho. Pero su tono de voz era exactamente como el tuyo.

—Sean, todo está bien.

Hubo una pausa antes de que él hablara.

—Nos llevamos muy bien, ¿verdad?

—Eres un buen amigo.

—Me gustaría ser algo más que eso, pero sé que tú no sientes lo mismo.

—Oh, Sean…

—No te disculpes por ello. Es mejor así. De todas formas, no quiero que me mientas. No tienes por qué hacerlo. Me lo tomaría como un insulto.

—Francamente, no hay nada entre Alex y yo.

Cass detuvo el coche. Había unos diez coches o más aparcados frente a la casa y tuvo que aparcar el suyo junto a la puerta. Había luz al otro lado de las ventanas de la mansión y se podía ver gente moviéndose en el interior. Se preguntó cuál de aquellas sombras sería la de Alex. No le apetecía la fiesta ni estar bajo el mismo techo que él otra vez.

Apagó el motor y miró a Sean. Sus ojos marrones eran despiertos y cálidos y, por la forma en que la miraba, era evidente que podía ver todo lo que había intentado ocultar con el maquillaje.

—Bueno, al menos podías darme una oportunidad. Ya sabes, para ver qué pasa —dijo y se inclinó para besarla.

Ella ladeó la cabeza y apretó sus labios contra los de él.

Sintió que se le agitaba la respiración a O'Banyon. Su cuerpo se puso tenso y rígido. Ella continuó besándolo, tratando de sentir algo, lo que fuera. La sensación era agradable, pero nada más. No tenía nada que ver con lo que había sentido con Alex.

Cass se apartó. Pero, ¿qué sabía ella? Alex ni siquiera la había besado.

—Besas muy bien— dijo Sean.

Ella rio, aliviada por su intento de hacer las cosas más fáciles, pero cuando lo miró, se dio cuenta de que hablaba en serio.

—Me gustaría ser el hombre del que te enamoraras —dijo él abriendo la puerta del coche—. Moorehouse es un idiota.

★ ★ ★

Alex miraba por la ventana del salón, viendo cómo Cassandra besaba a O'Banyon. Aquel hombre estaba totalmente entregado, tal y como evidenciaban sus ojos cerrados y la postura de su cuerpo.

—Aquí está tu bebida, Moorehouse —dijo Gray—. ¿Qué estás mirando? ¡Ah! Cass y O'Banyon ya están aquí. ¡Excelente!

Bennett se fue a la puerta de entrada. Alex dejó el whisky y decidió torturarse mirando hacia el vestíbulo, esperando que la feliz pareja entrara.

De pronto vio que el hombre cargaba con ella en brazos y no tenía ninguna prisa por dejarla en el suelo mientras los anfitriones se acercaban a recibirlos.

Hubo una cascada de risas mientras Cass señalaba sus tacones altos y Sean la dejaba en el suelo. Esa noche, iba vestida con todo el glamour de la sociedad de Manhattan: llevaba un traje pantalón negro y un collar de perlas blancas grandes enrollado al cuello. A su lado, O'Banyon estaba algo azorado, seguramente por lo que había sucedido en el coche.

Mientras otras personas se acercaban a saludar a los recién llegados, Alex se quedó apartado, deseando poder salir de allí. Spike estaba en un rincón hablando con un grupo de mujeres.

Cassandra estaba riéndose cuando se dio la vuelta y lo vio. La sonrisa murió en sus labios y el rubor cubrió sus mejillas, claramente por vergüenza y no por placer. Rápidamente, retiró la mirada y lo ignoró, pero O'Banyon se dio cuenta y dirigió una mirada de advertencia a Alex para que se mantuviera alejado. Después, se acercó hasta Cassandra y la rodeó con su brazo por la cintura.

Alex comprendía la reacción Si Cassandra fuera suya, él mandaría el mismo mensaje a cualquier hombre que pusiera los ojos en ella.

Una mano le tocó el hombro y Spike le habló al oído.

—Hazte un favor esta noche. Ten cuidado con O'Banyon. La situación parece peligrosa.

Alex asintió.

—Estoy completamente de acuerdo contigo.

Una hora más tarde, Cass estaba cansada de tanta fiesta. Demasiada gente, demasiado ruido, demasiado poco aire. Puso una excusa a Jack Walter, el nuevo gobernador de Massachusetts, y salió del salón. Estaba sorprendida del gran número de invitados, a la vez que se sentía aliviada. Cuanta más gente hubiera en la casa, más difícil sería pensar en Alex.

Aunque en el fondo, eso no era cierto. No había dejado de mirarlo con el rabillo del ojo, observando con quién hablaba y cómo se comportaba. No parecía estar disfrutando más que ella. La única vez que había sonreído había sido cuando Spike se acercó a él, le dijo algo al oído y le entregó una copa de ginebra. El resto del tiempo, Alex fue una alta y silenciosa presencia que llamaba la atención de la gente a pesar de que raramente abría la boca.

Como era de prever, las mujeres se sentían cautivadas por él. No dejaban de acercarse a él sonriendo, tomándolo del brazo o del hombro. Él apenas reparaba en ellas, mirando hacia otro lado a pesar de que insistieran. Al contrario que Spike, no parecía dispuesto a llevarse a ninguna de aquellas bellezas a casa.

Era completamente diferente al modo en que Reese se había comportado. Él siempre había coqueteado en las fiestas, incluso cuando ella lo acompañaba. Las mujeres siempre lo habían adorado, al igual que él a ellas.

Sin embargo, Alex escogía con quién quería estar.

Cass tomó el pasillo y entró a la biblioteca. Como el resto de la casa de Gray, la estancia estaba llena de antigüedades, tapices y alfombras. Pero no era eso lo que la atraía del lugar, sino su tranquilidad.

Al otro lado, había un gran ventanal con vistas al lago. Se acercó y contempló el paisaje invernal. Un manto de nieve cubría el terreno bajo la luz de la luna. Más lejos, la superficie helada del lago se extendía hasta las montañas.

Unas voces rompieron su momento de soledad y entraron dos mujeres. Una de ellas era rubia y la otra, pelirroja. Ambas iban vestidas de negro, con ropa de diseño. Si la memoria no le fallaba, la rubia era editora de la revista *Vanity Fair* y la otra trabajaba en otra de decoración.

—No puedo creer que Alex Moorehouse esté aquí —dijo la rubia—. Me encantaría escribir un artículo sobre él y la tragedia de un campeón.

—Me gusta su amigo. ¿Has visto qué de tatuajes tiene en el cuello? Me pregunto hasta donde le llegarán. ¿Te fijaste en sus ojos? Eran amarillos.

—Allison estaba demasiado ocupada mirando a Moorehouse. Me preguntó qué hace falta para que se muestre más abierto. Quizá necesite un poco de acción.

De pronto, las dos mujeres repararon en Cass.

—¿Sabes si hay algún cuarto de baño por aquí? —preguntó la que se llamaba Allison.

Cass señaló una puerta que había en el rincón.

—Creo que está ahí.

—Pasa tú primero —dijo la rubia a Allison. Después se giró hacia Cass y sonrió—. Me llamo Erica Winsted, nos conocimos en la Gala de la Fundación Hall, ¿recuerdas? Siento mucho lo que le sucedió a tu marido.

—Gracias.

—¡Qué fiesta tan fabulosa! —exclamó—. ¿Podrías presentarme a Alex Moorehouse? Estoy deseando conocerlo. ¿Era socio de tu marido, verdad?

Cass se quedó mirando fijamente a aquella mujer. Los periodistas eran terribles, pensó. Erica sonrió.

—Quiero decir que lo conoces, ¿no es cierto?

—No, en absoluto.

La mujer frunció el ceño mientras Cass se iba.

Por suerte, las escaleras estaban allí mismo y Cass las subió aliviada de poder huir de la fiesta. No era que fuera una cobarde y quisiera escapar a su habitación, era tan solo que necesitaba espacio. Al menos hasta que las ganas de asesinar a aquella periodista desaparecieran.

Arriba de la escalera había un banco y se sentó allí, respirando hondo. El ruido de la fiesta se había mitigado ligeramente, pero le resultaba agradable observar a la gente desde allí arriba.

—¡Alex! ¡Alex Moorehouse! —oyó de pronto.

Alex apareció y observó un gesto de desagrado en su rostro. La periodista rubia se acercó hasta él y extendió su mano.

—Hola. Soy Erica Winsted. Soy una gran fan suya. He visto todas sus competiciones.

Alex miró a la mujer desde la ventaja de su altura. Al ver que se quedaba callado, Erica continuó.

—Mire, me encantaría entrevistarlo.

—No me gustan las entrevistas. Nunca me han gustado.

—¿No podría hacer una excepción por mí? —preguntó acercando su cuerpo al de Alex.

Cass se puso rígida, recordando cómo Reese hubiera reaccionado ante esa situación, haciendo alguna broma y tomando la cintura de la mujer.

Alex dio un paso atrás.

—No. Lo siento —respondió Alex dando un paso atrás.

—¿Cuándo volverá a navegar? —preguntó Erica—. ¿Cuál será su próxima competición?

Alex la miró por encima del hombro.

—Eso no es asunto suyo.

Cass frunció el ceño al verlo desaparecer de su vista. Nunca había pensado en que pudiera regresar. Pero claro que lo haría. Su pierna estaba curándose y navegar era su profesión.

—Hola, preciosa, ¿cómo te va?

Miró hacia abajo. Sean estaba al pie de la escalera apoyado en la barandilla. Tenía su mano extendida.

—Deja que te traiga algo de postre y un café. Los fuegos artificiales empezarán a medianoche y no querrás perdértelos el día de tu cumpleaños.

Cass sonrió y fue hasta él.

—Sean, eres un hombre encantador, ¿lo sabías?

—Calla, no se lo digas a nadie. En Wall Street se comen vivos a los hombres encantadores.

CAPÍTULO 11

A Sean O'Banyon le gustaba creer que tenía un gran talento para valorar a las personas, especialmente a los hombres agresivos como él. Así que mientras observaba a Moorehouse al otro lado del comedor, supo que iban a tener un encontronazo aquella noche. Desde que había entrado en la mansión con Cass, ambos habían estado midiéndose con la mirada como si de un par de lobos se tratara.

Cass se puso delante de él, con una taza de café en las manos.

—¿Sean? ¿Te pasa algo? Parece que quisieras arrastrar a alguien por el cuello.

Él sonrió, se inclinó y la besó en la mejilla.

—No tienes de qué preocuparte.

—Voy a buscar a Joy. No te metas en líos, ¿de acuerdo?

En cuanto Cass se fue, dirigió una dura mirada a Moorehouse, que se la devolvió. Había llegado el momento de acabar con aquello, se dijo mientras dejaba la taza de café en una mesa.

Moorehouse debía de haber pensado lo mismo, porque estaba rodeando la mesa por el otro lado.

—¿Sabes? —dijo Sean a la vez que la habitación se vaciaba de gente—. Hace una semana, Cass se fue de aquí sintiéndose fatal. Pero en cuanto llegó a Manhattan, su humor mejoró. Me preguntó por qué.

—No es asunto mío.

Sean rio y se desabrochó los botones de su chaqueta.

—Estamos de acuerdo en algo. Pero es eso lo que me desconcierta. No has dejado de mirarme en toda la noche como si pasara algo entre nosotros. Teniendo en cuenta que Cass no es tuya, no sé qué es lo que te molesta. A menos que te guste el color de mis ojos.

—Hay pocas cosas que me gusten de ti.

—Y eso, ¿por qué?

—Conoces tu reputación tan bien como yo. ¿Cuántas amantes tienes ahora mismo, O'Banyon? Además de ella, claro.

—¡Qué protector! —murmuró Sean.

—Ten cuidado, O'Banyon, tratar de adivinar los pensamientos de los demás puede ser peligroso.

—También lo es hacer llorar a una mujer. ¿O acaso te gusta hacerle daño?

—Para que quede claro —dijo Moorehouse—, te devolveré el próximo insulto en forma de puñetazo directamente a la mandíbula.

Cass ahogó un grito. El sonido que emitió hizo que ambos hombres se giraran hacia la puerta. El efecto fue como el de una campana en un ring de boxeo. Los dos se separaron, Alex hacia la ventana y Sean pasándose la mano por el pelo mientras se acercaba a ella.

—¿Qué está pasando aquí? —preguntó ella.

—Solo estábamos hablando —dijo Sean sonriendo—. Vayamos a ver los fuegos artificiales.

Ella miró al otro lado de la habitación. Alex estaba totalmente rígido, mirando por la ventana.

—Vamos, Cass, vayamos a ver los fuegos artificiales.

Alex bajó la cabeza.

—Déjanos solos —dijo Cass a Sean.

—¿Quieres contarme de qué iba todo eso? —dijo una vez Sean se hubo marchado.

—No pasa nada.

—Quiero que dejes a Sean en paz.

Alex rio forzadamente.

—Creo que puede cuidarse él solo. Ahora, será mejor que vayas tras él. Te está esperando.

—¿Cuál es tu problema?

Hubo un largo silencio y luego Alex se encogió de hombros.

—¿Crees que si yo también me dedicara a flirtear con otras mujeres me sentiría mejor? ¿A ti te funciona aliviar tu dolor saliendo con hombres?

Cass entrecerró los ojos. Aquel era un golpe bajo, además de equivocado.

—¡Mira quién fue a hablar! —dijo. Al ver que Alex fruncía el ceño, puso los brazos en jarras y añadió—. ¿Sabe tu chica lo que pasó entre tú y yo?

—¿De qué demonios estás hablando?

—De tu mujer misteriosa, de la mujer a la que amas —dijo y, al ver que Alex palidecía, sacudió la cabeza—. ¿Acaso creías que no me había dado cuenta? Te oí hablar de ella aquella noche, cuando Gray y Joy se casaron y te subí la cena.

Alex se giró de nuevo hacia la ventana.

—Pensé que aquello había sido un sueño.

—¿Dónde está ella, Alex? ¿Por qué no está aquí contigo? La amas, ¿no es cierto?

Se hizo un largo silencio antes de que Alex contestara.

—Estoy obsesionado. Es diferente a todas las mujeres.

Cass sintió que el corazón se le helaba, pero siguió preguntando.

—Entonces, ¿por qué no estás con ella?

—Las cosas entre nosotros no funcionarían.

—¿No estás con ella?

—No de la manera que me gustaría, no sería adecuado.

—¿Cuánto tiempo hace que la...?

—Mucho. Hace años que la amo.

¿Había dicho años?

—¿Quién es? —dijo Cass, aunque no esperaba que se lo dijera—. Y si lo que sientes es tan fuerte, ¿por qué me llevaste a la cama? ¡Espera! —exclamó agitando una mano en el aire—. No me contestes.

Sabía la respuesta. Era un hombre. Ella estaba desnuda en su cuarto de baño y no había opuesto resistencia. Tenía que alejarse de él.

—Buenas noches, Alex —dijo. Estaba a punto de salir por la puerta cuando su orgullo le hizo decir algo más—. Una última cosa. No estoy superando mi pena saliendo con hombres. No hay nada entre Sean y yo.

—Mentirosa —dijo Alex.

—¿Cómo te atreves? —preguntó Cass mirándolo a la espalda.

—Os vi besándoos en el coche.

—¿Qué te importa lo que yo haga? —dijo ella agitando las manos en el aire—. ¿O con quién estoy? ¿Qué es lo que te pasa?

—Te deseo —dijo pronunciando las palabras lentamente, sin dejar de mirar por la ventana.

—Estoy harta de todo esto y... ¿Qué has dicho?

Él se giró y se acercó hasta ella rápidamente.

—Te deseo ahora —repitió mirando hacia la puerta—. Quiero arrancarte la ropa y hacerte el amor aquí sobre la mesa a pesar de que toda la gente está ahí fuera viendo los fuegos.

Ella se quedó mirándolo sorprendida, hasta que sus ojos se encontraron con los de ella. Entonces, reaccionó.

—¿Estás loco, Alex? Aunque me duela reconocerlo, ¿recuerdas que no disfrutaste conmigo? Fue un desastre. Ni siquiera me besaste. No pudiste ni... terminar. Me sentí muy humillada cuando me fui. Me sentí fatal —dijo conteniendo las lágrimas—. Mira, no sé a qué juegas, pero no estoy dispuesta a seguirte. Así que déjame en paz, ¿de acuerdo?

Se dio la vuelta, pero él tomó su mano haciéndola detenerse.

—Cassandra, mírame por favor.

—Alex...

—Me parecía injusto para ti.

¿Injusto para ella?

Cass cerró los ojos.

—Así que estuviste pensando en ella todo el tiempo, ¿no? Y para eso me querías. Seguro que me parezco a ella, ¿verdad?

Él recorrió con los ojos su rostro, su pelo, su cuerpo.

—Tú no eres ninguna sustituta.

Claro, la mujer misteriosa debía ser perfecta, pensó Cass.

Tenía que irse de allí. Su autoestima estaba por los suelos. Lo siguiente sería romper a llorar frente a él y esa no era la manera de empezar su cumpleaños.

—Déjame ir —susurró tratando de soltarse.

Él la sujetó con más fuerza.

—Aquella noche, solo me fijé en tu pelo sobre mi almohada, en tu piel bajo la tenue luz, en tu cuerpo... Solo tuve oídos para tus jadeos. ¿Sabes lo que me provocó aquellos sonidos? —dijo inclinándose hacia delante para hablarle al oído—. Quiero volver a donde lo dejamos, Cassandra. Quiero volver a saborearte. Quiero sentir tu boca bajo la mía y besar tus secretos.

Cass se tambaleó, agarrándose a su brazo. Ella deseaba lo mismo. ¿Acaso era ella la que estaba loca?

—Demuéstrame esta noche que soy a la que de verdad deseas. Bésame —dijo mirando sus labios.

Él se quedó mirándola fijamente. Entonces él murmuró algo así como que era un bastardo. Antes de que pudiera preguntarle a qué se refería, sus labios se acercaron a los suyos. Eran suaves como la seda. Y temblaban. De hecho, todo su cuerpo temblaba, haciéndola sentir bonita y poderosa.

La besó delicadamente durante largo rato. Cuando su lengua pidió permiso para entrar en su boca, ella entreabrió los labios y ambos gimieron. Sabía a whisky y olía a loción de afeitar. Sintió la fuerza de su pecho contra sus senos, su liso vientre contra el suyo, sus muslos y la dureza de su erección. Deslizó las manos hasta las caderas de Alex y lo atrajo hacia sí.

Cass oyó el sonido de los fuegos artificiales y Alex levantó la cabeza.

—Cassandra...

Alex respiraba entrecortadamente. Su boca se posó con fuerza sobre la suya. No más suaves caricias. Era la pasión desfogada de un hombre, dando rienda suelta a su instinto primitivo. Ella lo recibió con urgencia, con deseo...

De pronto, la voz de Spike sonó en la habitación.

—Oye, Alex, ¿dónde...? Oh, lo siento.

Mientras se separaban, Cass sintió que se sonrojaba. Rápidamente, Spike retrocedió para salir de la habitación y comenzó a cerrar las puertas correderas.

—Espera, amigo, necesito que alguien me lleve a casa —dijo Alex.

—¿Ahora? —preguntó Spike.

—Sí.

—¿Tienes que irte? —susurró Cass mientras al fondo se oían las exclamaciones y los fuegos artificiales.

—Es mejor que lo haga.

Alargó la mano y acarició los labios de Cass con los dedos. Luego, salió de la habitación.

CAPÍTULO 12

Spike se detuvo frente al taller y Alex agarró la manilla.

—Gracias, dentro de poco podré volver a conducir otra vez.

—Me gusta ser tu taxista —dijo Spike desde su asiento—. Escucha, Alex, no es asunto mío… Pero, ¿qué pasa entre Cass y tú? Sé que es bonita, además de una buena persona. Pero si la quieres y ella te quiere a ti, ¿qué hace O'Banyon que no desaparece?

—Sabes que es más complicado que todo eso.

—Mira, sé que lo que pasó con tu amigo te está consumiendo. Y sé que hay algo más aparte de su muerte. ¿Trataste de salvarlo, Alex? ¿Lo intentaste, pero finalmente lo perdiste? Sí, ¿es eso, verdad? Lo perdiste en ese barco, ¿no es así?

—¿Cómo puedes…?

Spike lo miró. Sus ojos brillaban con intensidad.

—Todos tenemos demonios a los que enfrentarnos. Algunos fantasmas nos acompañan hasta la tumba. Pero la vida es corta. En un instante, puedes perder lo que quieres —dijo Spike mirando hacia la oscuridad—. Así que aprovecha el momento y haz las paces contigo mismo, ¿de acuerdo?

Alex se quedó mirando a su amigo y frunció el ceño.

—¿Qué demonios te pasa?

La oscura sonrisa de Spike le produjo un escalofrío.

—Estamos hablando de ti, no de mí. Ahora, si no te importa, tengo que volver a la fiesta. Hay muchas mujeres deseando aprovecharse de mis encantos y estoy dispuesto a dejarme.

Alex salió del coche y vio cómo se marchaba, preguntándose cuál sería el pasado de su amigo.

Entonces, respiró hondo un par de veces, sintiendo el aire frío en los pulmones.

Dejar a Cassandra había sido lo correcto. Lo último que necesitaba ella en aquel momento era estar en medio de dos hombres celosos. Si se hubiera quedado, se la habría llevado al taller y se hubiera despertado junto a ella a la mañana siguiente. Y esta vez habría llegado hasta el final.

Lo que no era una buena idea. El que hubiera reconocido la atracción que sentía por ella no quería decir que las cosas hubieran cambiado entre ellos.

Maldiciendo, se fue al taller y encendió la estufa. Se quitó la ropa y se metió en la cama. Cuando subió la temperatura, se retiró las mantas y se quedó tumbado boca arriba.

Mirando al techo, recordó las palabras de Spike.

¿Y si pudiera hacer las paces consigo mismo? Lo suficiente para al menos poder estar con Cassandra una vez. Solo una. Las consecuencias serían devastadoras, se sentiría culpable, pero disfrutaría enormemente del momento.

Giró la cabeza y miró hacia el escritorio donde estaban los planos de su padre.

Su padre nunca se habría encontrado en esa situación. Ted Moorehouse tenía su orgullo y siempre se había preocupado por la gente que le importaba. Alex se avergonzaba al admitirlo, pero siempre había sentido lástima por su padre. Él había estado tan concentrado en su brillante carrera, que no había podido entender que alguien tuviera una vida tan limitada.

Ahora, haría lo que hiciera falta por ser la mitad de hombre que había sido su padre.

Alex cerró los ojos. Los recuerdos con su padre estaban tan frescos como las vivencias que había tenido. Recordaba el olor del humo y de la barbacoa, el sabor del chocolate, el barro en las botas cuando iban a pescar... Y todas aquellas cosas habían ocurrido veinte años atrás.

Había perdido muchas cosas y la pérdida había empezado antes de que sus padres fallecieran. Todo había comenzado al dejar a su familia atrás.

Respiró hondo y trató de relajarse, pero sus remordimientos habían vuelto para quedarse. Era como si algo se ramificara en su interior, siempre extendiéndose, sin dejarlo en paz.

Sonrió pensando que aquella era una curiosa manera de entrar en el nuevo año. Todo el mundo estaría celebrándolo. Sin embargo, él estaba en la cama presa de su conciencia.

Un rato más tarde, Alex se despertó sintiendo un suave roce sobre su pecho. Se incorporó y agarró una mano.

—¿Cassandra? ¿Qué estás haciendo aquí? —preguntó soltándola al darse cuenta de que estaba desnudo y tirando de las sábanas para cubrirse.

Estaba preciosa. Se había puesto ropa informal y llevaba el pelo suelto sobre los hombros. Al ver que se arrodillaba junto a la cama, él se incorporó apoyándose en un brazo.

—¿Ocurre algo? —preguntó.

—¿Lo sabías? —susurró ella en la oscuridad.

—¿Si sabía qué?

—Que te deseaba aún cuando Reese estaba vivo —dijo ella después de una larga pausa—. ¿Era por eso por lo que no te caía bien?

Sorprendido, estudió su delicado perfil, deteniéndose en sus labios.

—¿De veras me deseabas?

—Creo que sí. Aquel día, cuando saliste de la ducha...

Alex sintió que se le aceleraba el corazón.

—Quiero que sepas algo. Sea lo que sea lo que sintieras por mí, nunca me di cuenta —dijo y lo miró—. Te lo prometo, yo...

—Nunca pensé que te sintieras atraída por mí.

—Oh.

—Cassandra, no te preocupes. Sé que lo querías. No tienes por qué sentirte mal.

Sus hombros se relajaron.

—Gracias por decir eso. Nunca falté a mis votos matrimoniales, siempre le fui fiel.

Estuvieron callados durante un largo rato. El único sonido era el crepitar de las llamas. Para él era un placer observar su rostro.

—Cassandra, ¿hay algo más?

—Sí.

Ella se movió rápidamente, pillándolo desprevenido. Sus labios se encontraron con los de él, e introdujo su lengua en su boca. Dejó que le empujara para volver a tumbarse, mientras su mente se quedaba en blanco. Había ido hasta allí para seducirlo y estaba dispuesto a dejar que lo hiciera. Iba a dejarla hacer todo lo que quisiera con él.

Spike tenía razón. La vida era corta. Por esa vez, se daría por vencido y se entregaría. Solo por esa vez y nunca más.

—Sí —dijo él respondiendo a una pregunta que ella no había hecho—. Solo por esta noche.

Cass se retiró y se quitó el jersey que llevaba puesto. Sus pechos quedaron al descubierto. Luego, se puso de pie y se quitó los vaqueros y el resto de la ropa. Sus ojos brillaban poderosos.

De un rápido movimiento, apartó las sábanas de su cuerpo y sus ojos lo recorrieron de la cabeza a los pies. Enseguida su cuerpo reaccionó. Entonces, se colocó sobre él, cubriéndolo con su suave cuerpo, con su muslo entre los suyos y su vientre apoyado sobre su miembro erecto.

«Te quiero», pensó él sintiéndose perdido. Ella era más de lo que había soñado.

—Eres preciosa —susurró.

—Quiero acariciarte —dijo ella besando su cuello.

Y lo hizo por todas partes. Cuando rozó el lugar que tanto

deseaba, la impresión de su caricia lo llevó al límite. La tomó de la mano, haciéndola detenerse.

—Estoy a punto de... Y no quiero que pase a menos que estemos...

Estaba siendo comedido, lo cual le resultaba divertido. Nunca le había supuesto un problema decir en voz alta lo que quería y cuáles eran sus límites. Pero con Cassandra se sentía como un chiquillo de catorce años.

Entonces, ocurrió.

La sonrisa que mostró era tan sensual, que no importó que hubiera dejado de mover su mano. Su cuerpo se estremeció y sus muslos se contrajeron, mientras alcanzaba el éxtasis.

Maldita fuera. Había sido un buen amante. Había tenido confianza en su habilidad para hacer disfrutar a una mujer. Pero no había podido mostrárselo. La primera vez no había llegado hasta el final y ahora...

Alex cerró los ojos y se ocultó el rostro con los brazos, dejándose llevar.

Cass quería reírse, pero no con crueldad ni por decepción. Lo cierto era que estaba asustada de que Alex hubiera perdido el control.

—Lo siento —dijo él. Su voz estaba amortiguada por sus brazos.

—Está bien, estas cosas pasan —dijo ella, pero se detuvo.

Seguramente no era lo que Alex quería oír en aquel momento.

Al alargarse el silencio que se hizo entre ellos, Cass pensó que había llegado el momento de marcharse. Lo besó en el pecho y, al ponerse de pie, sintió el frío del suelo.

—Bueno —murmuró—. Creo que nos veremos...

Pasó tan rápidamente que sintió como si se mareara. Se estaba levantando y al segundo siguiente estaba tumbada de espaldas con Alex sobre ella.

Alex apartó el pelo de su rostro y separó sus piernas con la rodilla. Sus caderas se estrecharon contra ella. Al parecer, el tiempo de descanso había acabado.

—Comprenderás que no pueda dejarte marchar todavía.

—¿Orgullo masculino? —dijo ella con una sonrisa.

—Necesito estar contigo —dijo besándola en el cuello—. Y sí, también es el orgullo masculino.

Ella se arqueó al sentir sus dedos sobre su pezón y gimió echando la cabeza hacia atrás.

—¿Sabes que eres muy bonita? —dijo él con voz queda.

Alex movía las manos lentamente mientras exploraba su cuerpo. Ella se estremeció de placer cuando él la acarició entre las piernas. La cama crujió mientras él la besaba por todo el cuerpo. De pronto se detuvo.

—Esta cama es demasiado pequeña. Parece que te estuviera haciendo el amor en una caja de zapatos.

Trató de recolocarse, movió un brazo por aquí y una pierna por allá, pero no pudo acomodarse por más que lo intentó. Protestando, se volvió a mover y se colocó sobre ella.

—Te deseo ahora, Cassandra.

Cass sintió algo caliente contra ella y de pronto su miembro se hundió en su cuerpo. Él se estremeció y ella sintió su agitación dentro de ella.

—¿Te gusta?

—Por favor, más...

Con su primera embestida, Cass supo que no había vuelta atrás. Su ritmo era fuerte, dominante y su pesado y musculoso cuerpo se movía sobre ella. Sus movimientos la llevaron al paraíso y su clímax le produjo sacudidas, dejando sin aire sus pulmones, sin visión sus ojos y sin audición sus oídos.

Alex se paró, saboreando el modo en que su cuerpo se agarraba al suyo y, tan pronto como dejó de agitarse, continuó moviéndose sin contener la fuerza de su deseo.

Ella lo sujetó por la cintura. Tenía la piel cubierta de sudor. La tensión creció en su cuerpo mientras sus caderas se agitaban cada vez más rápidamente. Mientras ahogaba un grito, dijo su nombre y empujó una vez más. Se quedaron abrazados y ella dejó escapar unas lágrimas. Todo era perfecto.

Al llegar el amanecer, Alex contemplaba cómo Cassandra dormía. No había dejado de observarla desde que se apartara de ella después de hacer el amor, de lo cual hacía horas.

La idea de cerrar los ojos y dejar de disfrutar de tenerla en su cama le resultaba inconcebible. Estaba abrazada a él, buscando su calor en el frío del taller. La estufa se había quedado sin madera, pero no estaba dispuesto a levantarse para volver a encenderla. No quería molestarla para que durmiera hasta el mediodía.

Se preguntó de qué humor se levantaría. ¿Se arrepentiría de lo que había pasado?

Cassandra se movió y se acomodó en su hombro. Sus cejas se movieron en una expresión de confusión y abrió los ojos.

Lo miró y sonrió.

«Te quiero», pensó él, sintiendo que su cuerpo se encendía.

—Hola —dijo él y se sintió como un idiota.

—Hola —respondió ella con voz ronca—. Hace frío —añadió mirando hacia la estufa.

Lo último que deseaba era separarse de ella, pero se levantó y fue desnudo hasta la pila de madera.

Después, se puso los vaqueros, tratando de disimular su evidente deseo por ella.

Odiaba que la mañana hubiera llegado y que su tiempo juntos hubiera acabado.

—¿Estás bien? —le preguntó, girándose hacia ella.

—Sí.

—No me arrepiento de lo que pasó anoche.

Ella bajó la mirada al suelo y tiró de la manta.

—¿Estás seguro?

Él frunció el ceño y se repitió sus propias palabras. Eso era exactamente lo que a las mujeres les gustaba oír del hombre con el que habían estado.

Alex se acercó a la cama y se arrodilló junto a la cama. Abrió la boca para decir algo, pero no encontró las palabras. Lo que realmente quería decir se lo tenía que callar.

Cassandra se cubrió el pecho con las sábanas mientras se incorporaba y sacaba los pies de la cama.

—Tengo que irme.

—Espera —dijo él y alargó las manos para acariciarle la cara—. ¡Qué mujer tan hermosa! Solo una vez más —añadió besándole el cuello—. Quiero hacerte el amor una vez más antes de que te vayas. ¿Me dejas?

Ella no dijo nada y dejó caer las sábanas.

CAPÍTULO **13**

Unos días más tarde, Cassandra estaba en la cocina de White Caps mirando su cuaderno de notas distraída.

—¿Qué estabas diciendo, jefa? —preguntó Ted—. Era algo del pasillo de arriba.

—Oh, sí, perdona. Sería estupendo si pudierais preparar la madera para instalarla en el suelo.

El hombre miró por detrás de ella y sus ojos se abrieron sorprendidos. Ella se giró.

Spike estaba entrando por la cocina y rápidamente Cass buscó a Alex tras el recién llegado.

Habían pasado tres días desde que dejara el taller aquella mañana, tres días desde la última vez que lo había visto. Él no había vuelto a acudir a casa de Joy y Gray durante el fin de semana.

Sabía que la estaba evitando.

Había hablado de estar juntos una sola vez y era evidente que lo decía en serio. Al ver que Spike se acercaba a ella, forzó una sonrisa.

—Hola.

—¿Por qué no me enseñas esto?

—Claro. Ted, ¿hemos terminado?

Ted estaba demasiado ocupado mirando los tatuajes de Spike como para contestar.

—Te veré mañana, jefa —dijo por fin.

Recorrieron la casa y Cass le fue explicando los progresos que había habido. Al regresar a la cocina, ella recogió su teléfono móvil y el cuaderno y los guardó en el bolso

—Cass, tengo que pedirte un favor.

—Dime.

—Me preguntaba si podrías llevar a Alex a la ciudad esta tarde. Tengo cosas que hacer y no puedo hacer de chófer.

Ella se quedó pensativa.

—¿Sabe que me lo estás pidiendo?

—Claro.

—¿Dónde tiene que ir?

—Aquí y allá. Ya está listo —dijo Spike dirigiéndose a su coche—. Gracias, Cass.

Mientras el coche se alejaba, miró hacia el taller.

Tenía que ser madura ante aquella situación, se dijo. Habían hecho el amor un par de veces. Eso era todo. Su relación era complicada, pero si él podía mantener la calma, ella también.

Atravesó el suelo cubierto de nieve y llamó a la puerta.

—Pasa —grito Alex desde el interior—. Estoy casi listo para irnos.

Cass entró. Alex estaba sentado a la mesa, con el cuerpo inclinado sobre los planos de un velero. El papel azul sobre el que estaba trabajando estaba lleno de anotaciones y de borrones.

—¿Has cenado ya, Spike? —preguntó sin levantar la vista de los planos.

—Creo que Spike es un mentiroso. Me pidió que te llevara a la ciudad porque él no podía.

—¡Cassandra! —exclamó Alex, levantando la cabeza—. Mira, si quieres puedo pedirle a Libby que me lleve ella.

—Si no quieres ir conmigo, simplemente dilo.

Alex se puso de pie y tomó su bastón.

Los ojos de Cass se posaron en la cama y rápidamente los apartó.

El problema era que había imaginado que la buscaría a pesar de que había dicho que pasar la noche juntos era una experiencia de una sola vez. Parecía desesperado por estar con ella. Y el modo en que le había hecho el amor por la mañana…

Pero debía haberlo supuesto. Alex Moorehouse era muy disciplinado. Cumplía todo lo que decía. Estaba claro que sus sentimientos por la mujer misteriosa eran más importantes que las necesidades de su cuerpo.

Alex se acercó cojeando hasta ella.

—La verdad es que prefiero tenerte a ti detrás del volante. Spike insulta a los otros conductores, nunca pone el intermitente y no sabe aparcar bien. No estoy seguro de que tenga permiso de conducir.

Cass lo miró a la cara y deseó poder estar tan relajada como él.

—¿Adónde vamos?

—A ver a mi abuela. Está en una residencia. Joy solía cuidarla, pero la demencia que padece ha llegado a un punto que necesita cuidados profesionales. Y es importante que Joy tenga su propia vida —dijo y se acercó a una chaqueta de cuero que colgaba de la pared—. Procuro ir a verla un par de veces por semana. Soy el único al que todavía reconoce, aunque piensa que soy su padre.

Tomó la chaqueta y abrió la puerta.

—¿Te importa que utilice tu cuarto de baño? —preguntó Cass.

—No —dijo él cerrando la puerta—. Tómate tu tiempo.

Cuando Cass volvió, él estaba hablando por teléfono.

—Soy Moorehouse —se hizo una pausa antes de continuar—. ¡Perro Loco! ¿Qué demonios? ¿Cómo pudiste…? ¿Lo hizo? No, me alegro de que fueras tú —hubo un largo silencio. Entonces su expresión se tornó de preocupación—. No sé. Estoy trabajando en ello. Bien, mejor. ¿Que estás qué? Perro Loco… No, por Dios, no. Maldita sea —sus labios se tensaron—. Sí, estaré aquí. Ahora, cuéntame la verdad —rio y se quedó callado—. Nos veremos pronto, te echo de menos.

Cuando terminó de hablar, miró a Cass.

—¿Estás lista?

Cass asintió.

—Hablaba con un miembro de mi tripulación —dijo él mientras se dirigían al coche.

—Ah.

—Sí, Perro Loco es una persona extraordinaria, única.

—Parece que realmente lo respetas —dijo ella abriendo la puerta del conductor.

—Es mujer y se llama Madeleine.

Cuando Alex entró en el coche, sus labios lucían una media sonrisa que nunca antes había visto Cass.

Después de que Cassandra aparcara el coche, Alex salió y se aseguró de haber encontrado el equilibrio antes de comenzar a caminar. La nieve había cuajado y resbalaba.

—¿Necesitas ayuda? —preguntó Cassandra, sabiendo que rechazaría su ayuda.

Él la miró. A la luz del atardecer, su pelo desprendía reflejos rojizos y el frío viento le había sonrojado las mejillas. Parecía cansada y las bolsas bajo sus ojos evidenciaban que no había dormido mucho últimamente.

Él también había padecido insomnio. Los últimos tres días habían sido un infierno. Había deseado volver a verla desde el momento en que se había ido aquella mañana. Pero una promesa era una promesa y prácticamente la había roto al hacerle el amor después de que se despertara.

Incapaz de confiar en sí mismo, había evitado el resto de acontecimientos del fin de semana. Además, solo Dios sabía lo que O'Banyon habría dicho cuando comprobara que había desaparecido aquella noche.

La residencia estaba formada por un edificio de ladrillo de una sola planta que, desde fuera, parecía una prisión. Dentro, el lugar tenía otro aspecto. Había cuadros alegres, plantas y jaulas con periquitos, además de música ambiental.

Una de las enfermeras que pasaba por allí con una bandeja de galletas, se detuvo al verlo.

—¡Hola, Alex! Emma lleva todo el día esperándote.

—Hola, Marlene. ¿Qué tal está tu nieto?

La mujer se sonrojó y tragó saliva.

—Qué amable eres por preguntar. Está mucho mejor desde que te conoció. Ahora, solo habla de navegar.

—Dile que siempre hay sitio entre mi tripulación para un buen chico.

Marlene alargó la mano y lo tocó en el brazo.

—Gracias, de veras, muchas gracias.

Aquella muestra de gratitud le incomodó y Marlene pareció darse cuenta. Sonrió y volvió a darle una palmada.

—Escucha, no tienes por qué venir a su fiesta de cumpleaños.

—¿Estás loca? ¿Y perderme el bizcocho? Además, me ha pedido que le dé mi opinión sobre una chica.

Marlene pareció emocionarse. Se llevó la mano al cuello, asintió y se fue.

Las muestras de gratitud le resultaban extrañas. No le había hecho ningún favor, era solo que le resultaba imposible rechazar la petición de un niño ingresado en la unidad de quemados.

—Ya estamos aquí —le dijo a Cassandra, señalándole el pasillo que giraba hacia la derecha.

Cada cinco metros había una puerta y algunas estaban abiertas. Dentro, los residentes veían televisión, leían o dormían. Algunos miraban hacia el pasillo y saludaban con la mano. Alex les devolvía el saludo.

Se detuvo frente a la puerta cerrada de su abuela. Se estiró la camisa, se ajustó el cinturón y se atusó el pelo. Respiró hondo. Mientras tomaba el picaporte, la miró

—¿Qué pasa? —preguntó él.

—Nada. Me sorprendes, eso es todo.

—¿Por qué?

—Me hace gracia que te preocupes de tu camisa y de tu pelo, eso es todo.

La puerta se abrió antes de decir nada más. Al otro lado, una mujer rubia con el pelo recogido en una coleta, se sobresaltó.

—Ah, hola —dijo mirándolo a la cara y ruborizándose.

—Hola, Lizzie.

Se hizo a un lado y sus ojos azules se clavaron en los de Alex.

—Hola, está dormida.

—Está bien. Estaré un par de minutos y le dejaré una nota. No debería haber venido tan tarde.

—¿Quieres que la despierte?

—No, déjala —dijo Alex rodeando con el brazo a Cassandra para que pasara.

—¿Volverás mañana? —preguntó Lizzie—. Porque le gusta que le arregle el pelo cuando vienes. Y le encanta verte.

—Vendré pasado mañana. Gracias por cuidar tan bien de ella.

Alex se despidió haciendo un gesto con la mano mientras la enfermera salía y cerraba la puerta.

La habitación de su abuela estaba a oscuras, tan solo iluminada por la suave luz del baño. El mobiliario era funcional y olía ligeramente a desinfectante, pero aparte de eso, era un lugar agradable. La iluminación era magnífica puesto que había muchas ventanas.

—Hola, abuela —dijo acercándose a la cama.

Emma Moorehouse siempre había sido una mujer guapa y, a sus ochenta años, seguía siendo adorable. Tenía el pelo suelto sobre la almohada. Su tez era pálida, resultado de minuciosos cuidados y no de cirugías.

Tomó cuidadosamente su mano. Su piel era translúcida, tan fina que prácticamente se le veían los huesos.

—Soy Lexi, abuela —dijo mientras acariciaba sus dedos.

Ella se giró hacia su voz, pero sin abrir los ojos.

—He traído a alguien conmigo. Se llama Cassandra. Está trabajando en nuestra casa —dijo y siguió hablando durante un rato.

Cass se apoyó contra la pared y contuvo el impulso de dejar a Alex en la intimidad. No quería irse. Ver aquella ternura en él aliviaba la tensión que sentía, aunque su compasión se dirigiera a otra persona. Aquella chaqueta de cuero negra, no le daba aspecto de persona amable. Pero estaba claro que albergaba en su interior mucha ternura, a pesar de que no lo demostrara.

Estaba equivocado respecto a que la gente no lo apreciara. Todo el mundo en la residencia lo apreciaba: los empleados, los pacientes,... ¿Cómo no iban a hacerlo? Para empezar, era muy atractivo, además de tener un carisma innato y gran seguridad en sí mismo. Era todo un líder, estuviera donde estuviese.

—Estoy trabajando en los planos de papá —le había oído decir—. ¿Crees que a él le habría importado?

A tan poca luz, su rostro apenas se veía, pero adivinó en su expresión una huella del niño que había sido. Una terrible sensación se apoderó de ella, algo semejante al temor. No podía estarse enamorando. No. Aquello no estaba pasando.

Cass cerró los ojos y echó la cabeza hacia atrás. Al golpearse con algo, se giró. La foto enmarcada era de un joven que se parecía a Alex.

—Mi padre —le dijo al oído.

—Os parecéis mucho.

Él frunció el ceño sin retirar la mirada de la foto.

—Gray me contó cómo murieron tus padres. Tuvo que ser muy difícil para ti, para todos vosotros.

—Si Reese resucitara, ¿harías algo diferente?

Cass se quedó pensativa. La pregunta la había pillado con la guardia baja.

—Sí.

—¿El qué?

—Le habría dicho más a menudo lo que pensaba.

Aunque eso supusiera la ruptura de su matrimonio.

Alex asintió.

—Yo también. Le habría dicho a mi padre lo mucho que significaba para mí. Y habría pasado más tiempo con él. Y lo mismo puedo decir de mi madre. ¿Nos vamos?

De camino a la salida, se pararon para que Alex hablara con el especialista en rehabilitación de su abuela.

Una vez en el coche, Cass lo miró. La expresión de Alex cambió mientras se ponía el cinturón de seguridad.

—Es extraño. Nunca estuvimos demasiado unidos. Siempre me pareció estricta y antigua, pero ahora la quiero precisamente por esas cosas. Sentiré mucho su muerte.

Cass se quedó callada y él continuó.

—Gracias a esta pierna, tuve la oportunidad de conocerla mejor —dijo meneando la cabeza—. Si no me hubiera visto obligado a volver a casa, nunca lo habría hecho. Quizá ni para las bodas de Frankie y Joy.

—Participar en regatas es muy sacrificado. Estoy segura de que lo habrían comprendido.

—¿Por qué deberían haberlo hecho? Hasta hace poco no me había dado cuenta de lo mucho que significa la familia para mí. Cuando regresé después del accidente, mis hermanas me recibieron con los brazos abiertos, como si no las hubiera dejado cuando más me necesitaban. El éxito no te convierte en alguien especial. Solo te predispone a comportarte peor. Frankie crio a Joy. Joy se ocupó de cuidar a la abuela Emma. Las dos sacrificaron sus vidas mientras mi única preocupación era cruzar una meta. El único consuelo que me queda es que ambas acabaron casándose con hombres que las quieren y que las cuidan. Pero es una pena que no pueda cambiar el pasado.

Alex frunció el ceño, como si acabara de darse cuenta de todo lo que había dicho.

Antes de que ella pudiera decir palabra, él continuó.

—¿Te importa si paramos en el supermercado de vuelta a casa?

Aquel cambio de conversación, la confundió.

Tan pronto le estaba diciendo cosas que nunca pensó que le oiría decir como que volvía a ser tan frío como de costumbre.

—¿Cassandra?

—Ningún problema.

—Gracias.

La visita al supermercado fue breve. Alex sabía exactamente lo que quería y dónde encontrarlo: refrescos, barritas energéticas, pollo, lechuga, zanahorias, vitaminas, zumo de naranja, yogures,...

Pusieron las bolsas en el maletero y se dirigieron a White Caps.

—Gracias por hacer esto —dijo Alex mirándola—. Estoy seguro de que tienes mejores cosas que hacer.

—No hay problema —dijo ella. Puso el intermitente y giró en la entrada de su casa—. ¿Quieres que te ayude a sacar las cosas?

—No, espera aquí con la calefacción puesta. No tardaré.

Y no lo hizo, a pesar del bastón.

Con las dos últimas bolsas en su mano izquierda, cerró el maletero. Pensaba que se despediría agitando la mano, pero se acercó hasta el lado del conductor. Ella bajó la ventanilla.

—En serio, gracias.

Sus ojos se encontraron.

«Pídeme que entre», pensó ella. «Pídeme que me quede a pasar la noche».

—Hasta mañana, Cassandra.

CAPÍTULO 14

Una semana más tarde, Alex colgó su teléfono móvil. William Hosworth IV o Hoss como era conocido en los ambientes de la navegación, quería comprar un barco hecho por él. Lo que era una locura, pensó.

Cuando mandó los planos a Rhode Island, no había imaginado que algo así pudiera ocurrir. Tan solo quería que alguien le dijera si los cambios que había hecho a los diseños de su padre mejoraban el rendimiento de la nave.

¿Qué demonios sabía él de construir un barco? Había pasado horas y horas arreglando piezas dentro y fuera del agua. No había nada que no pudiera hacer con sus manos. Pero construir un barco de principio a fin era diferente a arreglarlo.

De repente se acordó del granero. Estaba despejado y la zona central era lo suficientemente grande para alojar un barco sobre bloques. Si pudiera llevar la madera y contratar a un par de hombres…

No había manera. Necesitaría herramientas industriales y máscaras para respirar. Tenía que lidiar con patrones y códigos que desconocía.

¿Y si encargaba a alguien el proyecto? Esa podía ser una buena idea. Conocía a unos hermanos en el lago Blue Mountain que hacían artesanalmente reproducciones de barcos antiguos. Quizá estuvieran interesados en colaborar.

Entonces, Alex se acordó de la inminente visita de Perro Loco. Sabía que no era una visita de cortesía. Su tripulación lo querría pronto de vuelta en el timón.

Si decidía regresar como capitán, tendría que olvidarse de su sueño de construir un barco. Uno no construía un barco en sus ratos libres, aunque contara con ayuda. Había que seguir el progreso constantemente y estar cerca por si surgía algún problema.

Como Cassandra con su trabajo. Estaba en la obra todos los días, ocupándose de los problemas.

Miró hacia White Caps, esperando verla. Pero lo único que vio fue a tres fontaneros saliendo con sus cajas de herramientas.

Cada tarde, cuando los hombres se iban, Alex contenía el impulso de ir a la casa. Cassandra siempre estaba allí.

Unos golpes en la puerta lo sacaron de sus pensamientos.

—Hola, Moorehouse —gritó Spike—. ¿Estás listo para ir a ver a tu abuela?

—Sí —dijo tomando los planos originales de su padre y colocándoselos bajo el brazo mientras Spike entraba—. Tengo que hacer una parada en la ciudad.

—Sin problema —sonrió Spike.

Llevaba su indumentaria habitual: jersey de cuello vuelto negro, pantalones negros y cazadora de motorista. Un par de gafas de aviador colgaba de una cinta sobre su pecho. Con el pelo peinado hacia atrás y sus pendientes, parecía un modelo de revista.

Alex tomó su abrigo y ambos hombres salieron. La nieve estaba cayendo lentamente. Miró hacia White Caps deseando que Cassandra saliera. Pero no lo hizo.

—¿Por qué no vas a verla? —preguntó Spike.

Alex sacudió la cabeza y se metió en el coche.

Cuando los fontaneros se fueron, Cass se apoyó contra la pared. Se sentía agotada. Le pesaban los brazos y las piernas. El no dormir y no comer estaban haciendo su efecto. ¿La consecuencia? Estaba perdiendo peso, además de la cabeza. Y todo eso era antes de que se diera cuenta de que se había enamorado de Alex.

De pronto alguien apareció y no era uno de los fontaneros. La mujer que estaba junto a la puerta mediría un metro ochenta y su rostro parecía el de una actriz en el que destacaban sus ojos y sus labios. Llevaba unos ajustados vaqueros y un jersey oscuro, y la melena oscura peinada hacia atrás. Tenía buen aspecto e irradiaba fuerza y vitalidad. A su lado, Cass parecía un árbol marchito.

—Hola, estoy buscando a Alex Moorehouse. Me dijo que vivía aquí —dijo la mujer de ojos color zafiro—. Pero me he debido de equivocar de dirección.

—Vive en el taller, ahí junto al granero.

—Gracias.

La mujer se dio media vuelta.

—¿Quién es usted? —preguntó Cass.

—Madeline Maguire. Soy su oficial —dijo sonriendo.

Por supuesto, sus dientes eran perfectos.

—¿Perro Loco?

—Usted debe de ser una amiga suya —dijo la mujer con su voz profunda.

—No exactamente.

Perro Loco la miró confundida.

—Bueno, de todas formas, gracias por las indicaciones.

Cass se acercó hasta una de las pocas ventanas que todavía tenían cristal y vio a la mujer correr hacia el taller. Su cuerpo se movía con la misma fuerza y agilidad que el de una atleta.

Cass recogió sus cosas y apagó el generador. Estaba a punto de irse cuando regresó Madeleine.

—No está allí, ¿no sabrá por un casual dónde puede estar, verdad?

—Lo siento —dijo, pero de pronto recordó haber visto a Spike llegar y luego irse—. Probablemente haya ido a la ciudad. No creo que tarde demasiado.

En ese momento, apareció el coche de Spike y se detuvo frente al taller.

—Aquí está.

La mujer miró por encima de su hombro.

—Espero que todo salga bien.

¿Cómo dice?

—Hace tiempo que no nos vemos y han pasado muchas cosas —murmuró Madeleine.

Alex salió del coche y se apoyó en el bastón mientras Spike se iba. Antes de dirigirse al taller, reconoció el coche negro de la recién llegada.

—¡Perro Loco! —dijo mirando hacia el taller—. ¿Dónde estás?

Madeleine salió de la casa y corrió hasta él con su inconfundible estilo.

Cass la siguió, de camino a su coche.

—Estoy aquí —dijo la mujer.

Alex la vio y la mujer se detuvo a escasos metros de él.

—Hola, muchacha —dijo él girándose hacia ella.

—Capitán.

Él sonrió.

—¿Vas a abrazarme o seguirás mirándome como si hubieras visto un fantasma?

La mujer corrió a sus brazos. Cuando sus cuerpos se unieron, Cass cerró los ojos. Sacó las llaves, se metió en su coche y se fue a casa de Gray. Cuando entró, saludó a Ernest y rechazó la cena diciéndole a Libby que había comido mucho con los obreros.

—Además, necesito acostarme, aunque sean solo las seis.

—Entonces, vete a la cama —dijo Libby—. Pareces cansada. Si te despiertas a medianoche con hambre, hay muchas cosas en la nevera.

Cass se dio una rápida ducha y se metió entre las sábanas. Recordó la conversación que había tenido con Alex sobre la mujer a la que amaba. Le había dicho que deseaba que estuviera con él, pero que no podía ser porque sería inapropiado.

Claro que lo sería. Alex no podía tener una relación íntima con un miembro de su tripulación y, si aquella mujer era una de las personas más valiosas de su barco, no podía dejar que se fuera con otro. Estaba claro que prefería renunciar a aquella relación por los triunfos. Por eso era todo un profesional y un campeón.

Madeleine Maguire era su mujer misteriosa.

Aquello le dolía, pensó Cass, tocándose el pecho.

Más tarde aquella misma noche, Alex estaba tumbado sobre la almohada mirando el techo.

—No quiero que duermas en el suelo —dijo él incorporándose y mirando el rostro de Madeleine.

Ella lo estaba mirando, esperando que le dejara contarle todo lo que había ido a decirle. Mientras cenaban en la ciudad y jugaban al billar, habían hablado de los viejos tiempos y le había puesto al día sobre la tripulación. Pero todo aquello había sido un preámbulo y ambos lo sabían.

—Queremos que vuelvas.

Alex sonrió.

—Yo también quiero volver.

—Gracias a Dios.

—Pero no sé cuándo —dijo—. Tengo que hacer mucha rehabilitación antes. Ya lo verás mañana si te quedas con nosotros.

—¿Con nosotros?

—Sí, con Spike y conmigo. Te gustará.

—Ya me gusta su nombre.

Se quedaron en silencio unos segundos.

—¿Capitán?

—¿Sí?

—Una cosa más.

—Dime.

—A los muchachos y a mí nos caía bien Reese. Estamos agradecidos por todo lo que hizo por nosotros. Ya sabes, su apoyo económico y moral. Su muerte nos impresionó a todos. Pero queremos que sepas que, si hubieras sido tú el que no se hubiera salvado, estaríamos arruinados. No habríamos podido seguir sin ti.

—Gracias, pero me parece que exageras.

Recordó la muerte de sus padres. Había seguido para adelante, dejando que sus hermanas se ocuparan de todo. A veces se odiaba a sí mismo.

—Ya está bien de tanto sentimentalismo, ¿de acuerdo? —añadió.

Ella sonrió.

—De acuerdo, capitán.

Se quedaron en silencio un rato.

—Quiero que sepas algo.

—¿El qué?

—La esposa de Reese está trabajando en White Caps. Es nuestra arquitecta y se está ocupando de las obras. Solo quiero que lo sepas por si acaso te la encuentras.

—¿La pelirroja?

Trató de recordar si Cassandra había ido a alguna de las regatas y se dio cuenta de que no. Las únicas veces en que la había visto había sido cuando Reese y él se iban de viaje o cuando regresaban.

—¿La conocías?

—Ya sabes cómo le gustaba a Reese separar los distintos aspectos de su vida. La vi a lo lejos en el funeral, pero hoy me parecía diferente. No la he reconocido.

—Ha sufrido mucho.

—Cuando le he preguntado si era amiga tuya, me ha dicho que no.

Alex carraspeó.

—Imagino que así es.

No, no eran amigos y nunca lo serían. Tampoco eran amantes. Recordó que le había dicho que, cuando terminara la obra, nunca más volvería a verlo.

Alex frunció el ceño al darse cuenta de que las obras de White Caps acabarían al cabo de un mes o dos. Entonces, ella volvería a Nueva York y él volvería al mar. No había ninguna razón para que sus caminos volvieran a cruzarse.

C A P Í T U L O 15

A la mañana siguiente, Alex miró por la ventana hacia White Caps, tratando de imaginar dónde estaría Cassandra. Detrás de él, en el cuarto de baño, Perro Loco estaba canturreando mientras se vestía para hacer deporte.

De pronto, llamaron a la puerta.

—¿Estás listo para sudar? —preguntó Spike mientras entraba.

Alex asintió y se quitó la sudadera.

—Sí.

—Me gusta el coche de ahí fuera. ¿De quién es?

La puerta del baño se abrió y Madeleine salió con un sujetador de deporte negro a juego con las braguitas.

—Es mío. Hola, soy Madeleine.

Alex tragó saliva para evitar reírse.

Spike parecía haber recibido un golpe en la cabeza. La expresión de temor e incredulidad en su rostro se acentuó al ver que Madeleine se dirigía directamente a él para estrechar su mano.

Madeleine tenía el aspecto de una diosa. Era musculosa y estaba bronceada, pero resultaba muy femenina y no solo por su larga melena.

Miró a Spike, que estaba alargando su mano lentamente, como si ella fuera una aparición o alguien que fuera a arrancarle el brazo de cuajo.

—Me gusta tu pelo —dijo ella estrechando enérgicamente su mano—. Y me encanta el tatuaje de tu cuello. ¿Tienes alguno más?

—Un par de ellos.

—¿Puedo verlos?

—No, todos no.

—¿Qué me dices de los decentes? Nunca he tenido el coraje suficiente para tatuarme, pero me gusta verlos.

Se hizo una pausa.

—¿Ahora mismo? —preguntó Spike.

Madeleine asintió. Spike miró a Alex y le hizo una señal con los ojos para que le echara una mano.

—Venga, enséñanoslos todos —dijo Alex asintiendo.

Aquellos ojos amarillos dirigieron tal mirada a Alex, que este pensó que lo mejor sería dejarlo correr o dejaría de ser chófer.

—Está bien, Madeleine. Será mejor que lo dejemos en paz.

Ella se encogió de hombros y fue por las pesas.

—Es una pena. ¿Quién quiere ser el primero en levantar pesas?

—¿No vas a vestirte? —preguntó Spike.

Madeleine arqueó una ceja y se miró de arriba abajo.

—Estoy vestida. No me he traído la ropa de deporte y, al fin y al cabo, esto es prácticamente un biquini.

—Madeleine, ponte unos pantalones cortos antes de que se le salgan los ojos a Spike.

—¿Quién trae pantalones cortos aquí en enero?

Alex sacó un par de calzoncillos suyos y se los lanzó.

—Pruébate estos.

Madeleine los agarró, se los puso y los tres se pusieron a hacer ejercicio con las pesas. Llevarían unos veinte minutos cuando alguien llamó a la puerta del taller.

—Está abierto —dijo Alex mientras miraba a Madeleine hacer unas flexiones.

Cassandra entró y se quedó de piedra, como si hubiera entrado en el sitio equivocado. Enseguida desvió la mirada.

Madeleine se paró y se sentó.

—Hola, Cassandra —dijo Alex sin atreverse a decir nada más.

—Joy ha estado intentando dar contigo, pero no hace más que saltar el contestador de tu teléfono —dijo Cassandra con voz temblorosa.

—Lo apagué —dijo Alex percatándose de que evitaba mirarlo a los ojos.

—Joy quiere que vengas a cenar esta noche. Gray y ella llegarán en un par de horas. Frankie y Nate también vendrán más tarde. Estoy segura de que tu…amiga también será bienvenida. Y Spike también está invitado. Nos vemos a las seis —dijo y se dio media vuelta hacia la puerta—. Será mejor que llames a tu hermana. Ahora, si me disculpáis…

—Cassandra, espera…

Ella se fue tan rápidamente que no pudo acabar.

—Enseguida vuelvo —dijo Alex tomando su bastón. Fuera, el viento frío golpeó su pecho desnudo—. ¡Cassandra!

Por lo general, aquel tono de voz podía hacer detenerse un velero en segundos, pero ella no se detuvo.

—¡Maldita sea! —murmuró, sin dejar de mirar el suelo para evitar caerse.

La alcanzó justo cuando estaba a punto de cruzar la cortina de plástico de la cocina de White Caps. Ella se detuvo al tomarla de la mano.

—¿Quieres estarte quieta? ¿Cuál es el problema?

Cassandra lo miró por encima del hombro.

—No hay ningún problema.

De pronto Alex reparó en su mal aspecto. Tenía ojeras y las mejillas hundidas. Además, estaba pálida como la nieve.

—Cassandra, ¿estás bien? Pareces enferma.

—Estoy bien. Suéltame, por favor.

—Cassandra, ¿qué ocurre?

—Por favor, déjame —dijo desviando sus ojos verdes.

Se llevó la mano a la boca y contuvo una arcada.

—¡Cassandra! Deja que te lleve a casa de Gray.

¿Por qué demonios estaba trabajando si estaba enferma?

Ella negó con la cabeza, haciendo que su cola de caballo se agitara sobre sus hombros.

—Déjame en paz —dijo y antes de que él pudiera decir algo, añadió—. Si no te quitas del medio, vomitaré en tus zapatos. Me estás poniendo enferma. Vete. ¡Ahora!

Alex soltó su mano y se apartó. Tosiendo, se abalanzó sobre el inodoro.

Mareada y sintiendo aún náuseas, Cass salió al aire libre y respiró hondo. Pero al ver que no se sentía mejor, regresó al interior de la casa, encendió el calefactor y se sentó en una tabla. Descubrió que, si se quedaba quieta, las náuseas desaparecían.

—¿Cass, querida?

Se giró y vio a Spike aparecer tras la cortina de plástico.

—¿Sabes qué?

Ella respiró hondo.

—¿Qué?

—Hoy es tu día de suerte.

—No hablas en serio.

—Claro que sí. Voy a llevarte de vuelta a casa de Gray. Si no vienes conmigo, Alex llamará a una ambulancia. Tengo cinco minutos para sacarte de esta casa. Si no, llamará.

No estaba dispuesta a que los obreros la vieran vomitar allí mismo, así que tomó su bolso y sacó el teléfono móvil. Llamó a Ted y le dijo que supervisara a los fontaneros. Cuando colgó, se puso de pie sin mirar a Spike.

—Vamos —murmuró ella.

Cass durmió casi todo el día. Lo único que había sido capaz de tomar para comer había sido un poco de caldo que Libby había preparado. A eso de las cinco, se obligó a levantarse. La ducha la despejó un poco y se enfundó en un vestido negro de seda. Se puso unos pendientes, se maquilló y se arregló el pelo. Tenía que animarse para la fiesta.

Cuando llegó al salón, todo el mundo había llegado ya. Nate y Frankie estaban junto al fuego, con las cabezas unidas. Joy estaba sirviendo una bebida a Spike mientras reía. Gray y Alex estaban hablando.

¿Dónde estaba...?

—¡Qué vestido tan fabuloso! —dijo Madeleine.

—Gracias.

La otra mujer vestía pantalones negros y un jersey de cuello alto negro y estaba muy guapa. Lo peor era que su sonrisa era amable, contagiosa, como si pretendiera iniciar una conversación y ser amigas.

Cass hizo un comentario sobre la nieve y enseguida Gary y Alex se acercaron. Se quedó a un lado del grupo, mirando alrededor de la habitación hasta que casi había memorizado dónde estaba cada mueble. Sintió que Alex la miraba, pero no quería encontrarse con sus ojos. No quería enfrentarse a todas las emociones que la embargaban. Si eso la hacía una cobarde, le daba igual.

De pronto, él se acercó a Spike y le dijo algo. Spike se fue y regresó con un par de paquetes envueltos.

Alex levantó la voz para hacerse oír.

—Ya que estamos todos aquí, hay algo que quiero dar a Frankie y a Joy. Spike, deja los paquetes en el sofá, por favor.

Cuando los dos paquetes estuvieron sobre el sofá, Alex comprobó uno de ellos e hizo una señal a sus hermanas para que se acercaran.

—Frankie a la izquierda, Joy, a la derecha.

Él se hizo a un lado.

—¿Qué es? —preguntó Frankie, mirando su paquete.

—Ese es el problema de los regalos, hay que abrirlos.

—¿Quién lo abre primero?

—A la vez.

Frankie y Joy abrieron los paquetes y después se quedaron quietas, mirándose.

Cass se movió de un lado a otro tratando de ver qué les había regalado.

Alex carraspeó.

—Está bien, quizá no haya sido una buena idea, pero mirad… A ver, apartaos.

Cass ahogó un grito. Los regalos eran dos bonitos dibujos enmarcados de un velero.

Su padre debía de haberlos hecho, pensó mientras se llevaba la mano al cuello.

—Son de papá —dijo Alex—. He revisado todos sus planos y, cuando vi estos dos barcos, pensé en vosotras. Este de aquí, Frankie, es una goleta de tres mástiles. Este es el que uno quiere tener cuando tienes a tu tripulación contigo y estás bajo una tormenta. Es estable, enseguida responde y es precioso. Nunca te defrauda. Y sus líneas son perfectas —explicó y se giró a su otra hermana—. Y fíjate en este, Joy. Este es el que quieres cuando estás a solas con la mujer que amas viendo anochecer. Es un placer de capitanear porque es fácil de maniobrar y te permite disfrutar de la belleza del océano aunque estés al timón. Y, cuando quieres regresar a casa, es rápido como el viento. Es totalmente fiable.

Se sentó mirando los dibujos.

—Cuando papá hizo estos dibujos, os tenía a ambas en mente. Yo me he tomado la libertad de poner vuestros nombres, espero que no os importe.

Se hizo un silencio absoluto mientras Alex contemplaba los dibujos y sus hermanas lo observaban.

De pronto, pareció darse cuenta de que todos se habían quedado callados y miró a su alrededor.

—Siento haber monopolizado la fiesta. Yo solo … —dijo mientras se inclinaba a recoger su bastón del suelo—. Bueno, quería que los tuvierais. Quizá podáis colgarlos en algún sitio, si es que queréis.

Frankie y Joy se lanzaron sobre él y lo abrazaron mientras rompían a llorar. Él las miró extrañado. Luego, las rodeó con sus brazos e intercambiaron algunas palabras.

Cass se secó las lágrimas con la mano. No había nadie que no se hubiera emocionado.

Incluso Spike parpadeaba tratando de contener las lágrimas.

Cuando el trío se deshizo, Frankie sonrió mientras se secaba la cara con una servilleta.

—Esto es perfecto —dijo sollozando—. Me refiero a que nos hayas dado estos regalos precisamente hoy —añadió tomando de la mano a Nate—. Estamos esperando un hijo —anunció.

Joy se llevó las manos a los labios y comenzó a llorar de nuevo.

Alex sonrió, volvió a abrazar a Frankie y estrechó la mano de Nate. Hubo toda clase de felicitaciones y parabienes.

La familia era lo más importante en la vida, pensó Cass.

Se acercó y dio un beso a Frankie. Se excusó ante Libby y salió de la habitación. Su estómago volvía a estar revuelto y no se sentía con fuerzas para sentarse a la mesa. No podía seguir fingiendo que todo estaba bien.

Mientras subía la escalera, se llevó la mano al vientre. Ella nunca tendría lo que Frankie tenía: una vida creciendo dentro de ella, un hombre enamorado y orgulloso a su lado,…

Quería llorar, pero le parecía inútil. Así que se desvistió, se metió en la cama y cerró los ojos. Por alguna razón, sentía frío a pesar de estar bajo el edredón.

Alex miró a Frankie. Le dolían las mejillas de tanto sonreír.

—¿Estás preparado para convertirte en tío? —preguntó.

—Sí, lo estoy.

—Oh, Alex, esos dibujos… Son la cosa más bonita que has hecho.

Joy se acercó a él y tomó su mano.

—Alex, son tan bonitos. Nunca pensé que fueras capaz de…

Al ver que su hermana se quedaba en silencio, sonrió.

—¿Nunca pensaste que fuera capaz de qué?

—De darte cuenta de lo mucho que significaría para nosotros.

—¿Cómo se te ocurrió? —preguntó Frankie.

Él miró a su alrededor. Todos estaban estudiando los planos frente al sofá. Los tres se habían quedado a solas.

—Nunca os he sido de ayuda desde que ellos murieron. Y ahora, vuelvo a casa, pidiendo todo tipo de cosas sin ninguna paciencia ni comprensión. Las dos me habéis cuidado sin dudarlo y no me lo merecía.

—Alex —lo interrumpió—, eres nuestro hermano.

—Os dejé aquí solas. No me he portado como un buen hermano —dijo y se aclaró la voz. No quería llorar—. Voy a volver al mar. Pero voy a venir más a menudo y quiero ayudar.

Él sonrió y acarició el vientre de Frankie.

—Un nuevo Moorehouse —murmuró.

¿Qué se sentiría al acariciar el vientre de una mujer, sabiendo que esperaba un hijo de él?

Miró a los que estaban junto al sofá y se dio cuenta de que Cass se había ido.

—Cass se ha ido arriba —explicó Joy—. Le ha dicho a Libby que no tenía bien el estómago.

—¿Sabes si comió a mediodía?

—Dice Libby que tomó un poco de caldo.

—Entonces, le subiré un poco más.

CAPÍTULO 16

Al oír unos golpes en la puerta, Cass levantó la mirada del libro que estaba leyendo.

—Pasa —dijo incorporándose sobre las almohadas.

La puerta se abrió. La enorme figura que apareció solo podía ser Alex y llevaba una bandeja en una mano, como si fuera un camarero. Se preguntó cómo se las había arreglado para abrir el picaporte con el bastón.

—Antes de que digas nada, recuerda que te debo una. Tú también me trajiste comida cuando no me encontraba bien.

Cassandra tiró del edredón para cubrirse, a pesar de que llevaba un pijama de franela.

—Puedes dejarlo sobre la mesa —dijo ella—. Gracias.

—¿Vas a dejar que te dé la sopa?

—No, estoy bien.

Alex dejó la bandeja y se sentó en el borde de la cama.

—¿Cómo te sientes?

—Bien.

—Necesitas descansar.

—Yo…

—Bien, escucha. Quizá deberías tomarte unos días libres. Vete a algún sitio con O'Banyon —dijo Alex y su rostro se tensó.

—Alex, voy a decirte esto por última vez. No hay nada entre Sean y yo. Aquel beso que viste es el único que nos hemos dado.

Pensé que podía sentir algo por él, pero no es así. Esa es la verdad y no pienso justificar mis asuntos contigo nunca más.

—¿No sientes nada por él?

—No.

Él puso las manos sobre sus rodillas y sacudió la cabeza.

—Está bien. Siento haber malinterpretado la situación. Solo pensé que... Hacéis muy buena pareja, así que pensé...

De repente, lo recordó inclinado sobre aquella diosa semidesnuda. Ellos sí que hacían una pareja perfecta: guapos, atléticos, irradiando sexualidad. Cómo se las arreglaba para mantenerse distante de aquella mujer era una muestra más de su autodominio.

Y aunque no debería importarle, entendía cómo debía sentirse. Había llegado a comprender lo duro que era desear algo que no se podía tener y él llevaba años deseando a aquella mujer.

—¿Es difícil, verdad? —murmuró.

—¿El qué?

—No tener a la persona a la que amas.

Él cerró los ojos.

—Un infierno.

Ella se quedó mirando su perfil y pensó en Reese. Recordó la última vez que había oído su voz al otro lado del teléfono la noche en que su doble vida había quedado en evidencia. Había pensado que la fidelidad era algo relativamente importante para ella, que la estabilidad era suficiente. Se había equivocado. Para que un matrimonio funcionara, tenía que haber amor, pasión, fidelidad...

—¿Cuánto sabías? Me refiero a Reese y a las demás mujeres.

—¿Cómo dices?

—Lo siento, no quería...

—¿Qué has dicho? —preguntó él.

De pronto, ella reparó en que no se había enfadado, tan solo estaba sorprendido de que supiera lo que había estado pasando.

—No tienes que encubrirlo más. Supe que me engañaba. Lo

pillé con las manos en la masa hace dos años. Antes de eso, siempre sospeché, pero nunca tuve la seguridad.

Alex la miró sin parpadear. Quizá estaba tratando de encontrar alguna excusa.

Confiaba en que no tratara de defender a Reese o de quitar importancia a la verdad. Comprendía que Alex no quisiera meterse en el matrimonio de su compañero. Pero no le parecería bien si intentaba disfrazar la realidad de la situación.

—No es posible. ¿Cómo pudo haberte hecho eso?

Su expresión denotaba incredulidad y se preguntó si de veras no sabía nada. Quizá Reese se lo había ocultado a él también.

Sintió deseos de disculparse, pero se dio cuenta de que era ridículo.

Alex tomó su mano y la apretó con fuerza hasta que le dolieron los dedos.

—¿Cómo pudo estar con alguien más? —preguntó sacudiendo la cabeza.

Era todo un alivio hablar de ello con alguien. Se lo había callado y el hecho de que Alex tampoco lo supiera la hacía sentir mejor.

—No dejaba de preguntarme por qué y me enfadaba, pero nunca lo hablé con él. Ahora que se ha ido, me gustaría haberlo hecho. Me arrepiento de haber estado callada. Quizá si lo hubiera hablado con él, no estaría tan amargada —dijo y cambió la postura de las piernas—. Tengo que decir que nunca me perdió el respeto y nunca lo hizo en casa. Además, sé que practicó sexo seguro. Siempre encontraba preservativos en las maletas con las que viajaba.

Ella se encogió de hombros y se sintió reconfortada al ver su mano entre la de Alex. De pronto, quería que lo supiera todo. Estaba cansada de la presión social y de la rutina en la que llevaba tanto tiempo viviendo.

—¿Sabes que él fue mi mecenas? Vengo de un entorno humilde. Mis padres eran alcohólicos y no tenían dinero. Tuve la suerte de obtener una beca para ir a la universidad. Quería alejarme de todo cuanto conocía. Llegué a Nueva York sin ilusiones y fue más duro de lo que imaginé —dijo ella y respiró hondo—. Encontré un trabajo temporal en un estudio de arquitectura y ahí vi mi futuro. Fui a clase por las tardes para sacar el título. Reese fue mi primer cliente. Él me presentó a sus amigos, me ayudó a montar mi estudio y me presentó en sociedad. Me casé con él porque pensé que lo quería.

Cass sintió algo en su mejilla y comprobó que eran lágrimas.

—Permanecí a su lado, a pesar de que sabía que estaba con otras mujeres, porque me quería y era parte de mi vida. Es difícil decir esto, pero sabía que no le quería tanto como debiera y no me parecía justo exigirle fidelidad —dijo y suspiró, tratando de aliviar la tensión de sus hombros—. Nunca más. Ahora no me casaría con un hombre al que no quisiera de verdad y que me fuera infiel.

—Pensé que los dos estabais muy enamorados —dijo Alex.

—No lo estábamos. Él me quería a su manera y yo lo apreciaba, pero no era suficiente. Nos dejábamos llevar por la situación. Él también debía de ser infeliz. Si no, no creo que se hubiera ido con otras. O al menos quiero creer que no hubiera sido capaz de hacerlo.

Recordó los cuatro primeros años de matrimonio, durante los cuales Reese y ella habían tratado de concebir un hijo. Después de aquella llamada, no había sido capaz de hacer el amor con él. No le parecía bien y él parecía aceptar sus excusas. Su matrimonio se había roto en pedazos.

Más lágrimas asomaron a sus ojos.

De pronto recordó a la enfermera de la residencia de ancianos y lo incómodo que se había sentido Alex cuando la mujer se había emocionado.

—En cualquier caso, creo que nuestro matrimonio no hubiera durado mucho más, aunque estoy segura de que hubiéramos seguido siendo grandes amigos —murmuró Cass y no dijo nada más.

Alex soltó su mano y Cass se arrepintió de haber hablado tanto.

Él cambio de postura y se tumbó junto a ella. Luego la rodeó con sus brazos. Eso hizo que deseara romper a llorar, pero no por Reese.

La ternura de Alex la alteraba. Le hacía darse cuenta de que fuera lo que fuera lo que había sentido por Reese aquellos sentimientos eran completamente diferentes a lo que una mujer podía sentir por un hombre. Había confundido la gratitud, el respeto, el afecto y la ternura con el amor.

De pronto, comenzó a reparar en su olor, en su inconfundible olor. Sintió su muslo junto al suyo y el calor de su cuerpo al otro lado del edredón.

Inclinó la cabeza y lo miró. Tenía los ojos cerrados. Sus labios eran perfectos y estaban muy cerca. Aunque sabía que no era una buena idea, se acercó y lo besó suavemente. Él abrió los ojos y se apartó.

Se quedó mirándola y luego le apartó el pelo hacia atrás y la besó en la frente. Después, le hizo apoyar la cara sobre su pecho. Un minuto más tarde, Alex se levantó de la cama y se dirigió a la puerta. La abrió y salió.

—Buenas noches, Cassandra. Nos veremos mañana, ¿de acuerdo?

Ella se cubrió los ojos con el brazo.

—Claro.

¿Cómo se le había podido olvidar que su mujer misteriosa estaba abajo?

—¿Capitán?

Alex miró desde el asiento del copiloto. Confiaba en que Madeleine no quisiera hablar de la fiesta. No recordaba lo que había comido ni tenía idea de lo que habían hablado los demás.

—¿Capitán?

Él sacudió la cabeza. Al parecer, no era solo la memoria lo que había perdido. Su audición también parecía haber quedado afectada esa noche.

—¿Perdón?

—Te preguntaba si te pasaba algo —dijo una vez aparcó frente al taller.

Él se encogió de hombros y abrió la puerta.

—Nada.

Alex tomó su bastón y salió del coche. Seguía nevando y se preguntó cómo demonios iba a volver a Manhattan en aquel coche deportivo. Pero enseguida pensó que no debería preocuparse de eso. Madeleine podía arreglárselas en cualquier situación.

Entraron juntos y Madeleine pasó la primera al cuarto de baño. Mientras canturreaba y se lavaba los dientes, Alex encendió la estufa y se sentó a la mesa a esperar.

Estaba enfadado. Si Reese hubiera estado vivo, le habría llamado canalla a la cara. Incluso se habría sentido tentado a golpearlo.

—Capitán, el baño está libre.

Alex asintió, pero no se levantó.

Madeleine se acercó hasta él.

—¿Quieres que hablemos de ello?

—No —dijo, pero antes de pensárselo dos veces, continuó—. ¿Sabías que Reese engañaba a su mujer?

—Sí.

Alex abrió los ojos como platos.

—¿Cómo es que lo sabías?

—Nunca fuiste a las fiestas, capitán. Allí ocurría todo. Todos lo sabíamos. Pensábamos que era por eso por lo que nunca la llevaba con él.

Alex se frotó la cara con su mano.

—¿Hay algo entre ella y tú? —preguntó Madeleine.

—No.

—¿Me estás mintiendo a mí o a ti mismo? No les diré nada a los muchachos.

Él se puso de pie. No quería decir nada más y, en aquel momento, era capaz de hablar más de la cuenta.

Se fue al baño y trató de borrar sus pensamientos mientras se cepillaba los dientes. Lo primero no funcionó, pero cuando terminó sus dientes estaban muy brillantes. Seguramente se había levantado la mitad del esmalte.

Cuando salió, Madeleine se estaba metiendo en su saco de dormir. Llevaba puesto otra vez el conjunto de ropa interior deportivo, pero esta vez en color azul marino.

Alex se tumbó sobre su espalda, pensando en las otras razones por las que había estado distraído durante la cena. Había estado a punto de romper la promesa que había hecho consigo mismo cuando Cassandra lo había besado con tanta delicadeza. Al salir de su habitación, su cuerpo estaba ávido de sexo. Tanto, que había tenido que esperar un rato antes de volver a la fiesta. Si no, hubiera sido obsceno evidenciar su prominente erección.

Su autocontrol nunca había estado tan cerca de quebrarse como estando junto a Cassandra.

CAPÍTULO 17

Cass se despertó a la mañana siguiente sin poder levantarse de la cama. Estaba mareada. Miró el reloj para ver qué hora era y vio la sopa que Alex le había dejado junto a la mesilla de noche. Apenas pudo llegar a tiempo al cuarto de baño.

Cuando regresó, lo único que necesitó fue una breve llamada a su estudio en Nueva York. Jay Dobbs-Whyte, una de sus empleadas más jóvenes, se haría cargo de la obra de White Caps. Nunca antes había tenido que abandonar un proyecto a la mitad por motivos personales. Pero, después de lo de la noche anterior, necesitaba tiempo para pensar. No lograba concentrarse en la obra y su salud se estaba resintiendo.

Jay llegaría al día siguiente. Le enseñaría la casa y después se iría. Todo lo que tenía que hacer era decírselo a Frankie y Joy. Le iba a ser difícil, pero no podía seguir así.

Cass se levantó, se dio una ducha y se llevó un chasco cuando averiguó que Frankie, Joy y sus respectivos maridos se habían marchado. Llamó a sus teléfonos móviles y les dejó mensajes diciendo que iba a dejar la obra en manos de un colega de confianza debido a problemas de salud y que la llamaran tan pronto fuera posible para explicarles la situación en detalle.

Mientras se dirigía a White Caps, sentía deseos de pasar por el taller, pero se contuvo. Aun así, no pudo evitar mirar de reojo el coche de Madeleine, aparcado junto al granero.

Aparcó su Range Rover en su sitio habitual y, al salir, oyó a unos hombres hablando.

—Hola, jefa —la saludó Ted—. Me alegro de que estés aquí. Tenemos un problema con el baño de arriba.

Concentrarse en el trabajo le fue de gran ayuda y, aunque se sintió mal a la hora de la comida, no dijo nada. A las tres de la tarde, les habló de Jay y se sorprendió al ver que sentían su marcha. Después de que los trabajadores se marcharan, regresó a casa de Gray y se metió directamente al baño.

Le dolía todo el cuerpo, así que llenó la bañera de agua muy caliente. Al sumergirse, dejó escapar un suspiro de alivio. Sus músculos comenzaron a relajarse al sentir el calor. De repente, oyó que llamaban a la puerta de su habitación.

—¿Cass? Soy Libby, ¿puedo pasar?

—Sí, enseguida salgo del baño.

Se envolvió en un albornoz, deseando volver a sumergirse en el agua y atravesó la habitación.

—Hola, Libby —dijo al abrir la puerta.

—Solo quería... —dijo la otra mujer frunciendo el ceño—. ¿Estás bien? Te veo muy pálida.

—Estoy bien —dijo Cass, disfrutando de aquella extraña sensación que embargaba su cuerpo—. Me siento fenomenal.

Entonces, se desmayó.

Alex y Spike salieron de la residencia de ancianos y caminaron en silencio hasta el coche. Ninguno de los dos había hablado mucho desde que salieran del taller una hora antes.

—¿Quieres que comamos algo? —preguntó Spike.

—Claro.

—¿Te parece bien en Silver Diner?

—Sí —dijo Alex estirando los brazos y sintiendo sus músculos doloridos—. Después del ejercicio que hemos hecho esta mañana, estoy muerto de hambre. Has trabajado muy duro.

Spike se encogió de hombros y encendió el motor.

—Escucha, Alex, respecto a lo de ir al lago Blue Mountain. ¿Te parece bien mañana?

No sabía por qué le había propuesto ir allí. Sabía que no iba a acabar construyendo barcos y le había prometido a Madeleine que volvería, quería volver. Estaba a punto de decirle a Spike que se olvidara de aquello, cuando cambió de opinión. ¡Qué demonios! Tampoco le haría ningún mal ir hasta allí y hablar con los muchachos.

—Mañana me va bien, gracias.

De pronto, comenzó a sonar su teléfono móvil. Cuando colgó, sus manos temblaban.

—Cassandra se ha desmayado. Vamos a la consulta del doctor John ahora mismo.

Sentada en la camilla y envuelta en una fina bata de algodón, Cass sintió que estaba en buenas manos. El doctor John tenía unos cincuenta años y era una persona con la que uno se sentía seguro al otro lado del estetoscopio.

Él sonrió mientras anotaba su peso y temperatura.

—¿Hay alguna posibilidad de que esté embarazada? —preguntó.

—Oh, no.

—¿Ha mantenido relaciones últimamente?

El rubor que cubrió sus mejillas contestó la pregunta.

—Creo que le haré un análisis de sangre, ¿de acuerdo? Así podremos ver si todo está bien.

—De acuerdo. Pero no estoy embarazada. Mi marido y yo lo intentamos durante años.

—¿Se hicieron alguna prueba de fertilidad?

—No hizo falta. Tuvo dos hijos con su primera esposa. El problema era yo.

El doctor caminó hasta el otro lado de la habitación.

—Siéntese en esa silla. Yo mismo le tomaré la muestra de sangre.

Una vez extrajo la sangre, escribió su nombre en una etiqueta y la pegó al tubo.

—Creo que está demasiado cansada. No ha estado comiendo bien y el agua tan caliente de la bañera la hizo desmayarse. Vaya a casa y tómese unos días libres. Duerma todo lo que pueda. En cuarenta y ocho horas tendremos los resultados de los análisis. ¿De acuerdo?

Cass asintió.

—Ya había pensado tomarme un descanso.

—Pues ahora es una orden del médico.

Ella sonrió y le dio el número de su teléfono móvil, pensando que estaría de vuelta en Nueva York para cuando los resultados del análisis estuvieran.

—Gracias, doctor John.

—Ha sido un placer. Llámeme si tiene alguna pregunta —dijo.

El médico estrechó su mano y se fue.

Mientras se vestía, oyó voces en el pasillo. Al salir, se sorprendió al encontrarse cara a cara con Alex. Estaba blanco como la pared y Spike lo había estado sujetando para que no entrara en la consulta.

Seguramente, Libby lo había llamado.

—¿Te pasa algo? —preguntó Alex.

—Nada.

—Te desmayaste.

—Sí, estuve mucho tiempo en la bañera, pero no tiene importancia.

—Tienes mal aspecto.

—Gracias. ¡Qué amable de tu parte! ¿Dónde está Libby?

—Se ha ido. Le he dicho que nosotros te llevaríamos a casa.

—Bien, entonces, vamos.

Cass dio media vuelta, dirigiéndose a la salida y preguntándose si alguna vez volvería a sentirse bien.

Tan pronto como llegaron a la mansión, Libby salió a recibir a Cass y la abrazó.

—¿Estás bien?

—Estoy agotada, eso es todo —dijo Cass mientras entraban.

Alex esperó a que hablaran y luego le hizo un gesto a Cass para que subiera.

Una vez arriba, ella intentó cerrar la puerta en sus narices, pero él la detuvo interponiendo su cuerpo.

—Alex, déjame en paz.

—No.

—¿Por qué?

Él empujó la puerta y entró.

—Es evidente que no puedes cuidarte tú sola, así que mejor que alguien lo haga por ti.

—Pues no serás tú. Ya hemos hablado de esto, ¿recuerdas? No es tu problema.

—¿Acaso hay alguien más dispuesto a hacerlo, además de O'Banyon?

—Estás loco, ¿lo sabías? ¿Lo sabe Madeleine?

Alex cerró la puerta.

—Sí, lleva años conmigo.

—Alex, ¿podrías…?

—Me has dado un susto de muerte —dijo agarrándola del brazo—. Cuando entré en la consulta, apenas podía ver de lo asustado que estaba.

—¿Por qué?

Él abrió la boca para decir algo, pero la cerró.

—Demonios, Cassandra. No quiero que te pongas enferma, ni que seas infeliz —dijo y dejó caer las manos. Parecía desesperado.

De pronto, Cassandra se quedó sin energía. Se acercó hasta la cama y se sentó.

—Vete, Alex.

Pero él se acercó hasta ella y se sentó a su lado.

—Anoche, después de que me contaras lo de Reese, estaba tan enfadado que deseaba darle un puñetazo a la pared. Apenas puedo creérmelo. No puedo entender por qué un hombre haría eso a la mujer con la que está casado. Si estuviera vivo, le estaría regañando ahora mismo.

Ella retiró la mirada, tratando de no sentir tanto amor por él. Era un hombre honesto y decente, un hombre de palabra.

—Madeleine es una mujer muy afortunada —murmuró.

Él la miró frunciendo el ceño.

—¿Qué?

Cass agitó la mano en el aire, como si pretendiera borrar aquellas palabras.

—Nada.

Él se hizo a un lado y la miró sorprendido.

—¿Acaso crees que Madeleine y yo...?

—Es tu amada misteriosa y no puedes estar con ella porque es miembro de tu tripulación. Es por eso, ¿verdad?

Alex se quedó mirándola y sonrió.

—No. Madeleine es una buena persona y haría lo que fuera por ella. Pero no hay nada entre nosotros, nunca lo ha habido y nunca lo habrá.

—Oh.

Entonces, ¿quién era? Se hizo un tenso silencio entre ellos.

—Bueno, gracias por preocuparte esta tarde —dijo Cass, tratando de que se fuera.

Debería decirle que regresaba a Nueva York, pensó. Levantó la cabeza. Alex la estaba mirando fijamente, con ojos penetrantes y se acercó a ella. Cass cerró los ojos mientras Alex la besaba en la mejilla. Pensaba que se iba a apartar, pero volvió a besarla hasta que sus bocas se encontraron. Sus labios eran suaves. Cuando su lengua rozó la suya, ella se apartó.

—¿Por qué estás haciendo esto? —protestó—. Creí que habías dicho que solo estaríamos juntos una vez.

Él se apartó y Cassandra bajó la vista, fijándola en lo evidente.

—Me deseas.

Él se miró y trató de ocultar con sus manos lo que se adivinaba bajo sus vaqueros.

—Sí.

—¿Estás dispuesto a romper tu regla de una única vez?

—No necesitas preguntarme eso.

—¿Por qué no?

—Porque sabes la respuesta.

—Entonces, anoche cuando te fuiste, ¿era también porque me deseabas?

—Sí.

Se sentía aliviada de que todavía la deseara, a pesar de que su mujer misteriosa...

Cass se mordió el labio y miró su boca. Sabía que estaba cayendo en una espiral de la que acabaría rota en pedazos. Pero aun así, si podía tenerlo una vez más, aprovecharía, aunque eso supusiera sufrir más luego. Claro que esperaría a que él diera el primer paso. No estaba dispuesta a que la rechazara otra vez. Sus miradas se encontraron. Ella deseaba que la besara en aquel momento, pero Alex se puso de pie y se fue.

Al cerrarse la puerta, sintió un vacío en el pecho. Había sido una estúpida, una idiota. Lo que tenía que hacer era irse inmediatamente a casa, pensó mientras se quitaba la ropa. Fue al baño y se dio una ducha rápida, con cuidado de que el agua no estuviera demasiado caliente. Al salir, se envolvió en una toalla y regresó al dormitorio. De pronto, se quedó helada.

Alex estaba en la cama, con el pecho desnudo. De un rápido movimiento, apartó las sábanas, mostrándole su desnudez e invitándola a tumbarse junto a él.

—Tenía que decirle a Spike que se fuera a casa —explicó.

Con el corazón en un puño, Alex observó cómo los ojos verdes de Cassandra recorrían su cuerpo. Sabía que no estaba bien aquello porque ella se merecía saber toda la verdad, pero no se lo diría hasta el día siguiente.

La toalla cayó al suelo y Cassandra se acercó a él lentamente. Se deslizó entre las sábanas y se tumbó junto a él. Alex la puso sobre él y la rodeó con sus brazos. La besó en los hombros, en el cuello y en la boca. Con movimientos desesperados, Alex acarició su espalda, sus caderas y su trasero.

—Quiero que disfrutes —dijo apartándole el pelo y besándole la oreja—. Te deseo.

Ella dijo algo en voz queda, pero él no pudo entender sus palabras porque se estaba colocando sobre ella. Entrelazando sus dedos, la besó intensamente hasta que se quedó sin aliento. La quería y la necesitaba a pesar de sus propios defectos. Y ella también lo deseaba. Podía sentirlo en todo su cuerpo, en los gemidos que dejaba escapar cuando acariciaba su pecho y tomaba su pezón entre los labios y en el rubor que cubría su satinada piel.

En un rápido movimiento, retiró las sábanas. El contemplar su cuerpo y sus ojos ansiosos lo estaban volviendo loco.

Pero se detuvo.

—Cassandra. Lo siento.

Ella se arqueó, ofreciendo sus pechos, agarrándose con fuerza a la sábana.

—¿El qué?

—Debería parar, debería hacerlo, pero no puedo.

—No quiero que lo hagas.

—Te arrepentirás luego. Desearás que no hubiéramos hecho esto, nada de esto.

Cassandra soltó las sábanas y se incorporó.

—No quiero pensar en luego, solo quiero pensar en ahora.

Cass miró fijamente el cuerpo perfecto de Alex.

—No te preocupes por mis sentimientos, Alex. Quédate conmigo si quieres, pero no te preocupes por mí, ¿de acuerdo? —dijo Cass y al ver que él no decía nada, añadió—. ¿Qué estamos haciendo aquí, Alex? Yo sé lo que quiero, ¿Y tú?

Él se inclinó y puso las manos en los muslos de Cass, que separó las piernas y se arqueó, lista para que se colocara sobre ella.

Sintió un escalofrío, pero no de miedo porque sabía que él

nunca le haría daño. Era solo que aquella intimidad le resultaba abrumadora.

Como si él se hubiera dado cuenta de su indecisión, él pasó su cabeza por su vientre. Ella sintió su aliento sobre su húmeda y ardiente piel.

—¿Quieres que lo haga, Cassandra? —preguntó y la besó debajo del ombligo.

—Sí, Alex...

Sus enormes manos recorrieron su estómago, mientras su boca encontraba su centro. Ella gimió al contacto de sus labios.

—Eres preciosa —susurró.

Una oleada de placer se apoderó de ella y su cuerpo se sacudió de los pies a la cabeza. De pronto sintió su peso sobre ella y él la penetró. Alex hundió la cabeza en la almohada que había junto a ella mientras su cuerpo continuaba aquella danza erótica. Cassandra lo abrazó y lo atrajo hacia sí. Cuando él alcanzó el orgasmo, pronunció su nombre.

Un rato más tarde, Alex giró la cabeza y comprobó que era casi medianoche. Había llegado la hora de irse. No era una buena idea que los dos aparecieran en White Caps a primera hora de la mañana en el mismo coche y los trabajadores se imaginaran lo que había ocurrido.

Cerró los ojos, disfrutando de la sensación de abrazarla durante un rato más. Se inclinó sobre ella y la besó suavemente en un hombro. No quería despertarla.

Abajo, llamó a Spike quién llegó a los diez minutos para recogerlo.

—Gracias —dijo Alex mirando a su amigo cuando llegaron al taller—. Gracias por no hacer preguntas. Ya sabes, me refiero a Cassandra.

—De nada, pero me alegro de que finalmente estéis juntos.

Lo cierto era que no estaban juntos y que al día siguiente sus mundos se distanciarían cuando le contara todo. De una manera extraña, se sentía aliviado. Llevaba tanto tiempo ocultando aquello que había pasado a formar parte de su vida. El hecho de que el final estuviera cerca, le producía una extraña sensación de liberación.

La reacción de Cassandra cuando supiera lo que iba a decirle, era fácil de imaginar. Aunque hubiera dejado de querer a su marido, eso no significaba que estuviera dispuesta a seguir haciendo el amor con el hombre que lo había dejado morir.

—Alex, ¿estás bien?

—Sí, hasta mañana.

CAPÍTULO 18

El viaje al lago Blue Mountain les llevó más tiempo del que Alex había imaginado, ya que los hermanos Norwich se mostraron encantados con la idea de una colaboración. Era muy posible que los tres pudieran hacer algo juntos y las ideas no dejaron de surgir en la cabeza de Alex. Mientras regresaban a Saranac Lake, le resultó difícil recordar por qué no podía ser marinero y constructor. Entonces, movió su pierna y se convenció de que era capaz de hacer ambas cosas. Ahora que el dolor comenzaba a ser más leve, empezaba a plantearse el futuro.

No podía seguir navegando por siempre. Un capitán profesional tenía una carrera más larga que otros deportistas, pero aun así era una vida dura y su pierna iba a ser un riesgo permanente. Por mucha rehabilitación que hiciera, siempre sería débil y si alguna vez volvía a darse un golpe en el mismo sitio, podría perderla.

Spike lo miró.

—¿Quieres que paremos a comer en algún sitio de vuelta a casa?

—Lo cierto es que quiero ir directamente a casa de Gray.

—¿Voy a volver a recibir una de esas llamadas a medianoche? —preguntó con una sonrisa pícara.

—Siento haberte sacado de la cama.

—Venga, Alex, solo estaba bromeando.

Veinte minutos más tarde, llegaron a casa de Gary. El Range Rover no estaba allí. En su lugar había otro coche.

Alex frunció el ceño.

—Espera, Spike.

Se dirigió a la puerta y llamó un par de veces. Libby abrió e intercambiaron unas breves palabras que lo dejaron hundido.

Regresó al coche, confiando en que se le pasara la sorpresa.

—Llévame a casa —dijo bruscamente.

—¿Qué ocurre?

—Se ha ido, ha regresado a Nueva York. Ha dejado el proyecto. Llévame a casa.

Cass abrió la puerta de su ático de Manhattan y respiró hondo. Al dejar el bolso, decidió que iba a vender aquel lugar. Era demasiado grande para ella sola y siempre había sido de Reese, aunque lo compraran y decoraran ambos.

Se dirigió al salón, pasando junto a la enorme cristalera que daba a Central Park. Al llegar a la biblioteca, se detuvo a contemplar el retrato de Reese que colgaba sobre la chimenea, cuyos ojos parecían seguirla y eso le agradó porque de repente tenía mucho qué decir y quería toda su atención.

—Lo quiero —dijo mirando el retrato—. Es más de lo que sentí por ti.

Reese, por su carácter competitivo, habría querido saberlo aunque le hubiese dolido.

—Por fin me he dado cuenta de lo enfadada que he estado contigo y lo frustrada que me he sentido.

Se quedó mirándolo en silencio, estudiando sus mejillas, sus ojos, su frente y su pelo cano.

Recordó el testamento que había redactado. Le había dejado la mayor parte de su herencia. Además, había dejado todo arreglado para que tuviera el control de sus inversiones, así que podía tener lo que quisiera cuando quisiera.

Cass frunció el ceño, tratando de recordar las últimas palabras que le había dirigido. La había llamado antes de salir con Alex aquel día de lluvia. ¿De qué había hablado? De una fiesta a la que iban a asistir, de un viaje a Roma... Pero había habido algo más. Le había recitado unos versos.

Érase un hombre en un barco,
con todo un océano que surcar.
Tuvo que ir de aquí para allá para encontrar,
que todo lo que necesitaba era un hogar.

Él había reído diciendo que las rimas no se le daban bien. Después le había dicho que le gustaba saber que ella estaba en casa a salvo. Después se habían despedido por la que iba a ser la última vez. Al menos había sido una despedida cálida, recordó aliviada. Se había sentido conmovida por lo que le había dicho. Ahora se daba cuenta de que él sabía que ella estaba al tanto de lo que hacía y de que estaba arrepentido.

Las lágrimas comenzaron a rodar por sus mejillas y esta vez no las contuvo. Sintió que su pecho se liberaba de la ira y que sus emociones ocultas daban paso a una gran calma. Esa paz le permitió recordar otros aspectos de él, como el cariño, el respeto y la bondad.

—Oh, Reese. Lo intentamos, ¿verdad?

Se secó la cara y fue a la habitación de invitados que había estado ocupando durante el último año. Se metió en la cama y durmió doce horas seguidas.

Se despertó hambrienta y, por alguna razón, lo único que le apetecía eran huevos. Se tomó siete, fritos en mantequilla.

Marie, su asistenta, llegó a las diez y Cassandra charló con ella un rato, antes de meterse en la ducha. Bajo el chorro de agua, las náuseas comenzaron de nuevo, pero claro, ¿qué podía esperar después de haber desayunado tanto?

Mientras decidía frente a su armario qué ropa ponerse, comenzó a sonar su teléfono móvil y lo sacó del bolso.

—¿Sí?

Al otro lado, oyó la voz del doctor John.

—Enhorabuena, está embarazada.

—Es imposible que esté embarazada.

—Tendrá que ir a un ginecólogo y me gustaría recetarle algunas vitaminas. También tendrá que comer más.

—Pero no lo entiende, no puedo estar embarazada.

—Pues lo está.

Cass recordó las náuseas y el cansancio, pero no podía creer que fueran debidos a un bebé. Al fin y al cabo, Alex y ella solo habían estado juntos tres veces.

Nada más colgar, Cass llamó a su médico, quien le dio cita para las doce y media. Al colgar, volvió al baño y se quitó la toalla. Desnuda frente al espejo, se acarició el vientre. Su vista se nubló.

Había aceptado el hecho de que no podía tener hijos. Pero ahora, una puerta que creía cerrada se abría inesperadamente. Otra vez comenzó a llorar. ¿Acaso aquellas lágrimas eran una señal más de que estaba embarazada?

Un bebé, iba a tener un bebé. De pronto, se acordó de Alex. Cerró los ojos y unas lágrimas de felicidad se le escaparon. ¿Qué pensaría Alex?

Cuando Cass regresó a su apartamento aquella tarde, después de saludar a Marie se fue derecha a su habitación y preparó una bolsa con algunas cosas.

Llevaba seis semanas embarazada del hijo de Alex Moorehouse. Al parecer, la primera vez que estuvieron juntos había sido suficiente.

Se dirigió a Saranac Lake porque era lo único que podía hacer. Noticias como aquella no se le podían dar a un hombre por teléfono. Explicárselo iba a ser difícil y estaba segura de que iba a estar horrorizado.

Pero ella no lo estaba. Estaba embarazada del hijo del hombre al que amaba. Así, aunque no pudiera tener a Alex, al menos tendría algo de él.

Nunca antes se le había ocurrido que Reese pudiera ser la razón por la que no se había quedado embarazada antes. El hecho de que él fuera veinte años más joven cuando su primer hijo fue concebido no parecía especialmente significativo.

Miró el reloj y comprobó que eran casi las dos. Podía llegar al lago a las seis y media. Se quedaría a dormir y volvería al día siguiente. El médico le había dicho que, si quería tener al bebé, sería mejor que comiera y descansara. Tenía la intención de seguir aquel consejo al pie de la letra. De ninguna manera iba a poner en peligro el regalo que había recibido.

Le dijo a Marie que regresaría al día siguiente y salió del apartamento. Apretó el botón de llamada del ascensor. Tenía prisa por llegar al lago, decir lo que tenía que decir y volver a casa.

Las puertas se abrieron y Cass retrocedió hasta la pared.

—Alex...

Alex se acercó, pensando que Cass estaba a punto de desmayarse otra vez.

—¿Estás bien? Te has quedado pálida.

—¿Qué estás haciendo aquí?

—He venido a verte —dijo mirando su bolsa de viaje—. Es evidente que vas a algún sitio, pero ¿podemos hablar? No tardaré mucho.

—¿Cómo has venido a Manhattan?

—Me ha traído Spike. Está abajo.

—Ah, claro.

—Cassandra, ¿podemos entrar?

—Claro, pasa.

Alex lanzó una rápida mirada alrededor mientras entraba. Nunca antes había estado en aquel ático y no se sorprendió al ver que estaba decorado como un museo.

—Marie —dijo ella y una mujer de pelo canoso apareció—. Tómese el resto del día libre.

Marie asintió y sonrió.

—Sentémonos aquí.
—Alex…
—Cassandra…
Ambos se callaron.
Él tomó el turno.
—Necesito hablarte de Reese. Aquella noche, en la tormenta… Sé que sabes algo, pero quiero que lo sepas todo.
Cassandra se quedó inmóvil.
—La tormenta se formó rápidamente. Sabíamos que íbamos a tener mal tiempo, pero no de esa magnitud. Nadie lo esperaba. Entonces, decidimos volver a la costa, pero nos pilló el huracán. Reese fue a popa y algo le golpeó en el hombro. Vi cómo se caía y entonces una ola rompió en la proa. No llevaba el arnés y no pudo agarrarse a nada. Llegué hasta él. Agarré su chaleco salvavidas, pero se me escurrió. Luego tomé su mano y…
—Sigue Alex.
Él se frotó la cara, al recordar aquellas escenas. Sentía que no podía respirar.
—Alex, ¿qué ocurrió?
La miró y al hablar lo hizo con voz tan baja que apenas podía oírlo.
—Lo maté.
—¿Qué? No, no lo…
No podía resistir mirarla porque sabía que iba a perder el control y se ocultó el rostro con las manos.
—Cassandra, dejé que el mar se lo llevara. Solté su mano… —dijo y comenzó a sollozar.
De pronto, unas manos retiraron las suyas de la cara.
Los verdes ojos de Cassandra lo miraban llenos de compasión mientras acariciaba sus mejillas.
—Alex, no podías seguir sujetándolo. El viento, las olas… Los guardacostas me contaron lo que pasó. No pudiste hacer nada por él.
—Lo hice. Lo veo una y otra vez en mis sueños. Siento cómo se me escapa su mano y… lo dejo ir.

—Está bien, no quiero que te culpes por ello. No tenías ninguna razón para querer que muriera.
—Sí, la tenía.
—¿Cuál?
Él soltó sus manos, se levantó y se fue a la ventana.
—Él tenía lo que yo quería.

Cass observó a Alex atravesar la habitación. Al contraluz de la ventana, se le veía tan rígido como los rascacielos que había detrás de él.
—¿Qué era lo que querías, Alex? ¿Qué tenía él que tú desearas?
—Te tenía a ti —respondió él girándose.
Cass frunció el ceño.
—¿Qué? ¿Yo?
—Te quiero desde el primer día en que te vi. Tú eres mi mujer misteriosa. Le dejé ir... porque te quería.
Ella sacudió la cabeza.
—No, no es cierto, no te gustaba.
—Me gustabas mucho.
—Pero te mostrabas distante.
—No tenía otro remedio.
—Tú... No, tú...
—Hace seis años que no estoy con una mujer, Cassandra, porque solo tenía ojos para ti.
—No me conocías.
—No tenía que hacerlo. Desde la primera vez que vi el mar, supe que era allí donde quería estar. Lo mismo me ocurrió contigo. Solo con mirarte a los ojos, estaba perdido.
—Pero, cuando estuvimos juntos, te detuviste. Y luego me dijiste que aquello solo ocurriría una vez. Tú...
—Maté a tu marido. ¿Cómo podía tomarte sin que lo supieras? —dijo pasándose la mano por el pelo—. Pero te hice el amor y más de una vez. No me arrepiento de haber estado contigo, pero sí de no haber sido sincero.

—No creo que lo mataras. Estoy convencida de que hiciste lo que pudiste por salvar su vida y que su mano se deslizó de la tuya. ¿Qué fue lo primero que hiciste cuando lo perdiste?

—Fui por la linterna y lo busqué entre las olas, gritando su nombre.

—¿Qué habrías hecho si lo hubieras visto? ¿Hubieras intentado rescatarlo, verdad? Así que no lo dejaste morir —afirmó Cassandra categóricamente—. A pesar de lo que sintieras por mí.

—Sé lo que siento por ti. Te quiero.

Cassandra lo miraba, incapaz de hablar. El silencio se volvió tenso entre ellos.

Alex carraspeó y miró hacia la puerta.

—Siento haberte contado todo esto —dijo mientras salía—. Solo quería que lo supieras. No necesito que…

—Estoy embarazada —dijo ella.

Cass atravesó la habitación y lo abrazó. Alex parecía haberse quedado de piedra, pero enseguida la rodeó con sus brazos.

—Te quiero, Alex. Te quiero, te quiero… Y vas a ser papá.

CAPÍTULO 19

Sean O'Banyon pidió a su chófer que se detuviera.

—Enseguida volveré, Joel. Voy a ver cómo está la señora Cutler.

—Por supuesto, jefe.

Sabía que Cass había vuelto a la ciudad porque había hablado con Gray después de tres días de dejar mensajes en su contestador. Algo estaba ocurriendo e iba a averiguarlo.

Se puso el abrigo y se acercó al semáforo. Entonces, vio al hombre del pelo de punta sentado en un coche aparcado frente al edificio de Cass y se acercó.

Spike había reclinado el asiento y parecía dormido. Sean golpeó la ventanilla con los nudillos.

—Escuche, ¿está Moorehouse arriba con Cass? —preguntó levantando la voz para que lo oyera.

Spike bajó la ventanilla.

—Sí. No se entrometa, tiene algo que decirle.

—¿Cuánto tiempo lleva aquí?

—Una hora.

Era un milagro que aquel hombre no se hubiera quedado helado con el frío que hacía.

—¿Cree que se quedará aquí mucho más? —preguntó Sean mirando hacia su limusina.

—Eso espero.

—¿Tiene un teléfono móvil en el que Moorehouse le pueda localizar?

—Sí.

—¿Quiere dejar de pasar frío? ¿Quiere tomar algo? Mi casa está a dos manzanas.

Mientras señalaba hacia la derecha, pensó que podía ser divertido conocer a aquel hombre. Seguro que había una buena historia detrás y, como a todo buen irlandés, las buenas historias le gustaban.

Spike subió la ventanilla y salió.

—¿Ricky? —gritó.

Richard, el portero, asomó la cabeza desde el vestíbulo.

—¿Sí?

—Voy a dejar el coche aquí. Tardaré un rato.

—De acuerdo, Spike.

—¿Cómo es que conoce a Richard? —preguntó Sean mientras cruzaban la calle.

—Hace una hora que lo conozco.

—Sabe cómo ganarse a la gente.

Spike mostró una misteriosa sonrisa.

—A veces.

Alex se acurrucó junto a la mujer que estaba tumbada a su lado. Deslizó la mano hasta su vientre y lo acarició en círculos, tal y como había hecho varias veces por la noche mientras ella dormía. Cassandra esperaba un hijo suyo y estaba enamorada de él. Iban a casarse.

De pronto recordó el rostro de su padre. Ambos estaban en el muelle la noche antes de que Alex se fuera a otra de sus regatas. No tenía ni idea de que aquella vez iba a tardar en regresar más de lo habitual. Cuatro semanas, quizá seis.

—¿Sabes, hijo? —le había dicho su padre—. La vida te lleva a muchos lugares, algunos buenos, otros malos. Siempre he pensado que tener un hogar hace que los buenos momentos sean mejores y los malos, soportables. Quiero que recuerdes que siempre podrás volver aquí. No importa lo lejos que llegues, siempre estaremos aquí.

Alex había ignorado aquellas palabras con la arrogancia de la juventud. Había sido la última vez que había visto a su padre. Cuatro años más tarde, moría y su madre también. Ambos en el agua.

Alex recordó la terrible noche con Reese en el mar. A él también se lo había llevado el mar.

De pronto, Cass se movió y levantó la cabeza.

—Buenos días, Alex. ¿Te pasa algo?

—No voy a irme nunca más. Voy a quedarme contigo y con el bebé.

—¿Vas a dejar de navegar?

—Sí.

—No, Alex, tú adoras…

—Te quiero —dijo y la besó.

No estaba dispuesto a que su esposa y su hijo tuvieran que arreglárselas solos y preocuparse por él.

Alex se acercó aún más a Cassandra, sintiendo su suave piel contra la suya. Comenzó a besarla suavemente y de repente se apartó.

—Oh, no. He dejado a Spike en la calle.

Cassandra se sentó.

—Será mejor que… —comenzó a decir ella, pero el teléfono móvil de Alex empezó a sonar y ella lo contestó.

Cuando colgó, estaba riéndose.

—Spike no quiere hablar contigo, pero no porque esté enfadado, es solo que no quería interrumpirnos. Está en casa de Sean. Los dos se lo pasaron en grande anoche y quieren que quedemos con ellos para comer. Sean está encantado de, según sus propias palabras, que hayamos entrado en razón. Quiere saber dónde y cuándo nos casaremos.

—Quizá después de todo, llegue a caerme bien.

EPÍLOGO

Las obras en White Caps acabaron a finales de la primavera, pero el hotel no abrió hasta julio. La familia Moorehouse estaba creciendo tan rápidamente, que apenas podían habituarse a tantos cambios.

Alex y Cass compraron una casa cerca de la de Gray a orillas del lago, toda una reliquia de los años veinte que estaban acondicionando. Su bebé nacería a finales del mes de septiembre y confiaban en poder mudarse a su nueva casa al principio del invierno. Alex y los hermanos Norwich habían comenzado a construir veleros. Ahora que ya le habían quitado la férula, Alex podía conducir donde quisiera.

El diez de mayo Alex, Frankie y Joy visitaron juntos la tumba de sus padres y planeaban hacerlo cada año.

El primer sábado de cada mes, toda la familia se reunía. Alex recogía a la abuela Emma de la residencia y todos comían juntos. Los amigos también eran bienvenidos y siempre había un sitio en la mesa de los Moorehouse para quien quisiera. Lo bueno siempre era mejor cuando se compartía con amigos, y lo malo, se hacía más llevadero. Y era así como debía ser.

Últimos títulos publicados en Top Novel

Tras la colina – ROBYN CARR
Espíritu salvaje – HEATHER GRAHAM
A la orilla del río – ROBYN CARR
Secretos de una dama – CANDACE CAMP
Desafiando las normas – SUZANNE BROCKMANN
La promesa – BRENDA JOYCE
Vuelta a casa – LINDA LAEL MILLER
Noelle – DIANA PALMER
A este lado del paraíso – ROBYN CARR
Tras la puerta del deseo – ANNE STUART
Emociones secuestradas – LORI FOSTER
Secretos de un caballero – CANDACE CAMP
Nubes de otoño – DEBBIE MACOMBER
La dama errante – KASEY MICHAELS
Secretos y amenazas – DIANA PALMER
Palabras en el alma – NORA ROBERTS
Brisas de noviembre – ROBYN CARR
El precio del honor – ROSEMARY ROGERS
Sin nombre – SUZANNE BROCKMANN
Engaño y seducción – BRENDA JOYCE
Una casa junto al lago – SUSAN WIGGS
Magnolia – DIANA PALMER
Luna de verano – ROBYN CARR
Amor y esperanza – STEPHANIE LAURENS
Secretos de sociedad – CANDACE CAMP
10 secretos de seducción – VARIAS AUTORAS

www.ingramcontent.com/pod-product-compliance
Lightning Source LLC
LaVergne TN
LVHW030332070526
838199LV00067B/6240